U0739976

2008年浙江省社科联社科普及重点课题成果

# 叩响通天塔之门：

## 我在麻省理工学院做高访

## A KNOCK ON THE BABEL

### MY EXPERIENCE AT MIT

吴会芹 著

ZHEJIANG UNIVERSITY PRESS
浙江大学出版社

我终于见到Chomsky(右)

Noam Chomsky（右）指导我做科研

Pinker主张语言是一种本能，是深受自然选择影响的生物适应物。这一观点恰恰与Chomsky关于人类语言能力是其他适应的衍生物的思想有所不同。

当Hauser（右）发现进化论无益于语言理解时，他便开始理解和支持Noam Chomsky。

Chomsky：“所有这些合作都要追溯到55年前。研究层次的提升应该是从我和Morris Hale（右）的合作开始。”

Norvin Richards（右）对穿衣并不讲究，夏天的T恤衫总是宽宽大大的，非常随意，但他对自己的胡须却格外注意。

Suzanne Flynn（左）不愧为一名优秀教师，她的语音标准，语速缓慢，讲课深入浅出，非常生动。

幽默风趣的Pesetsky（右）声音高亢而洪亮，他高涨的情绪能把人们的学习热情一下子调动起来。

# 序

乔姆斯基(N. Chomsky,1928—)是生成语法的创始人,他的生成语法影响深远,其影响已经远远超出了语言学界,他是继索绪尔(F. de Saussure,1857—1913)、雅可布逊(R. Jakobson,1896—1982)之后语言学界对人类思想产生深远影响的又一位杰出的语言学家。

乔姆斯基还是当代西方重要的哲学家,他的哲学观代表了美国 20 世纪 50 年代以来盛行的理性主义,其合理内核成为了生成语法研究先天语言能力的哲学认知基础。乔姆斯基的学说不但在语言学界有很大的影响,在哲学界、心理学界等多个领域也都有相当大的影响。

乔姆斯基的形式语言理论对于计算机科学也产生了很大的影响,成为了当代计算机科学的理论基石之一。

早在 20 世纪 50 年代,我国学者就注意到乔姆斯基独树一帜的生成语法研究。1957 年,我在北京大学理科读书的时候,一次偶然的机会读到了乔姆斯基于 1956 年在一本信息论杂志上发表的《语言描写的三个模型》①。乔姆斯基当时还是一个青年人,在这篇文章中,他采用有限状态马尔可夫过程(finite state Markov process)来描述自然语

① N. Chomsky, 1956, Three models for description of language: IEE transaction on information theory, IT-2, pp. 113-124, *Proceedings of the Symposium on Information Theory*, Sept.

言，指出了有限状态语法（finite state grammar）的不足，提出了短语结构语法（phrase structure grammar）和转换语法（transformation grammar），并且用数学方法描述了这些语法。乔姆斯基采用的这种独特的数学方法深深地吸引了我，我下决心使用数学方法来研究语言，毅然从理科转到北大中文系学习语言学，从此开始了我研究语言学的人生之旅。

1957年的时候，乔姆斯基的《句法结构》还没有正式发表，他在语言学界还是一个无名小卒，但在这篇文章中已经充分地显示出他的卓越的才华和敏锐的洞察力。可以说，我国学者在乔姆斯基初露头角的时候，就注意到了他独特的思想，并且认识到使用数学方法研究自然语言的必要性和可能性。

20世纪80年代以后，越来越多的中国学者开始关注乔姆斯基的理论，出版了不少的论著。不过，也许是由于学科背景的差异和语言表达方式的不同，我国学者对于乔姆斯基的语言学理论还存在不少的误解。有的学者认为，乔姆斯基的理论总是变来变去的，指责乔姆斯基故弄玄虚，学术无常。有的学者对于乔姆斯基提出的"语言官能"（faculty of language）、"语言能力"（competence of language）"普遍语法"（universal grammar）等概念不理解，随意引申，导致了进一步的误解。

2007年秋，浙江大学宁波理工学院（NIT）的吴会芹老师到美国麻省理工学院（MIT）作了半年的访问，她的导师就是乔姆斯基。在这短短半年的时间中，她与乔姆斯基进行了多次面对面的交谈，对于乔姆斯基的生成语法理论有了更加清楚的认识，乔姆斯基在和吴会芹老师的谈话中，对于"语言官能"、"语言能力"、"普遍语法"等概念作出了深入浅出的解释。吴会芹老师的这本《叩响通天塔之门》，生动地描述了她和乔姆斯基交谈的内容，使我们对于乔姆斯基生成语法有了更加清楚的认识，我们原来对于乔姆斯基的一些误解也就烟消云散了。

在吴会芹老师与乔姆斯基的谈话中，乔姆斯基以自己的孙女和她的宠物猫或宠物猴为例来说明问题。他说，"我的三岁小孙女会说英语，而她的宠物猫或宠物猴却根本不懂其生长环境中与语言有关的任何内容"，他又说，"宠物猫知道怎么抓老鼠，而我的孙子却不会。他们的经历相同，但宠物猫具有的内在特性则与她不同”。乔姆斯基的这些话，浅显地解释了语言知识的内在特性，对于我们理解“语言官能”、“语言能力”、“普遍语法”等概念是很有帮助的。

乔姆斯基还解释了为什么生成语法理论需要不断变化的原因。他在与吴会芹的谈话中说：“科学之所以不断地变化，是因为它充满了活力。”由此我们认识到，乔姆斯基的生成语法理论变来变去，正是这种理论具有“活力”所决定的。

在谈话中，乔姆斯基这样深入浅出的论述俯拾即是，建议读者仔细阅读本书，一定会从阅读中得到新的启示。

我在2002年的《科学》(*Science*)杂志上曾经看到乔姆斯基与浩泽尔(M. Hauser)和费奇(T. Fitch)联合发表的文章《语言官能》[①]。在这篇文章中，他们把人类与动物的语言官能按照系统发育的完好程度分为若干等级，研究地球上物种进化的相似性和相异性，根据基因代码的特性，画出了物种基因树形图。在他们画出的这个物种基因树形图中，人类居于首位，猿居于次位，而飞虫居于底层。他们又将语言官能分为“广义的语言官能”(faculty of language in broad sense，简称FLB)和“狭义的语言官能”(faculty of language in narrow sense，简称FLN)。绝大部分的FLB为人类和动物所共有，而FLN的递归运算机制(computational mechanisms for recursion)则是人类特有的语言机制构件，它是人类与类人猿发生质的分离时的语言官能进化的产物。

这篇重要的论文，对于乔姆斯基提出的“语言官能”作了进一步的、具体的说明，对于生成语法的研究具有重大的意义。当我在2002年初次读这篇文章的时候，它的内容深深地打动了我，引起我去进一步思考“语言官能”这个重要的问题。乔姆斯基等人在《科学》上的这篇文章确实是一篇很有启发性的好文章。可是，我国语言学界的学者基本上不会去关心《科学》杂志，很少有人读过这篇重要的文章。

在本书中，吴会芹老师专门就这篇文章的内容，分别访问了乔姆斯

---

① M. Hauser, N. Chomsky & T. Pitch, 2002. The faculty of language: what is it, who has it, and how did it evolve? *Science*, 298, 22 Nov. 1569-1579.

基和浩泽尔，详细地介绍了与他们的谈话，这对于我们了解“语言官能”这个重要的概念是很有帮助的。

本书文字流畅，所有谈话的内容都翻译成中文并附有相应的英文，又附有大量的照片，达到了图文并茂的效果。这是本书的一个特色。

2010 年我到浙江大学宁波理工学院访问期间，阅读了吴会芹老师的这本书，回到北京之后写了这个序言，向读者推荐这本好书。

相信本书的出版，一定会使我们对于乔姆斯基的学术思想和为人风貌，获得更加深入而具体的认识，从而促进我国的生成语法的研究。

冯志伟

2010 年 5 月 1 日

# 前　言

在浙江大学宁波理工学院，人们总是津津乐道于她的简称 NIT，这是因为，她与为人瞩目的世界顶尖级高等学府——美国麻省理工学院的简称 MIT 只有一笔之差。虽然这重重的一笔之差将 NIT 远远地甩在 MIT 的尾梢，但 NIT 似乎紧紧握住了 MIT 带给自己的点滴灵气，在牵手浙江大学的办学过程中，实现了超常规的跨越式发展。

也许是 MIT 带给我们的灵气终究助导了 NIT 与 MIT 的牵手，2007 年秋，我作为 NIT 国外访问学者的第一位受益者，应 MIT 之邀，来到 MIT 的语言哲学系，在 Chomsky 的亲自关怀和指导下进行为期半年的学术访问。

半年的时间实在太短了，但能与 Chomsky 进行多次零距离接触，其经历实属难得。我深深感受到一个世界级大师的风范，Chomsky 严谨的治学精神、深邃的洞察能力、敏捷的思维、侃侃的话语、豁达的胸怀，深深地打动了我。不过，在我与他零距离的接触中，我仍然发现我对他的理解不时会产生偏差。然而，我的误解并未让这位世界级大师表现出一丝惊奇和不耐烦。每次与他面对面交谈，我都深切感受到国人对 Chomsky 语言学理论的种种疑惑，也深切感受到一个大师的宽广胸怀，于是，我更想将自己与 Chomsky 的谈话内容与国内学者以及希望了解 Chomsky 的普通百姓共享。

本著的第九章、第十章和第十一章详述了我与 Chomsky、Hauser、

Pinker 的访谈内容，也是本著的重点内容。为了给普通读者提供一个了解语言学的友好界面，我将访谈内容按其要点对章节标题进行了通俗化处理，其目的是想让读者从日常生活中的常见实例理解语言学中容易引起误解的“普遍语法”关键词——“语言官能”(faculty of language)、“语言知识”(knowledge of language)、“语言能力”(language competency)等概念，这也是 Chomsky 的一贯做法。本著中，我还就 2002 年的《科学》(*Science*)上 Chomsky 与 Hauser 和 Fitch 联合发表的文章《语言官能》①，以及由此在国际高端学术刊物《认知》(*Cognition*)(2005)②上引发的学术争议，与其中的主要作者 Chomsky、Hauser 和 Pinker 教授进行多次交谈，并在本著中详细地介绍了谈话内容，旨在帮助读者更好地了解“语言官能”这个重要概念。

Hauser 与 Chomsky、Fitch 合写的这篇论文，把人类与动物的语言官能按照系统发育的完好程度分为若干等级，以此研究地球上物种进化的相似性和相异性。他们根据基因代码的特性，画出了物种基因树形图，其中人类居于首位，猿居于次位，而飞虫居于底层。他们又将语言官能分为“广义语言官能”(faculty of language in broad sense，简称 FLB)和“狭义语言官能”(faculty of language in narrow sense，简称 FLN)，认为绝大部分的 FLB 为人类和动物所共有，而 FLN 的递归运算机制(computational mechanisms for recursion)则是人类特有的语言机制构件，它是人类与类人猿发生质的分化时的语言官能进化的产物。这篇文章从新的角度阐释了语言的性质、来源和所属，是我们了解“语言官能”的重要文献。

---

① M. Hauser, N. Chomsky & T. Fitch. “The faculty of language: what is it, who has it, and how did it evolve?”, *Science*, Vol. 298, No. 22, (2002), pp. 1569-1579.

② R. Jackendoff, & S. Pinker. “The nature of the language faculty and its implications for evolution of language (Reply to Fitch, Hauser, and Chomsky)”, *Cognition*, Vol. 97, No. 2, (2005), pp. 211-225.

T. Fitch, M. Hauser & N. Chomsky. “The evolution of the language faculty: clarifications and implications”, *Cognition*, Vol. 97, No. 2, (2005), pp. 179-210.

S. Pinker, & R. Jackendoff. “The faculty of language: what's special about it?”, *Cognition*, Vol. 95, No. 2, (2005), pp. 201-236.

多年来，在西方学界堪称主流的Chomsky的语言学思想曾在国内学界遭到一定程度的抵制，其原因不外与曾经有过的种种误解有关，有些人甚至用自己理解的"知识"概念去解读Chomsky语言学中关于"知识"的术语，这就决定了产生误解的必然。我希望这部著作的出版能够作为了解语言学的一块"敲门砖"，能让更多的普通读者轻轻叩响通向语言学的通天塔之门，去品味与我们生活息息相关的语言，去欣赏生活中无所不在的语言的奥妙。倘若借此叩响于通天塔的敲门声能够抛砖引玉，笔者便可聊以自慰了。

正如本著所言，虽然许多人抱怨Chomsky的理论始终在变，然而，我认为普遍语法的原则需要不断改进，不断完善；有人认为Chomsky的某些理论争议不断，而我认为应尽量减少由于误解而引起的争议；有人认为Chomsky的理论晦涩难懂，而我却发现他在阐述自己的理论时常常使用人们熟悉的例子……与Chomsky对话，不仅能为正在雾里看花的我拨开迷雾，还能常常使我从中获得鼓励，从而激发我内心深处奋发向上的热情。在他面前，我永远能够受到一个普通人应该获得的尊重，永远不必为自己的才浅学疏而感到无地自容。

言谈中，我觉察到Chomsky流露出对妻子的无限热爱。从他微微颤抖的话语中我体会到他对病情沉重的妻子的无限眷恋之情和内心深处难以抑制的伤痛，他那充满温情的脸上写出了人间最伟大的"爱"，这种"爱"使我动容……于是，我想让大家知道我眼中的Chomsky。

在MIT，我还亲身感受了世界一流学校的优质教学资源和灵活多样的教学科研活动。使我深受触动的是，语言学与哲学、认知学、脑神经学、计算机科学等学科的有机整合，形成一个以语言学为核心，集心理学、脑科学、认知学、人工智能等人文自然学科为一体的严密无间的语言系统！我深深领悟到Chomsky将语言视为自然产物(a natural object)的用意。语言研究的文理并重为语言学的发展带来了前所未有的机遇，这不仅为计算机科学、生物学、医学、认知学等自然学科的发展注入了新鲜血液，也为哲学、政治学、社会学等人文社科的研究开启了新视野。也许正因如此，麻省理工学院的语言学长期以来在美国大学研究生教育质量评估中稳获第一。

麻省理工学院的语言学教学在资源的开发与共享方面给予我国高等教育的发展以有益的启示。如果我们能够充分挖掘内部资源，最大限度扩大外部合作，重新进行资源整合，实现资源互补，这将是培养既具有专业能力，同时又能充分发挥个性化潜在优势人才的保证。

本著还以留美学者、美籍华人的学习生活为背景，记录了留美学者的生活故事。留美学者的生活既充实又孤独，面对铺天盖地的鹅毛大雪，即使在寒风中站立多时，然只要有学术交流机会，他们绝不言弃。尽管快乐的学者们常常戏言自己“无家可归”，但这一戏言却饱含了留美学者为了追求事业甘愿忍受背井离乡的孤独与思念亲人的痛苦。不过，面对这些无奈，他们却以顽强的毅力乐观积极地应对着每一份孤独：扎堆购物、结伴旅游、自荐“蹭饭”、“瞬间”交友……痛并快乐地度过每一天。

本著既能作为我国学术界了解西方学术思想的背景资料，也能作为我国老百姓了解西方社会文化的一面镜子。

吴会芹

2010 年 5 月 10 日

# 目　录

# 第一章 MIT之旅

## 踏上旅途

再过十几个小时，我就要飞向蓝天，飞往美国！

此时，奉化江畔显得格外动人。兴宁路上，路边的树荫始终阻挡不住川流不息的匆忙过客脸颊上的汗水。奉化江畔嫩绿色的草坪沿江岸伸展开来，在园丁不断的装点下构成宁波独特的一道绿色长廊，无论是过往的游客还是常住居民都喜欢在这里品味“胜似闲庭信步”的悠闲。

江面上，一只破旧不堪的货船扯着嗓子从内心深处发出哀鸣，好像在向过往的人们诉说自己昨日的沧桑。然而，忙碌的人们似乎早已熟悉了它的“一声叹息”，他们将这种哀鸣置若罔闻，匆忙地驶向各自的目的地。蓝天白云交相辉映，透视着宁波这个未经污染的城市。从兴宁桥向北眺望，宏伟的琴桥正拉紧琴弦，仿佛弹奏着一曲悠扬的古曲。它与身后的三江口岸形成一幅壮丽的画面，始终彰显着宁波城独特的魅力。

五年前我初到宁波，这一动人景象便深深映入我的脑海。五年后的今天，当我即将远离美丽的宁波城，我心中充满了无限的眷恋：饱蘸汇聚于三江口的浓墨，曾经写下多少宁波人的往事？岸边的文化长廊怀揣了多少宁波人的梦想！谁又能说清楚宁波这座爱心城市的人文底蕴多深多厚？

火车南站依然是人头攒动，从欢声笑语的人群中仍能辨别出许多初次远离家乡异地求学的大学生，他们的脸上荡漾着难以掩饰的喜悦，在熙熙攘攘的人群中唱起了绝对主角。与满怀不同离别之情的人们一道，伴随着一声声良好祝愿和温馨道别，我踏上了开往上海的城际列车。此时，我心中原有的乡愁早已被无法抵挡的欢乐与兴奋冲刷得无影无踪。

抵达上海南站，天空已经披上一层薄薄的墨色袈裟，我与老公辗转来到不远的一家旅社。路途的颠簸已使我和老公显得有些疲惫，入住宾馆后我们便很快入睡了。

不知何时，我默默睁开眼睛，窗外浓浓的夜色预示着黎明离我们还很遥远。辗转反侧中我察觉到老公已经没有了鼾声。此时，老公温柔的抚摸使我禁不住轻轻地抽泣……

## 安检前的失误

清晨，当第一缕霞光透过窗帘的缝隙洒在墙角，我们便登上通往机场的大巴。大巴车载着去往不同方向的人们穿过喧闹的城中心干道，来到路桥交叉纵横的浦东机场。我从设在候机厅尽头的肯德基快餐店买了些早点。老公直埋怨机场的东西价格太贵，后悔没在南站旁的早餐店食用早餐。后来，不知道飞机上还会供应三餐的他，硬是要我把买给他的那份早餐带在路上。

在机场服务人员的指引下，我来到靠墙的一张桌子旁，这是填写入关申报单的地方。我将装有重要文件和证件的手提包放在桌上，全然没有意识到我正在犯一个不可饶恕的错误。填单完毕，我已忘记了桌上的手提包。当我悠然自得地朝老公走去时，他的一声“包哪去了”仿佛在我头上重重地击了一棒！我突然意识到上帝给我开了个巨大的玩笑！就在我匆匆返回申报单填写桌时，我的包早已没有了踪影！此时离飞机起飞只有3个小时了，我拍打着嗡嗡作响的脑袋，浑然不知所措。"离飞机起飞仅3个小时"，"丢失DS-2019签证表"，这些概念的后果瞬间在我脑海中放大，吞噬着我的心，也摧毁了我貌似坚强的意志。"走不了了"，"前功尽弃"，"也许上帝本不打算叫我去"……此时的我精神完全崩溃，身子犹如一团烂泥，傻傻地站在那里猛烈地拍打着自己的脑门，慌乱中又不得不像热锅上的蚂蚁在候机大厅穿来穿去，寻找一切可能提供帮助的人。但无论我多么着急，被询问者一副"与己无关"的神态令我产生一种从未有过的无助和恐惧感。后经他人指点，我来到问询处，服务员帮我接通了广播站的电话。我听到了喇叭里传来的寻物启事。期望、失望、几乎绝望……此时的分分秒秒已成为我脑海中永远挥之不去的记忆……

突然，我听到喇叭里传来了我最渴望的消息："吴会芹女士，请到服务台。"此时，虽然只有几米远的距离，但我还是一路小跑，怀着殷切的希望跑向服务台。我看到刚才为我接通播音室电话的小姐和一位先生正从服务台处朝我这边眺望，像是在寻找刚刚离开的我。我一眼望见了我失而复得的手提包……刚才焦急和紧张还萦绕在心头的我此时已经变得语无伦次，纵然我的大脑词库中有无数个曾经使用过的感激之词，但此时的我仿佛患了失语症一般，竟然莫名其妙地从嘴里蹦出个连自己都觉得不可思议的"对不起"。那位好心的先生将包交给我，他还嘱咐我检查包里有没有丢东西。难道拾金不昧的人还值得怀疑吗？我装模作样地翻了几下，对眼前的这位先生充满信任。

攀谈中我得知这位先生与我乘坐同一架飞机飞往旧金山。此时，我远远看到老公正从门口朝我走来，当他看到我失而复得的手提包时，悬着的一颗心才放下来。

10:00时，检票开始。我随着被隔离带扭成的弓字型队列一步步靠近柜台，更换了登机牌并托运了行李，贴上标签的行李包便随着自动传送带离开了我的视线。

我来到安检处，顺利地过了安检。回头望去，给我送行的老公被机场工作人员毫不客气地挡在外面。我忽然觉得设在我与老公之间的安检门仿佛一道屏障使我与他虽近在咫尺，却天各一方！我心中突然产生一股冲动，恨不得冲出安检门与他拥抱……

## 飞向蓝天

11:20 时，登机者陆陆续续来到登机口。经过通向机舱的封闭式软体通道，我径直来到机舱的入口，在几位空姐的微笑与问候声中直入机舱。

走进机舱，我才发现这架国际航机的巨大！密密的座位使偌大的机舱显得拥挤不堪，两条狭窄的人行通道将中间的六人座位与两边的四人座位隔开。我在 33K 靠近窗口的座位坐了下来，这个位置恰好位于机翼前，能够清晰地看到飞机的起飞与降落。机舱的每一个座位后背上都安装了显示器，乘客既可以根据需要选择自己喜欢的节目，也可以查看本次航班的飞行信息。

12:25 时，飞机开始缓缓驶向跑道。我看到一架架飞机如同放开了缰绳的野马，在跑道上滑行之后，便腾空而跃驶向蓝天……

当我们乘坐的航班驶向跑道后，我强烈感受到飞机加速时与地面产生的巨大摩擦，摩擦产生的巨大噪音使我的耳膜遭受严重的考验，它时张时闭，只有这时，我才感觉到耳膜的存在。

座位背后的显示屏上时刻传达着本次航班的即时位置、飞行路线、飞行高度、起飞时间、估计到达时间、起飞地现在时间、目的地现在时间等信息。根据屏幕提示信息，本次航班预计在当地时间 7:55 时到达旧金山。我原以为这次飞行将给我带来一次最漫长的白日经历，却不曾想到指针开始指向北京时间 4:00pm 时，天空便开始暗了下来。到了 4:45pm，窗外已是漆黑一片。此时，航班正在 36000 英尺高的天空中孤独地飞行，只有屏幕上的信息不时地提醒着乘客飞机即时飞行速度和高度、已飞行的路程和剩余的路程。机上的乘客依然遵循着中国的就寝习惯，有人打开了阅读灯看书，有人则在看电视，只有少量人闭上了眼睛。

不知何时，略感疲倦的我不知不觉进入了梦乡……

当我再次睁开双眼，时针已指向北京时间 10:00pm。我悄然推开机窗的隔板，窗外强烈的光线刹那间射进舱内，飞机被浩瀚无际的蔚蓝色天空包围，只有时而飘来的朵朵白云与飞机擦肩而过。与飞机平行的天边泛起一道绚丽的光环，静静地卧在天边，仿佛与行进的航班锁定着一起飞行，使身在飞机中的我在茫茫云雾中分辨不出哪里是蓝天，哪里是大海。

不知疲倦的空姐不时地为乘客送来各种饮料和快餐。坐在我身旁的一对年轻夫妇沉睡的脑袋在充气的脖垫支撑下双双入睡，没有脖垫支撑的我愈加感到脖子发酸，腰背疼痛，两脚肿胀，于是我起身站在狭窄的走廊中腿脚稍事伸展。

## 踏上美国国土

当地时间 7:50am，我终于看到了渐渐逼近的美国西海岸。此时，我身边的年轻夫妇睁开了眼睛。正当我向他们询问北京时间时，他们脸上木讷的表情一下子使我意识到这对长有一幅东方人面孔的年轻夫妇或许不是中国籍。

飞机渐渐降低高度，开始在旧金山机场上空盘旋。我看到一条长长的白线伸入大海。随着飞机的降落，白线的轮廓逐渐变得清晰，一些木块大小的机动车在上面窜来窜去。这就是连接奥克兰与旧金山的海湾大桥！我在记忆中默默地搜寻着这座大桥的信息：桥身 8.5 英里长，其中约 4.5 英里在水面上。

从飞机上俯瞰大桥，场面异常壮观！我不禁想起了杭州湾跨海大桥。于 2008 年建成并通车的杭州湾跨海大桥全长 36 公里，是目前世界上最长的跨海大桥。她能将宁波到上海的路程从原来的 5 个小时(火车)缩短到 3 个小时(汽车)，并把上海与宁波的经济发展紧紧地联系起来！这座对于宁波经济的发展意义不凡的跨海大桥也像海湾大桥一样雄伟壮观。

飞机与地面的砰然接吻传递了本次航班安全降落的信号，远处的 United Airline 字样距离我们越来越近……

我在行李提取处找到自己的行李箱，安检时行李箱顺利过关，但随身携带的手提包却被安检人员肆无忌惮地翻了个底朝天！就连我从上海带来的一个大桃子也被没收了！

进入机场候机室，我大脑中的语言机制迅速转换了语言参数。此时，做了 20 多年英语教师的我面对满目的英文标识感到有些不习惯。当我按照提示找到换机的入口时，手表上依然是北京时间 10 点①。我极不情愿地将手表往回拨 2 小时，调至当地时间 8 点。

当地时间 10:40am 时，我登上飞往洛杉矶的飞机。我又一次幸运地坐在了窗子旁。坐在我身边的是一对老年夫妇，男的皮肤较黑，很健谈。坐在他另一侧的妻子虽然已经步入老年，但白皙的面孔细腻而光滑，没有一丝皱纹，花白的卷发梳理得整整齐齐。

进入洛杉矶机场，我已经不需要再提行李了。一身轻松的我在候机厅内踱来踱去，消磨着时间。这个候机厅内还有投币液晶电脑，只要付费 3 美元，就可以上网一个小时。我来到服务台，想找个公用电话打给马仑。服务台的工作人员是个中年女性，她帮我接通了马仑的手机，按照提示音，她将我乘坐的航班信息留言给马仑。

候机厅的喇叭里不停地传送着登机信息，就像我在大学英语听力课上放给学生的听力材料，不容我回过神来，一句"Thank you"便结束了。

几个小时过后，我感到身上冷飕飕的，便起身踱步，以增加些暖意。

一对青年夫妇向候机厅走来，女的是白种人，抱着白肤色的婴儿，男的是混血儿，皮肤黝黑，头发卷卷的。手推车里坐着他们的混血儿子，皮肤像爸爸。他们在靠近跑道的一侧坐下后，男的便打开手提电脑埋头工作，女的则肩负起照看孩子的任务。

霞光从窗外照射过来，把靠近窗子的候机室照得亮堂堂、暖洋洋。我想分享这份阳光，禁不住朝窗边走去。果真暖和多了！我看到窗外正对着的飞机跑道，一架架飞机不时地腾空而起，我的脑海中浮现起儿

① 时间出现了误差，可能是我的手表慢了。

子小时候的情景：酷爱火车的儿子小时候每每路过铁路时总要求我们站在那里等候多时，直到看到火车过来才肯离去。如果儿子能够看到一架架飞机起飞的一幕，他该多么开心！想到此，我不由得鼻子有些发酸……抹了把眼角的泪水，我取出包里的微型摄像机，将儿子最喜欢的场景一一拍摄下来……

时间过得很慢很慢，时针仿佛凝固了一般。一拨拨的乘客登上了飞机，又有一拨拨的乘客进入候机室，登上飞机飞上蓝天，只有孤身一人的我在寒冷的洛杉矶候机室一分一分地煎熬着，盼望着 10 个小时后的登机时间。

不知什么时候，我突然听到有人讲汉语，抬头望去，一对 30 岁左右的中国夫妇带着自己四五岁的儿子在候机。小男孩很顽皮，不停地在候机厅内跑来跑去，还学着动画片里的人物摆出各种姿势。然而，无论我怎样努力，心中的感伤始终没有散去。洛杉矶的"寒冷"和漫长的等待在我心中留下了刻骨的记忆……

10:00pm，我终于登上了去往 Boston 的飞机。我又一次幸运地坐在了靠近机窗的座位上。飞机缓缓滑动，把跑道两侧齐刷刷的柔和灯光重重地甩在身后，然后腾空而起……

从空中俯瞰大地，可谓万家灯火，一座座高楼被绚丽多彩的霓虹灯勾勒出各种轮廓，其颜色各异，高低有别，与太平洋上空的茫茫夜色迥然不同。

旅途的颠簸让我倍感疲倦，不多时，我便对机舱外的景色失去兴致。茫茫夜色仿佛带着一股强大的催眠力，我不知不觉在飞机上昏昏入睡。

不知过了多久，我被嘈杂的声音吵醒，此时窗外已经大亮。飞机已经降低了高度。我赶忙查看手表，此时指针已指向早晨 4 点。我不由得感到困惑，不是说抵达目的地的时间是凌晨 6:59 时吗？莫非我的手表出了问题？而当同行者确认当地时间确是 7 点时，我极不情愿地将手表向前调整了3小时[1]。

## 抵达波士顿

2007年9月3日。

9月的波士顿已经有些凉意，而此时的我还穿着薄薄的真丝短装。我将披肩围在肩上，带着手提包走下飞机。没有鲜花，没有掌声，更没有隆重的仪仗队夹道欢迎，一切显得平静而自然。在我走向行李提取地的途中，我听到一位女性用汉语呼喊了我的姓名。马仑的眼力真好，仅凭我的照片就在人群中认出了我。

有了马仑的帮助，一切开始变得顺利，她在手推车的自动付款机上付了3美元纸币，帮我取出了行李。我有些不解：机场的手推车不是免费吗？容不得多想，马仑带我来到专为接机而设的停车点，马仑的丈夫王先生帮我将行李装上车后，便在GPS (Global Position System)的语音提示下驱车前往我的住处。

从波士顿到MIT路程不太遥远，开车只需20分钟左右。不一会，我便看到了过去只在地图上才能看到的查尔斯河。此时，宽敞而美丽的查尔斯河透露着绿色宁静，在MIT和哈佛大学两所世界顶尖级学府的衬托中张扬着独特的魅力。我们沿着河的北岸行驶，拐过一个弯，此时王先生放慢了车速，他介绍说我们已经身处MIT的校园。MIT是一所开放式校园，没有围墙，没有校门，汽车、行人可以随意穿行。校园中的建筑没有什么特别之处，灰色的外墙显得极其普通。还未来得及细细品味MIT的学术氛围，汽车已经来到我的住所。

## 我的“美国之家”

这是一座三层楼别墅，淡黄色的外墙，灰色的瓦顶，还有被钢丝围

① 美国西部与东部时差为三个小时。

成的小院。

马仑走上台阶扣响了门铃，开门的是一位中年男士，一副中国人面孔。当他得知来了新房客，便回房叫来了他的母亲刘太太。刘太太是广东人，80 多岁的她已在美国定居 50 多年。我随她踩着厚厚的红色地毯铺就的木制台阶来到二层，上面有三间卧室，靠近东边的那间就是我的“美国之家”。

我的“美国之家”墙体包裹着原色板材，里面空空荡荡的，只有一张旧不能再旧的坐椅和橱柜。也难怪，在美国，先前的房客搬家时必须把房间腾空，以便新来的房客重新购置自己的家具。刘太太是中国人，在沿袭美国这一传统时，她也保留了中国部分传统，凡是原来房客留下的东西，她都保留下来，供后来的房客使用。马仑夫妇帮我找了一张钢丝床，我在不太合鞘的钢丝床上铺上了从国内带来的被褥，房间立刻有了一丝温馨，尽管刚刚铺就的钢丝床坐上去摇摇晃晃的，随时都有坍塌的危险。

我们又从地下室搬来一张破旧的写字桌，死沉死沉，害得王先生气喘吁吁。房间里还有一套简易金属隔层，大概是原来房客留下来的，这已经称得上一件奢侈品了。

灶台设在走廊，还有两个小餐厅和一个不错的卫生间，24 小时热水。

送走了马仑夫妇，我简单打扫了房间，痛痛快快地洗了个热水澡。细心的刘太太给我端来了面包、饼干和花生酱。品尝了几口美国食品，我便倒在床上睡着了。

30 多个小时的空中颠簸加上强烈的时差反应，使我浑然不知白天与黑夜。当我恍然醒来时，天色已渐渐发暗。房东太太似乎很有经验，此时此刻她知道我最需要的就是购置生活用品。在她的引导下，我们来到了附近一家 Star-market，这里有我熟悉的庞氏、玉兰油等品牌护肤品和其他日常用品。商品的标价很低，12 个一盒的白鸡蛋只要 2.29 美元。超市的收银台几乎是清一色的黑人，在我刷入信用卡后，一位年轻的黑人小伙操着浓重的黑人口音询问我“Debit or credit(借记还是信用)?”看我一时间不明白，他替我选择了一个按键后，长长的账单便自动生成了。账单显示这次花费总计 32.9 美元。

超市里的顾客零零散散的，与国内超市人山人海的人气相比对照鲜明。我不禁感叹国内超市的巨大商业潜力，常常人满为患的国内大型超市收银台总是排着长长的队列等待付款，看来国内的超市太好赚钱了！

天气已经转凉，超市里嗡嗡依旧的中央空调把刘太太冻得直流清涕。我将身上的披肩围在她身上。

从超市出来，刘太太依然不肯丢下身上的披肩。

晚上 8 点，街上稀少的行人使我不禁想起英语课本里的一段故事。故事的主人公是一对情侣，他们在自己的家门口不幸遭遇持枪歹徒的袭击。我开始担心起来，生怕遇到抢劫。

路上不时有汽车从身旁通过，我一不小心闯了红灯，于是本能地退后几步给侧面的汽车让路。开车的司机总是无一例外地停下车来让我先行。几次经历后，我不免有了想体验属于行人的这份“特权”的冲动：遇见行车装着熟视无睹，大摇大摆地穿越而过，大有一番“爽”的感觉！偶尔会与汽车抢道：亮红灯的十字路口抢先一步通行，绿灯行驶的司机悄然让步，全然看不到国内才能听到的“找死啊？”的满腔怒火。

后来我得知，美国道路交通安全法对司机的要求特别严格，遇到“STOP”的交通标志须停车观望；无条件礼让行人；不许占用残疾人车位；不许在公共汽车停车站停车；不许擅自超车；不许无故超速等，这些都与我国交通法有着明显的出入。司机换了住址而在10天内没有及时通知车管局，也算违规；无法提供汽车保险证明也被视为违法。

美国不仅有严格的法律条文，它的执法力度也非常强，这使怀有一丝侥幸心理的司机吃了不少罚单。在知法、懂法、守法加严格执法的多重束缚下，宁可遵守法规而不冒险被罚成为美国司机的明智之举。

## 插不进去的电源插座

回到家里，窗外已经漆黑一片，寂静的夜空预示着一个深夜的来临。望着几个小时前享用过的被褥，聆听着楼下传来的阵阵鼾声，我感到从未有过的清醒。我索性打开手提电脑，试着将网络线插进电脑的插口，没有信号！一股从未有过的闭塞感向我袭来……我只好打开电脑里的资料查看。

一个小时后，手提电脑响起了“嘎，嘎”的提示音。我若无其事地从行李箱里取出电源线，却不料墙上的三孔插座呈倒立的品字型，与我小草状的插头根本不合鞘！

我独自品味着没有电脑陪伴的无奈，一股无助感油然而生。我索性打开灯，翻了几页书，昏暗灯光使我感到眼睛发涩。我无奈地合上书，默默地躺在床上。望着窗外漆黑的夜空，我无奈地转动着没有一丝睡意的双眼期待着黎明的到来。

每一个清晨都是一次愉快的邀请，晨光微露，饱含了昨日的辛勤，也携带着对未来的向往，更何况明天就是MIT的报到日。怀揣着对美好未来的一片憧憬，我找出报到所需的护照、签证表及邀请函。望着东方天空中泛起的红润，一夜未合眼的我却没有一丝困倦。

房间的窗子只关了一层薄薄的纱窗，不禁风雨，这使我感到潜在的危险。我将国内带来的现金和支票取了出来，准备存入银行。

MIT的学生中心有两家银行，一家是美国银行（Bank of America)，另一家是联邦信用合作社(Federal Credit Union)。联邦信用合作社只为在校生和MIT的员工提供存储服务，不接受访问学者的开户。我来到美国银行。一位职员为我推荐了一项无需付费的服务项目。这个项目还规定老客户介绍新客户开户，三个月后双方都能得到10美元的奖励。看来具有竞争的美国银行才能给客户以“上帝”的感觉！我在这里开了个户头，将现金及旅行支票存了起来。不过，银行工作人员告知我10个工作日后银行卡才能办好。

从银行出来，我找到语言哲学系负责电脑与网络维护的Chris先生。Chris不愧为电脑专家，他简单看过我的电脑后，告知我需要配置一个无线网卡才能上网。他把无线网卡的英文名称wireless adapter写在一张小纸片上，在MIT地图上找到一家电子产品销售中心“Microcenter”。按照他标示的路线，我从Vassar St西行20分钟到达Boston University大桥。当我找到这家电子产品销售中心时，一位白人小伙子向我介绍了几款无线网卡，我挑选了其中的一款，19.9美元，又买了一个多项转换插头，20美元。当他将电源接通我的电脑后，久违的光亮使我悄然发生了不可思议的心理变化，刚才觉得20美元的转换插头昂贵的我此时已觉得物有所值！

从Microcenter出来，我参照地图来到Magazine St，从这里北行就能到达Massachusetts Ave，再从Prospects St北行，就能到达回家之路。回家的路程并不遥远，但当不擅走路的我沿着陌生的道路找到家时却已筋疲力尽……

## 美国社会也低效?

晚上，刘太太请来了雷师傅。50年的居美生活并未使刘太太完全脱离儿时的广东口音，从她口中说出来的“雷师傅”一直让我以为是“我媳妇”。而当这位又高又胖的中国男性从他身后出现的时候，我才读懂了其间的幽默。

雷师傅从走廊里取出一扇百叶窗，上面覆盖了厚厚的灰尘。我心中掠过一丝不快，不希望房东把这脏兮兮的东西安在我的窗子上！好在他比划了好一阵子后，便宣告这个“令我不快的百叶窗”已坏。

几天后，雷师傅带来了全新的百叶窗，不巧的是这幅窗帘的尺寸与我的窗子不合鞘。丈量尺寸的时候，雷师傅不停地抱怨美国人做事效率太低，这使我心生疑虑：美国人办事不是一向很讲效率吗？

也许雷先生的抱怨不无道理。就拿申请银行卡的经历来说吧，自申请之日起 10 天之后才能拿到卡，而在中国则是随办随取。后来想想才明白，美国银行卡兼有存储卡和信用卡的双重功能，10 天对于信用卡的申领来说已经很快。虽说中国的普通银行卡可以随办随得，但中国各银行信用卡的申请一般需要一个月甚至更长时间。如此看来，美国人办事效率可以窥见一斑了。

攀谈中我得知，雷师傅是上海人，他早年在上海做生意，之后又带着老婆孩子到了日本做建材。五年前，由于日本建材生意不景气，他来到美国。虽然他不会说英语，但他依靠自己的诚实守信，在中国人的圈子内赢得了广泛赞誉。随着他的朋友圈子一步步扩大，他的生意一年比一年好。如今的他已经在 Boston 地区站稳了脚跟，拥有了自己的别墅，还买了两部车。然而，雷先生并未满足于已取得的成绩，他正在考虑购买哈佛大学旁边的“校区房”，然后向外出租，专门赚取租金。不过，要购买一套别墅需要大约 50 万美金，这笔不小的费用还需向银行贷款。一个不会说英语的人竟然能在美国混得像模像样，这是我始料未及的。

## 万金家书

2007 年 9 月 7 日上午 10 点，我打开邮箱，惊奇地发现二姐发给我的邮件。

二姐告诉我儿子在她家很好，让我不要挂念。她还要我多寄些照片来。

读完姐姐的邮件，我已经泪流满面。儿子终于有了着落，我悬着的一颗心终于落了下来。

几日后，我的手提电脑终于配上了电源插座，我给姐姐回了第一封汉语邮件。

从 Microcenter 买来无线网卡，我把手提电脑打开，按照提示安装了程序，然后试着上网。果真上去了！我如饥似渴地打开邮箱，看到女儿的一封邮件。

妈妈：

您写的我都看懂了，我现在一切都好，爸爸也好，早餐现在在学校吃，中午要不在外吃，要不爸爸给我做我带着，还有爸爸说我这几天学习进步了，英语也在好好学。爸爸给我买鸡吃，可他却吃剩下的，以前，我根本就不注意这些，可您走的这几天我却深刻感受到父爱。别人总问我喜欢爸爸还是妈妈，那时我不知道该如何回答，但现在要是有人问我我会说：虽然母爱是父爱给不了的，但同样，父爱又是母爱给不了的。很多人都认为父爱或母爱总有好和更好之分，但现在我认为父母的爱完全是不同的，根本无法相提并论。

女儿的邮件让我感到喜出望外，小学六年级的她能看懂我用英文加拼音写的邮件，我体会到她的成长，也真真切切感受到她带给我的快乐。我点击邮箱中的"回复"，心中充满了温馨。

我的好女儿，你真的长大了，我为你的成长而骄傲。本来我还担心你和爸爸在一起不会适应，现在你会从不同的角度看问题，真了不起！不过我与你爸爸吵架时你能维护我的利益我还是蛮感谢你的，虽然这听起来有点自私。

我在这里一切都好，只是有些习惯需要慢慢适应。昨天和前天晚上，我终于睡着了，早晨醒得较晚，白天还有点头疼。但今天好多了。但愿我已将时差调整过来。

得知你学习进步了我很高兴。你是一个聪明的孩子，只是需要入门指导。相信不久你会取得优异的成绩。

随信将我几天来写的日志发给你，你可以打开附件收看。

代问爸爸好！

女儿是我一生中最大的骄傲，她的性格中既折射出她爸爸的平和心态，又有我性格中的坚毅。最让我感到欣慰的是，每当我与她爸爸发生争执，女儿总是站在我这一面，久而久之，我便与女儿成了贴心好友。

MIT 的办公电脑没有安装 QQ 软件，我只好将自己的手提电脑带过来。可当我双击 QQ 快捷键准备启动程序时，系统却提示原有的版本太低。我重新装上了新版本的 QQ，终于能够启动了。我迫不及待地给女儿留了一条信息，与她相约第二天早上也是她的晚上 QQ 见面。

第二天早上，当我打开了 QQ 后，女儿的头像便开始晃动起来。打开聊天页面，几个“妈妈”字样立刻跳了出来，后面带了长长的破折号！此时我的耳边仿佛听到女儿的呼唤！远隔千山万水，在异国的土地上，我终于看到了久违的女儿，一时间感到无比兴奋！从屏幕上看，老公似乎憔悴了许多……

2007 年 9 月 9 日星期日，我一觉醒来，不觉已经 10 点了。我匆匆吃过早饭，背着电脑包来到 MIT。

来到 Stata Center，才发现大门紧锁着。我在校园里转来转去，发现通向 8 号楼、4 号楼的门敞开着。我从 8 号楼进去转弯来到 4 号楼。夹在 4 号楼与 3 号楼中央的 10 号楼是著名的 Maclaurin Building。我来到 10 楼的休息厅，在嫩绿色的流线型的沙发上坐下。休息厅正对着著名的查尔斯河，阳光从窗子射进厅内，把整个大厅照得亮堂堂。两套流线型的沙发对接在一起，把整个休息厅装扮得非常典雅。我打开电脑，输入用户名及密码，几分钟后登录到 MIT 的网页。163 邮箱内有儿子一封邮件。儿子不大爱说话，也很少与人交流，尤其是邮件往来。能够收到他的邮件，我感到喜出望外。打开邮件，我才得知他曾给我的 MIT 邮箱发过两封邮件。我魂不守舍地登录到 MIT 的邮箱，从屏蔽拦截的信件内找到了他的邮件。虽然只有只言片语，但我却抑制不住内心的激动，带着对他的无限牵挂，我含泪作了回复……

# 第二章 留美生活札记

## MIT 的宁波人

邮箱里还有一封汪涵(音译,英文名 Han Wang)的邮件。

汪涵,奉化人,是我在 MIT 网站上看到的宁波籍老乡。原以为他是从宁波直接考入 MIT 的大学生或研究生,后来得知他早已在海外漂泊了多年。我按照 MIT 网站上的联络信息向汪涵发去了第一封邮件,他本来与我相约在宁波见面,后因他签证遇到麻烦,我们的会面也因此搁浅。

来到 MIT 之后,繁多的报到事宜和联络方式的滞后使我暂时放下与他的联系。今天收到他的 email,我感到格外高兴。我们相约在学生中心见面,然后一起吃晚饭。我担心他认不出我,便在邮件中附了照片。

晚上,我按照 email 上的预约到达 MIT 的学生中心。十几分钟过去了,我奇异的目光并没有招来行人的注意。我担心回复他邮件的时间太短,他会不会错过我的邮件?

正在我焦急如焚的时刻，一个东方面孔的书生男孩走到我面前，他就是汪涵！他穿了一身运动装，个头不高，但眉宇间透露着中国优秀学生特有的聪明。闲聊中得知，他初中在效实中学读书，高中和本科被保送到新加坡，而后又到英国剑桥大学读硕士，现在又来 MIT 读博士。好厉害的小伙子！14 岁就离开中国，23 岁的他至今已独自一人在海外漂泊了 9 年！

初到 MIT 的小汪涵似乎比我更熟悉周围的环境，他带我沿着 Charles 河边东行，走了一个很大的弧线，这也让初来乍到的他很快暴露新人的身份。这条始于 Massachusetts 大街的路线距离我们的目的地直线距离只有 300 米，但绕行 Charles River 河畔，再从与 Ames Street 汇合处折回，最终回到我熟悉的 Main Street 足有 700－800 米！当我向他示意我们走了很多冤枉路时，彬彬有礼的小汪涵却并不认为这个选择有任何不适，他担心校园里不允许自行车穿行！我暗自笑了起来：开放的 MIT 校园连公交车都可以随意穿行，怎么可能禁止自行车出入呢？

我们走进一家 Pizza 店，各自点了自己喜欢的 Pizza 和饮料，当我要求为他付款时被他婉言谢绝了。在海外漂泊了多年的他已经习惯了各买各的账(go Dutch treat),想不到在英语课本上经常碰到的文化现象却在我与汪涵之间第一次实际运用!

汪涵告诉我他在 MIT 读博期间还承担了部分本科生课程,这样他就会有一定的收入,如果算上奖学金,扣除学费之外他每月还能有 2000 美金的生活费。在外漂泊的几年间,汪涵已经学会了照料自己,几乎不花父母的钱,这让他感到无比自豪。

虽然汪涵的人生道路留下了许多美丽的光环,但回顾自己走过的路,他似乎并未有太多的骄傲,面对我的夸奖,他只是淡淡一笑。只是谈到他的父母时,他才感到能够从小依靠自己而不为父母增添更多负担是一种荣耀。

## 来了新房客

2007 年 9 月 12 日。

晚上 10 点多钟,我听到门外嘈杂的说话声,意识到隔壁来了新房客。走出房门,我看到大大小小的行李包堆了一地,两位先生在行李间穿来穿去。看到我从房间出来,其中的一位先生向我介绍了刚刚到来的新房客,他是哈佛大学的访问学者,原山东师范大学教授、博士生导师吕周聚,为他接机的这位先生则是半年前抵达美国的中国学者,原山东济宁医学院的司传平教授。安顿好吕教授后,司先生用自己的手机接通了吕先生家人的电话,报过平安后他便急匆匆赶了回去。

我为吕教授下了一碗面,这让喜欢面食的山东人吕教授非常感动。吕教授从包里拿出几块月饼递给我,这使我想起就要来临的中国传统节日中秋节。我小心翼翼地将月饼放入冰箱,在吕教授吃饭的当儿与他聊了起来。

吕教授访美时间也是 6 个月,但他已购买了往返机票,总价 7000 多人民币,比我到 Boston 的单程票价还便宜 3000 多元!吕教授的往返机票价格已含在访问资助金内,选择晚来几日,购买往返机票让他节省了一笔不小的开支。

吕教授是位有心人,身为一名博士生导师,他表现得非常谦逊。每当我们谈起来美国的目的，他总是轻描淡写地说就是要到燕京图书馆多看几本书。然而，他在美国的表现可远不像他说的那么简单。从他发表的文章来看，长期以来，他始终在思考一个问题："为什么中国新文学革命是由胡适而不是由其他人提出来的？这除了胡适自身的主观因素之外，是否与胡适当年在美国留学的文化环境有内在的联系？易言之，美国的文化、文学、思想对现代中国文学的产生、发展产生了何种影响？"正是这个疑问，将他带到了当年胡适留学的美国。

他首先以20世纪初胡适、梅光迪、胡先骕、梁实秋等留学美国的作家为研究对象，从发生学的角度探讨美国文化、文学对中国新文学的产生所发生的影响。然后从这一问题出发，他开始在哈佛燕京图书馆查阅当年这些先驱者在美国留学期间留下来的各种文章，了解到容闳是留学美国的中国第一人，他在教会的资助下，于1847年由布朗夫妻带到美国留学，于1854年获耶鲁大学学士学位。当时，他将让当时的清政府派遣更多的留学生到美国来留学看成自己最大的理想，"以西方之学术灌输于中国"。因此，毕业后，他没有选择留在美国，而是毅然回国，直到他的理想得以实现。

吕教授还发现，胡适于1910年到美国留学，对文学革命问题产生了兴趣，他在与梅光迪、胡先骕等人的争论中渐渐形成了文学革命的思想，并于1917年在《新青年》上发表了《文学改良刍议》一文，提倡白话文，反对文言文，从而引发了关于五四新文学革命的论争，揭开了中国新文学革命的序幕。

吕教授还思考了，留美华人的思想观、价值观、审美观发生了哪些变化？美国是否有自己的文化、文学？美国的文化、文学与西欧的文化、文学有何联系与区别？带着这样的问题，他咨询了有关的专家，查阅了大量的资料，并渐渐找到了答案。"美国尽管是一个移民国家，其早期的文化、文学都来自西欧，但新的环境催生了新的文化、文学，随着美国在政治体制上摆脱殖民统治、获得独立，美国在文化上也尽力摆脱西欧传统文化、文学的束缚与影响，从而有了自己的文化、文学，这种文化、文学的本质，就是独立、自由、创新，它与西欧文化、文学的贵族化、传统化有着本质的区别。这种新文化、新文学，为急于摆脱中国传统文化束缚的新文化、新文学运动提供了借鉴。正是受这样的文化环境的影响，胡适提出了中国文学革命的大胆设想。与此同时，受白璧德新人文主义思想影响的梅光迪、吴宓等则提出了与胡适不同的思想观点。应该说，他们在文学应该发展这一基本问题上有着相同之处，只是对文学应该如何发展等具体问题有着不同的看法。他们之间的论争，揭开了五四时期新旧文化论争的序幕。从发生学的角度来看，美国成了中国新文学运动的重要发源地。"[1]

吕教授还经常参加哈佛大学举办的各种研讨会，并应大波士顿中华文化协会艺文小集的邀请，以《文学中的人性——以鲁迅、张爱玲、白先勇、赵淑侠为例》为题发表了演讲。后来，《波士顿新闻》B6 版发表了他的演讲提纲，还附上了他的照片，这使吕教授一时间在 Boston 华人文学圈内名声大噪。

后来，吕教授又将自己在哈佛大学访学的感想写成了文章，发表在《侨报周刊》上。他借哈佛大学的成功之道反思中国的高等教育，认为中国从五十年代的分校，到九十年代的合校，是一种巨大的资源浪费。中国高校中的近亲结婚现象是影响健康学术竞争、阻碍学术交流创新的最大弊端。

吕教授还以自己的亲身感受思考了现代中国文学与基督教之间的密切联系，认为尽管中国的传统文化中没有严格意义上的宗教，但中国人并不缺少接受宗教的意识与胸怀。他还提出"成为基督徒是否意味着必须与中国传统文化分离?"以及"中国传统文化作为一种文化基因，是否与人的生物基因一样，具有难以改变的特性?"他从自己与基督教零距离接触的亲身经历对上述问题给予了否定。

吕教授的问题引发我对语言问题的思考：汉语属于非屈折变化语言，汉语的动词语类既不需要人称、数与格的变化，也没有时态的显性标记。比如说，下面的句子无论主语是"我"、"他"、还是"他们"，都不会影响"喜欢"这个动词的表现形式。

---

① 回忆这段经历时，我向已经回国的吕周聚教授索要这份资料，非常感谢他的热情帮助。

我喜欢打篮球。

他喜欢游泳。

他们喜欢爬山。

此外，汉语的词汇虽然具有语类特征，但不同语类的转换没有任何显性标记。如：

我开了一张证明。（名词语类）

他能证明我的清白。（动词语类）

然而，英语则是一种屈折性语言，英语的词汇语类（主要是动词和名词语类）在形式上具有明显的强制性标记。如：

I've got a friend.

I've got lots of friends.

英语的功能语类也是如此。作为起功能性作用的屈折成分（Inflection）在谓语动词的表现形式上有强制性标记。如：

I like() playing basketball.

He like(s)playing basketball.

They like() playing basketball.

那么，以汉语为母语的学习者，其语言基因是否也像人的生物基因那样具有无可逆转的遗传特征呢？换句话说，中国人在将英语作为第一或第二语言学习过程中，其语言结构是否也像生物基因那样具有一定的不可逆转性呢？

答案是否定的。

根据 2000 年全美人口普查结果显示，从 1990 年至 2000 年，美国华裔人口总数达到 240 万。美国华人虽然在这里生活工作了几年甚至几十年，但是，他们仍然以汉语为自己的第一语言。相比之下，他们的子女（华裔二代）由于从小接受美国教育，虽然能够听懂汉语，也能用汉语进行交流，但其汉语能力已经大打折扣，用他们的话说就是“懒得说汉语”。然而，华裔三代无论在语言上还是非语言上已经完全西方化了。这种现象恰好吻合了 Chomsky 关于普遍语法的思想，即：语言机制是认知系统中的一个“能力系统”（competence system），具有一定的普遍特征。(Chomsky 2000b,28)这个“能力系统”具有一定的生成能力(competence as a generative procedure),可以按照一定的程序进行跨语言间的转换。这种具有跨语言的、程序般的生成能力就是“内在语言”(I-Language)(Chomsky:1993;1995;2000b)。汉语的操练者在语言习得的初期选择了汉语作为自己的语言参数,但是,这种参数可以通过后天的环境进行转换,学习者年龄越小,其语言参数的转换能力越强。因此,从理论上讲,语言操练者的母语无论是汉语还是英语,还是其他语言,在他的语言参数设定之前,都能够选定任意的语言参数,构建自己的语言运用系统。

## 中国学者的美国“家宴”

星期六的早晨,一向不睡懒觉的我由于几日来的时差反应怎么也醒不来。一直在房门外踱来踱去的吕教授为了邀请我一起参加司传平教授的家宴,忍不住在我的房门上敲了几下。听到敲门,我咬着牙爬了起来,擦了把睡意朦胧的双眼,便和吕教授出发了。

司传平教授是我国山东省济宁医学院一位享受国务院政府特殊津贴的专家,他的研究成果《医学免疫学多媒体教学软件的研制与应用》和《育得优网络辅助教学平台的设计与免疫学立体化教学资源建设与应用》分别获得第四届与第五届国家级教学成果二等奖。司教授曾在国内首次建立了人外周血淋巴细胞化学发光测定技术,为研究淋巴细胞的活化及功能提供了新线索和手段。他还主编了《医学免疫学实验》,并被卫生部指定为《医学免疫学》统编规划教材的配套教材,他的《医学免疫学系列多媒体教材》也被国内许多医学院校采用。

与司教授的第一次接触似乎预示着我们今后的往来充满了荆棘。住在 Brooklyn 区的司教授虽然离我的住处不算太远,但需要转乘一次地铁才能到达。

我与吕教授首先来到 MIT 停车站点,乘红线到 Government Center 就能换乘绿线地铁。Boston 的公交有月票、周票、往返票及单程票,吕教授使用购买的周票上了车,我则购买了 4 美元的往返票。

Boston 的地铁似乎有些名不副实，铁路时而在地上奔跑，时而又转入地下，一路上享受着专用线路的特权，不必与车水马龙的私家车相抗衡。我们认真地收听着司机的每一个报站，生怕错过下车的站点。然而，无论我们怎么认真，还是未听到司教授交代的站点，直到绿线终点。经司机提醒，吕教授才突然想起昨天司教授反复叮咛的那句话：一定要乘绿线的 C 线。

在司机的指点下，我们来到 C 线的终点 Cleveland Circle，从这里逆向行驶就能到达目的地。登上 C 线之后，我不禁为多付的 4 美元感到惋惜。这趟列车的司机是个黑人女司机，看到我们因人生地不熟带来的窘迫，十分同情地免去了我的刷卡，于是我觉得心里好受了许多。当我们还未从因自己的不幸而得到理解的安慰中回过神来，恍然间意识到又错过了下车的站点。带着旅途的疲惫和一次免票的喜悦，我们穿过车道找到站台。几分钟后，我们在 Brookline Hill Station 见到了依然坚守阵地的司传平教授，此时，他已经在这里等候了将近 2 个小时。

我们沿着充满荆棘的蜿蜒小路来到了一处以红砖墙面为主色调的居民区①。与 Cambridge 相比，这里的楼房稀少了许多，空旷的地方偶见一两个儿童玩耍，高低不均的绿色植物为他们撑起了一片阴凉。这时，司教授指向了远处的一所学校，顺着司教授的方向，我看到一座别致的教学楼安然矗立在空旷的橡胶跑道边，那是他女儿就读的中学。为了女儿来美国读书，司教授费了很多心思，最后找到了这所师资条件较为满意的学校。也正是为了女儿上学方便，司教授以每月 1200 美元的租金租下了一套三室一厅的公寓。

司教授的住处位于一个三层公寓楼的一层，公寓间组合成一个工字型，显得非常空旷。我们在靠近马路的第一个单元停了下来，走进房门，司太太已经为我们准备了丰盛的午餐。我们对司教授美国之家的兴趣远远超过了一桌子的美食，于是开始厨房、卫生间、卧室一一参观。

---

① 本段记录有些细节已经记不清了。回国后我与司教授联系，希望他能够提供相关细节。感谢司教授填补的信息和发来的照片。

这个家的东西真不少，冰箱、彩电、沙发、家具应有尽有。司教授介绍说，这套家具和电器是他从一个 Yard Sale 一户人家买来的，只花了 100 美元！有了这些家具、电器，便有了家的感觉，多日来在美国单调寂寞的独身生活立刻在这里得到了最大限度的补充。

当我们饶有兴致地欣赏着这套中国人住的美国之家时，我冷不丁闯进了司教授女儿司梦的房间，此时，她正在为迎接高考而埋头用功！我不敢耽搁她太多时间，一声招呼之后悄然走了出来。

这时，在哈佛大学做访问的徐瑞带着她 7 岁的儿子来了。小家伙活泼好动，一进门就把房间里的东西玩个遍。而面对儿子，徐瑞表现出一位母性的特有耐心。

徐瑞首先将一碟芯片插进吕教授的手机，经过频率转换后竟然能打通了！看来在举目无亲的异国他乡，若有个人帮一把，看似复杂的生活将会变得非常简单！

徐瑞真是个热心肠，她向我们介绍如何在网上定制免费商品，如何利用网络拨打免费电话，购买什么样的国际长途卡更划算等，这让没有网上购物经历的我发生极大的兴趣，我迫不及待地打开了司教授的手提电脑，入迷地看着她一步步地演示，又如何地将联系人一个个地创建到个人的账户中。

司夫人亲自下厨烧了一大桌中国菜，有花菜、萝卜、豆角、红枣、排骨、水饺等。虽然主人不停地为自己"拙劣的手艺"深表歉意，但此时的我却有一番别样感受：中国菜好吃！即使家常便饭！

与司教授攀谈中得知，目前他正在波士顿大学医学院研究白介素-16 前体蛋白与 T 淋巴细胞增殖周期的关系，这也是他与国内同事几年来致力攻克的实验难题，如果能够搞清这一关系，就等于探明了白介素-16 对 T 淋巴细胞瘤的抑制效应机制，从而为攻克淋巴瘤等疾病打下了坚实的基础。

司梦是司教授唯一的女儿，一向在国内英语成绩很棒的她，刚来美国时却因语言障碍而感到迷茫和彷徨。后来，她参加了语言培训班，逐渐克服了语言障碍。如今，她已能跟得上全英文授课了。

与司梦的聊天使我陷入对语言官能问题的思考：一个十六、七岁的高中生，几个月前还是一个以汉语为母语机制的使用者，步入美国课堂后，其大脑语言模式却能如此迅速地从汉语转化到英语，虽然她曾有过几年的英语学习经历，但这一“瞬间”的转换不能不说是一个“奇迹”。怀着一丝好奇，我问她能否听得懂用英语授课的数理化课程。她的回答令我有些意外：理科课程的内容倒没什么难懂的，都是些公式性的东西。

午饭后，徐瑞邀请我们到她家做客。

我们沿着不太宽阔的马路转了好几个弯，到达一个小商店，这里可以购买到各种各样的国际长途卡。面对各种各样的国际长途卡，徐瑞显得特别在行，她能分辨得出哪种更耐用、更便宜。由于吕教授曾经购买的一张卡也是5美元，说是可以打500分钟。但打了几次之后，时间就所剩无几了。有了吕教授的经历，徐瑞特别认真地向我推荐了一张她使用过的国际长途卡，5美元真的能打500分钟！

我们来到一片绿树成荫的地带，这里的地形起伏很大，蜿蜒的道路边万木丛生，彰显着一副原始生态的自然景观。

记不得转了多少弯，我被旁边一个美丽的天然湖深深吸引了。湖面上一群鸭子在欢快地戏水，身下荡起一道道水波。湖边，几个钓鱼的人静候着水中的鱼儿上钩。对岸，一排排叫不出名字的植物透露着昨日的沧桑，它们与静静的湖面构成了一幅令人难忘的生动画面。

不容我仔细品味湖边美景，我的思绪被徐瑞打断，她指着远处一座座公寓楼说，那里就是她的家。我抬眼望了过去，这些公寓楼紧紧地依偎在青山脚下，虽然有些凌乱，但红色的房、青色的山，依然显得很漂亮。

徐瑞租住的是个一套二的公寓，为了照顾7岁的儿子，她把远在济南的母亲接了过来。途中，为了免去不懂英语带来的种种麻烦，徐瑞为她的母亲定制了轮椅服务。我的眼前立刻浮现出洛杉矶候机大厅的一幕：出站口旁，几位机场服务人员将接到的乘客安置在轮椅上快速送往另一个登机入口。此时我才明白，轮椅服务并非为老弱病残人提供的免费服务，而是一种特殊收费服务。

喝过茶后，徐瑞带我们来到附近的池塘。

这个池塘的英文名叫 Jamaica Pond，由于它的形状像个巨大的水壶，也被称为水壶池塘（a kettle pond）。徐瑞介绍说，Jamaica 这个名字的由来源自一个印第安人的名字，意为“丰富的海狸”（abundance of beavers）。Jamaica Pond 是 Boston 公园翡翠项链的一部分，也是穆迪河（Muddy River）的源头，湖水流入的低洼地带便是 Charles 河。

与碧波荡漾的湖泊近距离接触，我才发现，杂草丛生的池塘岸边没有一丝人工痕迹，美丽的湖畔保持了自然的原有风貌。我看到湖的一处地方好像缺了一块，但又被繁茂的野生植物抚平了“创伤”。

从湖岸上往回眺望，徐瑞家好似坐落于山坡之上，与低洼的湖面形成一个很大的落差。我们沿着湖岸北侧东行，来到一片宽阔的路面，这里虽是行人之路，但路面却保留着被雨水冲刷之后留下的泥沙，滋养着常年守护在她身边的繁华树林，并与它们共同打造着这片原始生态景象。

回到家里，天色已经暗淡下来，转眼间时针已经指向晚上 6 点，这个时间恰好是北京时间早上 6 点。我将刚刚购买的国际长途卡上的涂层刮掉，用徐瑞的手机与家人通了第一个电话。老公的声音似乎有些沙哑，女儿还在睡梦中……

晚饭之后，夜色已经沉了下来。徐瑞打开了马萨诸塞州湾交通官方网站（http://www.mbta.com/），为我们查阅回家的最佳路线。

乘上地铁，又辗转公交车，漆黑夜色中我已经分不清东南西北。相比之下，吕教授却显得格外清醒。他不停地向窗外探望，偶尔还能辨别出车的方位。

从哈佛大学校园穿过，恍然间，一座座披着蒙蒙夜色的建筑映入我的眼帘，这些建筑大小不一，风格迥异，彰显着哈佛大学的独有风格。

穿过校园，我们很快来到 Cambridge Street。步行数百米后，又来到 Hampshire Street。路过一家肯德基快餐店时，我突然被眼前熟悉的环境扭转了方向，我们的行走方向也瞬间发生了一百八十度的转弯。

# 博士堆里的“苦行僧”

9 月 17 日晚，已经倒过时差的我继续延续着国内的习惯早早休息了。熟睡中我听到有人在走廊里讲话，直觉告诉我第三位房客到了，听声音好像是位年轻的小伙子。

果不其然，第二天早晨起来，一个小伙子精神抖擞地站在我眼前。他自我介绍叫杨刚，是常熟理工大学化学系的副教授，麻省理工学院博士后，从事材料物理化学研究，主攻方向是二次锂电池正极材料、固态电解质材料和导电材料的分子设计。

30 多岁的杨刚身上充满了朝气，他的到来打破了多日来的宁静。面对未开通的网络，他巧妙地获取了一个网络信号，第一个与家人建立了视频联系。有这样一个网络高手，我自然不会放过他了，于是将与网络公司的一摊子麻烦事统统交给他。两天后，我们定制的调制解调器送了过来。杨刚将它插在底层的房东刘太太家里，又为我和吕教授的电脑调整了设置，于是，我们也开通了与家人联系的聊天通道。

有了杨刚，电脑与网络中出现的技术问题都会在他这里迎刃而解，这使我感到从未有过的轻松。

杨刚似乎有许多先见之明，针对美国不合鞘的电源插座，他出发前就在国内买了两个转换插头。当他把价值 15 元人民币的白色转换插头展示在我面前时，我看到的只有“简洁”二字，与我一节节叠加起来的厚厚插头形成巨大反差。杨刚还从国内带来许多常用药，这可是一件值得夸耀的事情！虽然在美国也能通过医生的处方购买所需药品，但依据我们购买的医疗保险，不足 100 美元的金额完全由个人买单，这些钱折合成人民币实在是一笔不小的费用。经济拮据使我对生病产生从未有过的恐惧，哪怕是常见的伤风感冒！谁又能说清楚这些小灾小病的治疗到了医生那里又会花费多少呢？我不敢想像，唯一能希望的就是不要得病！杨刚带来的常用药真是能解燃眉之急，我们再也不必为小小的伤风感冒而担惊受怕了。

杨刚的大部分时间都是在实验室里度过的，那里不仅有他喜爱的实验项目，还有他许多学弟学妹，工作时间他们一起做实验，每逢周末他们还喜欢一起聚会。

作为 MIT 的博士后，杨刚依靠给老板打工每月能有一笔不菲的收入。不过，杨刚似乎很节俭，除了每周比我们多了几次聚会以外，他的生活开支几乎与我们无别。生活简朴似乎是每一位赴美访学人的共有特征，本来可以住在学校公寓的杨刚来美国之前就向房东寄来了 100 美元的定金，仅租金一项就为他每月节省了 500 美元。习惯了享用妻子厨艺的杨刚此时也学会了烧菜、煮饭，这又让他每月省下几百美元。

一脸阳光的杨刚周末总喜欢与他的学弟学妹们欢聚一场，第二天早上他总会带着一脸满足，向我和吕教授讲述昨天晚上发生的故事。听着他眉飞色舞的讲述，我似乎感到自己的落伍。

## 又添新房客

原以为只有 3 间卧室的 house，其租住功能已经全部发挥出来，不曾想房东为了提高收入，还将三层阁楼的两间小房和地下室的出租信息也挂在网上。

一天，杨刚带着他的学妹李劼来到我们的住处。

李劼原是厦门大学的博士生，麻省理工学院的访问学生。1.74 米的李劼漂亮而健谈，她的到来立刻给多日来死气沉沉的住所带来了生机。

刚来美国的李劼看了看我们楼上的阁楼。阁楼有两个房间已经空了一个多月，如果按照每月租金 400 美元的话，房东已经损失了至少 800 美元。李劼的到来虽然燃起了房东的希望，但精明的李劼却与房东打起了心理战。看过房后，李劼没有马上表现租住的愿望。几日后，李劼又一次光临，老太太终于沉不住气，在不断地压价之后，李劼终于以每月 300 美元的租金与房东签约！

李劼为自己的房间配置了简易的衣架。虽然这件“奢侈”品将毋庸置疑地永远留在美国，但生性喜欢漂亮的李劼却不愿舍得这份“凑合”的生活，她想用最少的钱把自己的房间装扮一番。

有了这个衣架，只有 8、9 个平方的阁楼立刻显露出温馨气氛：橘黄色的地毯、粉红色的床单、五颜六色的衣架，还有墙上的各色纸贴……

阁楼的顶端呈斜坡状，两边低，中间高，1.74 的李劼只有站在中间时才能将头抬起来，这使初来乍到的她没少与房顶亲密接触，不过，如此低廉的租金足以让她留了下来。

李劼到来不几日，使已经了解到哪个超市能够买到便宜货，哪里能够买到廉价的蔬菜。她开始徒步旅行到几英里外的 Heymarket 买菜，之后把偌大的冰箱塞得满满当当。每天早上，她烧好菜后，就把其中的一部分装入饭盒带到学校作午餐。看到她仅午饭一项就为自己省下了一笔不菲的开支，我也开始效仿她的做法。我从超市里买来两个饭盒，装上自己烧的午餐。这不仅为自己省下很多餐费，还省下了购买午餐的时间。更重要的是，图书馆内延续的时间为我连续地阅读与写作提供了延续思路的可能。

随着李劼烹饪厨艺的提高，她很快成了一名烹饪能手。有时她会把几个学弟学妹请来一起品尝她的手艺。有时他们也一起打牌，一起逛街，一起参加英文查经班活动，就连情人节，她都会约上几个学弟学妹逛街。

异国他乡的学者们生活就像苦行僧一样那么清贫而简洁，然而，他们依然对生活充满了向往，这是因为他们的心中始终充满了对美好未来的无限向往。正是这种向往支撑着他们孤寂的留学生活，完成学业，回归祖国。

## 不隔音的苦恼

李劼搬来后不久，一对年轻夫妇以每月 500 美元的价格租下了她对面一间较大的阁楼。这对夫妇在美国工作，男的一星期回来一次，女的每天后半夜才回家。由于作息时间的不同，我们很少见面。

我的房间与卫生间仅一壁之隔。卫生间的淋浴房恰好安装在与我共用的墙面。这对夫妇搬进来后，每天凌晨 2—5 点间，我总会被突然而至的放水声惊醒，接着便是痛苦的失眠和第二天的无精打采。

连续几日的无眠之夜把我折磨得痛苦不堪，于是我决定向他们提出抗议。然而，当我第二天早晨悄悄爬上楼梯，在门外听到他们的鼾声时，我却不忍心敲响他们的房门。

一天深夜，轰隆隆的放水声又一次将我从梦中惊醒，此时指针正指向3点。难耐的时光已使我没有了睡意，我睁开双眼静候噪音的结束，然后悄悄爬上阁楼叩响了他们的房门。随着他们开门的一刹那，室内电脑中传出的音乐从房门中呼啸而来，女的正在整理着湿漉漉的头发。当我讲明来意，她马上向我表示了歉意。

从阁楼上下来，我感到如释重负。

又过了几天，巨大的放水声又一次将我从睡梦中惊醒。这次我直接来到卫生间敲门抗议。此时时针已指向夜间12:50，我同时发现，吕教授、杨刚、李劼都已入睡。女士很不耐烦地答应以后不再发生了。

后来，我仔细观察了这套别墅，发现它的里里外外、上上下下都是木制的，房间与房间之间、楼层与楼层之间未经任何隔音处理。人从楼道中走过，即使轻手轻脚，也会发出咯吱咯吱的响声。

## 中秋节的感伤

10月24日，我在美国迎来了中国的传统节日——中秋节.每逢佳节倍思亲，这句流传已久的古人名句只有身处异国他乡的人才能深深体会它的涵义。而此时，吕教授应邀去了朋友家，杨刚与他的师弟们聚会了，家里只留下我一人，孤零零的，感觉很凄凉.上午我到学校上课，下午回到家看书，不知不觉天色已暗.虽说独身一人在国外的留学生活会非常孤独，但我原以为勤奋好学、甘于寂寞的我在国外访学肯定会有另一番感受.然而，当异国的天空升起一轮明月，我仰望天空，“独”享这份幸福的时候，不禁眼圈红润起来。我俯下身来，已见地面上大颗大颗的泪滴……

第二天晚上，杨刚恰巧留在家里。人说十五的月亮十六圆，来到美丽的Charles河边赏月一定会给人留下难忘的印象吧！

我与杨刚相约来到Charles河的对岸，沿着环状楼梯到达桥面，在一个景观区内俯首观赏川流不息的车辆，不绝的车流迎面呼啸而来，在漆黑的夜晚都睁开了两只明亮的眼睛，在立交桥下勾勒出一幅 S 型的路线图。

这里的天空显得格外空旷，寂静的夜空繁星闪烁，孤寂的月亮仿佛在与我同日而语，时而泛起只有我才能察觉到的淡淡的哀愁。此时，我的耳边响起熟悉的京剧唱词："皓月当空，恰似嫦娥下九重，轻轻落在广寒宫……"想起贵妃的悲哀，我的眼泪不不禁夺眶而出……

眼泪冲刷了内心的孤独与彷徨，一时间我倍感轻松。我抹去眼角的泪水，将那份残留的感伤悄悄埋藏于内心深处，朝着回家的路上奔去。

## 麻雀与老鼠

2007 年 11 月 20 日。

这天的天气很特别，早晨的太阳还红彤彤的，可一会儿功夫便飘来淡淡的乌云，渐渐地，刚才的蓝天变成了灰色。过了一会，天空飘起零星雪花。又过了一会，刚才还是零零星星的雪花此时已经洋洋洒洒地飘了起来。

2007 年 Boston 的第一场雪使我充满了对冰雪覆盖的白色世界的无限向往。此时，我的脑海中出现一片白茫茫的景象，白色的田、白色的溪，还有那被白雪压弯了的枝头……非常令人神往！然而，下课铃声响过，窗外只留下一层半融化的斑驳雪迹。

我来到图书馆，在一个皮质沙发围成的阅读区坐了下来，认真地阅读借阅的书籍。

阅读英文版的学术论文对我来说是一件非常困难的事情，几十页的一篇论文有时需要几天时间才能完成。

阅读的痛苦经历使我想起了现在的住所中的麻雀和老鼠的故事，那还是我刚来不久，刘太太因为烟囱排烟不畅叫来了修理师傅。而当修理师傅把搁置抽油烟机排放管道的天花板卸下的时候，才发现麻雀已经在此筑了窝，一米多长的烟囱装满了干草。我不禁为麻雀的精神所感动：为了有个家，麻雀含辛茹苦地将一根根干草衔来筑窝，这该是项多大的工程？读书做学问，如果有麻雀这种日积月累和锲而不舍的精神，再浩大的工程，再远大的目标也能实现。

刘太太的房子已有几十年的历史，破旧的地毯下总是招来老鼠。

一天夜里，老鼠光顾了我的房间。

第二天，我怀着万分恐惧的心情向我的邻居及房东太太诉苦。刘太太给我送来了老鼠胶板。晚上，我在胶板上撒上大米、花生酱等，然后悄悄入睡了。半夜，老鼠如期而至，不巧陷进我的"圈套"。听到老鼠劈里啪啦的挣脱声，我静静地躺在床上不敢吱声。良久，挣脱声音没有了。我打开灯，看见胶板斜倚在暖气片边，想必老鼠由于挣扎已经变得筋疲力尽，于是怀着胜利的喜悦酣然入睡。第二天一大早，我叫来杨刚一同分享大战胜利的喜悦。令人扫兴的是，反转的胶版上已经不见老鼠的踪影。原来，在它钻进暖气片缝隙的时候，借助于暖气片对胶板产生的阻力，它顺利挣脱了。遗憾中我不禁老鼠的逃生精神所感动！学海茫茫，只有克服一切艰难险阻，才能一往直前！

第二天，老鼠没再光顾我的房间，于是我高兴地向大家宣布，我把老鼠吓跑了！

很久时间内，老鼠未来光顾。

又过了一阵子，老鼠又来了。这回，聪明的老鼠任凭胶板上的诱饵多么香甜，就是不肯爬上去。我一时没了主意。一连两夜我被老鼠闹腾得六神无主。第三天，我已变得疲惫不堪。

一天夜里，一阵熟悉的声音把我吵醒。我警觉地睁开眼睛，断定老鼠又被粘在胶板上了！我暗暗发誓：这回一定不能放过它！

我从厕所找来了拖把，准备与小老鼠展开一场惊心动魄的战斗。然而，当我面对个头很小的老鼠时，心里依然充满了恐惧。粘在诱盘中的老鼠明显处于劣势状态，凭着它先前的记忆，它拖着牢牢粘住它身体的托盘使劲往暖气片的缝隙中钻。但无论它怎么努力，都没有从托盘中摆脱。结果，这场战斗以我的胜利而宣告结束。

# 第三章
# 美国的基督教文化

## 绿色田园的邀请

从 MIT 匆匆回到家，我心中充满了期待：今天马仑与我有约，她要把儿子曾经使用过的自行车送给我。

马仑特别理解初来乍到的我生活上的不便。我的到来常常使她想起 20 年前她初到美国的情景。那时，刚刚硕士毕业的马仑只身一人来到美国，由于学习紧张，奖学金也不高，加上随她之后来到美国的丈夫身无分文，他们经济非常拮据。为了改善生活，他们洗过盘子端过碗，吃了很多苦头。

“叮咚”，门铃声响了，我匆匆下楼，看到马仑和她 9 岁的女儿 Joyce。聪明可爱的 Joyce 虽然出生在美国，接受了完全西方化的教育，形成了美国青少年特有的思想观念，但在我眼里，长有一副东方面孔的她似乎与我们没什么差别。也许是语言原因，针对我的寒暄，她总是腼腆地点头摇头，很少作答。马仑从后备箱里搬下自行车，车轮虽然小了点，但对于个头并不太高的我还是不成问题。

马仑今天是来送她 16 岁的儿子王瑞参加 MIT 中学

生辅导班学习的。趁儿子上课的时间，马仑邀我去了一家88超市。

88超市是一家专营中国物品的连锁超市，凡是中国人喜欢的东西几乎应有尽有。营业员几乎是清一色的中国华人。商品上的商标也以汉语标示居多。由于美籍华人的庞大人口，大部分88超市的生意都很兴隆。我先购买了一些生活必备品，有大米、酱油、食醋和蔬菜，还有我喜欢的面条、豆腐乳、辣椒酱等，总计20美元。马仑坚持为我付了款。

几天后，马仑邀请我去Boston华人大教堂参加基督教活动，她说本周日教会邀请了已在美国小有名气的作家范学德演讲。

我不是基督徒，也未曾接触过基督教，但作为一名英语专业教师，我深知基督教在美国的影响，也希望了解基督教文化。

然而，虽然马仑将她发出邀请的主题设定为"基督教主日活动"，虽然外出旅行对于在家憋了很久的我具有很大诱惑力，而真正使我无法抗拒的还是马仑的家宴，虽然她将到她家做客定位为第二天的附加活动。几日来，丰富而忙碌的教学与学术活动虽然使我耳目一新，但亲人的远离与生活的单调使我从未像现在这样对参加聚会充满渴望。与素不相识的人聚会，与有过一面之交的朋友聚会，与老朋友聚会，到中国朋友的美国之家聚会，终将成为我留美生活的重要组成部分。马仑的美国之家是怎样的呢？此时，我的脑海中展现出一幅幅美丽的画面……

第二天下午，我按照约定提前来到Malden地铁站，此时距离我们约定的时间还有一个小时。我在站内徘徊良久，饶有兴致地读着站台上几则招聘广告："Waiting... for the perfect job to come along... can be almost as frustrating as waiting for the next train。"（等待……一份完美工作的到来……犹如等待下一趟火车一样那么令人感伤），而另一则广告牌杯中的滴滴饮品仿佛Cosmo散发出的浓香，在倾注杯子的一刻已沁人心醉——"The perfect Cosmo in every pour. Clearly Enticing. Clearly Smirnoff."（每一次倾注饱含着最美的Cosmo，显而易见的诱惑，显而易见的Smirnoff）……

时间似乎过得很慢，橙色的火车从我身边停下，又缓缓驶去，一拨一拨的乘客来了又走了，留下我一人踱来踱去。

指针终于指向5点，我拨通了王先生的手机。“Hello”，手机的另一头传来了王先生的声音。

不一会儿，我的手机响了，我按照王先生的提示，在出站口外找到了标有“pick-up”的站牌。再环顾四周，王先生的车已向我驶来。

我原以为到了 Malden 车站，离他家已经不远了，让我始料不及的是，王先生的车沿着蜿蜒的柏油马路，穿过郁郁葱葱的植物林，行驶了20分钟才到家。

一下车，我立即被眼前的景色惊呆了，这里山路弯弯，绿草茵茵，一座座漂亮的洋房形态各异，分别坐落在属于自己的绿色空间，它们色彩各异，大小不一，在蓝天白云的衬托下彰显着别具一格的独特魅力。我曾在心中有过无数个遐想，美国的风光应该是由满眼绿色铺就的草坪，偶有散发着野香的鲜花在远离闹市的繁华中自由自在地生长，白色的洋房在万木丛中透视着不凡。而此时眼前的情景忽然间与我梦中的景象发生着吻合，不同的是，梦中的情景只限定在一定的框架之内，而眼前的景色却一望无际，那绿草、那洋房、那蓝天、那白云、那人、那狗，还有不远处正在自家门口整修草坪的人影和偶然从蜿蜒马路上通过的轿车，构成了一幅人与自然天然合一的生动画面！

房屋门打开了，霞光中闪现出马仑的身影，她略带笑容的脸颊上写满了基督徒特有的虔诚和友善。

绕过鲜花围成的长长隔栏，我走进马仑家。

这是一个三居室的单层别墅，除了卧室、书房、卫生间外，还有四个大厅，有供接待客人的客厅（ living room ），供自己使用的厨房（kitchen）、餐厅(dinning room)和娱乐厅。厨房的使用率最高，全家人烧饭、吃饭及其他许多家庭活动主要在此进行。从厨房的右侧能够进入餐厅，一套较大的餐桌、餐椅占据了餐厅半壁江山，只在聚会时才用得上。餐厅的另一端连着供自家人使用的娱乐厅(family room)，约 30 平方米，内有沙发、茶几、彩电、音响等一应俱全。娱乐厅与餐厅的连接处有许多绿色植物，反映出主人对生命的热爱和对生活无限眷恋的内心世界。这里还放置了马仑为儿子购置的跑步机、哑铃等体育器材，看来，马仑为儿子的健康发育费了不少心思。

晚饭后，我随马仑来到地下室。地下室兼有储物和活动两个功能，有供全家人取暖的锅炉，还有个乒乓球台，上面还安装了自动发球机。我好奇地抓起了球拍，发球机经过调试后便按照适合我的发球速度一个接一个地发球，并不时地变换着方向，直到网中的乒乓球不足。

晚饭过后，我在临时铺就的沙发上躺下，享受着异国他乡"家庭"般的温暖。当我发生了180度的转弯，从地球的另一端遥看同一片天空时，此时，浩瀚的夜空依然那么寂静而美丽，虽然小小的窗口难见玉兔的踪影，但皓月当空，海岛冰轮，嫦娥奔月……依然伴随着桂花酒的芳香，使我充满无限遐想……

第二天早上，天还一片漆黑，一向习惯起早的我便早早睁大了眼睛。

我静静地躺在沙发上，直到窗外泛起淡淡的光亮，便轻手轻脚地来到厨房。书房的门虚掩着，一道暖光从门缝里钻出来。也许是我的脚步惊动了正在书房工作的马仑，只见书房的门悄然打开，马仑走了出来。

我与马仑沿着蜿蜒的马路到达一个地势较低的丁字路口。这里的地形有点丘陵特征，尽管坡度不大，但绵延起伏，景色美丽。户外人烟稀少，笼罩在薄雾中的清晨几乎未见到行人和过往的车辆。我和马仑沐浴在秋日第一缕阳光之中，享受着上帝给予我们的清馨。晨风吹拂到脸上略感一丝凉意，而当东方的朝霞露出鲜花般的笑脸，将我们身后的影子拉得很长很长的时候，我们已有些汗流浃背了。

## 初到 Boston 郊区华人圣经大教堂

Boston 郊区华人圣经大教堂位于 Lexington 城区的 Old Spring Street 149 号，每到星期天，教堂里聚集了前来做礼拜的男女老幼。

教堂大厅的一角备有当日的活动资料，初来乍到的慕道友在朋友的引导下先到这里填写个人基本信息及联系方式。大厅的左侧有个宽敞的衣帽间，供前来参加活动的人们使用。大厅的尽头有个年轻父母及婴儿专用休息室。对面是个小小的书画室，为大家提供各种各样的基督教图书和传统的中国工艺品。

主日活动 9:30 开始。本次活动的主办方恰好是 MIT 团契成员。马仑在人群中搜索着她熟悉的面孔，试图找到能为我会后提供驾车服务的人选。当她来到正在散发资料的一位女士面前说明情况后，这位女士毫不犹豫地将自己的联系方式写在我的笔记本上，并承诺活动结束后会找一辆车送我回家。我从她留给我的联系方式得知，她叫陈书君，是MIT的博士生。

首次来到庄重而神秘的基督教堂，我略有几分紧张。我坐在位子上，按照台上主持人的指令低头祷告，又跟着台上大屏幕上的歌词放声歌唱。不多久，我便被基督教徒的虔诚、热情、好客的氛围所包容。简单仪式后，主持人开始询问谁是第一次来教堂的新朋友。当我把手高高举起时，基督徒从四面八方向我伸出热情的手。他们与我相互介绍，一一握手，彼此间没有距离，没有陌生，没有尴尬，只有一颗颗真挚的心，修改着我脑海中曾经的基督徒形象。然而，无论他们多么热情，已经在无神论的氛围中有过一半人生经历的我仍然无法相信"神"的存在。基督徒们真的相信神的存在，还是在痛苦和彷徨中寻找精神寄托？我在心中划下一个巨大的问号。

每一座位的后背备有圣经读本和圣经歌曲集。翻开圣经诗文，我装模作样地跟着诵读。

聆听基督徒的歌声是一件非常愉快的事情，听着大家的吟唱，看着台上巨大的屏幕上的同步歌词，我不禁张开了嘴巴。

在无数的黑夜里，

我用星星画出你，

……

尽管汉译歌词在西洋的曲调声中听起来很不自然，但台上台下的到会者都显得非常虔诚，他们神情浓重，目光专注，歌声充满了柔情。

本次主日的讲员邀请了国内的东北作家范学德，他演讲的题目是"活出美好的生命"。

范学德略带一丝中国东北口音，他的口才极具渲染力，没过多久，教堂原本庄重而严肃空气便被他幽默的口吻所引发的笑声所取代。

我原以为教堂是个非常庄严而神圣的地方，容不得半点马虎，正因如此，初来乍到的我显得异常紧张。后来，教堂内不时爆发出的阵阵笑声渐渐把我的紧张情绪疏散开来。

范学德曾著书《我为什么不愿意成为基督徒》，后来又撰写了《我愿

意成为基督徒》(加拿大恩福协会出版),书中讲述了他"愿意接受耶稣为我的主"的原因。

不过,听了范先生的经历,我还是不能明白他为什么能从一个非基督徒转变成一个真正的基督徒,不能明白为什么一个起初对耶稣的存在持如此怀疑态度的人竟能打心眼里接受耶稣基督。

活动结束,马仑把我送到慕道班,而她自己则去了由基督徒组成的查经班。

慕道班里有 20 人,一位自称退休在家的老人在讲人的起源。

## 房东妈妈与她的儿子

从慕道班出来,我来到大厅寻找承诺为我提供搭车服务的书君女士。

大厅里人头攒动,我略感诧异地发现,与我没有任何交往的书君此时已经站在了大厅的显著位置,她正在用目光努力地搜寻我这个不熟悉的身影。她把我带到一个年轻姑娘身旁。这个将要送我回家的姑娘叫贾攀乐,看上去 20 多岁,她个子不高,身材较瘦,鼻子上架着一副眼睛，小小年纪的她竟然是MIT的任课教师(faculty)！攀乐说话声音很低，脸上带着一丝腼腆。与我同行的还有另外三位在MIT访学的浙江大学博士生。寒暄中我偶然得知，现与他们合租的一位朋友曾经是我现在住所的房客。原来，我临来美国之前，我所租住的House内曾经发生了一次格斗！那天，房东刘太太的儿子喝醉了酒与房客间发生冲突，并扬言要杀了他们。冲突中巨大的吵架声惊扰了邻居，他们悄悄地报了警。警察到来之后将刘太太的儿子带走了，而住在这里的房客以最快的速度全部搬了出去。原来如此！难怪我在国内始终未在网上查到这套房子的出租信息，却又在出国前夕的偶然间意外发现！庆幸自己的同时，我不由得担心起来：刘太太的儿子会不会对我们构成危险？

攀乐在GPS的提示下先将三位博士送达住所，然后又送我回家。她执意要把我送到家门口，虽然只有单行道的丁字路口离我家门口只有50米远。

第二天，我既想把这一轰动性的新闻告知隔壁的吕教授，又担心会在房客中引起恐慌，于是决定先观察一段时间再说。我诚惶诚恐地度过了好几天，似乎没有什么不安全的迹象。

很久之后的一天晚上，我听到刘太太的儿子在楼下的哭闹声，心里顿时紧张起来。起起落落的哭声持续了很久，饱含着无尽的苍凉和悲哀。

第二天，我试探地询问吕教授是否听到昨日的哭声。出乎我的预料，吕教授则显得异常平静。他说他已经不止一次地听到楼下的哭声。我感到有些意外，几次哭声竟然使吕教授没有恐惧之感？我鼓足勇气将房东儿子与先前房客间发生的冲突说了出来。听了我的描述，吕教授好像并不惊讶，因为房东儿子常常一个人喝酒，喝醉了就会撒酒疯。

我开始对房东太太产生怜悯，80岁的老太太，既要想着收房租维持生计，还要承受来自儿子的折磨，可怜天下父母心！

后来，我得知，房东太太的儿子腰部有病，不能干重活。也许正因如此，40岁的他仍然独身一人。长期的病痛折磨加上内心的寂寞足以使他不堪重负，于是便借酒浇愁，以排遣内心的苦闷。

我开始理解他的苦衷，但与一个酒鬼常住在一起总不免使我心有余悸。我开始留意周围房屋出租信息，但不是价格高就是距离 MIT 太远。后来，吕教授、杨刚都坚持住了下来，李劼也住进阁楼里，于是我渐渐有了安全感。

不过，刘太太的儿子醉酒时从未来到二楼。这也许是刘太太的功劳：那次冲突刘太太一定赔了很多钱。为了防止类似事件再次发生，80多岁的刘太太在儿子酗酒时考虑最多的应该是怎样保护房客不受骚扰吧！我渐渐开始敬仰这位伟大的母亲。

然而，她儿子清醒时的表现似乎没有我想象的那么糟。每天他都会上楼来查看垃圾清理情况。他似乎很懂得礼节，从我门前通过时从未向里张望，尽管我几次敞着门。有时我与他走个对面，他会很友好地与我打声招呼，然后若无其事地离开。我房间闹老鼠时，他看到撒上大米和抹上花生酱的粘盘，很友好地告诉我说，老鼠喜欢吃大米，不喜欢花生酱。他还纠正我说，这种个头很小的老鼠是"mice"(音译)，不是"rat"，他用手比划着说，前者个头小，而后者个头很大。我感到疑惑不解，"mice"，不是"mouse"的复数形式吗，怎么能把单个的小老鼠说成是"mice"呢？

## MIT 团契活动

十月正值旅游旺季，国庆节过后，我便和吕教授一起筹划尼亚加拉大瀑布旅游的事宜。一位好心的朋友利用通过他在 Boston 建立的中国学者朋友圈群发了一则邮件，希望能够帮我们征集游伴。邮件发出不久，我们便收到两位朋友的回复。

赛涵(音)是我们通过邮件征集的旅游伙伴之一，她是 Boston University 的访问学者。我们相约本周五去旅行社办手续。

我和吕教授乘绿线来到距离旅行社不远处的 T-station，与赛女士相遇后一起前往旅行社。不巧的是，这个旅行社的大瀑布之游本周只剩下 2 个名额。此后，由于天气渐凉，尼亚加拉大瀑布关闭了向游客开放的水上活动，我们的大瀑布之行成为永久的遗憾。

不过，与赛涵的相遇还有个意外收获，我们获悉本周末 MIT 有赏叶活动。我马上想到书君女士。我翻开通讯录，按照书君留给我的电话号码打了过去。书君查看了中巴车位情况，发现座位已满。不过，她向我透露我今天晚上 MIT 查经班活动，她邀我前去参加，也许在那儿还会找到别的办法。

与赛女士道别后，我与吕教授迫不及待地踏上了回家的地铁。

今天的火车好像着了魔似的特别慢，它走走停停，停停走走，眼看着时间已到，火车距离目的地却相去甚远。情急之中，我们只好改变主意：直接到达 Government Center 转乘红线到 MIT。

一个小时之后，我们终于到达了 MIT。茫茫夜色中，当我们满心欢喜地向大家询问 E51 楼的所在位置时，不料想身在 MIT 的许多学者（学生）却说不出它的确切位置。当我们费尽周折找到查经班所在位置时，时间已经到了晚上 7 点。

MIT 团契的成员正在吃饭，从嬉笑的人群中，我一眼看到了书君女士。她热情地我们各自盛上了两份 Pizza，然后递给我们两张表格，我和吕教授在表格中填写了各自的相关信息和联系方式。

查经活动的程序和教堂里的差不多，主持人先致开幕词，然后是祷告，再后来是新朋友自我介绍，最后是唱歌“我们欢迎你”。随着活动的继续，几位朋友向大家分享了自己近期的经历。最后，参加活动的人员开始分流，一拨是基督徒，一拨是慕道友。

现为 MIT 的 faculty 的孔静女士是位基督徒，刚刚生过小孩的她显得很瘦弱，今天她留在了慕道班，为慕道友解答疑惑。

活动结束时，孔静没有忘记向新会员提供最需要的帮助。当她向我询问有什么需要帮助时，我向她表达了明天想看红叶活动的愿望。孔静非常认真地查问了 MIT 的中巴车座位情况。当她确认座位已满，她表示要再想想办法。最后，她便留下了我的联系电话。

回到家里，洗漱完毕，孔静果真打来电话，她帮我联系到一位马来西亚的华侨朋友 Helen 的私家车！

躺在床上，我心中充满了对美好明天的无限向往。

第二天早上，我煮了一大盒水饺，又装了些水果，等待 Helen 的到来。

10 分钟后，Helen 如期而至。

与 Helen 聊天后才得知，她的车原本已安排了 3 位朋友。当她接到孔静的电话，得知我和吕教授想搭车时，便将其中的 2 位另作安排。我被 Helen 的真诚所打动！一个 20 多岁的漂亮女孩，把陌生客人当作自己的兄弟姐妹，在我们需要帮助时想尽一切办法，这究竟是偶然还是必然？我在心中划下另一个巨大的问号。

## 山上红叶醉满天

10 月中旬，Boston 城区的植物依然保存着夏日的绿色，其娇媚的秋色姗姗来迟。性情急躁的人们已经等不及秋日蹒跚的脚步，他们相互结伴，开始了一路北上的自驾之游。

Helen 驾车经过弯弯曲曲的柏油马路上了高速公路。

两小时后，我们来到了 Sunapee。

人说这里是欣赏红叶的最佳地带，而当我走下车后向四周望去，并未看到令人心醉的一幕。不过，兴致倍加的人们各有各的解释理由，他们认为红绿相间、黄棕色别的红叶才最有看头。虽然这些话在我听来似乎有些自我解嘲的味道，但能够与大家一起集体出游的机会毕竟难得。

我们来到山脚下的休息厅，等待着大批队伍的到来。

MIT 的中巴载着 MIT 团契的大批人马终于停靠在 Sunapee 的停车场，紧随其后的还有一些私家车。他们的加入使赏叶的队伍立刻壮大起来。人们在休息厅开始享用自带水果等食品。我的水饺很快被一扫而光！负责组织这项活动的 MIT 团契还带来了炒菜、点心和稀粥。用餐完毕，人们各自将自己的名字及工作单位写在胸贴上，然后贴在自己的胸前。

有了胸贴，我们的交流变得非常顺利。我在这里遇到了山东大学的几个校友，这让我始料未及，也是这次旅游的意外收获！20 年过去了，我在国内只找到寥寥数位同窗好友。想不到在国内一个未了的心愿却在异国他乡圆了梦！在他们的介绍下，我的山大校友逐渐增多，我

见到了与现任职周易研究所的 Zhang W. Z. 教授，原哲学系的张敦富先生，还有一位女博士。最令人兴奋的是，我还认识了原山东大学的校友——现在美国定居的高立新。更让我感到惊奇的是，立新的太太是山东大学外文系 83 级的张燕玲。立新显得非常活跃，他拿出照相机，不停地为每一个人拍照。在他的倡议下，山大校友一起合了影。回忆着过去的时光，享受着现在的幸福，憧憬着美好的未来，我们感到无比快乐。

午饭过后，大家来到室外较为宽敞的地带围成一个大大的圆圈。自我介绍之后，人们开始默默祷告，最后唱响圣诞颂歌……

山间的小路没有任何人工修理的痕迹，走的人多了，便走出来一条路。

我们沿着前人踏出的山路向上攀援，两个小时后爬到了山顶。两次登过泰山之巅的我此时并不感到这里的景色有多美，从山顶上向远方眺望，难见险峰中的无限风光，只有一棵巨大的红杉树特别吸引众人的目光。

下山的路径有多条，人们既可选择缆车，也可以徒步下山。我与几位同行者选择了一条陡峭的山路。

走了不多远，我便发现这里其实是一条绿草铺就的滑雪通道。也许是我从未有过滑雪经历的缘故，我突然觉得这里的景色异常美丽：宽敞而陡峭的山路弯弯曲曲、曲曲弯弯。载着游人的索道不时与我们擦肩而过。随着索道下行的路线放眼眺望，偶尔还能看见碧绿的森林深处一潭蔚蓝色的湖泊。拐过一个弯，我看到这里的植物繁枝茂叶，色彩斑斓。继续下行，茂密森林中的白色枝干在茫茫崇山峻岭中露出来。漫山遍野的丛林中依稀能够看见，星星点点才是叶片已经熟透了的色彩。与我同行的几位朋友已经三三两两渐渐远去，融入自然的画面是那么的生动，白色的云、蓝色的山、五彩的林、还有那沁人心醉的点点红叶，与苍茫的树干交织在一起，构成了一幅生动的天然油画！

下山的路似乎少了许多曲折，一个多小时后，我们来到了刚才聚会的地。此时，我的膝盖已经开始发酸，僵硬得打不过弯。然而，当我回首眺望刚才走过的山路时，展现在我眼前的是一条绿色草地铺就的滑雪通道，它在山坡上延伸出去，消失在蓝天的尽头。此时，我的心仿佛经过了一次洗礼，上山时的一丝失望荡然无存。

# 偶遇山东大学校友

11月的Boston气温已降至8－2摄氏度，寒气逼人，冷风刺骨。不过，今天Helen却打扮得格外漂亮，她要在今天的礼拜活动中扮演散发资料的角色作用。

一路上，红得令人心醉的片片枫叶在弯弯的柏油路边格外引人注目，草坪上厚厚落叶提醒着我秋天就要结束，寒冷的冬天就要来临。

蜿蜒的柏油马路弯弯曲曲，我被路边田园式的风光深深吸引。Boston郊区的秋天景色太诱人了，在这里能看到世界上最美的景色！路边田园式的风光呈现出我最喜欢的暖色调，橙红相间，给寒冷的空气增添了许多暖意！不太高的树干撑起巨大无比的盖头，稀疏的枝叶中享受过更多阳光的外围依然保留着色彩浓烈的枝叶，仿佛经过了浓墨的涂抹。一簇簇的深红色经过秋风的修饰已经红得有些发紫，已经暗淡下来的焦黄叶片上写满了弱不禁风的落叶必然。地下散落的片片落叶向人们传递着凄凉的美。一切点缀得都是那么恰到好处！此时，眼前大自然与人间构成的完美谐和触发我内心深处的感动！我无法不慨叹大自然的天工！果真是上帝之作吗？

9:00，我们来到了大教堂。我拨通了马仑的手机，电话那头的马仑已经驾车奔驰在去往教堂的路上。

波士顿郊区华人大教堂就像一个华人聚集地，每到周日，凡是我认识的基督徒都会在这里不期而遇。今天，当我在教堂大厅逗留，默默等待马仑的时候，我却见到了曾经来我家家访的美琴夫妇和她的两个小孩，见到了第一次见面就给予我帮助的孔静女士。

教堂中，我偶然发现不远处一位女士在向我点头示意。当她旁边的男士转过头来朝向我时，我马上认出他就是我在Sunapee看红叶时认识的高立新！这一发现使我马上反应过来，这位与我进行眼神交流的女士便是张燕玲——我久违的山东大学的老校友！我抑制住内心的激动，恨不得教会活动立刻结束，然后飞到她身边！

教会的活动在期盼中终于结束了，随着川流不息的人流，我与立新和燕玲渐渐挨近，然后紧紧拥抱在一起。

我们登上立新—燕玲夫妇的私家车，经过绿树成荫的田园风光，穿行于川流不息的高速公路，在一座白色的别墅旁停下车。

立新—燕玲的房子很大，进门是餐厅，餐厅连着厨房，旁边是个带有前后门的客厅，敞开式的几个大厅占据了整个别墅的绝大部分空间。

立新和燕玲有一双儿女，女儿读高中，儿子上小学。午饭时，燕玲特意将一道豆腐干端上来，以一句“我女儿特别特别喜欢吃这道菜”来表示主人的欢迎。燕玲特别加重了两个“特别”的发音，没料到她正上高中的女儿却冷不丁冒出一句地道的英语，“I never said I really really like it”，她也特别加重了两个“really”的发音，作为对母亲刚才那句话的反应。虽然女儿的反应让作为母亲的燕玲有些尴尬，但此时的我却对中国父母与子女间展开的汉语与英语的混合对话发生极大兴趣。每当这时，Chomsky 的普遍语法理论便在我的脑海中闪现。儿童能在不经意间随意对两种特定语言进行参数转换，这个事实不恰恰说明人脑中有一种先天语言转换机制吗？

我们一起回忆了毕业以来山大发生的巨大变化，我的思维在被岁月冲淡了的记忆里努力寻找着失去的记忆……

后来我们得知，立新原本今天下午有一项重要活动，因为我们的到来，他把活动临时取消了。

# 第四章
# 美国名校解读

## 初到 MIT

7 月 4 日是报到日，当窗外的天空已经泛白，我便从床上爬起来。

我打开行李箱，从中取出签证表、护照等，简单吃过早饭，匆匆赶往 MIT。

我从 Union Street 步行来到与 Hampshire Street 的交叉口，想起昨天晚上刘太太的话，从这条路向东走就能到达 MIT。走过 3 个街区(blocks)，我终于看到了那座奇形怪状的大楼 The Stata Center。这座耗资三亿美元的综合大楼如今已是 MIT 最具标志性的建筑之一，据说建筑师 Frank O. Gehry 把该中心的底层结构设置为无任何门槛和隔断阻碍的直通形走廊，这一富有挑战性的设计传承了 MIT 的办学传统，其目的在于促进综合性教育、研究和合作，让各种学科的智力活动在开放性的社交环境中达到融合。

此时，The Stata Center 的大门紧闭，偶见几个学者模样的人穿行于开放的校园中。我在大楼的外面拍了几张照片，然后来到校园中央。

从校园中穿过，我发现MIT的校园并不像我想象的那么漂亮，古老的建筑外墙多呈灰色，绿地也不多见，只有靠近查尔斯河的地方绿树成荫。我在一座高高耸立于校园的楼前停下，这就是汇集了享誉全球的众多重要研究所、研究中心及系科部门的Green Building。Green Building内部设有许多举世瞩目的高端科学系，有地球、大气与行星科学系，电子探针微量实验室，实验岩石学实验室，全球变化科学，飓风实验室，大气海洋与气候项目中心，MIT海洋学WHOI联合项目研究中心，地球资源实验室等。

我转身向查尔斯河彼岸望去，宽阔而宁静的查尔斯河碧波荡漾，几只扬帆的帆船悠然地滑动着。河的对岸但见Boston第一高楼John Hancock Tower拔地而起。这让我联想到繁华的上海滩。从上海滩彼岸遥望浦东的东方明珠，不也是这么雄伟壮观吗！不过，如果再看看黄浦江的一江之水，我们便感受到查尔斯河带给人的异样感觉：没有喧闹的都市繁华，只有内在的宁静和平。河的岸边有一条宽宽的人行道，几名晨练的学生身着短式运动装，沿着岸边慢跑。查尔斯河岸上的两条单行道被一条宽宽的绿化带分割开来。绿化带比马路还宽，但与浙江大学宁波理工学院前面的绿化带相比则逊色很多。若不是一张张外国人的面孔，我差点忘了自己身处异国！

从查尔斯河折回，我才开始仔细地品味这座令世界倾倒的世界顶尖学府。MIT校园不大，一个小时不到，我已经绕了好几圈。本想凭着地图的标示找到国际学生中心，但转了好几圈还是未能如愿。"Excuse me, can you tell me where...?"这句最简单的问路语只有踏上美国国土的人才能体会到它的分量！它的使用频率足以给英语口语教材的编写者以警示：若能把它放在口语教材的首页无不为明智之举！

从Stata Center大楼出来，我进入26号楼。穿过长长的走廊，右转进入8号楼，再朝前走，就是4号楼了。长长的走廊将几栋教学楼连为一体，虽然距离不远，但初来乍到的我还是费了一番周折。

从国际学生中心报到回来，我来到语言哲学系。

语言哲学系位于Stata Center大楼西端的7、8、9层。我乘电梯来到语言哲学系，终于见到了同我一直保持 email 来往的 Chrissy 小姐！她把准备好的资料交给我，向我介绍了系里的领导和相关教师，然后带我参观了语言哲学系的几个办公室、图书室、休息厅、厨房、电脑厅等。电脑厅是一个由办公室外墙自然围成的独立空间。Chrissy 告诉我只要凭用户名和密码就能从任何一台电脑上登录，免费访问 MIT 的电子资源，免费使用打印机。我如饥似渴地打开了自己的电子邮箱，里面已经有了许多邮件。来不及回复，我按照 Chrissy 小姐的建议，直奔学生中心办理 MIT 的身份卡(ID)，有了这张卡，我才能自由进出 MIT 的办公大楼。

语言哲学系每个工作日的 9:00—17:00，可以随意出入，其余时间需要凭 ID Card 刷卡开门。玻璃门上安装了极具人性化的自动保护功能(automatic caution door)装置，有了这个装置，开门的人放手之后，门就会很小心地弹回去，既不会产生刺耳的撞击声，也不会突然撞击后来人！

从电梯下来，我步入 Stata Center 的底层，这里果真是一片开放的空间！两边有桌椅、网线和电源，只要有 MIT 的身份证号码、用户名及密码，就可以进入 MIT 的内部网。宽敞的大厅内还有咨询中心、电子图书馆、健身房、咖啡厅、幼儿园等。咖啡厅其实是个开放型的小超市，早餐、午餐时间生意蛮兴隆的。

走出 Stata Center，依次穿行于 26、8、4 号楼期间，我径直来到了 Massachusetts Avenue，与我只有一路之隔的正是 MIT 的学生中心（Stration Building）。当我翘首观望，学生生活区的景色令我惊诧不已：阳光普照的运动场上挥洒着足球运动员的汗水，绿树成荫的院内三五成群的学生谈笑风生。这才是我梦寐以求的校园！

走进 Stration Building，我才发现这是个以餐饮为主的二层楼，一层有 Federal Bank 和 Bank of America 两家银行，还有几个小超市。二层主要是餐厅。办卡中心设在地下室，工作人员让我出示了护照和临时 ID Card，当场为我拍下了数码照片，几分钟后我便拥有了自己的 ID Card，上面有我的照片、姓名、MIT 的身份证条形号码和到期时间。

有了这张 ID，我就可以借书、上网、非办公时间进入办公室了。我上二楼中国餐馆买了一份 6 美元的午餐！几天来，未正儿八经吃过一顿像样中餐的我敞开了胃口，把好大一盘的盒饭吃了个底朝天。

走出餐厅，我才有机会仔细品味这里的风光。我从学生中心向东望去，马路对面那座别具一格的 Rogers Building 立即映入在我的眼

帘。古老庄严而雄伟的 Rogers Building 位于繁忙的 Massachusetts Avenue 的另一侧，高高的教学大楼在一拨一拨来来往往穿梭于教学楼与学生生活区的学生的衬托下显得美丽动人。我不由得拿出了相机，将深深触动我的场面拍了一张又一张……

回到 Stata Center，我开始细细品味这座享誉全球的建筑的魅力：大楼的一层是无任何门槛和隔断阻碍的直通形走廊，走廊的两边有长长的座位，它们紧紧地依偎在不规则的墙面，供大家看书、学习、交流使用。有些地方还摆设了活动桌椅。凡是有座位的地方都有电源装置，以方便大家使用电脑。

来到语言哲学系，我如饥似渴地打开了电子邮箱。处理完邮件之后，我决定给国内的二姐发一封邮件。然而，当我要给姐姐写信的一刹那，我却发现电脑中没有汉语输入法。情急中，我急中生智，用汉语拼音向姐姐发送了第一封邮件。

处理完所有邮件，我在电脑间的沙发坐下。不一会，一股困意向我袭来。

睡意朦胧中我听到大厅里熙熙攘攘的，像是来参加迎新 Party 的新学者们的交谈声，巨大的时差反应使我困得怎么也睁不开眼睛，直到听到主持人的声音，我意识到迎新 Party 正式开始了，便咬着牙爬了起来。

走到聚会大厅，我马上被热烈气氛包容。人们端着盛满点心和水果的纸盘三三两两地聚在一起。我在人群中间搜寻着目标，希望能够找到一个合适的谈话对象，但正处在谈话兴头上的人们似乎并未注意到我的存在。参加迎新会议的人群中以白色皮肤的欧洲人居多，只有个别棕色皮肤的印度人和黄色皮肤亚裔人。我在人群中转来转去，直到发现两个和我的肤色和穿戴一样的人，一个 40 岁左右，身材魁梧，另一个五六十岁，个子矮小。与白色皮肤的欧洲人相比，他们似乎安静许多，也给了我插话的机会。怀着一份他乡见故人的兴奋，我开始向他们问好，未想到我的问候让他们愣了半天。于是，我开始转换自己的语言模式，选用了最为安全的英语与他们交谈。原来他们是日本人。与他们交谈，我明显感到他们的英语不如欧洲人那么流利，但相同的肤色却拉近了我们的距离。交流后我得知，他们也是访问学者，专门研究语言的移位(Movement)。年轻的那位学者抱怨，日方政府给他们的每月资助只有 2000 美元，这对他们来说实在太少。

这时，一位 60 岁左右的西方学者走过来。闲聊中我得知，眼前这位教授原来是世界上赫赫有名的语言学家 Wayne O'Neil！当他得知我曾在山东大学读书时，他告诉我他曾于 1983—1985 年间在山东大学，可惜当时涉世未深的我未曾注意到他的存在。当他把自己名字签在我的笔记本上时，我无意间发现他是个左撇子。

迎新 Party 持续了 1 个小时，气氛非常热烈。不过，我却感觉到亚洲人与欧洲人之间似乎有一道不可逾越的鸿沟。

迎新 Party 在没有主持人宣布闭幕的情况下渐渐人去楼空。我来到电脑工作间，输入自己的用户名和密码，进入个人空间，向国内发了几封邮件，然后准备回家。

Boston 的秋天夜色来临得特别早，自觉方向感很强的我非常自信自己能够按照地图上的标示轻而易举地找到家，不料想淡淡的暮色中我不知不觉迷了路。此时，"问路语"又一次发挥着它的巨大作用。

我沿着 Massachusetts Ave 继续前行，在与 Columbia St 交叉路口，我认出了这条曾与房东刘太太走过的路……

## 开学前的尴尬

2007 年 9 月 5 日。

新学期开始了，初来乍到的人们开始按照课程表内容选听自己喜欢的课程。课程表上显示，今天有计算语音学论题(Topics in Computational Phonology)、语义学概论(Introduction to Semantics)、句法模式(Syntactic Models)、语音学概论( Introduction to Phonology) 和语言与语言结构 II：句法学(Languages and Its Structure II：Syntax)等。这些课程的上课时间部分地重叠在一起，听课的人只能选其所好轮流试听。我准备试听"计算语音学论题"和"句法模型"两门课。

早晨醒来，手表仍停在夜间 11 点，手机上的北京时间 20:30 提示我当地时间已是早上 8:30。我匆匆忙忙吃了早点赶往学校，在迷宫般的校园中好不容易找到上课的教室，却发现教室门紧锁着。我下意识地寻找课表中的另一堂课，发现半小时后还有一堂“句法学”，于是我急急忙忙赶向另一个教室。通往教室的途中，我无意瞅见某个办公室墙上的闹钟，其指针显示，现在时间为 8:10am，我竟提前了一个小时！

我慢慢悠悠地返回到刚才的教室，在紧锁的教室门外苦苦等待着上课时间。

时间在一分一秒的等待中渐渐逝去，望着三三两两陆续前来听课的学生踪影，我悬着的心终于放下来。

2007 年 9 月 6 日。

不知什么时间，我醒来再也睡不着，两眼望着天空，始终没有天亮的迹象。我的手表又停了。过了好久，我打开手机，上面显示是北京时间 17 点。我将手表调至 5:00am，又昏昏沉沉地睡着了。

一觉醒来，调好的手表已经 9 点，我赶忙穿上衣服，吃了一点东西赶往 MIT，9 点半还有一节“语言学导论”(Introduction to Linguistics)课程。然而，当我费尽周折找到教室时，黑板上的信息告知这节课已调换了教室。可当我按照黑板上的信息寻找教室时，一间办公室的挂钟则显示现在已经 11:00am，我简直不敢相信自己的眼睛！又是时差惹的祸！还有那块不争气的手表！我心里掠过一丝从未有过的遗憾，只好从课程表中搜索信息。当我看到“语言学理论中的语用学”(Pragmatics in Linguistic Theory)课程就要开始时，我转向 Fox 的课堂。

Fox 先生戴着一副金丝边眼镜，他体态微胖，光秃秃的脑袋。他语调平稳而缓慢，显示出教师特有的耐心。我注意到 Fox 也是个左撇子，这么多人用左手写字，让我始料未及。

每天，MIT 邮箱里有一大堆教学信息，有些是关于课程内容的，还有的是更改课程时间和地点的。有一封邮件提醒大家下午 1:30，John Hale 将有一场关于“特别运算心理语言学”(Special Computational Psycholinguistics)的讲座，但讲座地点由原来的 46－3180 改为 46－3310。几天后又有邮件通知，这个讲座因故推迟到下周举行。再打开另一封邮件，发现 John Hale 的讲座改到今天下午，我心里一惊，三步并成两步地找到教室。我又遇到了先前的尴尬：教室里空无一人。该死的信息变来变去的，搞得我好辛苦。我又回到原来的办公处，继续先前的工作。

2007年9月7日。

我匆忙赶到学校上课，却发现教室空无一人。莫非是我记错了时间，还是改换了教室？不会是我的手表又出问题吧？带着一系列问号，我来到系办询问情况，才得知该课已经推迟到下周。Chrissy小姐告知，这些更改信息她已经通过email通知到每一个人。又是email！看来美国的生活和学习一天也离不开email。如果你还像在国内一样不及时查看email，你将错过许多精彩内容！得知没有错过这次“精彩”，我心里总算踏实了。

## Albright博士的“计算语音学专题”

承担“计算语音学专题”课程的主讲教师是年轻的Albright Richards博士。

Albright的“计算语音学专题”有两块内容，一是语音学计算模型实践教学，二是相关理论研究。讨论议题主要围绕计算机实现方面的最新理论成果，包括建构语音知识模型的使用工具等。Albright要求大家特别关注学习模型的形式与早期语音习得实验数据的关系，具体说来主要有“统计‘基线’(baseline)模型、n-gram模型(n-gram models)、样板模型(exemplar models)”、“受限排序与加权求解方法(Algorithms for constraint ranking and weighting)”、“受限发现的求解方法(Algorithms for constraint discovery)”、“习得与内在的混合受限(Integrating learned and innate constraints)”、“演变中习得，例外中习得，渐进模式的发现(Learning in the midst of variation and exceptions, and discovery of gradient patterns)”等。

选听该课程的学员还需完成一定量的阅读(reading)，参加每周一次的问题解答(small weekly problem sets)和期末项目(final project)等。

Albright 讲话语速特别快，他熟练地变换着电脑屏幕的窗口，令我目不暇接。我目不转睛地盯着投影仪屏幕，用心记录和理解其中的内容，3 个小时的课程结束后，我似乎感觉到选修这门课程的沉重压力。

## Pesetsky 教授的"句法模型"

Albright 的课程结束后，我便来到 Pesetsky 教授的"句法模型"课堂。

Pesetsky 首先简要介绍了该课程的内容，包括"管约论"(Government-Binding)/"最简方案"(Minimalist tradition)在近期句法界的发展状况，也就是 Chomsky 的"中心语驱动的短语结构语法"(Head-Driven Phrase Structure Grammar，简称 HPSG)和"词汇功能语法"(Lexical-Functional Grammar，简称 LFG)理论框架。他向大家推荐了 4 本参考书目，一本是 Sag，Wasow 和 Bender 合写的教材《句法理论形式概要》(*Syntactic Theory: A Formal Introduction*)，一本是 Bresnan 编著的《词汇功能语法》(*Lexical-Functional Syntax*)。此外还有 Chomsky 的《句法结构》以及 Peter S. Culicover 和 Ray Jackendoff 合著的《更简句法》(*Simpler Syntax*)。

他解释说，"句法模型"首先要按照 Chomsky"中心语驱动的短语结构语法"的发展轨迹将句法学理论逐渐追溯到 20 世纪 80 年代早期，那个时候恰恰是"中心语驱动的短语结构语法"与"词汇功能语法"、"管约论"/"最简方案"的分离期。该课程要讨论的最重要理论问题是"序列推导"(sequential derivation)与"结构规范"(well-formedness)的条件，这些将对语言现象的解释发挥重要作用。该课程还将围绕句法的生成与再现，让大家领略到句法学领域中许多意想不到的发现。有了这些内容，才能了解相关领域的主要思想，关注相关领域的最新成果。

Pesetsky 按照日历顺序将每节课要讲的内容和参考文献逐一列出，发布于课程网站，内容主要包括"中心语驱动的短语结构语法"、"词汇功能语法"、"非推导性原则与参数/最简语法"、"英语助动词体系分析史"、"生成语义学标准理论"、"'条件'的传承：词汇功能语法，中心语驱动的短语结构语法，管辖与约束”、“更简语法”等。

与 Albright 形成鲜明对比的是，Pesetsky 教授声音高亢而洪亮。他不停地挥舞着手臂，高涨的情绪总能把人们的学习热情调动起来。大家不时地就相关问题提出疑问，Pesetsky 有时会对答如流，有时也会被大家的误解搞得不知所措。

Pesetsky 幽默而风趣，在罗列了选修这门课程的相关要求后，他无不幽默而诙谐地将“无大小论文要求，无参加考试需要，最后一节课上完就完事”当作该课程的第五条要求，以此吸引更多的人前来选听这门“负担最轻、要求最少”的课程。不过，他又补充说，“希望选听该课程的学员不是冲着没有作业而作出选择”。

天气有些凉，我穿了一件弹力加厚内衣，但在开着中央空调的教室里还是感到身上冷飕飕的。Pesetsky 只穿了一件短袖衫，寒冷的天气仍然使我忍不住替他捏一把汗。果不其然，几十分钟后，Pesetsky 的嗓音开始沙哑，他开始不停地咳嗽、流清鼻涕。又过了十几分钟，他似乎有些吃不消，请同学为他端来一杯热水。

## Pesetsky 教授的“语言学概论”

Pesetsky 的“语言学概论”(Introduction to Linguistics)不仅吸引了来自不同专业的学生，还吸引了一位高位截瘫患者。每次上课时，这位残疾患者总是自行驾驶着似乎专门为他量身定做的电动轮椅坐在教室前端较为空旷的位置。他的个头很小，只有一米左右，但他健全的手臂却能灵活自如地掌控电动轮椅的速度与方向。大家只需要给他预留出足够的位置并保持路途畅通即可。每次上课前，Pesetsky 都会小心翼翼地将多媒体设备的电线特殊处理一番，以防给他带来不便。有一次，我的摄像机没有及时充电。在我巡视四周，发现只有靠近讲台的电源可用时，Pesetsky 教授立即阻止了我，尽管那一次这位残疾同学并没有到场。

平时，这位残疾学生的旁边始终坐着一位漂亮姑娘，她带着专用电脑设备，在老师讲课的同时为这位残疾朋友输入老师的即时语音文字资料，就连学生的即时反应（如“laughter”）都能即时出现在她的文稿中。这位姑娘使用的键盘很特别，她输入的文字在屏幕上显示非常大，身边的同学不费吹灰之力就能看得清清楚楚。我猜想这是为残疾同学提供的特殊服务，一旦他跟不上老师的语速，就能从她的电脑屏幕上获取文字信息。起初，我并不知道这位女孩的身份，可当我课间通过与她交流，希望将她的文字资料拷贝过来，但被她婉言谢绝时，我才渐渐了解她的身份。

起初，我有些不甘心，几日后再次找她“谈判”。我首先向她解释了拷贝文字资料的理由：由于老师讲的内容中有许多全新的专业术语，这直接影响到我的理解，我希望能够借助于她的输入文字更好地理解课程的内容。为了这次“谈判”能够成功，我给她开出了最优惠的交换条件：只要对方同意，我愿把自己的录像资料与她交换。我原以为这对双方都是互惠互利的事情，令我始料未及的是，这次我依旧未能如愿。不过，可能是被我的真诚所打动，在她向我表达了深深的歉意之后，她向我解释了其中的原委：虽然她很愿意帮我，但遗憾的是她不能这样做，因为她必须遵守纪律。看到我一副失望的神态，她建议我坐在她的身后，用摄像机拍摄她的文字输入稿。这真是一个好主意！一举两得！

这门课的内容非常丰富，有形态学（morphology）、语音学（phonetics）、音位学（phonology）、写作体系（writing systems）、句法学（syntax）、句法习得（acquisition of syntax）、语义、语用学（semantics and pragmatics）、历史演变（historical change）、方言（dialects）及语言问题争议（other controversies around language）等，该课程的目的在于就人类语言的性质等基本问题给出答案。凡是选修该课的学生除了完成一定的阅读任务、保证每一节到课、及时完成并提交作业、参加考试以外，还有一定的背诵任务、每周一次的解答问题，还有学期末 8 页纸的小论文。Pesetsky 强调，学生还要选一种自己不曾熟知的语言进行调查，撰写并提交“田野调查报告”（fieldwork report）。这些任务将作为学期成绩认定的依据，其中作业占 25%，测验 20%，期末考试 25%，小论文 20%，背诵 10%。

虽然“语言学导论”是门基础课，但 Pesetsky 教授的授课风格却令人耳目一新，他从各个角度，各个层面，运用各种方式向学生们展示，语言是个如此令人痴迷、如此错综复杂——但却受法则制约的心理系统(mental system)。他将课程的2/3时间用于该系统核心内容的详细讲解，剩余的时间学以致用，由此不断提出并解答更多新问题，包括方言是如何产生的，语言是如何变化的，语言是如何被大脑加工的，以及语言进化问题。他的每一堂课都很精彩，其丰富的内容、充分的论述、严谨的论证充分显示他扎实的理论功底和在语言教学与研究方面大量经历的投入。在讲授语音学内容时，他会把语音资料以可视的波纹形式(waveform)展示语音的时长和强度，加上许多光谱图片，同学们便可及时对该语言的语音表现获取直观的认识。Pesetsky还使用了大量的语音资料，包括《亚瑟老鼠记》(*Arthur the Rat*)中的人物故事、19世纪70年代波士顿女孩子传诵的歌谣(girl's rhyme)、在美国著名赛克斯公司(Saks)、梅西百货公司(Macy's)以及克莱恩公司(Klein's)中出现的"r"化音使用者数据统计，分析非洲本土英语(African American Vernacular English，简称AAVE)的语音特征，进而得出该语言的语音特征表现为"r"(和l)音的根除、尾音的简化(final cluster implification)①。他还分析了非洲英语的零系动词(Zero copula)、不变系词be(Invariant be)现象，认为该语言蕴含了丰富的时态、体态体系，如He runnin(现代进行时，present progressive)，He be runnin(习惯性现代进行时，present habitual progressive)，He be steady runnin(习惯强调型现在时，present intensive hab. prog)、He bin runnin(=He had been running)(现在完成进行时，present perfect progressive)、He BIN runnin(=He has been running for a long time, and still is.)(起始时间长的现代完成时，present perfect with remote inception)。

在讲授语言习得时，Pesetsky首先回顾了儿童习得语言的几个阶段，包括6—12月牙牙学语期，1—1.5岁一字期，1.5—2岁二字期，2—2.5岁电报用语期以及2.5之后的成人语言过渡期。他提出"人的感

① 尾音简化也有例外，如coda音(except when the coda cluster is of the form)等。非洲英语的ain'和don'属于例外。

知/理解总是先于(语言的)产生”(Perception/comprehension always ahead of production)的思想,进而引出语言习得“关键期”(critical period)等重要概念,说明人一旦错过关键期,语言习得将会留下终身遗憾。

为了激发大家的浓厚兴趣,Pesetsky 提出了曾经困扰语言学家多年的“柏拉图问题”(Plato's Problem),让大家思考语言系统纷繁复杂,还伴随诸多错误性输入,但儿童学语言怎么就会如此之快?从而引出“普遍语法”、“具体语言”、“语言官能”等概念。

在讲授语言的变化与发展时,Pesetsky 将拉丁语、希腊语与英语的语音进行对比,揭示英语与拉丁语和希腊语在语音方面的密切关系,如英语中的“g-uest”与拉丁语的“h-ostis”,英语“th-ree”与拉丁语“t-res”及希腊语“t-reis”发音相关,从而证明哥特语(Gothic)与凯尔特语(Celtic)可能始于同一源头,而梵语和波斯语随后加入同一家族的思想。

Pesetsky 教授不仅使用语言理论分析具体语言的个体特征,还对某些理论可能存在的漏洞具有高度敏感性。他发现 Chomsky 在动词分类原则上存在偏颇,其原因在于,动词的下分不仅仅源于介词短语语类 PP,而是源于具有姐妹关系的 PP 中的具体介词。他以英语“depend on”、“speak to”、“looked at the wall”以及“look for the book”和俄语“‘zaviset’ ot‘from’”、“govorit’ s‘‘with’”、“smotret’ na ‘on’”、“iskat’ knigu-no preposition”为例,说明动词语类的下分必须关注更多的语言事实。但他也提出“anywhere”的分类不能在具有姐妹关系的内部进行,因此,他建议修改(modify)而不是抛弃(throw it away) Chomsky 的原则,将其更新为“一个词的词条包括其补语中心语的下分语类信息”(The lexical entry for a word contains subcategorization information about the head of its complement),并用大量语言信息证明更新后的原则的正确性。

他还向大家介绍了当前语言学界的热点问题,并将相关论文和论著发布于课程网站,供大家阅读参考。

# 关于"语言官能"的思考

在 Pesetsky 教授的网站上，有几篇论文特别引起了我的注意，这就是 Hauser、Chomsky 及 Fitch(HCF)共同撰写并于 2002 年刊登于《科学》(*Science*)上的论文"语言官能"①。

文中，作者将人与动物的语言官能差异按照基因代码的组合形式，以物种基因树形图(phylogenetic tree)形式标示为几个等级，人类居首位，猿次之，而飞虫类位居底层。令他们颇感兴趣的是，这种基因代码怎么就能使不同物种之间大量原本互不理解的交际系统在特定物种内部转换为彼此相互理解的东西？

为了揭开这一奥秘，HCF 对语言官能进行了广义和狭义的划分，广义语言官能(faculty of language in broad sense，以下简称 FLB)包含感觉-运动系统(sensory-motor system)、概念-意图系统(conceptual-intentional system)和递归运算机制(computational mechanisms for recursion)，这些系统和机制使人能用一组有限的元素生成无限的表达。而狭义语言官能(faculty of language in narrow sense，以下简称 FLN)则包含一个内在运算机制。其理论假说在于：绝大部分 FLB 的特征为人与动物所共有，惟有 FLN 这个"核心递归运算机制"为人类特有的语言机制构件②。

然而，阅读这篇文章时，我感到了来自生物语言学专业术语所带来的巨大压力。什么是广义语言官能和狭义语言官能？它们在大脑中具有严格的区域划分吗？文中的树形图到底表示什么意思？人类与其他

① 见 M. Hauser, N. Chomsky & T. Fitch. "The faculty of language: what is it, who has it, and how did it evolve?", *Science*, Vol. 298, No. 22, (2002), pp. 1569-1579. 有关该文的介绍详见吴会芹(2009)。

② 通俗地讲，递归特征是指语言结构的循环性特征。它指的是自然语言能够在短语中无限往复地(递归)嵌入短语的特征，如 The mouse the cat the dog chased bit died. 然而，由于这种无限循环的长距离关系句很容易给理解带来麻烦，因此语言的实际运用过程中不可能出现无限循环的递归语句。

动物类的排列到底想要说明什么？这些问题长时间以来一直积压在我的心里。虽然我曾向多人求教，但还是未能如愿。一次，在我与 Flynn 教授的交谈过程中，Flynn 教授半开玩笑地鼓励我去问问 Hauser。是啊，Hauser 就在与 MIT 只有咫尺之隔的哈佛大学，为什么不能问问他呢？此时，一个大胆的计划开始在我心中酝酿……

Pesetsky 的网站上还转载了几篇上述论文的回应性论文，包括 Pinker 与 Jackendoff 发表在 2005 年《认知》上的两篇论文。

PJ(Pinker & Jackendoff)[①]认为，"惟递归假说"否定了语言是交际的适应产物(an adaptation for communication)这一"源于结构设计的争辩"。他们认为，语言是人类世系进化的结果，而非递归产物。相比之下，语言是交流知识和意图的适应性产物的说法却能够避免上述问题。因为来自行为学和基因学方面的证据表明，语言呈现的是部分特征化的多元表现，而不是将一个构件(递归)嫁接到另一个不变的动物体上。

PJ 的论文涉及了许多认知学理论，我乍读起来非常吃力。

尽管如此，我还是把该文打印出来，每天泡在阅览室内，查着字典一句句地苦读。

阅读过程中，我发现 PJ 虽然不赞同 HCF 的许多观点，但却并非是对 HCF 观点的否认，而是对其查漏补缺。然而，我并不想就孰是孰非的问题而匆忙做出结论。我希望认真拜读双方的论文和论著，在就语言官能的问题对双方有个深入了解之后再发表评论。

之后我又在 MIT 的电子图书馆搜索到 Fitch、Hauser 和 Chomsky 针对 Pinker、Jackendoff 的回应性论文。该文主要阐述了作者就 FLB/FLN 划分目的，以及人们对于"语言"(language)这一概念的误解。

不过，FHC 的解释并未将这场围绕语言官能的论战停止下来。不

① 见 S. Pinker & R. Jackendoff. "The faculty of language: what's special about it?", *Cognition*, Vol. 95, No. 2, (2005), pp. 201-236.

久，JP（Jackendoff & Pinker）① 又一次回应，指出 HCF 的分析框架未能涵盖特定的几个重要假说。首先是将“适应”进行“当前使用”（current utility）和“功能起源”（functional origin）二元划分疏漏了可能产生的“当前适应”（current adaptation）；FHC 还以蝙蝠利用超声波功能飞翔为例说明不能因为无知而否定视觉系统的适应功能；以 Hauser 和 Fitch 的试验反击 Chomsky 的“关于适应的假说都是无意义的”观点。最终认为 FHC 的“惟递归”说不应视为适应交际的产物。

JP 还就 FHC 关于 PJ 对 FLB 和 FLN 概念的误解以及 FHC 提及的 FOXP2 基因等问题进行了辨析。

什么是 FOXP2？这个全新的生物学概念给我增添了理解障碍。后经了解得知 FOXP2 是新近发现的被认为是人类语言遗传中的重要基因。为了弄清这个问题，我想到了现在美国的方环海教授，这位原徐州师范大学语言实验室的教授不仅对生物遗传及神经语言学已经有所研究，而且还在国内、国际学术期刊上发表过多篇论文。于是，我向他发去了 email，约他借来 MIT 打乒乓球的机会为我解答一些问题。

方教授愉快地接受了我的邀请。

在 MIT 的 Stata Center 四层楼，有一个开放的乒乓球台，方教授高超的球艺在这里发挥得淋漓尽致，尤其是他的发球动作，发球时他会把小小的乒乓球抛起很高，然后在小球与球拍接触的一刹那重重地跺上一脚。起初我总是被他这一招吓懵。熟悉了他的“伎俩”后，我渐渐地找到了感觉，有时能在 5 局或 3 局的比赛中赢他一场，那个高兴劲如同夏天喝了冰镇汽水一样畅快！

球打完了，汗也出了，我们来到语言学系的大厅。方教授开始认认真真地阅读我就“语言观能”撰写的初稿。别看方教授平时爱开玩笑，有时还嘻嘻哈哈，但看起论文来却再也没有了“好说话”的表情。他一

① 见 T. Fitch, M. Hauser & N. Chomsky. “The evolution of the language faculty: Clarifications and implications”, *Cognition*, Vol. 97, No. 2, (2005), pp. 179-210. 以及 R. Jackendoff, & S. Pinker. “The nature of the language faculty and its implications for evolution of language (Reply to Fitch, Hauser, and Chomsky)”, *Cognition*, Vol. 97, No. 2, (2005), pp. 211-225.

脸严肃地指出我的论文中的种种问题，并从大脑的"Broca 区"、"Weinick 区"到《波尔·罗瓦雅尔语法》，再到功能性核磁共振(fMRI)、事件相关电位(ERP)，将目前国内研究尚未全面展开的神经语言学、生物语言学领域相关内容一一道来。我不禁佩服他的博学，更感动于他的慷慨，同时也暗自庆幸我在美国享有的这份殊荣。

## Suzanne Flynn 教授

MIT 的上课时间特别随意，开始的时间有 9 点、9 点半、10 点、甚至 12 点。多重交叉的授课时间为选课增添了难度，并让每天的上课效率变得低下。人们往往一个上午或下午只能选择一门课，因为某门课程的上课时间即使与其他课程只交叉半个小时，也是不好再选了。

两周之后，我开始认真考虑自己的选修课程，取消了一些听不懂的和不太喜欢的课程，确定了几门要选的课程。

我最喜欢的课程莫过于 Flynn 教授的主讲课程。Suzanne Flynn 不愧为一位优秀的教授，她的语音标准，语速缓慢，讲课深入浅出，非常生动。她对人也非常友善，不管大家提出什么问题，她总是先用"Interesting!"报以肯定，然后再巧妙地表达自己的观点。她的课堂非常活跃，有时一个问题会在同学间引起激烈争论。每当这时，Flynn 教授就会有意地在同学之间均匀地分配每一次发言机会。

本学期 Flynn 教授开设了两门课程，一是研究生课程"儿童语言紊乱"(Language Disorders in Children)，一是本科课程"双语语言研究"(Linguistic Studies in Bilingualism)。

选修双语语言研究的学生虽然只有 20 人左右，但 Suzanne 却认为这是个"大班"(a big class)。

Flynn 在教学大纲中对双语语言研究描述为"一个脑袋，两种语言(One mind, two languages)"，其焦点在于双语脑的语言与心理基础(the linguistic and psycholonguistic underpinnings of the bilingual brain)。人类的语言能力是独特而无限的；双语脑是自然所赋予的能力。

Suzanne 希望双语语言研究课程能够上成讨论课(workshop),并就语言与语言学问题提出以下思考问题:

如何习得一门新语言?

如何习得第一语言?

英语、日语、汉语、西班牙语是教会的吗?如果是,那么我们怎么学得那么快?

学习新语言与学习第一语言是否有所不同?

语言学习是否有关键期(critical period)?

在对上述问题展开讨论的同时,Suzanne 还要求大家对什么是代码转换(code-switching),如何进行代码转换的语法判断,双语对于人类的其他认知域有何作用,大脑影像研究能够告诉我们什么等问题进行深入思考。

这门课程的参考书是由英国剑桥 Blackwell 出版公司于 2006 年出版的《多元语音:双语研究导论》[①]。这本书的厚度足足有 3 厘米。单价是 100 多美元,Suzanne 说这确实是本好教材。

下课之余,我翻了翻这本教材的目录,发现内容特别丰富,仅关键词就有 20 多个,有内嵌语言(Embedded Language),Matrix 语言(Matrix Language),美国(United States),标记模型(Markedness Model),南美(South Africa),托克皮辛语(Tok Pisin),系统词素原则(System Morpheme Principle),世界大战(World War),欧共体(Eu-

① C. Myers-Scotton, *Multiple Voices: An Introduction to Bilingualism*, MA: Wiley-Blackwell, 2005.

ropean Union)，中东(Middle East)，东欧(Eastern Europe)，海地中介语(Haitian Creole)，西非(West Africa)，古阿拉伯(Classical Arabic)，巴布亚新几内亚(Papua New Guinea)，美国英语(American English)，纽约时代(New York Times)，瑞士德语(Swiss German)，形式结构原则(Uniform Structure Principle)，东非(East Africa)，香港(Hong Kong)，印尼语(Bahasa Indonesia)，纽约市(New York City)，苏联(Soviet Union)以及喀麦隆皮钦英语(Cameroonian Pidgin English)等。

Suzanne 还为大家布置了周阅读和周写作任务，阅读资料还包括数字文献和 Chomsky 的《语言知识》[①]。周写作主要是大家对阅读情况和该课程的反馈意见。学期结束时，还要开一次研讨会，每位学生都要就论文内容在课堂上发言，还要根据自己的研讨内容、发言提纲提交开题报告，经过讨论后最终形成研究项目。

双语语言研究的课堂是我接触过的最活跃的课堂。这门本科课程

---

① 见 N. Chomsky, *Knowledge of Language: Its Nature, Origin, and Use*, New York: Praeger, 1986.

吸引了来自不同专业的学生，包括许多自然学科的本科生、访问学者，还有一位哈佛大学的博士生——一位准妈妈。每次上课，只要Suzanne让大家一开口，大家就会抢着发表自己的意见。有时，Suzanne几乎是争抢着将大家的分析“提升到一个理论高度”，其场面可谓热闹。

与“双语语言研究”课程相比，研究生课程“儿童语言紊乱”的选课人数则少了很多。这个班级里只有七位同学，尽管Suzanne的语速缓慢，但我还是感觉非常困难。同学们讨论时语速非常快，加上众多的专业术语，我几乎难以跟得上。几周课后，我几乎决定要放弃了，但后来一次，当Suzanne将关于儿童大脑内部构建的损伤与儿童语言障碍的关系的生物学研究资料发到我的手中后，我便一下子被这些内容所吸引。拿到Suzanne的讲义后，我开始如饥似渴地读了起来。虽然资料上的许多医学术语令我一时不便理解，但我还是边查字典边听课，并不时地询问Suzanne，所以，很快便融入其中。Suzanne的课程资料中涉及与语言障碍相关的多种疾病，包括唐氏综合症（Down Syndrome）、威廉斯综合症（Williams Syndrome）、孤独症（Autism），以及广泛性发育障碍（PDD-NOS，包括脆性与雷氏综合症（Fragile X and Rett's Syndrome））等。这些阅读资料内容大都集中在对患者语言的词法、句法的屈折变化缺陷分析，如名词缺少复数变化，第三人称单数动词词尾缺少-s，过去时缺少-ed，动词不定式缺少 to，补语从句缺少 that 等。（Gopnik，1990；Gopnik et al，1991；Leonard et al，1992；Gopnik，1994；Hansson et al，1995；Grela et al，2000；Redmond et al，2001；Pleh et al，2003）该研究大都借助于功能性核磁共振技术对大脑语言区域进行功能定位，从而为Chomsky的普遍语法理论假说提供一定的证据或反证。Suzanne还将Chomsky的《语言知识》（*Knowledge of Language*）部分内容（Knowledge of Language as Focus of Inquiry）制作成PDF文档，供大家课下阅读。她还将Chomsky与Piaget就语言与学习的争论文（Language and Learning: The Debate between Jean Piaget and Noam Chomsky）制作成PDF文档，让大家在了解Chomsky理论思想的同时，对相同问题展开不同角度的思考。

选修“儿童语言障碍研究”课程的七名学员中有一位同学思维特别

活跃，每次上课她都能够就老师讲解的内容提出疑问，还给出自己的见解。她很聪明，手也非常灵巧，经常带着毛线活，从一副手套一顶帽子，到手提电脑内胆，都在她听课的同时大功告成。她选用的毛线色彩和花样与编织物的用途和质地总是那么般配。我用"flexible"称赞她心灵手巧，她很高兴。不过，她纠正我说，要想称赞一个人手巧应该用"handy"，"fexible"只是表示手指灵活，仅此而已。别看她上课时做着编织活，但这似乎一点也不影响她的听课效果，因为她总是在关键时候打断老师，就某个观点提出自己的看法。每当这时，Suzanne 总是会以一个"Interesting!"给予发言者以鼓励。

Suzanne 的课还会以合作实验活动(joint lab meeting)的形式所取代。2007 年 10 月 23 日下午 5—6 点，Steven Pinker 要在哈佛大学的科学中心(Science Center)B 大厅以"The Stuff of Thought: Language as a Window into Human Nature"为题举办谈话节目，如此难得的机会大家岂肯错过！于是，当天下午的课程便为观看该谈话节目所取代。

最后一次课是同学们汇报发言的时间。这一天，同学做好了充分准备，他们有的查阅了大量医学资料，有的则从朋友那里借来了大脑模型。有一位同学在引用 Suzanne 提供的阅读文章"'青蛙，你在哪儿?'特质性语言障碍儿童的表述"①时还带来了"Frog, where are you?"的故事画册。

可以说，西方关于语言障碍的研究不仅带动了语言学本身的发展，而且还带动了与大脑神经有关的唐氏综合症、威廉斯综合症、脆性、雷氏综合症、孤独症、癫痫等病理学方面的科学发现。如英国 Baron-Cohen 通过测量羊水中荷尔蒙的含量发现，儿童进行目光接触的多少，在一定程度上取决于出生前的睾丸素这个生物因素，而目光接触的多少与儿童的情商有极大关系；麻省理工学院认知与神经科学系通过对孤独症患者的基因研究，发现孤独症的诱发原缘于患者大脑中某种蛋白

① J. Reilly & M. Losh, U. Bellugi, et al, "Frog, where are you? ' Narratives in children with specific language impairment, early focal brain injury, and Williams Syndrome", *Brain and Language*, Vol. 88, No. 2, (2004), pp. 229-247.

质的缺省(Feb. 12, 2008),从而导致某神经末梢的发育不良。

在西方学者叙述语言先天患者的语料进行屈折变化方面出现的缺陷时,我常常思考这样的问题:汉语是一种缺乏形态变化的语言,中国语障患者的汉语语言特征又是什么状况呢?带着这样的疑惑,我曾请教 Chomsky。他向我解释说,虽然汉语的词法、句法没有显性的屈折变化,但也许具有某些隐性的形态特征(overt morphology of inflection),因此,要研究汉语语障患者的语言,应该注意语障患者的句法形式与其所要表达的语义之间的错位现象。

后来,我查阅国内相关资料,得知我国在汉语字词识别和失语症等研究方面曾经取得了一些成果,但从心理学、语言学角度进行的专项研究在我国尚未全面展开,与心理语言学、神经语言学、生物语言学研究已经如火如荼的西方相比,该项研究在我国仍然处于引进和启蒙阶段。于是,我开始搜集相关信息。

孤独症患者的语料研究引起我极大兴趣。在我查阅国内最新资料后得知,目前,我国约有 150 万名自闭症儿童,其发病率为 150 : 1。这些患者大都生活在无比狭小的封闭世界,其痛苦程度超过残障儿童。有人将他们比作"天上的星星",孤独地闪着微弱的光芒。若无机会接受特殊的教育训练,将成为终身残障"。而每一个患儿的背后都有一个处于绝望和崩溃边缘的家庭。由于孤独症的发现至今只有半个多世纪的历史,这使得世界对该病的认识和研究仍处于初期阶段,许多地区甚至没有能够诊断孤独症的资质医生,致使许多家长根本不知道自己的孩子是孤独症患者。

如今,孤独症的研究已经引起世界卫生组织的重视。为了推动孤独症的研究,2007 年 11 月 18 日,联合国大会决议通过将每年的 4 月 2 日定为世界自闭症宣传日。此后,西方许多国家开始实施针对孤独症的全面救助计划。我希望回国后能够就此问题展开研究。

## Norvin Richards 教授的"句法学"课程

担任句法学课的主讲教师是 Norvin Richards 教授,Jassica Coon

是这门课的教学助理。这门课的主要内容是介绍二十世纪后半期在句法学方面取得的重要研究成果及其重要思想。

根据教学大纲要求，学生必须完成一定的阅读量并保证100%的出勤率(Attendance and participation in all classes is obligatory)。每一、两周 Richards 都要布置一次问题解答(Problem Sets)书面作业，并明确表示不接受滞后作业，除非有特殊情况并得到老师允许。该课程没有教材，只有 Norvin 的自编讲义。Norvin 还要求同学每人撰写5—10页的论文，可以是文献综述，也可以是小论文(squib)，最后是期中测验(quiz)，但没有期末考试(final exam)。学生成绩的比例是，问题解答/期中测试占70%，论文占20%，出勤占10%。Norvin 为大家提供了小论文写作参考资料的网站(http://www.ledonline.it/snippets/)和句法学论文资料参考网站(LingBuzz)。

在 Norvin 的句法课网页上，句法课的教学日历安排得井然有序，每次上课前只要登录其网站，就能获得本次课程的信息。

Sept 5 W Introduction part one, part two

Sept 10 M Phrase Structure, and more Phrase Structure

Sept 12 W Phrase Structure, continued

Sept 17 M Selection

Sept 19 W EPP, case, and movement: Problem Set (due Sept 26)

Sept 24 Student Holiday-no classes

Sept 26 W A-movement and Case Theory

Oct 1 M A-movement; VP-internal subjects; raising handout

Oct 3 W A-movement, continued; handout; Problem Set (due Oct 10)

Oct 8 Columbus Day-vacation

Oct 10 W Morphological Case and agreement; handout

Oct 15 M Binding theory

Oct 17 W Binding theory, continued

Oct 22 M Control; lecture notes

Oct 24 W Control; Problem Set (due Oct 31)

| | | |
|---|---|---|
| Oct 29 | M | Double Object constructions; applicatives |
| Oct 31 | W | Head-movement |
| Nov 5 | M | Head-movement; do-support. Midterm. |
| Nov 7 | W | wh-movement |
| Nov 12 | | Veteran's Day-holiday |
| Nov 14 | W | More on wh-movement; islands. Handout. Problem Set (due Nov 21) |
| Nov 19 | M | Even more on islands. Handout. |
| Nov 21 | W | Covert movement. Handout. |
| Nov 26 | M | Why is some movement covert? Handout. |
| Nov 28 | W | Reconstruction. Problem Set. (due Thursday, Dec. 6) |
| Dec 3 | M | QR, ACD. Handout. |
| Dec 5 | W | Phase theory. Handout. |
| Dec 10 | M | Ellipsis, Sluicing |
| Dec 12 | W | Scrambling |

虽然 Norvin 穿衣并不讲究，夏天的 T 恤衫总是宽宽大大的，非常随意，但他对自己的胡须却格外注意。金黄色络腮胡须总是被他修整得很完美，与他光亮的谢顶形成巨大的反差。

别看 Norvin 讲话的语速快得惊人，但他的性格却非常随和。他精力充沛，办事十分干练，就连走路都是雷厉风行。每次上课他总是将带来的讲义放在前排书桌上，遇到迟到的学生，他总是将讲义亲自送达迟到者的手中。

Norvin 的句法学课上除了麻省理工学院的部分学生外，来自中国的访问学者(学生)几乎占了该课堂的半壁江山，有北京大学中文系胡敕瑞副教授、北京大学中文系洪爽博士、清华大学中文系张美兰教授、北京语言文化大学英语教育中心主任高明乐教授、北京语言大学张赪教授、徐州师范大学语言实验室方环海教授、湖南师范大学中文系唐贤清教授等。这些中国学员中，学习最用功的当属胡敕瑞和张赪了。每次上课，胡敕瑞总是带着小小的 MP3 把授课录音留下来。每次课后，张赪总是有许多问题向 Norvin 请教。Norvin 不愧为一位耐心的好老

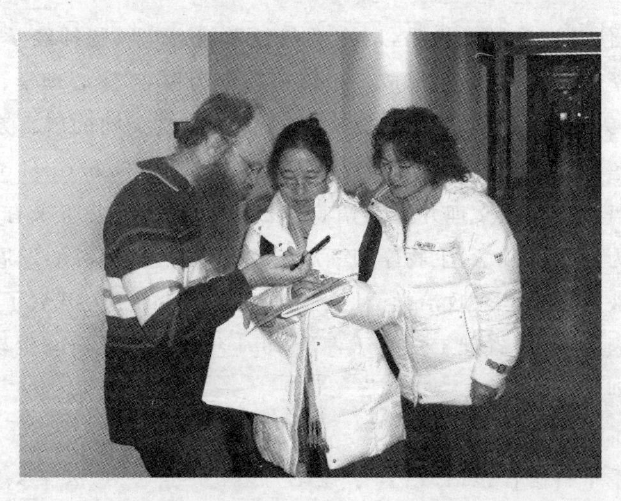

师，虽然每次下课后他都要被中国学员团团围住，并用 20－30 分钟的时间回答大家的疑问，但他从来没有表示过不耐烦，即使大家的问题听起来多么肤浅，他也总是认真地解答。而当我们自己也会为问题的肤浅而羞于提问时，胡敕瑞总能以“不耻下问”鼓励大家。

临近学期结束，是大家最开心的日子。为配合 MIT 的教学检查，每一位学员要在专用答题卡上为主讲教师打分。每当这时，任课教授都要做些自己最拿手的蛋糕“贿赂”学生。作为本课程的学员，我们心甘情愿地接受老师的“贿赂”，肆无忌惮地抓着花钱都买不来的美味蛋糕在课上品尝。见大家那么开心，未用早餐的 Norvin 也趁学生提问问题的空当抓起一块蛋糕往嘴里送，并提示该同学“最好问一个长一点的问题”。如果问题不够长，Norvin 便让这位学生再讲一遍（Say it again.），以便咽下口中的蛋糕，逗得大家很开心。

## MIT 语言学课程综述

在 Chomsky 的亲自指导下，对 MIT 进行访问让我受益匪浅。我深深感受到一个大师的风范，他严谨的治学精神、深邃的洞察能力、敏捷的思维、侃侃的话语、豁达的胸怀，深深地打动了我。在麻省理工学院，我亲身感受了世界一流学校的优质教学资源和灵活多样的教学科研活动，使我深受触动的是，语言学与哲学、认知学、脑神经学、计算机科学等学科的有机整合，形成一个以语言学为核心，集心理学、脑科学、认知学、人工智能等人文自然学科为一体的严密无间的语言系统！我深深领悟到Chomsky为什么将语言视为自然产物(a natural object)的用意。语言研究的文理并重为语言学的发展带来了前所未有的机遇，这不仅为计算机科学、生物学、医学、认知学等自然学科的发展注入了新鲜血液，也为哲学、政治学、社会学等人文社科的研究开启了新视野。也许正因如此，麻省理工学院语言学1981年美国大学研究生教育质量评定名列第一。

1. 本科课程

秋季本科课程包括“语言学概论”、“音系学”、“句法学”、“语言习得”、“双语语言研究”以及“语言学专题研讨”，冬季课程包括“语言学概论”(续)、“语言及结构：语义学与语用学”、“心理学”、“语言学理论专题讨论：边缘信息结构”(information structure at the Edge)。本科课程分两个项目，一是哲学方向项目，二是语言学方向项目。语言学项目又称语言与心理项目，意在为学生提供哲学、语言学、认知学等交叉学科最新研究动向课题，重点是语言自然属性的研究，即获得语言知识的内在基础。两个方向的必修课程有“心理与机器”、“逻辑1”、“语言哲学概论”、“语言学概论”。但语言学方向还规定了必修课程，包括“音系学”(24.901)、“句法学”(24.902)、“语义学与语用学”(24.903)及“语言学理论专题”(24.910)。语言学方向还对选修课进行了限定：必须从“脑科学与认知科学”，“语言学”和“哲学”三个方向中选择一到两个研究方向，然后选修该研究方向的三门课程。

2. 研究生课程

秋季开设的课程有“专题研究：音系、句法和语义理论的运算和可学性”、“语言处理”、“儿童语言障碍研究”、“句法学概要”、“语言理论中的语用学”、“句法问题研究：作格专题研究班”、“句法、语义研讨班”、“句法模式”、“音系学问题研究”、“语义学概论”、“计算音系学问题研究”、“普通语言学综述”、“语言学辅导”、“研究生论文”等，冬季开设的课程包括“语言学专题研究：Gungbe、Haitian中介语句法比较”、“语言学专题研究：语调”、“语言与结构：语义学与语用学”、“生僻语言语法问题研究”、“语言习得”(续)、“高级句法学”(续)、“句法学问题研究”“高级音系学”、“语言语音学”、“音系学问题研究”、“形态学”、“言语交际”、“音系学与形态学研讨班”、“高级语义学”、“研究生论文”等。

按照教学大纲要求，学生在校期间必须修读完下列课程，“生僻语言语法问题研究”、“语言习得”、“句法学概要”、“高级句法学”、“高级语言学理论概况”、“句法、语义研讨班”、“音系学概况”、“高级音系学”、“音系学、形态学研讨班”、“语义学概况”、“高级语义学”、“普通语言学综述”以及“高级研讨研讨班”(如“句法学问题研究”、“音系学问题研究”、“语义学问题研究”等)。其中，“句法学概况”、“音系学概况”、“语义学概况”和“普通语言学综述”、“高级句法学”、“高级音系学”、“高级语义学”等需在第一学年修完。“语言习得”、“高级语言学理论”、“句法、语义专题探讨班”、“音系、形态专题研讨”、“生僻语言语法研究”、“句法专题研讨”、“音系学专题研讨”、“语义学专题研讨”、“高级语言学理论”等在第二、三学年完成。

麻省理工学院要求，学生在两个学期内必须承担教学助理工作，教学助理一方面要为任课教师提供必要的辅助性的工作，如资料扫描、资

料上传，收发作业，解答简单问题等，另一方面，教学助理工作也为学生自身的发展提供锻炼机会。教学助理必须：跟班上课；每周负责一小时的小组讨论；在小组活动中至少做一次报告；批改讨论小组作业；以及其他力所能及的辅助性工作。

麻省理工学院要求，学生在第二学年和第三学年必须通过通用考试(General Exam)。通用考试由三部分组成：完成两门研讨班课程(workshop)(如24.959和24.969)的学习；写两篇学期论文(Generals Papers)；参加论文答辩。一篇论文要求在课程结束时上交，另一篇在第五学期课程结束时交。

两篇学期论文必须是针对语言学子学科的两项不同问题的研究。子学科包括"语音学"、"音系学"、"句法学"、"语义学"、"语用学"、"语言习得"、"语言处理"或其他语言学领域，学期论文必须有理论语言学内容。

麻省理工学院要求，学生在研讨班基础上撰写的两篇论文必须在学期论文中有所体现，但可以选择一到两篇非研讨班问题的论文作为学期论文。如果研讨班涉及的研究课题没有在总论文中得以体现，就必须向常务委员会说明已经修读并通过了这一研究领域的研讨课程，一般是要由指导教师出具证明，以示该论文是在参加该研讨班基础上撰写的。

学生还需参加两次口语测试，该考试均由常务委员会承办，成员为三位教师。常务委员会的构成由语言学项目主席决定，学生可以根据自己的具体情况从委员会委员列表中进行选择。委员会的两个成员的作用是为撰写论文的学生提供相关研究领域的专业指导，以保证学生能够取得良好的进步并取得成功。

## MIT语言课程、教学特点分析

1. 课程设置系统化

语言学的课程设置呈系统化态势，从本科生的基础课程，到研究生的高级理论课程、研讨班活动、语言问题研究及专题讨论课程，无不围绕 Chomsky 的普遍语法。无论是反映本体各个方面并最终将其映射于语言本体的“音系学”、“句法学”、“语义学”、“语用学”，还是与语言学产生边缘联系的“计算机理论”、“儿童语言障碍”等课程，其最终走向无

外乎回到 Chomsky 的普遍语法的论证上来。当我以学生的身份亲临其课堂，零距离接触其授课内容及阅读资料后，我切身体会到这一点。语言受语法规则的限定和制约，而只有对不同语言的语法进行广泛研究之后才能够提出一种语言为什么有别于另一种语言的敏感问题。“普通语言学”课程为语言学研究提供了概念和理论支持，“句法学”为自然语言进行自然结构的解释提供了理论指导；“双语语言研究”使人懂得人的大脑能够掌握多种语言；“计算机理论”为语言学理论提供了科学验证；“儿童语言障碍研究”课程则使人懂得掌管语言的语言官能一旦发生损伤，其外在的语言也将同时出现缺陷……麻省理工学院语言学各门课程的设置具有完善的系统性。

2. 教学活动多元化

麻省理工学院的语言学专业课程按层次划分为本科课程和研究生课程，按形式划分，既有传统的授课课程，也有语言学专题研讨活动(Special Topics in Linguistics, Workshop in Syntax & Semantics)和

论文指导课程(Tutorial in Linguistics,Graduate Thesis);从规模上看,教学班级既有50－60人次的大班教学(Introduction to Linguistics),也有6—7人组成的较小班级(language disorder in children)。班级人员的组成没有专业限制,除大部分本专业学生以外,还有来自本院及哈佛大学的跨专业学生。本科课程有研究生的加入,研究生班级中有时也会出现本科生。跨学科、跨专业甚至跨院校(哈佛大学)选修课程并能够获得学分已是麻省理工学院的一大特色。麻省理工学院的大班课程非常具有独特性,其目的是充分利用现有学生的语言与学科资源,将具有不同语言背景、理论思想和研究方法的学生召集在一起,为长远的合作前景埋下铺垫。有些研讨班课程由多个教师同时承担,如"句法学概要"(Introduction to Syntax)由Degraff和Iatridou共同承担,"句法学问题研究"(Topics in Syntax: Ergativity Research Seminar)则由DeGraff, Fox, Iatridou, Pesetsky, Richards等5位老师同时承担(指同时在一个班上课)。研讨班与其说是个课堂,不如说是个论坛(forum),通过论坛,教师间、师生间将出现的问题经过切磋最终得以解决。不仅如此,通过各种形式的研讨活动,学生还能从中锻炼自己的表述能力,这对提高就抽象问题的写作打下良好的基础,最终为博士论文的写作打下坚实的基础。研讨班上,具有不同学术特长的知名专家教授共同承担同一门课程,既能扬各方所长,又能在交流中发现问题的不足,许多新思想、新假设在研讨课上遭遇质疑、争议甚至否定,新思想、新观念在激烈的争议中不断得到完善,新思维、新视野在不同观念、不同文化背景的碰撞中得到拓展。

MIT秉承开放、勇于创新的教学理念,尽可能为学生提供机会欣赏多位老师的教学风格特色,有些需要延续两个以上学期的课程分别由不同的老师轮流主讲,如"语言学概要"第一学期由Pesetsky教授承担,而第二学期则由Flynne教授主讲。他们两人风格各异,深受学生的喜爱。

如果从授课内容上看,07年秋季本科课程包括"语言学概况"、"句法学"、"双语语言研究"等课程,研究生课程既有"计算机语音学"、"高级句法学"、"语言习得"、"双语研究"等基础课程,也有"计算机理论"、

"儿童语言障碍研究"、"语用学"、"语言学理论"等高级课程，同时还有以"计算机语音学"、"语义学"、"句法学"、"语用学"等为主题的专题研讨活动。

麻省理工学院非常注重学生实践能力的培养，研究生通过担任教学助理，增加了与教师的接触机会，通过充当教师与学生间的联系纽带，教学助理了解学生可能产生的各种疑惑，也从教师的答疑中了解学会了解答问题的方法。此外，教学助理通过主持每周一次的小组讨论和报告发言，增加了锻炼和实践机会。麻省理工学院语言哲学系的门厅和电脑区域放置了沙发、茶几，为教师与学生的交流提供了舒适的场所，这些场所的墙面上还备有白板，我们经常看到教学助理在此进行宣讲活动。麻省理工学院的教学活动呈多元化发展态势。

3. 学科建设交叉化

虽然麻省理工学院自 1861 年创建以来始终被认为是一所理工科为主导学科的大学，但其人文学科的快速发展使麻省理工学院成为一所享誉盛名的综合性大学。作为转换生成语法的诞生地，她的语言学的学科发展和课程设置始终体现着学科交叉的思想。计算机理论课程是研究从计算机语言学、自然语言处理以及人工智能等角度研究语言的交叉学科，Chomsky 的句法理论在一定程度上推动了机器翻译这一世界性难题的发展。儿童语言障碍研究课程是脑神经科学与语言学理论的交叉课程。初来乍到者仿佛觉得麻省理工学院纷繁复杂的语言学课程有些已经偏离了语言学研究的轨道，然而，当我以学生的身份亲临其课堂，零距离接触其授课内容及阅读资料后，便切身体会到 Chomsky 为什么将人类语言称为"a natural object"。Chomsky 关于语言初始状态的假说使麻省理工学院学科文理并重，这不仅主导了语言学自身的发展，也同时带动了许多交叉学科的发展。如神经语言学的兴起，使与语言官能相关的先天疾病患者的语言特征及病因有了重大发现；生物语言学的诞生，为揭开人类语言器官的奥秘提供了可靠的生物基础……在麻省理工学院，人们处处感受到，作为自然产物的语言，其高端科研成果不再属于语言学专家的专利，生物、计算机、脑神经等自然学科专家学者、博士、博士后乃至在校学生，其语言学方面的重大科研成果已经屡见不鲜。

Chomsky 的语言学思想不仅对麻省理工学院的语言学科的发展产生重大影响,对麻省理工学院的其他学科的发展也同样产生影响。已有 40 年创建历史的麻省理工学院的脑认知科学系是一个集神经科学、生物学和心理学专家为一体的跨学科教学研究合作的典范。来自不同学科背景的专家的不同思想在此发生猛烈碰撞,擦燃出揭开人类大脑语言官能奥秘的思想与技术的火花。如由著名认知神经专家 Gabrieli 负责的认知试验室配备了价值高昂的功能性核磁共振仪器设备(fMIR),许多语言学家对大脑语言区域损伤病人的研究成果就是缘自这个设备搜集的数据。

而与麻省理工学院仅数英里之远的哈佛大学开设的由原《生物语言学》期刊编辑 Cedric Boeckx 教授担任主讲的"生物语言学"课程和由 Hauser 为创办人并担任主讲而建设的认知进化实验室(CEL Lab)成为"生物语言学"学科的重要标志,她与麻省理工学院早已存在的认知与神经科学系并肩矗立于美丽而宁静的查尔斯河畔,分别从生物学、脑神经学和心理学等角度共同为 Chomsky 的普遍语法提供立论的依据或反证。

4. 教学、科研合作化

麻省理工学院始终注重学生创新能力的培养,有些课程要求学生的论文选择自己并不熟悉的语言进行研究,这就为科研合作提供了平台。他们秉承追求卓越、勇于创新的教学理念,鼓励学生间的合作创新,通过非母语者与母语者间的合作解答生僻的语言事实问题,通过跨学科间的合作解答非正常状态下产生的语言缺陷问题,通过师生间的合作解答语言疑难问题,通过校际间的合作实现资源共享。我们随意翻阅麻省理工学院的语言学成果,便能发现,其论文与专著多以合著的形式出现。他们提倡课上讨论、课下实践、学生间相互合作、师生间预约答疑,专家发表学术演讲、学生组织并主持专家学术报告会、访问学者参与学术对话,其灵活多样的学术活动(conference, colloquium, ling-lunch, Phonology Circle, lab meeting, LF Reading Group, seminar, workshop, colloquium series, Morph Beer and Brain and Language)大大活跃了学术气氛，促进了专家间合作、师生间合作、校际间合作及不同学科间的合作，许多新思想、新观点、新假说乃至新理论在争议与碰撞中产生，一些解决问题的新办法和新思路也在思考后重新酝酿而生。

5.信息、资源开放化

麻省理工学院秉承开放的办学理念，这一理念不仅体现在对本院内部的开放，还体现在其对来自世界各地的访问学者的开放方面。麻省理工学院的开放课件(MIT Open Course)堪称麻省理工学院开放理念的巨大的可触摸的实体(王龙，2008)，该项目不仅获得了世界范围的广泛认同，而且还带动了全球高等教育机构、远程教育机构、非赢利性机构以及商业性机构的积极参与。麻省理工学院还为来自世界各国的访问学者提供了免费的内部网络使用权限，每一位访问学者都可以免费借阅图书资料，免费访问麻省理工学院内部资源，免费下载所选课程的任何资料，免费使用电脑、打印机等办公设备。还为来自世界各地的访问学者提供了专用办公区域，并配备了电脑、网络、打印机等设备。访问学者不仅可以任意选修语言学课程，还可以跨专用甚至跨学院选修哈佛大学的任意课程。麻省理工学院的信息向每一位访问学者公开，凡是相关学术活动，都会将信息以电子邮件的形式及时发送到每一位访问学者的邮箱内。麻省理工学院与哈佛大学建立了经常性学术往来，双方每周都有大量的学术讲座、学术研讨、专题讨论等活动信息，麻省理工学院还与美国及世界其他兄弟院校建立了广泛往来，专家学者来访信息时常不断，有些活动的组织者还为大家预留了单独答疑时间，只要提前与组织者联系，便能实现与专家的单独讨论。麻省理工学院还为广大访问学者提供了交流的机会，访问学者甚至可以以专题讲座形式将自己的科研成果与麻省理工学院的专家学者分享。

## MIT 学科发展对我国高校发展的启示

1.发展多元化语言教学

麻省理工学院的语言学从课程设置、学科层次、教学内容、授课形式、教学研讨等方面都呈现出多元化发展的态势，这为我国高等教育的发展带来有益的启示。我国高等院校的语言学系课程设置缺乏系统性，本科课程几乎少不了综合课程（如综合英语），以及为突出各院校特色的实用课程（如商贸英语、科技英语等），但课程之间缺乏一定的关联性和系统性，这与每一个院校师资力量有很大关系。高校课程多呈现较为单一的教学态势，一门课程由一个老师承担到底，每门课程只有一个老师承担，授课教师的任务千篇一律，包括授课、批改作业、答疑等，作业形式单一，论文写作往往要求套用固定的模板。学生的作业往往要求独立完成，没有任何形式的合作，这种模式不但不能鼓励学生的创新，反而禁锢了学生的思维，不利于学生的成长和发展。如果我们能多一些灵活、少一些呆板，多一些开放、少一些保守，多一些联合、少一些单枪匹马，多元化的高等教育将造就更多的“金点子”人才、更多的“奇才”。

2. 整合现有资源、实现资源共享

麻省理工学院的语言学教学在资源的开发与共享方面给予我国高等教育的发展以有益的启示。各高校建立的不同学科、开设的不同课程以及长期培养的师资队伍是高校内部最宝贵的资源。如何利用现有资源，为具有不同兴趣志向的学生提供多形式、多内容、多范围的选择权限，为培养既具有专业能力同时又能充分发挥个性化潜在优势的人才提供可能，麻省理工学院的经验值得借鉴。目前，我国许多地方已经建立起了高教园区，如果我们以高校内部现有课程资源、师资资源为依托，扩大学生选修课的权限，以高教园区为地理板块，开展校级通选课程，如果我们能够充分挖掘内部资源，最大限度扩大外部合作，重新进行资源整合，这不仅能实现各校资源的互补，还能满足具有不同志向的学生的个性需求。这就为培养既具有专业能力同时又能充分发挥个性化潜在优势的人才提供可能。

3. 加大力度促进交叉学科的发展

资源的整合与共享为人文学科与自然学科的交叉发展提供了可能，而如何利用现有课程资源，为具有不同兴趣志向的学生提供多形式、多内容、多范围的选择权限，为培养既具有专业能力同时又能充分发挥个性化潜在优势的人才提供可能，促进交叉学科的发展是麻省理工学院给我们带来的启示。麻省理工学院是个人才辈出的地方，那里曾经培养了23位诺贝尔奖金得主，究其因，其开放式教育以及学科交叉、文理贯通的教学理念起到了关键性作用。（余凯，2002；刘克苏，2006）

如果人文学科能与自然学科交叉，为具有文理贯通的潜在"奇才"大开方便之门，那么，高等教育培养出来的人才将更适合创新人才的培养模式，科技创新中所需的"金点子"将会从他们大脑中诞生，这对高等教育的发展和人才培养必定产生重要影响。

# 第五章
# 美国社会杂谈

## 美国的医疗保险

在美国，看病将是一笔极其昂贵的费用，如果不入保，一场大病可能会使一个相当有经济实力的人家一夜之间倾家荡产！正因如此，来访学者（学生）总被要求强制入保，否则，将会面临被驱逐出境的危险。

一天，我来到 MIT 的卫生诊所，希望加入 MIT 的医疗保险，以便享受更多的医疗保障。

卫生诊所一位戴眼镜的中年男子接待了我，他操着一口标准的美语口音，语调缓和并耐心细致地向我解释医保相关事宜。经他的指点，我填写了个人相关信息，并被告知参加下周四的 MIT 医保情况介绍会（Orientation）。当我向他咨询医保种类时，他首先向我推荐 MIT 的医保项目，并介绍说这个项目能保障我更多的权益。我接过他递给我的资料，仔细阅读其中的内容，发现这个这个项目除了一般的医疗保障外，还包括救护车服务、心理健康服务等项目。然而，当我向他了解保单所需金额时，他的回答让我倒抽一口气：每月 210 多美元！如此高昂的价格只能让我退避三舍。面对我的诧异目光，这位男士没有任何吃惊的表情，反而告知我还可以另有选择，在满足四个必备条件的同时选入其他医保项目。他在 MIT 的保险单中勾画出四项必备条件：1) 每人每次事故或疾病至少购买 5 万美元的医疗保险(medical benefits of at least U.S. $50000 per person per accident or illness)；2)因死亡而产生的尸体遣返费 7500 美元(in case of death, repatriation of remains in the amount of U.S. $7500)；3)因严重疾病或严重受伤需要遣送回国而发生的医务转移费 10000 美金；4)每次疾病或每次事故不超过 500 美元的可用额度(A deductible not to exceed $500 per illness or accident)。

一周后，我参加了 MIT 医保培训会。一位高挑的女士向我们介绍了麻省理工学院的医疗保险项目。她口气中带着毫无商量的口吻，还要求我们把过去几周的保险费补交上来。当我向她询问国内参保可否在美国赦免时，她的脸色立刻难看起来，坚持要看过保单后才能给予准确答复。

第二天一早，我便打开 QQ 与老公联系，希望他能将我在国内的医保证明发过来。几日后，他从医保部门开出了加盖红章的证明，并将扫描文件发送给我。我一看就泄气了，证明上只有简单的几个中文字，证明我已参加宁波市医疗统筹保险，既没有保险条例内容，更没有英译文，这种证明拿给老外岂能通得过！无奈之下，我开始四处打听医保的事，还跑了附近几家保险公司。最后在 Helen 的帮助下，一位熟悉保险的朋友向我推荐了旅美保险。对照麻省理工学院医疗保险的最低要求，我购买了 87 美元/月的保险，并在网上付了款。第 2 天我收到保险公司的电子保单，4 日后收到正式保单和收据。当我将保单和收据的复印件送给医务所的 Marie 女士，向她咨询是否符合要求时，她没有给予我明确答复，只是要求我自己做出判断，并承担由此可能带来的后果。

幸运的是，此后的日子里我未曾收到 MIT 诊所的任何通知，看来医保的事可以告一段落。

后来，我将该保险项目推荐给也在美国的浙江大学的沈杰老师。

几日后他买了这个保险。当他兴冲冲地将保单送交医务所时，Marie女士却要他提供更多详细材料。

沈杰的经历使我失去了踏实感，我更加惧怕生病，更加畏惧由此可能付出的高额费用。旅美保险规定，每次事故的费用在500美元之内的需由本人承担，超过500美元部分保险公司才能按照比例赔付。我享受的访学资助十分有限，除去每月房租500美元、每月医保费87美元、每月生活费200美元，一月下来已经所剩无几。寒冬到来，我不敢有一丝怠慢，只要嗓子有一丝痛感，便开始不停地喝水。我不禁开始佩服杨刚的明智抉择，从国内带来许多小小的常用药片，却能够解决许多大问题。与他大包的常用药相比，我的旅途小药盒只能解决旅途中的燃眉之急，却解决不了日常生活中的大问题。

李劼是厦门大学选派来的交流学生，博士。28岁的她似乎受到命运的青睐：1.74米的个头，白皙的面孔，开朗的性格。也许是上帝给予她太多，来到美国不久，她遇到一件接一件的倒霉事。不知在谁的推荐下，她在网上买了一份连她自己都不太清楚有多少条目符合MIT要求的保险，拿给MIT不多日就被通知不符合要求。MIT医务人员用近乎威胁的口吻要求她必须把先前的保险退掉，然后加入MIT医疗保险，否则就会被遣送回国。一向胆大的李劼被这突如其来的恐吓吓坏了，赶忙与参保公司联系要求退保。那家保险公司答应了她的退保要求。后来，她终于拿到了退款，购买了每月近200美元的MIT医疗保险。

杨刚来到美国就购买了MIT医疗保险，省去了许多麻烦。

购买保险之后，杨刚和李劼先后在MIT健身房购买了400美元的年卡，之后各拿到了保险公司返还的200美元参保奖励。根据美国医疗保险条例，入保人员如若参加某种形式的体育活动，将从保险公司得到200美元的返还，这可是件于人于己都有益的事情！入保人锻炼了身体，增强了体质，就为保险公司省了医疗费，保险公司再将所得收益部分地返还给入保者，这岂不是两全其美！

# 美国的生活垃圾

刘太太院子里放了七八个一米高的垃圾桶，每天饭后大家就会把生活垃圾装袋扎口，然后投入垃圾桶内。垃圾桶的盖子与桶口的密封性非常好，必须使用很大力气才能打开。周三早晨是回收生活垃圾的时间，大家都会在头一天晚上将自家的垃圾桶放置在马路旁，以便垃圾运输车挨家挨户清理垃圾。

房东刘太太年事已高，她的儿子患有腰病，不能干重活，倒垃圾的事自然而然落到我们身上。杨刚是个勤快的小伙子，老太太将自己的难处讲明后，杨刚便主动承担起搬运垃圾的义务，每天他都会把厨房里的垃圾袋清理下去，每周二晚上，他还会将所有的垃圾桶移到马路边。

刚搬进来时，我还沿用着中国人的习惯，不管是什么垃圾，统统装入塑料袋。没过几日，刘太太就在门口张贴了告示，要求我们将垃圾按可回收和不可回收分类装袋。她还拿上来一张地方政府发放的生活垃圾清理须知，上面要求废弃的塑料桶、玻璃瓶等容器必须冲洗干净并与袋装垃圾分离，纸盒子、纸张等要求拆开、平铺并摞在一起，这些都属于可回收垃圾，不能与不可回收的袋装垃圾同袋。树枝也属于生活垃圾，但需要独立于袋装垃圾之外。刘太太强调，这是美国的法律，人人都应遵守，否则，＄50 的罚单就会送上门来。

这张须知使我充分感受到美国人倡导的节约精神。

美国人的节约精神不仅体现在生活垃圾的处理方面，还体现在生活的方方面面。

我使用的喷墨打印机，再购墨盒需要花费 20 多美元，如此昂贵的价格总让我于心不忍，于是总把打印、复印内容带到学校。一天，我在马萨诸塞大街靠近 Center Square 地铁站处无意发现一家打印机耗材店，专为旧墨盒提供灌墨服务，灌一次墨需要＄10 左右。虽然与在国内购买墨汁相比贵了许多，但却比原装墨盒便宜许多。美国人的精明之处在于，在帮助消费者省钱的同时，也会从中部分牟利，与消费者一起赚钱。

然而，我也发现，美国人在倡导节约的同时，他们的浪费也令人咋舌！周四是旧家具清理日，每到这一天早上，我总能看到几家门口扔掉的柜子、椅子，上面还插了标签，写着“free”（免费）字样。有一天傍晚，我从 MIT 回家，在 Hampshire 大街上看到了沙发、椅子、双人床、席梦思垫，还有许多其他家具。这些东西有八成新，却要被扔掉了。Hampshire 大街位于 MIT 与哈佛大学之间，这一带是访问学者租住的集中地带。每到学年结束，随着旧房客的搬离，房东总会要求房客将房间内的杂物清理干净，以便新房客顺利搬进。新房客搬进后需再次购置家具方能入住。有的房客/房东为了处理家具，干脆在自家院子内摆起了“Yard Sale”，意思是将家里的全部家当廉价处理。这对于租房者来说的确是个好买卖！住在 Brookline 地区的司大夫就是用这种方式，花了 100 美元购齐了全套家具，包括彩电、冰箱、洗衣机、微波炉、组合沙发、组合床等物品，摆放了全套家具和电器！

说起美国的浪费还有一个重要的原因，这就是维修费高！我刚到美国时，手表不停地罢工，我猜想可能是电池需要换了，可听说换一块电池需要＄20，相当于人民币 150 元！想想一个绿豆大小的电池成本只有几分、几厘，却要收费那么高，就没舍得换。直到有人去上海帮我换了电池。美国的人工费很高，几乎与新买价格相差无几，所以，东西坏了就扔掉，自然是天经地义的事！否则，你就得“任人宰割”了。

方教授从国内带来的移动硬盘存储了许多珍贵资料，包括他的许多课题资料及科研成果。不巧的是，他刚到美国硬盘就摔坏了，里面的数据读不出，急得方教授团团转。后来他买了一个笔记本，希望能在购买这个贵重物品时得到商家的免费维修。然而，好事多磨啊！商家要求收取维修费 600 美元！这个数字足以买台笔记本了。

时间一天天过去，却不见自己的科研成果，方教授急得如同热锅上的蚂蚁。终于有一天，他忍不住来到 Micro Center，付了 600 美元的维修费，修好了损坏的移动硬盘。面对巨额损失，方教授自我解嘲说，600 美元的维修费与美国人的收入相比根本不算什么。相比之下，在国内维修移动硬盘则需要付出 2000 元人民币，这个数目无论如何都是一项巨额开支，因此，应该说 600 美元还是蛮便宜的。

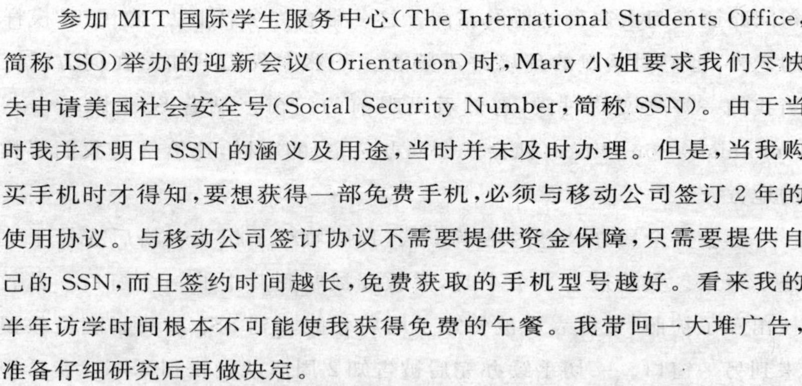

# 美国社会安全号

参加 MIT 国际学生服务中心(The International Students Office,简称 ISO)举办的迎新会议(Orientation)时,Mary 小姐要求我们尽快去申请美国社会安全号(Social Security Number,简称 SSN)。由于当时我并不明白 SSN 的涵义及用途,当时并未及时办理。但是,当我购买手机时才得知,要想获得一部免费手机,必须与移动公司签订 2 年的使用协议。与移动公司签订协议不需要提供资金保障,只需要提供自己的 SSN,而且签约时间越长,免费获取的手机型号越好。看来我的半年访学时间根本不可能使我获得免费的午餐。我带回一大堆广告,准备仔细研究后再做决定。

几天后,我来到一条大型商业街,这里有几家 T-Mobile,Verison 和 AT & T 营业厅。我在一家 T-Mobile 营业厅停了下来。这家营业厅的营业员是个黑人小伙,他说话声音低声低气,像是个刚刚参加工作不久的学徒,我每问他一个问题,他都要打电话请示老板。最后他答复说,只要我提供给他 SSN,即使我选用预付费(pre-paid)移动套餐,也能免费得到一部价值 70 美元的手机。此时我才明白 SSN 的作用。70 美元相当于人民币 500 多元,可谓一笔不小的费用!于是我决定先去办理 SSN,然后再来签约。

2007 年 9 月 13 日,吃过早饭后,我发现隔壁的吕教授也悄悄起了床。考虑到他也得去办 SSN,我便邀请他一同前往。我们从地图上找到了 MIT 国际学生服务中心提供的地址,距离最近的社会安全局办公室位于 Somerville 区 Elm 街道 240 号。我们来到 Kendal Square 地铁站点,吕教授买了 15 美元的周票。有了这张票,7 天内就可以无限时、无限次地乘坐公交车和地铁。考虑到我离 MIT 很近,还有个自行车,乘车的机会不多,我便花了 4 美元买了一张往返票。

我们乘红线抵达 Davis Square。

地铁的出站口有些黑人在散发报纸广告。转弯过来,路边各色的报箱吸引了我的注意。这里有许多免费的报纸,上面刊登了许多广告。

报箱内还有 Boston 邮报等付费报纸。我们取出了几张免费报纸，然后按着地图上的标示寻找目的地。然而，此时地图上标示得清清楚楚的 Elm 街道却让我们与实际位置怎么也对不上号。我们只能不停地用那句问路语询问去往目的地的方向。这一带有许多看上去“农民工”模样的老外，他们对这里的环境并不熟悉。茫然中我们不知路在何方。正当我们一筹莫展的时候，忽然看见眼前的门窗上贴着 Social Security Administration Office(社会安全局办公室)的字样，这恰恰是我们要找的地方。

社会安全局办公室内挤满了人，我们填写了相关表格后在椅子上坐了下来。大约过了半个小时，吕教授被叫到其中的一个窗口。吕教授出示了护照、签证表后被告知 4 周后才能收到 SSN。我紧随吕教授来到另一窗口。一切手续办完后被告知 2 周后就能收到 SSN。我希望工作人员能将我申请的号码先予告知，以便于我的签约。工作人员很抱歉地说了声“Sorry”。正当我们对两人获取 SSN 卡号的时间相差悬殊迷惑不解时，工作人员解释说：获得 SSN 卡号的时间因人而异。

我等不及那么长时间，决定明天买手机。

后来，我仔细查看了 MIT 国际学生服务中心关于 SSN 的说明，得知只有在美国至少待上 10 天，并在班级注册过的学生(学者)才能申请 SSN。吕教授可能因为尚未注册，因此需要 4 周的等待期。

美国社会安全号码实际上是一个电子身份证号码，是由社会安全局发给公民、永久居民、临时(工作)居民的一组九位数字号码，主要的目的是为了追踪个人的赋税资料。虽说有了 SSN，并不等于说持卡人就获得了合法工作的资格，也不等于说获得了美国公民的身份，但有了 SSN，持卡人的工作收入就能通过合法途径予以获得。虽然 SSN 不能保证持卡人能够申请到驾照、贷款租用协议等，但可以作为持卡人的永久号码，用于随后的美国访学。此外，持有 SSN 的父母还能将子女申报为所得税扶养对象，一切合法的金融活动，包括开设银行账户或申请贷款等都需要这个号码。

10 天之后，我收到了社会安全局寄来的 SSN，这个卡片的正面上方有一排醒目的粗体红色大写字迹：YOUR SOCIAL SECURITY

CARD，下面还有几行提醒：

如果你是成年人，请尽快用墨水笔在卡上签名。

如果是儿童，就不要签字，18 岁或第一次找到工作后再签名。

请妥善保管此卡，以防丢失、被盗。

不要随身携带此卡。

不要与其他纸张叠压。

最下方加盖了社会安全局的蓝色图章，还有持卡人姓名、发放日期等。我的 SSN 卡上赫然显示着两行重要的文字："只有获得 DHS 授权方可工作"（VALID FOR WORK ONLY WITH DHS AUTHORIZATION）。这与我的签证表相吻合，J1 签证表规定，以访问学者身份来到美国的人只有在 MIT 工作才能获得合法收益，在校外打工均被视为违法。

如果持卡人姓名、身份发生变化，必须提供相关证明方可重新办理。如果持卡人身为残疾、到达退休年龄或接近 65 岁，应立即与社会安全局取得联系，以便享受相应的待遇。此外，上面还留有相关咨询电话和网站信息。

## 美国的移动通讯

有人说美国的移动通讯是名副其实的"移动"通讯，只要踏入美国国土，移动通讯就没有了州内、州际等漫游概念，更没有长途费一说，因此，美国的移动通讯是真正的全国被叫免费、全国主叫同价。这也是美国移动与中国移动的最大区别。

根据付费方式，美国移动分为"contract"（签约用户）和"prepaid"（预付费用户）。签约用户无需提前支付费用，只需提供个人的社会安全号（SSN）。用户既可以在规定的期限内现金或网上交易，也可以委托移动公司代缴扣费。

移动公司为签约客户提供了各种各样的"plan"（套餐），除了享受夜间及节假日时段的免费通话以外，每一种套餐按其签约费用高低可以享受不同的免费通话时长，如月费 29 美元的套餐每月可以享受 300

分钟的免费通话，39 美元的套餐可以享受 600 分钟，49 美元则可享受更多的免费时长。

与中国的移动服务相比，美国移动服务还有一个很大的特点，这就是，每日 9pm－6am、周末及节假日时段，大部分签约客户都可以享受免费无限通话。这个时段成为具有国际长途需求客户的首选，因为 9pm－6am 正是北京时间的白天，打电话比较方便。如果使用国际长途卡，其费用只有每分钟一美分，相当于人民币 7 分。

第二次来到 T-Mobile 营业厅，我才了解到 T-Mobile、AT & T 和 Verizon 构成了美国三大主要移动运营商，任何一家运营商的客户都能享受网内无限免费通话。

考虑到自己不需太多的电话，我买了一个预付费电话卡，又买了 100 美元的电话费，加上赠送的 15 分钟，这张卡可以享受 115 分钟的通话（包括主叫、被叫）。走出营业大厅，我感到很开心，没有手机的日子终于结束了！

不过，由于预付费电话卡不能享受网内免费通话，因此，我打国际长途仍需在免费时段借用朋友的手机。

吕教授、杨刚购买的也是预付费电话，只有李劼购买了每月 39.99 美元的套餐，能够享受夜间及节假日的免费通话。这样，李劼的手机便成了免费时段的"公用电话"。每当晚上 9 点之后，她的手机就像一块香饽饽，总是被人"争抢"。

据说美国还有针对 65 岁以上老人的"Senior Plan"（资深人套餐），月费 29.99 美元，可以享受一定的主叫、被叫，还有夜间及周末免费通话时长。

还有一种专门为高端用户设计的无限套餐，客户只要每月付费 99.99 美元，就可以享受任意通话，还可以实现无线全球上网。

## 在美国购物

由于我担心 Chomsky 不喜欢我与他谈话时使用摄像机，为了避免由此带来的遗憾，我打算去 Micro Center 买一支录音笔。

从 MIT 去往 Micro Center 的路线我已经不算陌生，但从家里出发奔向 Micro Center 对我来说还是第一回。出发前，我仔细查看了地图，希望按照地图上的指示路线找到一条捷径。然而，这条在地图上看似简单的路程却并不像我想象的那样顺利，不一会，我便在一条条斜插的街道中迷失了方向。经人指点，我找到了 Magazine Street，但眼前的路已经“改变了方向”。我在记忆中努力地搜寻着曾经有过的标记，终于看到那座架在空中的桥梁。

Micro Center 外面宽敞的停车场内停了几辆汽车，但却看不到一辆自行车。我将自行车孤零零地停靠在商店外围的一个不起眼的地方，上了锁，才放心地走进去。

Micro Center 是个电子产品专卖店，按照产品分类被分为两个区域，右侧是电脑、打印机、摄像机、照相机等电子产品，各种品牌的电子产品一应俱全，左侧则是耳机、摄像头等小件产品。我来到录音设备专柜旁，发现录音笔价格很高，每支在 100 美元以上。不菲的价格让我望而却步，于是来到价格较为低廉的 MP3 商品区。虽然 MP3 的价格相对便宜，每支 20—80 美元不等，但外观粗糙的 20 美元一只的 MP3 实在引不起我的兴趣，于是我便将目光锁定在一个 Truly 品牌的 MP3 上，这款 MP3 外观很漂亮，也很精致，而且还有视频播放功能。我在心中盘算着 79 美元折合成人民币的价格，600 元！比起国内的价格还是贵了不少。

收银员是个漂亮的黑人姑娘，她操着一口浓重的黑人口音向我介绍购物后如何在他们的网站上注册，如何享受更多的优惠等信息。虽然黑人姑娘很热情，但她浓重的口音让我的听力显得很拙劣。我暂且置其推荐于一边，迫切希望她教会我怎样使用。她很快明白了我的意思，便喊来了旁边的服务生。我随服务生来到一个服务间，一位技术员模样的小伙子教我如何操作。这个小伙子个头很高，很瘦，皮肤黝黑，他话不多，只是在不得已时才跟我讲一句话。而面对我的迟钝，小伙子的肢体语言却明白无误地向我诉说了他心中的不耐烦。

2007 年 12 月 17 日，星期一。

早晨 7 点多打开电脑，老公已经在 QQ 中等候了。我看到女儿满脸笑容地走了过来，心情比上次好多了。我把她最喜欢的芭比娃娃拿到镜头前。看到视频中的芭比娃娃，女儿显得很兴奋，她不停地让我反转、拉近，恨不得记住每一个细节。女儿又把自己过年穿的新鞋子拿给我看。看到女儿兴奋的面孔，我心里感到无比温馨。

早饭后，邻居们已经陆陆续续离开。我穿上外套，准备去美国商场 Galleria。我从雪堆里拽出自行车，穿过庭院厚厚的积雪艰难地来到马路边。Union Street 上的雪还没清理干净，不远处厚厚的冰雪上横着一辆白色依维柯，把道路挡得严严实实。车的主人正在试图把车发动起来，但任凭他怎么努力，轮子只在原地旋转，却怎么也爬不出来。看到我走过来，主人满脸歉意地向我表示 Sorry，他示意我从他的车身侧面过去。

拐过一个弯，我来到 Windsor Street，快车道上的积雪已被环卫工人清理干净。我骑上自行车，沿着 Cambridge St 来到 Galleria 商场。

周一的 Galleria 有些冷清，施瓦洛奇水晶店除了两名营业员以外空无一人。当我刚刚踏入店门，营业员便热情地迎了上来。她小心翼翼地取出一款项链，几经擦拭，戴在我脖子上。随后，我的眼睛被一款金属项链所吸引。宽宽的链身正面镶嵌着数不清的水晶颗粒，在日光灯的照射下荧光闪闪。营业员悄悄告诉我说，现标价 170 美元的这款项链明天就会涨价到 190 美元。不会是一种营销术吧？我有些将信将疑……

从水晶店出来，我来到 Heymarket。与超市价格相比，这里的蔬菜和水果便宜了许多：大个的橙子一美元 4 个，小个的 6 个。一斤半的大个草莓 2 美元一盒。最便宜的是香蕉，足有 5 公斤重的香蕉只要 2 美元。这里还能买到新鲜牛肉，4—5 美元一公斤，买 10 美元的牛肉能吃半个月。

几日后，吕教授夫人来美国探亲，当她光临这家施瓦洛奇店后，发现那款曾让我动心的项链已经涨价到 190 美元。而另一款带有大颗水晶吊坠的项链则从原来的 85 美元涨到 95 美元。价格的落差使她犹豫不决。几日后她又一次光临该店，终于痛下决心购买了 4 条项链。

施瓦洛奇牌水晶饰品虽然价格昂贵，但比起国内的价格还是便宜很多，有的差价竟然达到500—600元人民币，这常常使许多国内游客甘愿掏出大把的钞票。也正因如此，吕夫人才甘愿将涨价后的饰品带回家。

第二天早上，我打开QQ。今天，女儿显得很不高兴，昨天脸上洋溢的兴奋和热情已经荡然无存。原来，她因购买春节穿的新鞋而耽误了一项作业。在妈妈面前，女儿永远显得那么可爱，即使脸上流淌着泪水。女儿的哭泣触动着我内心深处的母爱，不知没有妈妈陪伴过春节对女儿来说意味着什么。然而，教会女儿学会合理安排自己的时间，抵制外面的诱惑，将使她受益终生。耐心倾听了女儿的诉说之后，我告诉她以后应该先做完作业再买鞋。我安慰了她一番，又跟老公聊了几句。为了不影响女儿休息，我和老公结束了聊天。

# 第六章 美国对外汉语教学

## 我给老外讲中文

今天，我收到 Gillian 的一封邮件。

Gillian 是 MIT 语言学系的博士生，担任 Petsetsky 主讲课程“普通语言学”的教学助理。几天前我曾在语言哲学系的复印机前遇到她。由于我不太会操作这个复印机，便向恰好从此经过的她求助。Gillian 的装束很有职业女性的味道，短短的头发，瘦瘦的脸颊，深深的眼线，长长的耳环，显得个性非常张扬。她向我透露自己懂点汉语，希望以后能够得到我的帮助。

打开邮件，里面列出了几个汉语问题。其中几个很有意思。

问题 1：“He is a teacher”用汉语说是“他是老师”，那么可不可以说“他是老师的”？它的意思是不是只表示“他是个老师”还是要强调“老师”，意思是说“他不仅是个老师”？

问题 2：下列句子符不符合语法？如果符合，它们是什么意思？

他是高的人。

他很高的人。

问题3：下列句子用汉语怎么说？

The tall teacher opened the door.

The red bird is singing.

The male dog is running.

问题4：可不可以用“很高的老师来了”或“高的人来了”来表示“The person who is tall came”？

问题5：能不能用“John 是男的学生”表示“John is a male student.”？

问题6：下列句子符合语法吗？其意义如何？

毛巾湿了。

毛巾干了。

桌子圆了。

问题7：“玻璃破了”是不是既可以理解为“The glass broke”，也可以为“The glass is broken”。可不可以说“玻璃很破”或者“玻璃是破的”？

她希望我能在方便的时候帮她解释一下。

Gillian 的问题看似非常简单，作为以汉语为母语的我如果只用“是”和“不是”给予回答将会是小菜一碟，但若从句法角度给予回答则并非易事。就拿问题1来说，就连未上过学的人都会感觉“他是老师的”的说法非常滑稽，既不符合汉语语法，也很难表达强调“老师”之意，更无“他不仅是个老师”的意思。只能勉强传递“他是个老师”的含义。如果从句法角度进行阐释，则会涉及形容词研究、语类转换、汉语“的”字句研究等问题。如果说 Gillian 的问题是想弄明白“的”字的句法功能，那么她的问题则非常复杂。虽然国内对“的”字句的研究已有许多成果，但就句尾“的”是不是一个时体标志，即它是否可以表达过去时的时体意义，就构成一个不小的争议。如果从功能意义上讲，它既有语气词功能，也有焦点标记作用，还可以作为动词的名词化以及小句的标志。

Gillian 的问题中还涉及到“了”字的研究。

“了”字的研究在汉语界颇有争议，主要集中在与“了”字结合的动词及形容词的研究。有些学者认为汉语没有形容词，并主张将类似形容词的词项（adjective-like lexical item）视为动词，因为这些词的出现总是与具有“体”标记的“了”字同现。

理清了思路，我与 Gillian 相约于周三中午 11:00am“普通语言学”课程结束后在 Stata Center 见面。我们互相留下了手机号码。

下课后，我如期来到 Stata Center 的一楼大厅。茫茫大厅中，我一时难以找到 Gillian 的身影，电话联系后，我在靠近 coffee 馆的地方找到她。

两天后，我又收到她的求助邮件，这次她免去了面谈的麻烦，直接要我通过邮件解释以下问题：

下面的汉语句子是否符合语法，如果是，请翻译。

1. 张三是高的。

2. 张三是很高的。

3. 张三比玛丽很高。

4. 张三很高了。

5. 他会很胖。

她还要我为她翻译“Zhang San is proud of his son.”

好个汉语迷，想不到汉语研究在转换生成语法的诞生地竟然如此热门。我曾多次参加 MIT 和哈佛大学的语言学学术会议、论坛、报告等活动，句法研究始终是多项活动的永恒主题，句法研究的语言素材不仅有英语，还有许多不为人熟知的特殊语言材料。这些语言材料都能呈现出 Chomsky 的普遍语法模式，其差异在于具体语言的参数设定。而每面对一种新语言的研究，Chomsky 的普遍语法就多了一层意义上的论证。看来中国国土上英语研究与汉语研究的大分家应该从中得到一些启示！

回到 Gillian 的问题上来。Gillian 这次提出的问题既包含上次提到的问题，也增添了新的问题，这就是汉语形容词的动态意义和静态意义。Sybesma（1997）认为，汉语形容词具有一定的动态性，并认为“高”

字本身具有比较意义，如“张三高”蕴含“张三比某某高”之意[①]，因此，比较级之前不能用“很”字。

我简单给她回复了邮件：

1. 汉语说“张三个儿很高”而不说“张三是很高”。“是”字如果作为系动词连接主语和形容词谓语时往往被省略。“的”字在上述句子中也被省略。

2. 同1。

3. 汉语说“张三比玛丽高”而不说“张三比玛丽很高”。这句话的意思是“Zhang San is taller than Mali”。就像英语不说“Zhang San is very taller than Mali.”一样。如果要用汉语表示“Zhang San is much taller than Mali”，就是“张三比玛丽高多了”，或“张三比玛丽高很多”。

4. 汉语说“张三很高”或“张三长高了”，而不说“张三很高了”。

5. 汉语可以说“他会很胖”（He might be very fat；He is likely to be very fat）。

6. “张三以他儿子为荣”。

……

这次 Gillian 用了一个“helpful”作为回复。不过，这种文字性解释对我而言却相当费时。当我慢慢理清头绪之后，还要用适当的英文向她解释其中的句法特点及不同句式的差异，这就如同写了一篇小论文。

随后，她又接二连三地来了几封邮件。

在与 Gillian 探讨汉语句法问题的过程中，我认识到自己过去在汉语言研究中的不足，也认识到国内英语语言的教学与研究常常与汉语的教学与研究产生严重脱节的现象，这使我国语言学研究和发展在很大程度上难以走上国际化的发展轨道。Chomsky 的生成语法始终立足于普遍语法之国际化高度，对各种特定语言的特殊现象进行参数化分析，从而为人类语言的普遍语法建立越来越完善的理论框架。如果能够站在生成语法理论的高度对汉语现象作出解释，汉语言研究必将

---

① R. Sybesma, “Why Chinese verb-*le* is a resultative predicate”, *Journal of East Asian Linguistics*, Vol. 6. No. 3, (1997), pp. 215-261.

吸引更多人的目光。

## Boston的中文学校

今天，我与Boston一所中文学校校长取得联系。我在网上查阅了去往该校的路线图，得知从MIT乘红线就可以到达该校。Massachusetts Bay Transportation Authority的网站真的很有用，只要你输入启程的地址和目的地及出发时间，它就会给你安排最佳路线，包括你先乘什么车，换乘什么车，下车怎么走，需要多长时间等，真是一个出色的旅游向导(trip planner)！

我将打印好的路线图带在身上，高高兴兴地出发了。

一个小时后，我终于在一块窗口看到"××汉语学校"几个字样。

接待我的是一位年轻的女老师，她留了一头齐耳短发，身着一件紫色装，是一位典型的中国姑娘。她找来一本汉语教材，我翻了几页，发现这本教材与国内的英语教材几乎沿用了同一个模式。

陆陆续续来了五六个学生，年龄参差不齐，年龄最大的有50多岁，最小的只有20岁。这位女老师站在讲台上，她先将上次课内容温习一遍，然后用缓慢的中文依次向学生提出问题。虽然老外能够听懂老师的问题，但用汉语进行回答则显得非常吃力，每一个字的发音都需要借助汉语拼音。最令人头疼的是汉语语调。为了读准语调，回答问题时每个学员都是大手笔地打着手势，那架势似乎让我觉得，掌握汉语对他们来说还非常遥远。

不过，这几位学生很喜欢他们的老师，年纪最大的一位学员还希望她做她儿子的女朋友呢。

学员们汉语水平相差悬殊，有的已经学了3年，有的则刚满6个月。

从教室出来，我又步入另一教室。一位年轻的中国姑娘正在给一位学员做一对一辅导。与先前的老师相比，这位老师语速较快，她不时地搜寻着英语中的对应词，向学员进行最直接的英语解释。

美国中文学校的汉语教师，大都是以陪读身份来到美国的年轻太太，她们中间不乏国内的硕士、博士、高级访问学者、访问学生。他们几乎怀着同一个目的，为了增加一点微薄的收入，为了与美国当地人有更多的接触。然而，他们的课时酬金只有每小时 10—12 美元，其廉价的劳动力在美国国土实属罕见。但是，如此低的酬金仍然阻止不了曾是国内著名高校的教授、学者。虽然他们中的许多人被许多正规学校十分看好，但因签证身份都被谢绝了。无法在正规单位就职，只能通过非正规途径谋生，于是，黑心老板便将酬金压到最低，以此获得巨额利润。

几日后，校长打来电话，希望我晚上代几节汉语课。在一个不熟悉的城市晚上外出，我很为自己的安全担心，加上路途不便以及收入微薄，我婉言谢绝了校长的邀请。

# 第七章 汉语语言学者在哈佛

## 哈佛大学植物园

11月下旬的一个周末，我和吕周聚教授、丘江(Helen Qiu)女士一起去哈佛大学植物园游玩。

当我与吕教授来到哈佛大学燕京图书馆，见到开车前来迎接我们的Helen时，透过车窗，我一眼认出车内的Helen，她就是曾经到MIT查经班为我们授课的那位女士！想不到已经有过一面之交的"老朋友"①如今又在吕教授的引荐下重逢。

在GPS的引领下，Helen驱车驶向哈佛大学植物园(Arnold Arboretum of Harvard University)。

哈佛大学植物园坐落于波士顿的牙买加平原(Jamaica Plain)。它方圆256英亩，至今已保留了7000多种珍奇植物，代表了4500多种的园艺植物和树木植物，标本超过500万种。据说曾经任职植物园第一任主任的

① 对于只有6个月访美期限的我来说，一面之交已经称得上"老朋友"了。

Charles Sprague Sargent（1841—1927）先生曾在这里与树为伴度过了长达54个春夏秋冬，撰写了长达14卷的《北美林木志》（*The Silva of North America*，1980—1902）和《北美树木手册》（*The Manual of the Trees of North America*，1905）两部巨著，对于植物学的研究至今具有重要的参考价值。

我们在蜿蜒的车道上行驶，路边的浓浓秋色使我不由得举起了手中的摄像机。为配合我的拍摄，Helen有意将车速降了下来。我把手中的摄像机递给前排的吕教授。吕教授不愧为摄影迷，短短的几分钟，他便把沿途一幕幕美景尽收屏幕。

走进植物园，我立刻被眼前千姿百态的五彩植物深深吸引。

秋天的Boston真迷人，我爱它五彩斑斓的色彩，更爱它千奇百怪的神态。在这里，你能感觉到什么是"巧夺天工"，什么叫"沁人心脾"。

导游刚刚带着一拨游客离开，试图跟随导游的Helen加快了自己的脚步。尽管她不停地向我们招手，而我和吕教授则在眼前美景的巨大诱惑下再也迈不开脚步。

突然，不远处两棵色彩浓烈的大树吸引了我的注意。这两棵植物树干很短，只有几十厘米高，但庞大的枝叶已自成两个巨大的盖头，一个黄得耀眼，一个红得心醉，宛若一对经历了大半生的老夫妻，傍着臂膀，挽着双臂，与蓝天交相辉映，张扬着沧桑赋予它们的骄傲。也许，他们的爱情感动了上帝，在赋予其他植物温暖与阳光的同时，特别给予他们更多的关怀。离他们远去的许多植物已经散落了大把的落叶，露出纵横交叉的苍茫枝体。惟有这两棵大树，在散落大片红黄相间的落叶之后，仍然保留着浓烈的色彩，宛若一幅色泽绚丽的油画！

植物园内的游客并不多，有些带着小孩悠闲地漫步，有的则迈开脚步慢跑。更多游人在拍照、摄影。我们遇见了哈佛大学的钱雨博士。相同的肤色和同一种语言使我们马上有了"他乡遇知己"的感觉。我们一起合了影，交换了联系方式。

我们来到一个小池塘边，一对夫妇带着他们刚刚会走路的女儿在玩耍。湖面上，两只鸭子竞相逐水，身后留下颤动的涟漪。湖边，稀稀疏疏的草丛植物已经褪去绿色的外衣，略显苍茫的枝条在微风吹拂下

轻轻摇曳。

当我们尽情地欣赏着自然的美丽与和谐，不断为大自然的杰作而振臂欢呼之时，Helen 却把一切美好的东西都归为上帝的恩赐，她不断地重复着“感谢上帝”，以此表达一个基督徒的虔诚。

我们拐过一个 U-turn，来到一个陡峭的山坡，两个骑车的老外已经气喘吁吁。这里的植物五彩缤纷，左边绿色，右边则是黄色、橙色、红色、紫色……有些花木长满了紫红色的小果子，有些则开满了紫色的花朵。绕过一个弯道，前面较为开阔的地带有几棵白桦树状的植物，它们在浓浓秋色的包围中显露出独特而苍凉的美。

又绕过一个弯道，我们来到一片犹如原始森林的地方。这里的树木沿着弯弯曲曲的柏油马路延伸，在一二十米的空中合二为一，犹如一座座连体天桥架设在天空，形成长长的空中走廊。

## 吃香蕉还是吃苹果?

午后，蓝天已渐褪去，室外的气温回落到 9 摄氏度。我们在一个山坡的石凳上坐下来用餐。不一会，我感到有些冷意，便披上了厚厚的披肩。

用餐完毕，游玩的兴致渐渐淡去，于是，我与 Helen 聊起天。

Helen 对神学很感兴趣，她已经办妥明年春天在哈佛大学读博士的手续。她告诉我说她的研究方向是中国问题。当我正为为什么不在中国而是在美国研究自己国家的问题而疑惑时，Helen 的回答让我恍然大悟：在国内研究国内问题，犹如“不识庐山真面目，只缘身在此山中”，走出中国看中国，将会了解更加真实的中国。

Helen 对美国的一些政治和社会现象也特别关注，她以美国同性恋为例，说明为同性恋婚姻的立法要求与哈佛在美国的政治影响和司法影响是分不开的，因为哈佛的法律系对美国的立法起到非常关键的作用。Helen 解释说，美国同性恋的比例并不大，他们的社会地位不高，但为什么能够闹到为自己立法的地步？答案是，这一现象已经不是一个单纯的社会现象，而是一个人权问题，一个政治性问题。她打了一个比方，说买水果本来是件很简单的事情，吃香蕉还是吃苹果对于我们来说没有什么区别。然而，假如说香蕉是来自 Mexico，吃一个香蕉就能使 Mexico 的一个孩子上得起学，而苹果是来自美国中部的大庄园主，由于他们是大把大把地赚钱，一个苹果对他们来说没有什么特殊意义。这样，是吃香蕉还是吃苹果就成了一个政治性问题。Helen 来到美国已有十来年，她说美国的政治影响力主要来自东部，西部的影响主要是科技，而中部则是商业影响。听着 Helen 的讲解，我感到很开心。虽然我对政治不感兴趣，但 Helen 的讲解深入浅出，通俗易懂，引起我极大的兴趣。

不知不觉，我们来到了一个岔口处，回头望去，吕老师已经不见踪影。我拨通了他的电话，得知他正在饶有兴致地为一棵颜色奇特的枫树拍特写。我和 Helen 试探着朝吕教授描述的方向走去，依然没有发现他的踪影。转过身来，一身摄影师打扮的吕教授已经从万木丛中走了过来。我和 Helen 继续朝前走去，不知不觉回到了刚才的转弯处，转过身来，却发现吕教授又落在后面。原来，他又被那棵枫树迷住了。经不住他的劝说，我和 Helen 跟随他来到这棵枫树下。果不其然，该枫树的颜色从淡黄、橘黄逐渐过渡到深红，如同血染一般！于是，我们各自展开了攻势，对准一片片枫叶，来了个巨大的特写……

Boston 的秋天色彩浓烈而动人，凡是有树木的地方，都是一幅天然油画。返回的路途中，我们路过一家修道院。我们停下来驻足良久，转身放眼望去，路边一座座漂亮的洋房在蓝天和秋色的映衬下显得格外引人注目，它们风格迥异，色彩有别，在浓烈秋色的映衬下形成一道亮丽的风景线。

回到车上，我感觉有些疲惫，不知不觉睡着了。

醒来后发现，Helen 已将车子停在路边，她和吕教授正压低嗓音饶有兴致地谈论目前美国社会的热点问题。原来，为了不打扰我休息，他们悄悄地在路边等候我多时。

看到我已醒来，他们停止了催眠般的谈话。Helen 兴奋地抬高了嗓音，将手指向了不远处的小片树林。我顺着她指的方向望去，那里仿佛是一片"世外桃源"，五彩斑斓的植物林与地上厚厚的落叶浑然一体，造就了生命的终结与再生的完美画卷。然而，刚刚从睡梦中苏醒的我仿佛觉得体内的细胞依然处于休眠状态，Helen 的惊喜并未唤醒我内心的兴奋。我独自留在车内，任凭他们二人去享受"上帝"带给他们的快乐。

不知过了多久，仿佛从人间天堂归来的 Helen 和吕教授回到车上。吕教授打开了相机的显示屏，此时，一幅幅动人的景象在我眼前掠过：憨厚低矮的黑色树干撑起了一株庞大的脑袋，不太稠密的树叶已经掩藏不住深黑色的枝杈，它们通过树干将大地母亲给予的乳汁输送给每一片叶子。这些树叶在汲取营养之后得到茁壮成长。我虽然叫不出这些植物的名字，但却被它们深深吸引。已有些稀疏的枝叶从里到外呈现出从淡绿到橘红的色彩过渡，个性较为张扬的部分享受了更多的阳光，她们红润的脸颊透射出健康的美。此时，大地已被落叶的风尘覆盖，透过片片落叶，我们依稀能见地面上嫩绿色的草坪。遥远的天边，灰色的天空布满了乌云，只有天边的太阳放射出浓烈的光芒，在与湖边的树梢亲密接触中碰撞出火一样的激情！

天色渐渐暗淡，我们来到一家台湾餐馆。

等待烧菜的过程中，我被身后的一对伴侣所吸引，女的长着一副东方人的面孔，男的则是个地地道道的美国佬。与他们一起就餐的还有两个五六岁的亚裔男孩，但却操着一口流利的英语。他们似乎正在欣赏一辆玩具跑车，在打开包裹的一刹那发出的“Gee!”、“Wow!”等感叹词语的腔调把我一下子拉回到国内的英语听力课堂。这些熟悉的儿童美音如今却真真切切发生在我眼前，不能不让我惊奇！我估计两个可爱男孩可能是华裔二代、三代……他们的话语中已经没有了外来口音。

美籍华人子女的语言发育大致沿着这样一条轨迹发展：0—3 岁时主要与父母交流，这时的主体语言便是是汉语。3 岁之后入幼儿园、小学……由于语言环境的改变，作为主体语言的汉语便被英语所取代。起初，孩子们与父母的交流往往是英汉两种语言的混合交流，但随着年龄的长大，他们与父母的交流逐渐发生了戏剧性的变化：父母用汉语问话，孩子却用英语对答。马仑的一双儿女是这样，立新和燕玲的一双儿女也是这样，Flynn 教授的“双语语言研究”课程的大部分学员家中的情况更是如此！这就是 Chomsky 的普遍语法：一个人出生时带着这种具有遗传生物属性或遗传基因特征的“语言习得官能”(language acquisition faculty)来到世上，这就为他后天习得的特定语言奠定了生物基础。不论何种种族、何种民族、何种性别、何种肤色，只要他是一个正常的人，就会与生俱来地具备这种语言官能，不论把他投放在哪个语言群体，他都会自然习得那里的语言。

晚餐用完时，餐馆里已经坐得满满当当。服务员将桌子收拾干净后递过来一张账单，消费总计 46 美元。我正要付费，一向比较节俭的吕教授潇洒地掏出了信用卡，他要为我们两位“美女”买单。

服务员拿着吕教授的信用卡去前台刷卡，送来的消费单上除了 46 美元的晚餐费用，额外增加了 7 美元的小费。

在美国餐馆用餐，付小费是不容商量的事情。收银员往往在收费的同时将小费一同扣除。当然，有的餐馆也会将小费金额的选择权交给消费者，只需消费者用完餐后将小费留在餐桌上。现金小费的数额一般在 15%上下浮动。

有些生意较好的餐馆，服务员是没有工资收入的，他们依靠小费收入养活着家中的妻儿老小。为了得到更多的小费，服务员对老客户特别殷勤，有时还会为客人添加一杯免费饮料，以博得消费者的青睐。然而，如果遇上生意冷清的日子，服务员便难以维持生计。

# 哈佛大学的 Seminar

2007 年 12 月 16 日，星期日。

早晨 7 点多，我看见窗外已被白雪覆盖。雪花仍然下个不停，纷纷扬扬的，时而被一股寒风吹起。

我接到 Helen 的电话，得知教堂的礼拜活动因暴风雪取消了。

我打开电脑查看邮件：浙江大学宁波理工学院仍无音讯；Barry 发来了轻动词讲义。

我将讲义打印了一份，但图中的汉字呈乱码状态，看来是汉字系统出了问题。

看到 Barry 的邮件，我想起我们初次相识的情景。那还是在上周四上午，那天下午哈佛大学将举办汉语句法学研讨会，主讲人正是 Barry。

那天上午，我在 MIT 的学术会议上与 Barry 和洪爽相遇。讲座结束，正当我匆匆忙忙离开会场之时，却被紧跟身后的 Barry 和洪爽拦下，原来，他们想让我帮忙找个微波炉给冷饭加热。我带他们来到语言哲学系的小厨房，几分钟后，冷饭已经变得温暖。正当我急急忙忙与他们告别的时候，我无意中得知眼前的 Barry 正是哈佛大学研讨会的主讲人！我有些喜出望外，原来，我曾见过几面的 Barry 来自我国台湾，是知名学者蔡维天教授的弟子！

告别了洪爽和 Barry，我准备按计划骑车前往哈佛。然而，此时的天空顿时大雪纷飞，转眼间积雪已有一尺深。我不得不改变计划，先把自行车送回家，换上踏雪靴，一路步行前往哈佛大学。

从 Union Street 到哈佛大学步行只有半个小时的路程。我看到未来得及清扫的大雪已将许多汽车滞留在马路上，造成严重的交通瘫痪。人行道上的积雪很厚，撒过盐的地方已经非常泥泞。环卫工人的电动手推铲雪车在大雪中嗡嗡作响，凡是经过的地方到处雪花四溅，而身后却开出一条一米宽的狭长小路，但很快又被纷纷扬扬的大雪覆盖上一层白雪，仿佛给大地添加了一层薄薄的棉絮。

40分钟之后，我到达东亚系会议室。与我一同修读MIT句法课的胡敕瑞、方环海、张美兰、张赪、唐贤清等已陆续到达。哈佛大学东亚系的冯胜利教授也来了，唯独不见Barry和洪爽的踪影。面对浩浩荡荡的大雪，人们对Barry和洪爽的迟到心照不宣，反而对室外的大雪产生浓厚兴趣！美兰显得非常兴奋，她孩子般地跨出房门，挥舞着手中的围巾，兴奋地跳了起来，不时地喊着："从未见过这么大的雪，真是太兴奋了！"

释放了内心的激动，我们来到二楼会议室。面对热情的参会人员，冯胜利教授发出由衷的感慨："这就是学术精神！雪下得再大也阻挡不了对学术的追求。"

这时，楼下传来咚咚的脚步声，这声音急促而有力，向大家传递着迟到者内心的急迫和愧疚。随着脚步声逐渐接近，大家的目光一下子聚集在喘着粗气的Barry和洪爽身上，显然，Barry和洪爽在等车的环节遇到了麻烦。Barry上气不接下气地卸下身上的书包，从中掏出备好的讲义，在发言席上坐了下来。

冯胜利教授依然延续着刚才的开场白，他讲到所谓轻动词(light verb，通常用v代替)就是"词汇意义虚，但句法功能强的一批动词，其中包括'Do(做、弄)'、'Be(是、为)'、'Become(成为)'、'Cause(使)'等等虚动词。"①

冯教授的开场白结束后，Barry已经渐渐恢复了平静。他展开讲义，以"轻动词及其相关结构"为题开始了演讲。

他首先引用Kayne(1984)关于句法结构被广泛应用于双叉(binary-branching)结构的理论假说，指出这一假说不适于双宾结构。然后列举蔡维天(2007)②观察到的两种轻动词，一是外在型轻动词(outer

---

① 见冯胜利，《轻动词移位与古今汉语的动宾关系》，见冯胜利编：《汉语韵律语法研究》，北京：北京大学出版社，2005年，第312-342页。关于轻动词的概念问题学界尚有不同理解，祥见Chomsky，1995，2000a；Bowers，2002：215-6；戴曼纯，2002a：126；熊仲儒，2002：377，381-2；温宾利，程杰，2007：111-123等。

② D. W-T. Tsai, "Two types of light verbs in Chinese", *IACL*-15/*NACCL*-19, Columbia University, New York City, May 2007a.

light verb)，如“那把刀切得我直冒汗”；另一种是内在型轻动词(inner light verb)，如“你切这把刀，我切那把刀”，该句中轻动词“用”字被删。他将内在型轻动词和外在型轻动词的句法、语义条件进行了对比，发现内在轻动词具有“宾语需求”(object taking)(如“你用这把刀切，我用那把刀切”)、“结果性补语”(resultative complement)(如“我用这把刀切得很累”)和“动词重述”(verb copying)(如“你切肉切这把刀，切菜切那把刀”)等句法限制条件，而外在轻动词则“无补语限制”(no complement restriction)(如“那把刀让我切得直冒汗”)和“无需动词重述”(no verb copying)(如“那把刀让我切得直冒汗”)需求等特征。

原来动词还有轻重之分、内外之别！过去，我曾经把生活中一些难以解释的语言现象统称为“省略句”或“例外”，认为语言中既有合法的语句，也有不合法的结构。接触了 Chomsky 的句法学理论后，我逐渐认识到，许多看似解释不通的自然语言，经过语言学者的思考、发现和归纳，都能给出理论性解释。语言研究者就是要运用语言理论对自然语言进行最充分的解释。

Barry 的讲解很细致，冯胜利教授在关键时刻对大家的疑问进行补充。好久没有听汉语课了，我利用这次机会，将 Norvin 句法课中遇

到的疑惑一个一个问个痛快！还是汉语听得舒服！

这次小小的研讨会使我第一次接触了较深层次的汉语句法学研究内容，还了解到中国轻动词研究较有影响的蔡维天教授将于2008年1—2月来麻省理工做访问学者，到时我向他请教问题将会更方便。

研讨会结束后，天色已黑，我接通了在燕京图书馆看书的吕教授的电话，相约一同回家。

回家的路上，雪还在不停地下，环卫工人依然坚守在岗位继续推动轰鸣的铲雪车。尽管铲过雪的地方已经被刚刚落下的雪片覆盖，但他们依然无怨无悔地重复着刚才走过的路。吕教授说，美国似乎有这样的法律条文：下雪后住户必须在规定时间内尽快清理自家门前的路面，否则将会收到一张50美元的罚单。如果还不清扫，每隔一段时间就会收到另一张罚单，直到积雪被清理。我想起朋友说过的话，如果行人因为雪滑而在你的门前摔伤，房子的主人要为受伤的患者看病买单。

一路上，有些漂亮的别墅小院内已经将自家的圣诞树缠绕了五颜六色的彩灯，庭院中点亮了圣诞老人的塑像和张灯结彩的小动物，这些装饰提醒着我们，美国传统的最隆重节日圣诞节即将来临。

2007年12月22日。

本周三下午，哈佛大学将举办第二场轻动词研讨会。

参加研讨会的成员除了几个老面孔外，教室的角落里又多了一个新面孔。人们说他是混血儿，血管里流淌着一半中国人的血液。他会讲些汉语，但连我听着都很吃力的汉语句法课他能听得懂吗？我不免为他捏着一把汗。他独自一人静静地坐在离会议桌较远的位置，自始至终没有说一句话。

研讨会的主角还是Barry博士，依然是上次话题“轻动词及其相关结构”。

他首先引用两个汉语例句“他居然[给我]喝了三瓶酒”和“他居然[喝了＋AFF]我三瓶酒”，从而将汉语的轻动词分为两种类型的施用结构，其中低位施用结构暗含两个个体之间的关系，而高位施用结构则表明个体与事件的关系。他援用台湾闽南话语料，证明高于轻动词VP

的施用结构的存在，并援引蔡维天（Tsai 2007b，Tsai & Yang 2007）① 关于汉语动词提升及其限制条件的相关研究及 VP 外壳（Lin 2001）② 理论，说明外部施用结构中的中心语不是轻动词，而是受益格（Benefective）（如"阿母 KA 阿三洗衣服"），或转折语（Adversative）（如"阿三 KA 我跑去"）。

Barry 还分析了汉语句"王冕（7 岁）死了父亲"中的"死"字，以此说明双及物动词非作格结构可能也是高位施用结构，表明王冕个体与其父亲死这一事件的关系只是非作格动词没有轻动词投射，因此也没有外论元。施用结构论元 IO 由于 EPP 特征的要求从而提升到 SpecTP 的位置充当句法中的主语。

Barry 将这一现象应用于英语研究，并解释了英语中之所以没有双及物动词的非作格结构，是因为英语不允许高位施用结构的投射（Pylkkänen 2002）③，从而没有额外增加作为经验者的论元（experiencer argument）的途径。

今天，冯胜利教授带来了他先前出版的两篇论文。一篇是"轻动词移位与古今汉语的动宾关系"，另一篇是"动宾倒置与韵律构词法"。我在国内很少接触汉语句法，韵律句法就更别提了。读过冯教授的论文后，才知道汉语中的音节运用还需要遵循一定的句法规则，如果违背这些规则，所造之句就会不合法。冯教授列举了"财务保管员"、"财产继承法"等[动＋宾]结构，指出如果[动＋宾]是两个音节，那么只有[动＋宾＋名]结构合法，而[宾＋动＋名]的结构则不合法。如我们可以说"修车铺"、"加油站"等，却不能说"车修铺"、"油加站"等。但在双音节[动＋宾]结构中，则可以使用动宾倒置，可以说"军马饲养方法"和"首长保卫人员"。由此，他提出了汉语韵律构词理论，构建了汉语韵律语法的理论框架（见冯胜利，2005）。

---

① D. W-T. Tsai, "Four types of affective constructions", paper presented in *FOSS*-5, National Kaohsiung Normal University, Taiwan, April 2007b.

② J. TH. Lin, "*Light verb syntax and the theory of phrase structure*", Doctoral dissertation, UC Irvine, 2001.

③ L. Pylkkänen, *Introducing Arguments*, Doctoral dissertation, MIT, 2002.

研讨会结束后，冯教授邀请大家于2007年的最后一天参加他的家宴。我心里感到一阵兴奋！来到美国，除了参加了几次华人基督教礼拜活动和几次麻省理工基督教团契活动以外，还未与语言学者们一起聚会。参加他的家庭party，不仅能再认识一些新朋友，而且还能在语言学研究方面获得意外收获！我期待着这一天。

## 哈佛教授家的元旦Party

冯胜利教授曾是北京师范大学中文系汉语教师，1986年他获得了美国宾夕西法尼亚大学Annenberg Fellowship奖学金，后赴美师从拉波夫(William Labov)、柯劳克(Tony Kroch)和里博曼(Mark Liberman)学社会语言学、历史句法学以及韵律学。1995年他获博士学位，后任教于堪萨斯大学东亚语言文化系。2003年他来到哈佛大学东亚系任汉语系教授、中文部主任和哈佛北京书院主任至今。2005年他受聘于北京语言大学长江学者讲座教授。此外，他还是国际中国语言学会理事，近十种国内外语言学及语言教学杂志编委以及国内外语言学杂志和出版社审稿人。

冯教授虽然只有50来岁，但在国际语言学界却小有名气。他的代表性著作有《汉语的韵律、词法与句法》(1997)、《汉语韵律句法学》(2000年)、《汉语韵律语法研究》(1995年)、《汉语书面语体初编》(2006年)。他曾在《中国社会科学》、《中国语文》、linguistics、East Asian Linguistics等刊物上发表中英文论文多篇。

冯教授不仅对历史句法学(Historical Syntax)、韵律构词学(Prosodic Morphology)、韵律句法学(Prosodic Syntax)有独到的见解，他还对训诂学研究有浓厚的兴趣。他提出的"音段形态类型"的综合型语言(synthetic language)和以"超音段形态"为主的分析型语言(analytic language)将汉语史分成了东汉前和东汉后两大类型。

2007年12月31日下午2点，我与哈佛大学的几位中国学者一起乘坐77路公交车前往冯教授家。

一同前往的有清华大学的博士生导师张美兰教授、北京语言大学对外汉语研究中心的张赪教授、北京大学博士生洪爽、北京大学胡敕瑞及其爱人和7岁的女儿。

走下公交车，我们沿着泥泞的雪路经历了艰难的跋涉。7岁的格格好像从未经历过这般辛苦，终于忍不住叫苦不迭。她轮番骑在爸爸和叔叔的背上，行进的速度似乎加快了许多。我们沿着前人踏出的雪路，半小时后终于来到冯教授家。

冯教授家是个别致的灰色别墅，大大的窗子看不出有任何防盗装置。我不由得担心起来，难道美国就没有犯罪？

我想起刚来美国时的情景。当我为自己租住的房子感到担心，生怕没有任何防盗装置为自己带来麻烦时，马仑的一番话却让我放下心来，她说她在美国20多年来，从未听说有入室抢劫的案件发生。

其实，美国社会并不太平，我们时常听到吸毒者抢劫案件，以及校园枪击案，这些足以表明，美国并非人们想象的太平天国！然而，为什么入室抢劫的事件很少发生呢？我不断地思考着这个问题，发现其根本原因不在于法律的威严，而在于美国私人持枪的合法化！美国许多州允许私藏枪支，凡是有私闯民宅的案件发生，主人如果觉得生命受到威胁，就会毫不犹豫地开枪将其击毙。在美国，私有财产神圣不可侵犯，法律不仅给予拥有

大量私有财产的人以法律层面的保护，同时也给予试图入室抢劫者以威严法律的震撼，因为在保护私有财产乃至生命的同时，主人的任何过激举动都有可能受到赦免。我想起 *Boston Post* 曾报道一位黑人因叩门问路而遭误杀的案件。由于这位黑人扣门声音较大，频率较高，主人误以为是劫匪而一枪将其击毙。私闯民宅者既然如此，入室抢劫者当然罪加一等，所以该类犯罪案件发生的几率便小了许多。

联想到中国的相关法律，我不禁为自卫者因防卫过当而遭遇的法律制裁而略感惋惜。中国的法律更注重人的生命权，无论是案犯者还是受害人，其生命权总是远远高于其他权益。我似乎觉得我国法律应该加大保护受害人利益：当因过失而侵权现象发生时，将利益的天平倾向于无辜，从而加大对真正犯罪者的惩治力度。

我们绕过前门，来到冯教授家的后院。踏过厚厚的积雪，我们沿着台阶从小楼的底层(也是前院的地下室)爬到二层(也是前院的一层)。我们的叩门声惊动了冯教授的爱犬 Kita，它在冯教授开门的一刹那第一个勇敢地窜出来，怒气凶天地冲我们叫了几声，但很快被主人的呵斥而收住脚步。

冯教授和师母已经将巧克力、点心、水果等摆放了一桌子。巧克力是 Lindt 品牌，五颜六色的外包装看上去十分诱人。据说这种品牌的巧克力取名于瑞士的 Rodolphe Lindt 先生。1899 年巧克力发明家 Rudolf Sprungli 收购了 Rudolphe Lindt 的秘方及厂房，将 Lindt 命名为产品的品牌。我将一块 Lindt 巧克力放在嘴里，仔细地品味它的味道：滑润细腻，味道香甜，入口速溶。也难怪，这种巧克力的研磨过程中，仅配料的搅拌就长达 78 小时。

寒暄之后我们立刻开始分工合作：我与师母负责调馅，美兰负责切菜，张赪和洪爽负责洗菜，勤快一点的男士帮着打打杂，其他人则坐下来唠嗑，吃水果。我先从包里取出从国内带来的花椒、大料，与葱、姜、蒜一起作为饺子馅的调味品，热油烹出香味之后，调出了中国传统的猪肉韭菜饺子馅。师母则更细致，她将鲜虾剁碎混入肉馅中，调制出一道货真价实的海鲜饺子馅！美兰真是一个切菜能手，她的刀工镇住了在场的所有人。伴随着经久不息的赞叹，美兰不禁回忆起她的下乡经历，而这手上的刀功堪称她下乡期间最值得炫耀的成果。美兰熟练地操着刀，随着有力的沙沙声，长长的韭菜顿时变成了碎末。正在烧菜的冯教授不停地叨念着我们常用的轻动词例句“这把刀切得我很累！”“我切这把刀切得很累！”

调好了饺子馅，擀皮的任务落在我和美兰身上，美兰干活干净利索，一会儿便把饺子皮擀了一大堆。平日一向擅长擀皮的我也不甘示弱。然而，当迟到的高明乐加入了我们的擀皮队伍，我在擀皮上的拙劣表现立刻显露出来。这位北京语言大学外国语学院外国语言学与应用语言学专业硕士生导师是个地地道道的山东大汉。只见他麻利地脱下外套，挽起袖子，敏捷而熟练地展开了擀皮攻势。他的饺子皮擀得又圆又快，与大堆奇形怪状的饺子皮相比格外抢眼。淹没在一片赞美声中的高先生显得洋洋自得，他越擀越起劲，浑然不觉我们已经成了旁观者。

与我们一起参加冯教授家宴的还有 Helen Qiu 女士。她带来了那个血管里流淌着一半中国血统的美国小伙子。

冯胜利教授家最受欢迎的莫过于他的爱犬 Kita，这只爱斯基摩纯种白犬个高块大，雪白稠密的绒毛特别惹人喜爱。冯教授有个女儿，冯师母因此将 Kita 称为他们家的“老二”。在客人面前，冯教授不失时机地给“老二”创造施展才能的机会，随着冯教授的一声令下“Sit down”，“Come on!”，老二非常配合地“坐下”又“走过来”，给足了主人面子。此时的 Kita 俨然成了大腕，不停地被呼来唤去与大家合影。幸运的人能够抢得一张合影佳照，而不那么幸运的人则遭遇“大腕”的“冷遇”。

当热腾腾的水饺盛上餐盘，与各色佳肴和美味水果汇合于餐桌，晚宴便正式开始了。虽然冯教授的饺子宴带有中国饮食文化的典型元素，但就餐方式则依然沿用了自助餐形式。大家各自手持餐碟，选用各自喜欢的食品，然后随意坐下来边吃边聊。看到大桌上这么多的美食，Kita 忍不住来到餐桌旁，它伸长了脖子，嘴巴张得大大的，不时地喘着粗气，但在客人面前却保持了极度的忍耐，“很有教养”地等待客人的施舍。我不忍心让它可怜巴巴地看大家吃饭，便从盘中取了块骨头送到它嘴里。得到美餐，Kita 迫不及待地躲到了角落中独自享用。然而没多久，Kita 又来了，这回它端端正正地坐在我身旁，目光中充满了柔情。

晚饭后，房间似乎有丝冷意，冯教授取来了几根胳膊粗细的大木条。当壁炉中的火焰映红我们的脸颊，散发出缕缕青烟的芳香时，房间的气氛顿时变得热烈起来。大家开始你争我抢地与壁炉合影。湖南师范大学的唐贤清顺势将右手搭在了席地而坐的方环海头上，并将自己的相机递给了他人。当他拿回自己的数码相机，翻开刚刚拍下的照片时，不禁为自己捡了个“大便宜”而开怀大笑。当我们凑过来逐一欣赏他的“威风”时，才发现照片中的他太“欺负”人了！

最后大家围坐在壁炉旁，留下了上面这张“全家福”。

参加这次聚会的还有台湾高雄师范大学英语系的石素锦。她的研究方向是认知语言学，与我的兴趣有许多重叠。可惜的是，我们双方都要在近期离开美国回到各自的家乡，以后我们还能再见面吗？尽管如此，我们还是留下了彼此的联系方式，希望今后能够保持较多的学术往来。

我们在冯胜利教授家沿用的依然是中国的文化模式，客人什么时候离开完全由自己说了算。原打算晚饭后去城中心教堂附近看美国人的迎新活动的师母，此时不得不取消了晚间的外出。

晚宴结束，我们一行七人乘公交车返回到 Harvard Square。

我与石素锦教授一同走过一段很长的路。我们谈到 Chomsky 和 Jackendoff 在语言官能问题上的不同主张。我将 Jackendoff 与 Pinker 合著的两篇论文推荐给她，希望就相关问题与她探讨。遗憾的是，10 天（元月 10 日）之后她就要返回台湾！此时一种失落感在我心中油然而生。何时才能再聚首？

## 哈佛教授家的中国年

我与黄教授的第一面是在麻省理工学院的一次报告会上。报告结束后，在与几位哈佛大学的中国学者寒暄中，我无意得知前方正在埋头整理资料的正是早已蜚声海内外的中国语言学者黄正德教授（C-TJames Huang）。作为最早跟随 Chomsky 获得博士学位的第一华人，黄教授在汉语句法研究上取得了令人瞩目的成就，在句法学、句法语义接口，以及汉语语法研究方面都取得重大成果。他的代表性论文之一“WH 在无显性移位语言之中的移动”提出了将汉语中的空宾语现象视为一种变项（variable）的观点，从而解决了汉语空位宾语的归属问题①。他的博士论文“汉语中的逻辑关系及语法理论”②讨论了汉语语法中逻辑式的句法问题，通过对汉英两种语言相关事实的比较，回答了逻辑表达的本质属性、逻辑表达规则的性质以及逻辑表达同语音表达之间的关系及逻辑表达同“真实语义”（real semantics）之间的关系问题。他在移位限制、空语类分布与指称、隐性移位与逻辑形式理论等方面也取得了重要的研究成果。他的研究论点被学界广泛引用，为汉语语法研究与主流语法理论的结合作出了重大贡献。

---

① 就汉语的空宾语问题，学界尚有些争议，详见 L. Xu，“Free Empty Category”，*Linguistic Inquiry*，No. 17 (1986)，75-93.

② 见 C-T J. Huang，*Logical Relations in Chinese and the Theory of Grammar*，Doctorial Dissertation，MIT，1982.

得知黄教授就在眼前，我如同粉丝追星族一般慌忙围了上去。黄教授大大方方地与我握了手，却仍然没有停下离开会场的脚步。我跟随他的脚步走出会场，在 Stata Center 大厅顿足数秒，便在如此平淡的气氛中结束了与他的会面。随着黄教授的身影在 Stata Center 走廊中逐渐远去，我感到惆怅不已。

在随后 MIT 与哈佛的学术会议中，我曾多次远距离看到他的身影，但每次与他的会面总是随着报告会的散场而匆匆结束，留下的总是他离去的背影。我多么希望能有机会与他有一次深入交流！然而，上帝似乎并不理解我的心情，在我一片期待中，黄教授的身影仿佛总是那么遥不可及。终于，我无意间得知黄教授将在春节期间宴请哈佛大学的中国学者。我多么期待能够参加这次聚会！但却不知如何叩响黄教授的大门。想到此，一股悲凉之感向我袭来，无法抑制的寂寞与惆怅顿时充斥了我内心……

然而，惆怅的我此时怎么也不甘放弃心中刚刚燃起的希望。怀着万般的崇敬，带着淡淡的忧伤，我打开电子邮箱，找到黄教授的 E-mail，写下以下内容：

尊敬的黄教授，

您好，不知您是否还记得，我曾在 MIT 的专家演讲团活动中与您有过一面之交。作为来自中国的访问学者，我对您在汉语语言学方面的举世成就非常敬仰。曾几何时，我在心中默默期待能够再有机会与您近距离接触，希望能够在学术方面得到您的指点，都因种种原因未能如愿。近日，我偶然听到春节前在您家有一个小小的聚会，我非常想趁此机会能够与您再一次会面，并在那里认识更多的人，不知您是否介意。如果您能接受我的请求，我将非常感谢。

期待您的回复！

点击了邮箱上的“发送”按钮，我在期待中度过了一天。

第二天，我怀着期待打开邮箱查看邮件，邮箱中除了 MIT 的教学、学术信息外，再没有别的内容。我开始有了一丝不祥的预感。

第三天，我打开邮箱，结果依旧如此。

我在惶惶不可终日中度过了不知多少天，终于收到黄教授的回复，他对我的到来表示欢迎，并告知他家的详细地址。看了黄教授的email，几日来埋藏在心底的阴影此时化作万道霞光，把萦绕在脑海中的“无家可归”、“举目无亲”、“每逢佳节倍思亲”等描述海外学子思念家乡的词语一下子抛向九霄云外！

2 月 4 日下午，我与几位哈佛学者乘上公交车抵达离黄教授家不远处的十字路口。

距离预约时间还有一段时辰。

我们走进一家百货商场，融融暖意使我轻轻扣开了羽绒服的胸扣，不料脖子上的施华洛奇水晶项链却引来洪爽赞誉的目光。原来，这款 170 美元的水晶项链在国内价格至少得 2000 元！听了洪爽的话，原本还为这条项链的昂贵而自责的我仿佛捡了个大便宜。

洪爽是个有心人，她将国内销售的国际高端品牌商品通过国内的男朋友进行了价格对比，结果发现：越是高端的品牌，美国与国内的差价越大。因此，越是高端品牌，在美国购买就越划算！回国打算结婚的洪爽已在美国购买了许多新婚用品！

今天，胡敕瑞老师携妻带女与我们同行。在我们“强烈的”推荐下，胡老师以一个“没问题”，爽快地答应给漂亮的妻子购买一条项链！

一路上，胡老师一改往日的严肃，孩子般地迈着跳跃式的步伐，使我看到一向对学术孜孜追求的胡老师生活中的另一面。

走近黄教授的洋楼，天空已抹上了一层淡淡的水印，柔和的灯光从半掩的窗扇中透射过来，预示着中国最重要的传统节日——春节即将来临。

我们悄悄叩响了门铃，一位陌生的客人打开了房门。身着便装的黄教授站在客厅端口向外探望。他的目光深邃，依然那么风度翩翩。

走进大厅，我被房间古朴典雅的装帧风格深深吸引！宽敞的客厅除了保留原有的建筑风格，其内部装修特别突出了许多中国传统的文化元素。客厅、餐厅、厨房相互贯通，只有相差各异的装修风格把具有不同功能的空间进行了隐性分割。黄教授家里悬挂了许多中国画，有水墨花卉、"春"字年画，还有中国古代人物画等，它们分别镶嵌在棕色镜框中，显示着房间主人高雅的艺术品味和对中国传统文化的挚爱。

环顾四周，我惊奇地发现，黄教授的房间内，具有传统文化元素的中国画比比皆是，就连通向二层的楼梯墙面上，也被主人挂上了以子鼠为主题的中国剪纸艺术、中国娃和具有浓郁中国少数民族特色的挂毯，这些作品无不折射着房间主人的非凡品位。

参加聚会的还有几位台湾朋友，他们带来了自己的亲人和年幼的小孩。

我看到高明乐教授刚刚从国内来的妻子、儿子。高老师的儿子正在埋头饶有兴致地摆弄着高老师刚刚为他购买的笔记本。看到我们到来，他拘谨地站了起来，短暂的寒暄之后他又一头扎进了自己的电脑世界，恢复了刚才的自如。

来黄教授家做客的还有清华大学的生安锋夫妇。生安峰正在写一部读本，内容与 Chomsky 的政治思想有关，这使我们的谈话主题自然而然地始终围绕着 Chomsky 的理论思想。

客人中以国内汉语语言学者居多，大家有的坐在沙发上相互交流，有的则席地而坐饶有兴致地探讨着语言学的各种问题。有时还会冒出那句轻动词例句"这把刀切得我真累"。

与客厅中喧闹的客人相比，黄师母则默默地包揽了晚宴客人的全

部用餐。

黄教授家有一只个头不大的长毛狗，黄教授给它起名叫 Daisy。与冯胜利教授家的爱犬相比，Daisy 显得温顺而安静。Daisy 脸上的毛发很长，几乎盖过了眼睛。黄教授不喜欢 Daisy 吃掉在地上的东西，开饭前他特别告诫大家不要将食物掉在地上。可是无论黄教授怎么强调，还是有人不小心将食物掉在地上。每当这时，黄教授显得特别紧张，他催促大家赶紧捡起地上的食物，以免被 Daisy 吃掉。然而，Daisy 似乎并不明白黄教授的用意，每当食物掉在地上，它总是在一瞬间把它吞进肚里。每当这时，黄教授总显得一脸无奈。

## 哈佛大学的春晚前奏

中国人在美国欢度春节别有一番情趣。此时，虽然国内正沉寂在置办年货的热烈氛围之中，超长的假期已把大家的购物热情推向高潮，然而，美国大陆的华人却依然工作在自己的岗位上。假日的缺乏使得他们不能在同一时刻与国内亲人共度佳节，春节的庆祝活动便自然而然地推迟到周末。时间的提前或错后给许多中国学者提供了多次聚会的机会，一次又一次的春节聚会给远在大洋彼岸的中国学者提供了许多交流机会。

2008年2月4日，前来黄教授家庆祝中国年的部分客人刚刚散去，2月7日，我们又迎来了哈佛大学东亚系和语言学系的中国学者春节联欢活动。

Harvard大学的春节联欢似乎永远带着浓烈的学术氛围，今年的春节活动也不例外。活动之前，冯胜利教授特别安排了陈俊光为大家奉献一次学术大餐。陈俊光是国立台湾师范大学华语文教学研究所的副教授，这位曾在美国西北大学获得语言学硕士、美国宾夕法尼亚大学获得教学硕士和教育语言学博士的年轻学者如今已在汉语文研究方面硕果累累。

今天，他演讲的题目是“英汉关系子句与教学应用”。

陈先生穿了一件浅蓝色衬衣，外套一件格子毛背心，显得格外精神。他分别从“教学语法”、“主要分枝方向”、“句尾焦点”、“功能对应”和“累进式教学例示”五个方面分析了英汉关系子句在教学中的应用。

陈先生首先介绍了几组相关概念，如“分枝方向”和句子“焦点”等。

主要分枝概念最初是由Lust[①]提出的，指的是一个语言的主要循

① 见B. Lust, “On the notion ‘Principal Branching Direction’: A Parameter in Universal Grammar”, In Y. Otsu et al. (eds), *Studies in Generative Grammar and Language Acquisition*, Tokyo: International Christian University, 1983.

环结构在无标形式时具有一致的方向性。英语属于向右分枝语言(right-branching),如：

I went home early {because I was tired}.

陈先生解释说,括号中的副词子句在整个句子中的位置为右向分枝。而汉语则恰恰相反,属于向左分枝语言(left-branching),如

{因为我累了},所以就提早回家了。

而“焦点”是新信息中的核心部分。新信息是以受话者为主(汤廷池 ,1986[1];方梅,1996)。陈先生首先引用 Chang(1991)对第一语言习得跨语言发展顺序研究中的成果,指出了汉语关系子句研究中存在的三大难点,然后引用陈纯音 (1999)[2]在汉、日、英跨语言实证研究成果,总结出排序(限定词与先行词的距离)的两大类型：

第一种是＜关系子句＞＋限定词＋[先行词],如：

＜穿红衣的＞那个[女孩]很漂亮。

The girl ＜who is in red＞ is pretty.

陈先生将这种类型称为限定用法。

第二种类型是,限定词＜关系子句＞＋[先行词]。如：

那个＜穿红衣的＞[女孩]很漂亮。

陈先生将这种类型称为补述用法。

在对汉语关系子句两种位置进行研究时,陈先生提出两种位置是否具有不同的语法功能的疑问,分析了外置关系子句(RC Extraposition)为焦点、句尾关系子句为信息焦点以及主要分枝方向与句尾焦点的语言现象。

陈俊光还带来了他在台湾出版的专著《对比分析与教学应用》[3],并在考虑在美国出版的事宜。

---

① 见汤廷池,《国语语法与功用解释:兼谈国语与英语功用的对比分析》,《师大学报》,1986 年第 31 期,第 437-469 页。

② 见陈纯音,《中文关系子句之第二语言习得》,《华文世界》1999 年第 94 期,第 59-76 页。

③ 见陈俊光,《对比分析与教学应用(修订版)》,中国台北:文鹤出版有限公司,2007 年。

我从传阅者的手中接过这部著作，立刻被其中的内容所吸引。这部著作中，陈先生不仅就英汉关系子句的许多语料进行了实例分析和对比，还用相关语言学理论解释了一些过去不曾解释的语言现象。更重要的是，他将语言研究与英汉语言教学有机地结合起来，对英语教学具有重要的指导意义，具有很高的使用价值。

报告结束后，几位朋友围着陈先生，希望复印其中的几页内容。还有的朋友希望陈先生能够奉送一本。针对大家的要求，陈先生略显为难，一方面，他仅带的两个副本无法满足大家的要求；另一方面，从台湾向大陆邮寄，其昂贵的费用恐怕远远高于书籍本身价格。

从哈佛回来，我始终忘不了陈先生的那本著作。辗转反侧之余，我不禁打开了邮箱，从通讯录中找到了陈先生的名字。

邮件中我向陈先生说明了我作为一名英语教师的身份，坦陈这部著作对于我的英语教学的重要性，并恳切地请求他将其中一本送给我。

也许是我的诚意打动了他，他决定将原本准备捐送给哈佛图书馆的那个副本送给我。

终于，在我离开 Boston 的头一天，我得到了附有陈先生亲笔签名的这部著作。

## 哈佛大学的春晚

每年，哈佛大学东亚系与语言学系总要为来自国内的学者朋友举办一场隆重的春节晚宴。每到这个时候，黄正德教授、冯胜利教授以及哈佛大学东亚系和语言学系的所有华人，包括访问学者、访问学生、博士后、在读博士以及他们的亲朋好友都会在此济济一堂。然而，此时喧闹的会场并没有黄正德教授的身影，在华人庆祝自己的春节的同时，哈佛大学依然延续着美国大学的学期计划。作为哈佛大学的教师，此时的黄教授正在课堂上为学生授课。

陈俊光先生的学术报告结束后，大家把会场的桌椅围成两个大大的圆圈，顿时，偌大的报告厅瞬间变成了聚会的餐厅。熙熙攘攘的人群中除了许多熟悉的面孔之外还增加了许多新面孔，有哈佛大学任教的汉语教师，有刚从国内赶来探亲的家属和子女。

东亚系的对外汉语教师多数来自北京，也有来自台湾的年轻教师。他们当中有的是以陪读身份来到美国的。他们来到美国并没有沉醉于已有的一切，而是继续攻读博士学位，期间又生儿育女，然后又将国内的父母接来照看小孩，通过自己的刻苦努力，最终成为一名哈佛人士。

张博岩，原北京大学学生，除了在哈佛大学做兼职汉语教师外，还修读了哈佛大学及麻省理工学院的语言学课程。本学期开学第一周，我在 Flynn 开设的“儿童语言紊乱研究”博士课上见到她。她的英语非常流利，能够就专业问题与老师同学自如交流。如今她已正式受聘于哈佛大学，成为东亚系一名专职汉语教师。今天，我又一次见到了分别近半年的她，这使我感到非常开心。

哈佛大学的专职汉语教师中还有许多台湾的在读硕士生，他们以国家公派汉语教师的身份来此任教，每月不菲的收入足以保证他们能够过上体面的生活。

晚餐送来了，有饮料、葡萄酒、水果、糕点和水饺等。冯教授特别定制了两大包水饺。大家取好饭后，三三两两地围成一团，有的坐在桌子旁，有的倚在沙发边，有的则站在一旁随意聊天。

晚宴进行了多时，刚刚下课的黄正德教授赶了过来。在他选用已剩不多的晚餐时，我心里有一种说不出的愧疚。如果在国内，启动筷子的第一人一定是他，而今天，他却落到大家之后……

不过，在美国，类似的事情早已见怪不怪了。

不仅学界是这样，政府官员也是如此。几日前麻省理工学院举办清华大学校友会，前来祝贺的有中国驻美国纽约大使馆高级官员。然而，偌大的会场内除了四周的固定座椅之外，没有任何贵宾席。大使馆的高级官员与普通参会人员一样，或坐在四周的固定座椅上，或干脆站在普通人群之中，之后便是悄然离去。

麻省理工学院和哈佛大学的高级学术会议演讲人中不乏许多世界名流，会场内既无行政官员陪伴，也无鲜花点缀的演讲台，只有一张冰冷的演讲桌和一瓶矿泉水。

想到这里，我觉得黄教授的"遭遇"似乎又在情理之中。

# 第八章
# 美国节日掠影

## “五月花”的传说

2007 年 11 月 16 日星期五

每到感恩节来临，朋友间的聚会就会比以往多了几倍，今年的感恩节也不例外。虽说离感恩节还有几天，但立新、燕玲已经向 MIT 团契成员及国内来的访问学者发出特别邀请。

立新的邀请让大家为之振奋，报名的人数由最初的 30 多人升至 55 人。

为了顺利抵达立新家，MIT 团契为这次出行做了周密部署，他们发动了 MIT 团契成员所有的私家车于今晚 6 点在 MIT T-Station 接车。

今天，我搭上书君女士的车。书君按照 google 网站下载的行车路线图，在 GPS 的指引下找到了目的地。

走进房间，我从人缝里瞅见餐桌上两只巨大的火鸡，它标志着这次聚会的“感恩”主题。此时的燕玲还在厨房间炖制大家喜欢的晚餐。很难想象燕玲一人能有准备 55 人晚宴的能量。客人们将自己携带的各种点心水果悄然放在餐桌上。Jiyong 主持了晚宴前的祷告。

晚饭结束后，我们来到地下室。地下室的地面上铺就了一层厚厚的地毯。大家赤着脚围成一个大大的圈，后来者又在圈内围了一小圈。

今天的主持人是 ZY，他首先要大家做自我介绍，场面迅速活跃起来：

“我叫 XXX，来自台湾。”

“我叫 XXX，……。”

……

自我介绍完毕，坐在我身边的陈虎向大家讲解了感恩节的由来：感恩节是在每年 11 月的第四个星期四，它的由来还要追溯到 1620 年。当时著名的“五月花”号船满载着不堪忍受英国国内宗教迫害的 120 名清教徒从英国的 Plymouth 港出发，横渡大西洋，来到遥远陌生的美洲，希望能在这里找到一个自由幸福的新世界。然而，1620—1621 年寒冷恶劣的气候夺取了多数清教徒鲜活的生命，最终只有 50 多人幸运地活了下来。在他们最困难的时候，心地善良的印第安人给他们送来了生活必需品，还特地派人教他们狩猎、捕鱼、种植玉米和南瓜。在印第安人的帮助下，他们终于获得了丰收。他们在欢庆丰收的日子按照宗教传统习俗，规定了感谢上帝的日子。

Plymouth 是大西洋海岸上的一座小城，与喧闹的城市相比，这里的时光如同静止了一般。这座小城已有 300 多年的历史，是马萨诸塞州面积最大的自治区，也是美国最古老的区域之一。由于它在美国历史上的重要地位，1974 年这座小城得以复原重建，成了一座别具一格的博物馆。

听了陈虎的介绍，ZY 拿出了他在 Plymouth 拍下的照片，他的身后就是著名的“五月花”。照片中的船只依然那么气势磅礴，没有一丝往日的沧桑。然而，Boston 的人们都知道，这条船已经不是当年的“五月花”。

如今的 Plymouth 是一个被后人复原的移民村，其逼真的场景仍能再现 350 多年前的景观：20 多间简陋的小木房稀疏地排列成菱形，伸向海边。木房周围种着蔬菜、玉米，身着古老英国农民服装的男子还在用扁担挑水，用原始农具耕作，用独轮手推车运输。而身着麻布长裙的妇女则用柳条和泥巴做成的烘炉烧烤面包。村里依然能够看到“民兵”操练。烟熏屋顶的房屋梁上吊挂着干鱼、葱头、辣椒、南瓜等日晒用品。村民们操着一口詹姆士一世时期的英语，根本“不知道”世界上还有美国，更“未听说过”独立战争、南北战争，他们“不知道”华盛顿、林肯，当然更“不知道”还有汽车、电视和计算机。

今天，陈虎与大家分享了他初到美国时的感受。与所有初来乍到美国的人一样，陈虎曾经经历过孤独和困苦。后来，他认识了许多基督徒朋友，在他们的帮助下，他克服了困难，走出了孤独。他说他想借感恩节之际向大家表达自己的谢意。

陈虎的故事引起大家的强烈共鸣。孤独和彷徨似乎是每一位海外学子曾经经历的最强烈感受。背井离乡的痛苦曾在他们内心深处留下难以抹去的酸楚。能够得到朋友的帮助，这在很大程度上给予了每一位海外学子心理上的宽慰，从而帮助他们顺利走完访学之路。这种感受给每一位海外学子内心深处留下了永远难忘的印象！

## 感恩节聚会

2007 年 11 月 22 日，星期四。

从超市里回来，我感到无所事事。我开始上网打发时间，但却无法排遣内心的惆怅。我索性躺在床上独自煎熬着美国最隆重的节日之一——感恩节带给我的那份孤独，无声的泪水在发呆目光中禁不住流了下来。

在美国，每逢过节，我总是悲喜交加，一方面，尽情享受着这个永生难忘的机会，亲身感受别具一格的异国节日文化带来的喜悦，一方面，又在品味着内心无限的孤独。今天是感恩节，中秋节带给我的伤感又一次向我袭来。我打开 MP3，耳边响起凄婉的歌声“每当夜晚来临的时候，孤独总在我左右……在我温柔的笑容背后，有多少泪水哀愁……”

我打开句法学教程，看了几页，一股倦意向我袭来。

我睡得很香，但潜意识中我仿佛觉得已经到了起床时间，但仍然处于睡眠生理状态的我却怎么也睁不开眼睛。当我下意识地睁开眼睛时，时针已经指向 3:30。我咬着牙从床上爬了起来，打开浴室的水龙头，任凭飘散的雨露打湿我的头发……

随着流水的逝去，刚才残留在脑海中的朦胧睡意也渐渐消失。

我赶到 MIT 地铁站，经红线转乘橙线到达 Malden 站点。此时，王先生已经站在了出站口。

今天，马仑要带我去朋友家参加感恩节聚会。

天色开始渐渐昏暗，绕过弯弯的林中大道，我们在一栋灯火通明的三层小楼边停了下来。

这是个刚刚装修一新的三层别墅，底层堆满了杂七杂八的装修工具。我们沿着狭窄的楼梯爬上二层，豪华的装修和宽敞的大厅立即映入我的眼帘。主餐桌上已经摆满了很多美味佳肴，既色泽艳丽，又不失高贵典雅。次餐桌则摆放了三个大大的托盘，上面是色泽浓厚的日本料理。马仑先把我介绍给男主人。男主人是浙江温州人，他个子不高，50 多岁，瘦瘦的。据说他在哈佛大学附近经营着一家中国餐馆，生意很好。从他胸前的胸贴得知，他叫"陈永贵"。这个名字勾起我对往事的回忆：文革期间的农民领袖陈永贵不是国家副总理吗？不容我多想，马仑又把我带到女主人身旁。女主人名叫黄素真，她的英文名前已经添加了丈夫的陈姓，叫 Susan Chen。Susan 女士风度翩翩，举止优雅。当我将从国内带来的丝巾送给她时，她显得非常高兴。

晚宴开始之前，陈先生带大家做祷告，随着一声"阿门"，肃静的餐厅开始变得活跃起来。我从熙熙攘攘的厨房步入餐厅拐角的饮料区，这里有主人亲手酿制的柠檬汁(lemonade)，其味道芬芳、色泽诱人，里面的果肉令人馋涎欲滴。优雅的书房被临时改用为会客间，而真正的会客厅则被两节下沉台阶与书房巧妙地隔开。客厅装帧典雅，墨绿色大理石铺就的壁炉内燃烧着温情的火焰，给暖融融的节日增添了无比的温馨。

穿过长长的走廊，融入密密麻麻的人群，再经过熙熙攘攘的餐厅，我进入一间电视房。电视房内，巨大的投影仪正在放映着一部叫不出名字的电影，昏暗的灯光下挤满了大小不一的孩子。

从电视房出来，此时的厨房已经摆满了各色美味佳肴，有色泽浓重的烤红薯、清香淡雅的土豆丝、红烧茄子、醋溜白菜、红焖牛肉……还有一些叫不出名字的菜谱，真是琳琅满目，应有尽有。在我赞叹主人的厨艺之时，却被告知这些美味佳肴都是客人的杰作。原来，每逢聚会，家家户户都要带来几道自己的拿手好菜，这样，人们就能品味到幅员辽阔的祖国各地独特的饮食文化。

晚饭后，Susan 让大家围坐在客厅，开始了以感恩为主题的活动。

一位穿着典雅的女士与大家分享了她在南非时遇到的一个麻风病患者的故事。她想通过这个故事向我们表达，只要我们能够付出一点点爱，就有可能拯救一个人，这是多么值得做的一件事！

活动结束后，我们来到主人的三层顶楼。从陈列的照片中得知，陈先生有两个儿子，大儿子已经工作，小儿子还在读书。正在读书的儿子似乎不愿意与父母分享生活的无虑，他在外面租了一间房，过着完全属于自己的私生活。

聚会结束，我又回到马仑家。

第二天清早，一缕阳光从天窗中射进，预示着新的一天即将来临。一向习惯于早睡早起的我耐不住寂寞，悄悄起身在房间里走了两个来回。看到 family room 的跑步机，喜欢晨练的我就想上去跑一跑。可当我打开电源的瞬间，巨大的噪音使我本能地关掉跑步机。family room 与马仑的卧房隔着一个起居室，但愿一瞬间的噪音没有给他们带来很大麻烦。

我独自走出房门，尽情欣赏着朝霞映衬下的田园风光。这里环境优美、空气清新，与喧闹的市区形成强烈的对比。蜿蜿蜒蜒的柏油马路将相距百米的幢幢别墅连成一体，嫩绿色的草坪，橙黄色的树叶，把一幢幢各具特色风格的别墅装扮得格外耀眼。蒙蒙雾色仿佛给大地披上一层神秘的面纱，更增添了它的迷人魅力。我不由得举起照相机，将包围在秋意之中的幢幢小楼收入其中……

## 烛光圣诞

每当节日来临，美籍华人总要以有一次大型聚集活动，他们通过群发信息向电子邮件中日益壮大的通讯录列表发出邀请，以此提前掌握可能到会的人员数目。参加聚会的成员总是不约而同地带来几道自己亲手烧烤的拿手好菜。圣诞节时还会带些圣诞礼物。

今年的圣诞节马仑把聚会安排到了自己家。

12 月 24 日，我来到马仑家。此时，田园的中的浓烈色彩已在严寒中悄然褪去，眼前呈现的是一望无际的白色苍茫，只有窗子里透射出来的节日彩灯张扬着节日的热烈气氛。

走进房间，一棵花花绿绿的圣诞树立刻映入我眼帘。圣诞树的枝头挂满了各色圣诞装饰小物件，有大小不一的各色彩球、能够发出悦耳音乐的铃铛、俏皮的圣诞老人蜡人，以及许多叫不上来名字的饰品，琳琅满目的，经繁星闪烁的网状霓虹灯勾勒后绽放着绚丽的光芒。

马仑正在准备晚餐。

她做的第一道菜是寿司(Sushi)。寿司是一道日本主食，它最早源于亚热带地区，味道以食物发酵而产生的微酸鲜味而著称，并深受日本人喜爱，继而以日本料理而远扬海外。

马仑将寿司作料加入蒸熟的糯米中搅拌均匀，然后把一张海苔薄膜置于寿司模中，再将调好的糯米填入海苔膜上，中间夹入长长的鱼肉条等材料，然后将海苔薄膜翻转过来包裹，压平，再顺着寿司模的缝隙一刀一刀切下去，这样，三角形的日本寿司就做好了。当深褐色鱼肉条被掺杂着点点香料的白色糯米团团包裹，围在薄薄的墨绿色海苔膜内，呈三角形状整整齐齐地排列在托盘中时，我充分感受到具有民族特色的饮食文化在西方文明舞台上的独特魅力，充分认识到民族饮食文化内涵的潜在价值。

马仑烹制的第二道菜是土豆丝。经马仑一刀一刀手工切成的大盘土豆丝在开水中走过后经白醋调制，其鲜美的味道和脆生生的口感足以使人馋涎欲滴。

我不甘示弱，希望借包饺子之际来个大显身手。我把肉馅用酱油和匀，然后把花椒、大料放入油锅，散发出香味后捞出，再将葱姜蒜末放入烧好的油锅……

天色渐渐暗淡下来。这时，居美 20 多年的徐承恩一家驱车过来，成为本次聚会的第一家客人。不过，今天他们是有备而来：为了赶上美国一年一度的烛光圣诞(candle light)，他们特地来接 Joyce。Grace Chapel 教堂是个美国人聚集的基督教堂，每年圣诞前夜，这里都要举办几场隆重的大型圣诞节庆祝活动！听了承恩姐的介绍，我已经按捺不住内心的激动。作为短期访美学者，这样难得的机会我岂肯错过！于是，我与他们一起前往。

一上车，Joyce 和徐姐的女儿便叽里呱啦地讲起了英语。只有这个时候，Joyce 的天真与快活才表现得一览无余。今天，承恩姐 18 岁的儿子承担了开车任务。一路上，他不停地与母亲交谈，一口地道的英语已经没有了汉语的口音。与马仑不同的是，徐姐与儿子的对话大都使用英语。我悄悄问徐姐，儿子会不会讲汉语，她说会一点，但总是懒得说。当我与承恩姐说起英语与汉语的转换问题时，她坦诚地说，与人讲话时英语、汉语的瞬间转换会把她自己搞得稀里糊涂，有时竟然不知道自己正在讲的究竟是英语还是汉语！

沿着车流不息的高速公路，目睹着迎面呼啸而来的车流，我们尾随着一辆辆尾灯串联成的红色弧线一路穿梭到了位于 Worthen Road 59 号的 Grace Chapel 大教堂。此时，教堂内来来往往、川流不息的人群中已经不见清一色的黄色皮肤和黑色头发，只有往日电影中才能看到的白色、黑色、黄色、棕色……人群中以白人居多，他们身着节日的盛装，带着自己的家人和孩子。

此时，一楼的主会场已经满满当当。我们来到二楼，我们将外套存放于衣帽间，然后在入口处的纸箱里取了一张节目单和一根白色蜡烛进入会场。

走进会场，我们顿时被精心装扮的饱含着圣诞节的浓烈节日气氛所包围。会场的前端是个由演出台、伴奏台和空中悬垂的巨大屏幕构成的立体舞台。枣红色幕帘上悬挂了一个松枝编成的巨大花环，与旁边两棵圣诞树一起在霓虹灯装扮下交相辉映。高高的房顶上垂悬下来四个巨大屏幕，上面的文字“As a courtesy to others, please turn off your cell phone”提醒到会的人们不要忘了关闭手机。

演出开始了。随着悠扬的音乐，主持人缓缓步入舞台的中央，他用充满诗意的语言，把人们带入节日的殿堂。大屏幕上同步放映着人们熟悉的圣经故事。放映完毕，几位演员穿着休闲服走到台上，将圣经故事进行了现实生活的演绎，把原本庄重的圣诞故事转换成一幕幕闹剧

式的语言类节目。

最后，教堂内传来了优美的歌声，人们的目光集中到教堂右侧的飘窗。随着歌曲旋律的跌宕起伏，圣诞节的气氛被渲染到极点。此时，主持人慢慢点燃了手中的蜡烛，烛光在悠扬的 Candle Light 乐曲伴奏下从舞台向四周传递，蔓延，直至在场的每一位观众……

烛光之夜在悠扬的乐曲声中结束了，而我的思绪却始终无法从令人心动的烛光圣诞那一幕回转神情……

回到马仑家，此时，大盘的饺子在已被大家争抢一空。具有浓烈饮食文化的中国水饺的“抢手”又一次印证了民族文化的巨大魅力！

酒足饭饱后，大家玩起了 Yankee Swap 游戏。

我们分成了两个组，中学生为一组，成人与未成年儿童为第二组。人们先将准备好的礼物聚在圣诞树下，然后通过抽签排序。我幸运地抽到 1 号，选择了一个漂亮的人体健康秤。2 号选了一个制作精美的烧烤炉，3 号选择的是一个碗口粗的蜡烛……。3 号似乎不太满意自己的这份礼物，按照游戏规则，他可以从 1 号、2 号所得礼物中更换自己喜欢的礼品。在人们的鼓动下，3 号的眼神在我和另一位朋友所选的礼物上游移了半天，最终换走了我手中的健康秤。4 号选择的是一只汤碗，只见他的眼神在健康秤和烧烤炉间徘徊良久，最终落在了烧烤炉上。每一次礼物的更换都会伴随阵阵开心的大笑……

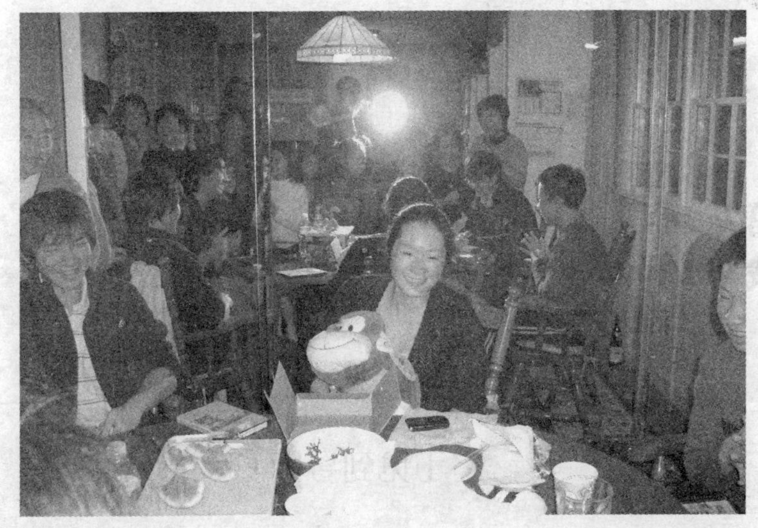

时间过得很快，虽然已接近午夜，但兴致极高的人们却没有一丝睡意。于是大家又开始了新一轮的猜成语游戏，这样，“皮笑肉不笑”、“垂涎三尺”、“装模作样”……凡是能搞笑的成语均被列入游戏列单。游戏中我发现，这些20—30年在异国他乡生活的侨胞仍然没有忘记汉语的精华——成语的内涵。参与游戏的还有几个小学生和幼儿朋友，他们仍能在父母的帮助下识别汉语成语的意思。

# 第九章
# 我与 Chomsky 在一起

## 终于见到导师 Chomsky

报到当天，在 Chrissy 小姐的引导下，我来到了 Chomsky 办公室。虽说 Chrissy 小姐的办公室与 Chomsky 的办公室只有几步之遥，但此时我的心却猛然间跳动起来。这就是我与 Chomsky 的第一面吗？他会问我些什么，我又该说些什么？我的脑子一片空白……

而此时的 Chrissy 小姐却显得非常从容，她轻轻推门进去，走向正在埋头处理文件的 Bev 女士。作为 Chomsky 的秘书，Bev 负责 Chomsky 的预约安排，有些工作邮件也是由她来处理。得知我的来意，Bev 打开日程表，在 10 月 5 日下午 1:30 到 2:00 之间做下了标记，然后又在黄色的小纸贴上用铅笔写下"Oct 5, @1: 30pm, NC"的字样交给我，这样，我与 Noam Chomsky 的预约便定在 10 月 5 日下午 1:30。望着纸贴上的时间，我心中掠过一丝遗憾：一个月后才能见到 Chomsky，时间未免太久了！不过，能与 Chomsky 进行面对面交流无论如何都是一件荣幸的事，因为不是人人都有这样的机会。如果是媒体采访,恐怕需要更长时间的等待。想到这里,我心中有股说不出的喜悦。

从外观上看,Chomsky 的办公室没有什么特别之处,只有门外的两把椅子见证着曾经与 Chomsky 有过接触的每一位人士。

Chomsky 办公室的一扇窗正对着语言学系的 8 层大厅。虽然办公室的写字板挡住了室内的大部分视线,但空隙间依然能够看到里面的世界。偶然间,我也能碰巧看到里面的一幕:侃侃而谈的 Chomsky,缓慢推动摄像机的摄影师,还有慕名而来的人士……这引起我的无限遐想,也对它充满了无限向往。

随着 10 月 5 日逐渐逼近,我的心理压力渐渐增大。我开始设想与 Chomsky 的第一面:这位连美国总统都会敬三分的"永远的异己者"(蒯乐昊,李江,2007)[①]曾在"9·11"事件发生后的当月著书,一语惊人地抨击"美国本身便是头号恐怖主义国家",如此锋芒毕露的政治家会不会对我的孤陋寡闻产生鄙视?

我不敢有一丝怠慢,开始查阅更多的文献资料,以便更多地了解这位叱咤文坛的世界伟人。虽然我知道,Chomsky 的思想曾经受到众多学者的影响,包括无政府主义思想家 Mikhail Bakunin、Peter Kropotkin 和 Rudolf Rocker,左翼马克思主义者 Anton Pannekoek,哲学家笛卡尔(Descartes),洪堡(Humboldt)和思想家卢梭(Rousseau),John Dewey 和 Charles Sanders Peirce,以及近期的 Nelson Goodman 和 WVQuine,语言学家 Zellig Harris, Otto Jespersen;图书管理员 A. J. Muste, Bertrand Russell,甚至 Galileo(伽利略)、Kant(康德)、Newton(牛顿),但是如果有人问他崇拜谁时,他的回答总是"从来不崇拜任何人"(Nobody is a hero)。这位曾被誉为"可能是还健在的最重要的知识分子"会不会对我这个无名之辈不屑一顾?

9 月 27 日,我像往常一样打开了邮箱,无意间发现 Chomsky 的邮件。这是 Bev 写来的邮件,她想将我与 Chomsky10 月 5 日的预约调整

① 见蒯乐昊、李江,《Chomsky,永远的异己者》,《南方人物周刊》(*Southern People Weekly*),2007 年 1 月 11 日,第 46 页。

到 10 月 4 日。Bev 的语气非常客气，字里行间流露出人与人的平等和相互尊重。我对她的"请求"作出了肯定答复，这样，2007 年 10 月 4 日便成为我一生中最具历史意义的日子！

临近预约的日子，我既兴奋又害怕，兴奋的是，我终于可以亲眼领略这位享誉全球的语言大师的风采，而且与他还有 30 分钟的谈话时间，担心的是，大师的著作我读得不够多，他的许多思想我还没有真正领悟，我的才浅学疏会不会令导师大失所望？然而，从我向导师发出第一封邮件，恳求他接受我到 MIT 进行学术访问并得到肯定后，我除了硬着头皮往前走之外，再没有理由做任何其他的选择。胆怯之中我又不得不鼓起勇气，勇敢地面对即将发生的一切。

我想象不出与 Chomsky 的第一面会以什么样的形式开始，是像其他访问学者那样，先由导师了解一下我的情况，然后给我制定一个访问计划，指导并督促我在访学期间如何有效地完成研究计划，还是根据我的实际能力，参与导师的一些研究课题？Chomsky 会不会就一些学术争议或理论难题征询我的个人看法？一切都是未知数！我只能做好一切准备，然后听天由命！

我把国内有关 Chomsky 的评论及学术论文翻来覆去地读了好多遍，准备了几个问题。

10 月 3 日，我将准备好的问题打印出来，将摄像机、照相机充足了电，在一丝喜悦与茫然中静候这次神圣的会面。

第二天上午，我来到学校，将与 Chomsky 谈话时所需的资料重新看了几遍，作了几处修改。

午饭后，我早早来到 8 楼语言哲学系大厅。此时，虽然我所处的位置离 Chomsky 的办公室只有几步之遥，这间外观极其普通的办公室依然给我带来了欣喜和恐慌。期待和煎熬中，我默默地消磨着与 Chomsky 见面前的分分秒秒。

1:15 时，我向 Chomsky 办公室走去。

我远远看到有位戴眼镜的男士坐在外面的椅子上等候，他自称是一名 Doctor，与 Chomsky 的预约也是 1:30！我心中顿生疑问：难道我与 Chomsky 的会面是与这位"博士"一起的？也许是的，可能由于与

Chomsky 会面的人太多的缘故吧。我开始接受这个事实。我怀着好奇与这位“博士”攀谈起来，后来得知他在外地的一家医院工作，这次专程赶来与 Chomsky 见面。听到“医院”这个词，刚才还被我理解为“博士”的多义词“doctor”在我大脑中瞬间转意为“医生”。我又问他与 Chomsky 的预约是什么时候的事，他的回答让我大吃一惊：“昨天！”难道与 Chomsky 的预约竟能如此之快？可是，当我问起他与 Chomsky 的会面时长时，他的回答让我更加惊奇不已：“一分钟！”原来，这位医生购买了 Chomsky 的一本书，今天赶来要 Chomsky 签名！

1:27 时，我看到两个人迈着矫健的步伐朝这边走来，我一眼认出了 Chomsky。80 岁高龄的他身材魁梧，容光焕发，虽然体态微胖，但脚步非常轻盈。我几步迎上去与他热烈拥抱在一起。没有一丝陌生，更没有任何意外反应，Chomsky 非常自然地回应了我的拥抱。

我们一起走进 Chomsky 办公室。

办公室内有几个套间，那位医生随同 Chomsky 直奔最里面的一间，看来这是 Chomsky 会客的地方。正当我随着他们的脚步一起前行时，却被 Bev 的一声“Just a minute！”挡在了通道的边缘。恍然间我意识到，第一分钟应该属于这位医生。

套间的门敞开着，Chomsky 给这位医生签名的场面在我面前一览无余！

不一会儿，那位医生走了出来，Bev 示意我可以进去了。

这个套间约十七八平方米大小，一扇窗子正对着语言学系的客厅，另一扇窗则朝向楼外。靠近窗子的地方有一张弯转过来的办公桌，上面堆满了一摞摞的书籍和文稿。另一扇窗旁有一块白板，白板前有一张简易的圆桌和两把椅子，已经显得有些年代了。房间内没有豪华的沙发，也没有考究的办公桌，只有一张大大的简易办公桌和几把旧椅子。Chomsky 在圆桌旁停留下来，我意识到这就是他会客的地方了。

虽然这位大师曾让我有过无数的遐想，但此时眼前的他却显得平易近人、谦逊而随和。我们就要坐下时，他突如其来的问话“我应该坐在哪里？”竟然问得我语无伦次……西方人的礼节和大师风范尽显在 Chomsky 身上。

我与大师面对面坐下，将早已备好的摄像机和 MP3 小心翼翼地取了出来。当我以西方人的礼节询问 Chomsky 是否可以录像时，他的一个"Sure!"字打消了我几日来的顾虑。我将早已准备好的微型摄像机调试好，将镜头对准了他。这时，Bev 为 Chomsky 端来了一杯咖啡，伴随着咖啡浓浓的芳香，我们开始了谈话。

第一次坐在 Chomsky 的对面，我心里有股说不出的激动。而面对我这个"小学生"，这位享誉全球的语言大师似乎并不像我想象的那样苛刻。寒暄中，Chomsky 总是面带微笑，似乎还带着一股孩子气。

Chomsky 的声音很低沉，他喃喃的话语时而被门外 Glenn 秘书洪亮的嗓门淹没。Chomsky 意识到门外的干扰声，他起身关上了房门，房间顿时安静了许多。

此时我眼前的 Chomsky 面带笑容，他慈祥的目光和娓娓的话语让我怎么也无法与"锋芒毕露"的"异己者"和"高高在上"的"梦中形象"联系起来。他那面对客人讲话时所表露出的专注眼神和微微前倾的脑袋，让我强烈感受到他对一个普通人的尊重。

攀谈中，Chomsky 询问我能在 MIT 待多久。"6 个月！"我如实告知。但我很快意识到可能发生的变化，于是又补充说，按照浙江大学宁波理工学院的政策，6 个月之后如果确有必要，我还可以延长半年。Chomsky 被我的"确有必要"给逗乐了，他重复着这几个字，脸上绽放出灿烂的微笑。

他又了解了我来到 MIT 后的情况，包括听了哪些课程，印象如何等等。几分钟后他便停了下来。我感觉他要把后面的时间交给我，便把准备好的话题拿出来。

## "语言知识" or"语言能力"

虽然国内对 Chomsky 理论思想的反应众说纷纭，但近期石毓智

(2005)与几位学者(王强,2005;司富珍,2006[1],等)在国内学报上的几次交锋引起了学界不小的震动。因此,我与Chomsky的这次谈话便围绕着石毓智的论文展开。

石毓智(2005)[2]曾从逻辑角度提出了普遍语法的"反证"理由:

> 第一,如果因为人类能学会语言而动物则不能,便能推导出人类具有与生俱来的语言器官,那么,人还能学会唱歌、跳舞、数学等各种知识技能,而动物则不能,这样,人类也应具有与生俱来的唱歌、跳舞、数学等方面的"认知官能"。
>
> 第二,篮球队员能将篮球准确投入篮内,虽然投篮动作涉及复杂的微积分公式和力学计算知识,但不能因此推导出球员具备这些知识和计算能力。而真正懂得这些公式和计算的科学家则往往打不好篮球。儿童语言中包含着复杂的规则(知识),但并不意味着儿童在有意识地使用这些规则(知识)。

我认为,这篇文章反映出作者对"语言知识"和"语言能力"两个概念的理解。

通俗地讲,"知识"是"人们在社会实践中所获得的认识和经验的总合"[3]。如果按照这一定义理解,那么下述话语将使读者不知所云:"语言知识是与生俱来的生物遗传信息,具有软件指令作用","语言知识和语言能力不同,语言能力可以消失,但语言知识不会因语言能力的消失而消失……","语言知识这个软件不是后天学来的,而是遗传下来的,这种先于经验的语言知识就是人们熟悉的语言习得机制或普遍语法"[4],"语言知识的复杂性(迄今为止众多语言学家穷尽毕生精力也没能弄清语言系统的基本属性)和语言习得的便捷与必然性之间的矛盾

---

① 见司富珍,《语言学研究中的科学方法》,《外国语》,2006年第4期,第33-38页。

② 石毓智,《Chomsky'普遍语法'假说的反证》,《解放军外国语学院学报》,2005年第1期,第1-9页。

③ 见中国社会科学院语言研究所词典编辑室,《现代汉语词典》(第5版),北京:商务出版社,2008年。

④ 见宁春岩,《Chomsky:思想与理想》(导读),北京:外语教学与研究出版社,2001年。

无法从天赋论以外的角度作出更合理的解释”[①]等。

然而，Chomsky 的“语言知识”则是关于语言性质、起源及使用的研究[②]，是“一个心理/大脑的特定状态，一个语言知识一旦获得就成为可变心理状态中相对稳定的因素”[③]。Chomsky 还将听说者的语言知识（the speaker-hearer's knowledge of his language）称为语言能力（competence），将在具体情景下对语言的实际使用（the actual use of language in concrete situations）称为语言使用（performance）[④]。

当我将自己的看法与 Chomsky 进行交流时，他对我的看法给予了肯定，然后从“know English”这一特定的英语表述习惯解释英语中的“Knowledge of English”之所以能被英语母语者理解的原因，这就是，由于大部分语言只说“speak a language”（讲一门语言）或“have a language”（掌握一门语言），因此，“knowledge of language（语言知识）”很容易产生误解。

（Chomsky：When speaking English，you talk about knowing a language，and knowledge of a language. In most languages they say something like “speak a language”，or “have a language”，something like that. In English，which I think is unusual，we use the word “know”. So you say person knows the language.）

Chomsky：大多数语言都容易出现这样的问题。而“语言知识”之所以在英语中不会引起误解，其原因在于英语的特殊用法，因为英语可以说“I know English”。这就会引起困惑，尤其对哲学家而言，这是因为，在他们看来关于知识的理论需要做大量研究。

---

① 见戴曼纯，《生成语法研究中的天赋论、内在论和进化论观点》，《外语教学与研究》2002b 年第 4 期，第 255-262 页。

② 见 N. Chomsky，*Knowledge of Language：Its Nature，Origin，and Use*，New York：Praeger，1986.

③ 见 N. Chomsky，*Knowledge of Language：Its Nature，Origin，and Use*，New York：Praeger，1986.

④ 见 N. Chomsky，*Aspects of the Theory of Syntax*，Cambridge，MA：The MIT Press，1965.

(Chomsky: Well that's the way it's done in most languages. But English is unusual. You say "I know language", and that has led to a lot of confusion, particularly among philosophers because there is a lot of work on the theory of knowledge.

Chomsky:"知识"还有一个特殊意义,这就是人们通过训练或实验而学得的东西,包括信念。了解的事就相信,这完全是应该的,是有充分理由的。

(Chomsky: Knowledge has a particular meaning. Knowledge means something that you acquire, through training or experiment. It involves beliefs, if you know something, you believe things. And it has to be justified belief and there's a whole story about that.)

Chomsky:然而,这与"语言知识"毫不相干,是对英语单词的误解。因此,"能力"这个概念是作为专业术语而提出的,其目的是为了避免对英语用词"语言知识"的误解。

(Chomsky:But that has absolutely nothing to do with knowledge of language. That's just a misunderstanding of the English word. So the term "competence" was invented as a technical term to try to prevent people from being misled by the English locution "knowledge of language".)

而就普遍语法而言,Chomsky认为这也同样无可争议。他以自己的孙女与她的宠物为例,说明两者相处于同一环境,但他的孙女却能分辨哪些与语言相关,(而她的宠物却不能)。但要说清楚这个问题却并非一件简单的事。假如语言的产生是基因能力的结果,那么我们就应该设法构建关于该项能力的相关理论,这个理论就叫"普遍语法"。

(Chomsky:As far as Universal Grammar is concerned, that's not controversial either. I mean, we all agree that, take say my granddaughter, her pet, say she has a pet chimpanzee, pet somber, or pet kitten or something. They can be in the exactly same environment, but my granddaughter will somehow, and nobody really knows how, identify part of the environment as language related, which is not so simple. If it's a genetic capacity, we can try to discover the theory of that capacity. There's a name for that theory- it's called universal grammar.)

Chomsky[①](1986)曾就语言知识做过专门解释,他指出,如果我们非要把语言能力(knowledge of language)理解为人讲话和理解的实际能力,那么,其正式用法在许多场合必须加以修改。他举例说,如果琼斯选修了公共口语课程并且在英语知识未发生任何改变的情况下提高了讲话和理解能力,正如我们以正常使用方式描述语言一样,那么我们必须将这一通常意义的用法加以修改。我们宁愿说,琼斯的能力(ability1)提高了,他在用自己的能力(ability2)来讲话和理解。但两次出现的"ability"并非同一个意思。Ability1 是该词通常意义下的能力:这种能力既能提高也能降低,但在决定知识结果方面表现不足。而 ability2 则相对稳定,当能力 1 发生变化,能力 2 则表现得相对稳定。即使我们无法得知具体场合中它所包含的确切内容,但我们依然具备这一"能力"。简言之,神经学意义上的"能力 2"是通过知识的全部属性挖掘出来的。Chomsky 强调指出,我们有时候谈的的确是难以发挥出来的能力。他以游泳者为例,说明如果会游泳的人被捆上手脚,尽管他仍然具备游泳的能力,但却难以发挥。然而,我们之所以要将知识(knowledge)的涵义减少,使它等同于能力(ability),其目的是为了避免为知识(knowledge)这一概念增添新的疑惑。

可见,"knowledge"在"knowledge of language"中的内涵可以认同为汉语词"能力"。

基于以上对"语言能力"概念的解析,我们便可以很容易地解释一个不具备复杂的微积分公式和力学计算能力的优秀篮球运动员,为什么可以在瞬间根据自己的位置和与篮筐之间的距离,判断用什么样的力量和弧度把球准确投中,而真正懂得这些公式和计算的科学家,往往打不好篮球。

---

① 见 N. Chomsky, *Knowledge of Language: Its Nature, Origin, and Use*, New York: Praeger, 1986.

“微积分公式和力学计算等相关‘知识’”完全不能等同于 Chomsky 的语言“知识”，它是后天学来的，即“人们在社会实践中所获得的认识和经验的总和”。而儿童的语言能力则等同于普遍语法中的(ability2)，它是存在于儿童大脑中的先天机制。

实际上，已有学者对“knowledge of language”的概念可能引起的误解给予了关注，Fukui 等人①(2004)曾就这一概念的理解提出建议：尽量依据相关领域的给定定义去理解相关术语，而不要被这一术语在其他领域的众多使用所误导。因此，我们使用“语言知识”这个术语，是指能够使人讲解和理解那门语言的“某一门语言的知识”。按照常规术语(cf. Chomsky 1986)将“I-语言”(internal language)称为“语言知识”，以示与 E-语言(external language)的区别。I-语言是说话人内在大脑特定构件的(相对)稳定状态。I-语言的理论称为“(具体)语法”。

我国学者也注意到了“Knowledge”与汉语“知识”的不对应性②，宁春岩在对美国当代理论语言学的特征及研究方法进行论述时说，“我觉得汉语中‘知识’一语似乎不能完全传达出‘knowledge’或‘to know’原本的含义，不如说成‘知识和能力’好。”③

## 狼孩、孤儿与聋哑儿

在对 Chomsky 的普遍语法进行反证的同时，石毓智(2005)的另一

① 见 N. Fukui & M. Zushi, Translated by Kobuchi-Philip, M. *Introduction for The Generative Enterprise Revised* , Berlin · New York: Mouton de Gruyter. 2004. pp. 2-3.

② 笔者在参加 2009 年北京大学主办的全国青年博士生导师高级研修班上有幸见到了曾经在麻省理工学院做访问学者的司富珍教授。她在赠送给笔者的近期专著中就“语言知识”的汉译所带来的误解问题同样引起了关注。她援引 Chomsky 关于“语言能力(competence)”和“语言使用(performance)”的一对概念，指出“Chomsky 语言理论中的 Competence 指的实际上是一种‘知识’，而不是指对它的使用。因此如果从准确理解其涵义和避免出现误会的目的出发，Competence 翻译为‘语言知识’比译为‘语言能力’要好一些”。而“语言如果从更抽象更概括的意义上来看，这一误解源于“对‘知识’和‘知识运用’之间的关系的混淆”。(司富珍，2008:21)

③ 宁春岩，《简述美国当代理论语言学的特征及研究方法》，《当代语言学》，1996 年第 1 期，第 1-2 页。

个反证是：

> 没有接触到任何现实语言的儿童，比如狼孩，可以自发地创造出一种语言，它代表着普遍语法。而且这里儿童在与人类分离的情况下，会自发创造一种一致的语言，因为按照乔氏所说，普遍语法不仅是与生俱来的，而且是全人类一致的。

Chomsky 把狼孩称为野生小孩，野生小孩当然没有语言，也不会走路，只会四肢爬行，而且还不具备正常人所具有的其他特征，这是因为，人只有在正常的社会环境中才能发育为正常人。

（Chomsky：There were，what we called wolf children，meaning children who somehow grew up in the wild，and of course they didn't have language. But they also didn't walk. You know they sort of wandered around on all fours. They didn't have other normal human characteristics. And you don't develop as a normal human being unless you are in normal society.）

Chomsky 想起了孤儿院里的小孩。他说，"孤儿院的小孩即使吃好喝好，不受虐待，也没有智力迟缓等现象，他也同样不可能具备社交能力，这是因为，正是一定的互动活动，才能使一个人的内在能力得以正常发育。"

（Chomsky：In fact children who grew up in orphanages，even though they're fed and not mistreated，or mentally kind of retarded or don't have social skills because you just need certain kind of interaction in order for your normal innate abilities to develop.）

Chomsky 品了一口咖啡，向我讲述了 10 年前发生在费城的一段故事。

这个故事发生在三个先天聋哑堂兄妹之间。他们出生后就生活在一起。三个孩子的父母听力正常，但不懂符号语言。这三个孩子在玩耍的过程中竟然自造了一种符号语言！仅有三个孩子在一起就创造语言，是因为他们需要与小伙伴交往。主持这项工作的是 Susan Goldman Meta 女士，经过研究，她发现三个孩子的发育状况与正常儿童处于同一个阶段。Chomsky 补充说到，直到目前为止，我们还有许多实例可以说明语言是可以创造的，这些孩子在无任何语言经验（零迹象）的情况下却创造了语言，而且是正常的人类语言，这一证据充分说明语言是可以创造的。

（Chomsky：Well，by now，lots have been learned about that，because there have been some important discoveries，maybe Suzanne Flynn will talk about this in her class but I guess about ten years ago，some psychologists in Philadelphia，students of Lilat Gleitman's，very well known psycho-linguist. Her student found three children who were deaf and had been their cousins. They just played together since birth. Their parents were not deaf. And their parents didn't know any sign language. And the children had just invented a sign language，playing with each other. So you had three children who invented their own language because they had interaction with peers. And the woman who worked on this，Susan Goldman Meta ，began studying the language and it turned out that they were in about the same stage of development as normal children. This just happens to be sign language instead of spoken language because they were deaf. So by now there are other illustrations of how language can be invented without any evidence whatsoever… I mean these children had zero evidence，no experiences of language，but they just invented language—it was a normal human language.）

Chomsky又回到狼孩问题上。狼孩孤身一人，与动物生活在一起，没有任何互动活动能使他的语言得到发育，这就充分说明语言能力需要一定的发育期。这与视觉功能或其他器官的功能一样，如果错过发育期，终将无可弥补。许多动物实验也证明了上述观点。人类可以通过控制环境使动物错过某种功能的发育关键期，从而永久地失去某种能力。虽然对人不能进行这种实验，但可以在小猫或猴子身上进行。如果他们出生的头两周没有正常的视觉经历，他们将永远丧失这一能力。但谁也不会怀疑他们的视觉能力是由基因决定的。它的生长发育恰恰需要适当的刺激。实际上，任何特征都是如此。如果一个小孩生下来就先天骨骼发育不良，需要依靠拐杖支撑，从不走路，那么，在他三岁时如果给他拿掉拐杖，他将永远学不会走路。但并不是说会走路不是先天的，而是说任何能力的培养都要在特定时间段内给予适当的刺激，让它在自身机制中成长。从这个层面上讲，语言也是一样的。

(Chomsky: On the other hand, the wolf child is alone, living with animals or something. He's not going to have the kind of interaction that would lead him to develop a language. But this is very strong, striking evidence that the capacity for language is just in warrant. It's just like, you know, having part of binocular-vision, something like that. So here we are. By now there's a lot of experimental evidence on animals, you know, where you can control the environment. We can't do that on humans but say kittens or monkeys. If you don't give them normal visual experience, like patterns stimulation in the first few weeks' life, they will never have, but nobody doubts that their ability to see is genetic. It just requires the right kind of stimulation to grow and develop. In fact, every trait that is known is like that. If children are... say if a child is born with some skeletal defect, and is raised in splints so he never walks. If the splints are taken off at age, say, three, the child will never learn how to walk. But that doesn't mean that walking isn't innate. It's just that things have to develop in every organism at their own time with the right kind of stimulation and so on. Language just seems like everything else in that respect.)

谈到“互动需求”和“刺激需要”时，Chomsky 还把母爱等因素当作促使语言的发生的必要条件，说明为什么孤儿院的孩子往往失去得更多。这些孩子也许并未受到虐待，但他们却没有必要的人际互动。这就是为什么在原始社会而不是技术社会，女人总是带着自己的孩子的缘故。女人如果有了工作，也会把小孩背在身上，其原因在于数百万年来众所周知的道理：婴儿如果与母亲失去联系，就无法健康生长。

(Chomsky: It requires interaction, stimulation, probably requires maternal loves, you know, things like that, just make things happen. That's why children in orphanages are often deprived in many ways. They may not be badly treated, but they don't have the kind of personal interaction that's required. And that's why it's just about in every what we call primitive society, you know, non technological society, the women are always carrying their babies. The woman, if she's going out to the field to work, she's got her baby strapped onto her. Because there's something that's just been known by people for tens of thousands of years, that a baby just doesn't grow properly unless it has that kind of connection to its mother.)

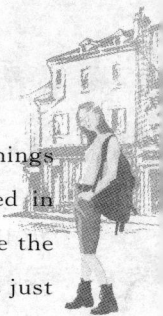

Chomsky最后补充说，但目前为止还有许多证据。……如果一个孩子被狼抚养，一个需要依靠自己到处闲逛的孩子，我们发现他时也许已经十岁、十一岁。那个时候，这个小孩的心理和感情已经受到极大的伤害。这样一个孩子，我们根本无法知道他能学会什么。也许他们没有错过生命中的那个年龄段，在那个时段，他能够学会（很多），但关键在于，一个生长在与世隔绝的世界或被囚禁的孩子，心理上已经深受创伤，从他们身上我们无从了解人的能力问题。

(Chomsky: But by now there's a lot of evidence about it. If the wolf children—yeah, it really didn't tell you anything. I mean if a child is brought up by a wolf—I think, the one, the famous one wandering around on his own, I don't think he was found until he was maybe ten or eleven years old. You know by that time, the child is just psychotic, you know, so emotionally damaged that you can't tell anything about what he could learn. Chomsky: He may not have been passed the age in his life which he could learn but the point is the child is psychologically destroyed, just like if he were brought up in isolation or in a jail. That doesn't tell you anything about his human capacities.)

Chomsky的这番谈话使我感慨万千：看来语言学意义上的"语言知识"其内涵包含了内在基因与环境互动两个方面，一个人的语言知识若要健康生长，不仅需要健康的生理环境，同龄人、母亲及家人的心理呵护同样产生重要影响。我开始理解“语言知识”这个概念之所以在国内引起争议，原因之一便是对其概念的误解。看来解决由于术语的概念不明而引发的学术问题的混乱是语言学研究中一项非常必要的工作[①]。

## “语言官能”：特殊意义的器官

术语的问题不仅限于“语言知识”，许多常用概念由于译本不同也常常会引起误解。

我曾发现国人对“语言官能”(faculty of language; language faculty)的翻译有很多个版本，有的将其翻译为“语言机制”或“语言机能”(宋国明，1997；尤则顺，2004)，有的将其翻译为“语言官能”(宁春岩[②]，2000：F18)，有的则将其翻译为“语言系统”(宁春岩，2001：3)，还有的将其翻译为“语言能力”(束定芳，2004：61；蔡曙山，2006：7)，……这就不免使人产生迷惑：faculty 到底是指产生语言的生理的“官”还是指人的使用语言的“能”。从字面理解，“语言机制”、“语言系统”侧重的是大脑的“软件”功能，它是看不见、摸不着但却真实存在的东西。而“语言器官”则侧重大脑的“硬件”功能，它如同人的眼睛、耳朵、心脏一样，损坏了可以切除、移植[③]。为了弄清楚这一概念的涵义，我曾从哈佛大学燕京图书馆找到几本权威性英汉词典查看，得到关于 faculty 的相关释义分别为“n. { = 1〔GB3 ① 才能，本能；官能”(葛传椝等，1986：436)，“1，官能；能力；技能；天赋……5，[心]官能，才能”(陆谷孙等，1989：1138)。而《现代汉语词典》第 5 版(中国社会科学院语言研究

① 笔者发现国内持相同意见者不乏其人，司富珍(2008，32)教授便是其中之一。

② 见宁春岩，《Chomsky 的普遍语法教程》导读，in V. Cook & M. Newson, *Chomsky's Universal Grammar: An Introduction*, Beijing: Foreign Language Teaching and Research Press, 2000.

③ Chomsky 认为把 FL 用“软件”、“硬件”予以解释很有意思，但就神经机制而言我们很难用“硬件”一语概括它的功能。笔者之所以选用该词，其目的主要为便于理解。

所词典编辑室，2005：503）对“官能”的相关释义为“机体器官的功能”。不难发现，上述词条难为读者提供一个明确的答案——faculty 这个“官能”究竟是指具有硬件功能的“官”还是指发挥软件功能的“能”？因而，语言官能的汉译版本林林总总，并且给人带来如此深重的迷惑甚至误解、曲解，便不足为奇了①。

虽然 Chomsky 并不能体会 faculty 一词给说汉语者带来的迷惑，但这位博大精深的语言学大师却对来自各方的误解表现出宽广的胸怀：“这倒可以理解，因为这不是专业术语，只是常用的概念而已”。然后，他引用人们熟知的“视觉官能”（visual faculty），形象地说明语言官能和视觉官能一样，是大脑的一个部件，是特定意义上的器官，可以生长发育。

（Chomsky：Well that makes sense because these are not technical terms. These are ordinary common usage terms. We can talk about the visual faculty, but what do we mean by the visual faculty. Well, there's a… you know, these segments of a brain that are involved in it. In a sense, it's an organ. It's also something that we use, something that grows and develops. These informal terms are not going to have precise definitions.）

而之所以将人脑中掌管语言的使用和解释的语言官能称为一个特殊意义的器官（organ），是因为“它是一个包含大量可变原则的运算系统（a computational system with largely invariant principles），并会随着经验的增加发生变化。它们通过与其他系统（认知、感觉运动）的互动来决定言语的音和义”（Chomsky，2000b：168）。

为了进一步说明其概念的内涵，Chomsky 以皮肤和免疫系统为例，说明语言官能属于身体的子系统，具有维系自我的再生功能，并呈

① 当然，如果我们将对语言官能的汉译问题完全推托于词典编纂人员未免会使其大喊冤枉，这是因为掌管人的语言能力的先天介质——faculty of language 究竟是什么，它在人脑中的特定区域在哪里、其本质、属性、等问题在语言学家至今颇有争议。Faculty of language 是否惟人类所特有（unique），语言是否 faculty of language 进化的产物，其进化进程如何？这些问题至今尚无定论。

现出具有不同特征的子系统或子模块，如句法、词法、音系、语义、词汇等，但却不像心脏可以切除、换一个。

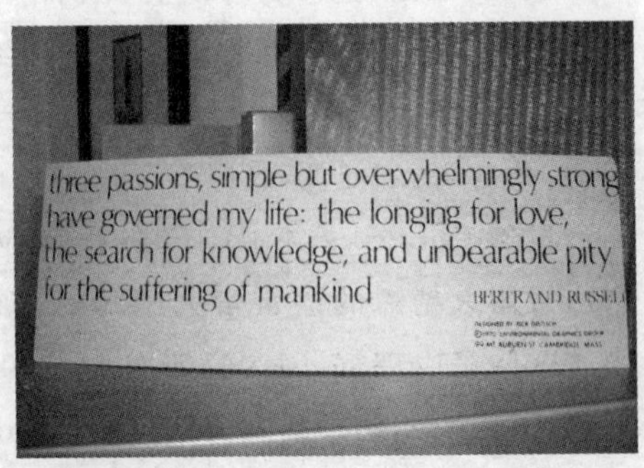

three passions, simple but overwhelmingly strong
have governed my life: the longing for love,
the search for knowledge, and unbearable pity
for the suffering of mankind

（Chomsky：But the term "organ" is also an informal term in biology for that matter. Like people often talk about the skin as an organ, or the immune system is often called an "organ". But you can't find it anywhere-It's in every cell of the body. But it's a subsystem of the body that has kind of an integrated structure and is part of a broader system in which it functions. That's the informal sense of the notion 'organ'. It's not like, say, the heart. You can't cut it out, replace it by another one.）

此时，Bev 来到门前，她在敞开的门上轻轻敲打了两下。从她笑而未语而后悄然离去的肢体语言中，我意识到本次谈话该结束了！我看到墙上的挂钟指针恰好指向 2:10，去除签字的时间恰好 30 分钟！

我恋恋不舍地起身收拾行囊，又觉得这样离去仿佛少了点什么，恍然间我想起还没有与 Chomsky 合影。当我拿出相机向 Chomsky 发出请求时，Chomsky 非常愉快地答应了。他把门外的 Bev 叫进来，然后站在 Russell 的画像前。我将调整好的相机递给 Bev，然后与 Chomsky 站在一起。随着闪光灯的瞬间闪动，这一在我学术生涯具有历史性意义的时刻在 Bev 扣动快门的一刹那凝固下来。

合影结束后，我还是觉得不尽兴，这间诞生伟大思想的办公室引起我极大的好奇心。我还希望能把 Chomsky 办公室的情景一一收入我的影集，Chomsky 不假思索地答应了我的请求。

此时，Chomsky 和 Bev 暂时离开，我将镜头对准了 Rousseau 图片旁的箴言，来了个大大的特写。

转眼一看，室内简单且有些凌乱的景象引起我极大的兴趣。这间不大的办公室曾经诞生过多少不朽之作、也曾产生过许多争议、曾使多少人充满无限遐想、又让多少人为之振奋！我不想就此离去，希望通过镜头将更多的印象留在记忆，于是举起相机，在暂时属于我一个人的“伟人空间”开始了肆无忌惮地抓拍：Rousseau 的照片、堆满书籍的桌面、置放了五颜六色书籍的简易书架、绿色花草、斜倚的墙面、透射阳光的窗子……。

珍藏着这次谈话的珍贵数据，保留着对导师的无比眷恋，怀揣着心中的一个梦想，我心满意足地走出 Chomsky 办公室，长长地舒了一口气。

不过，我很快折回来，向 Bev 申请与 Chomsky 的再次预约。Bev 翻动着日程表，在 10 月 26 日下午找到一个空当。她像上次一样在黄色的小纸贴上记录下我与 Chomsky 的会面时间，然后递给我。想到与 Chomsky 的下次会面只需等待 20 天时间，我心里暗自高兴。高兴之余，我又不免紧张起来：短暂的时间内准备好与 Chomsky 探讨话题的任务又将我刚才那份难得的轻松吹得无影无踪。

## “普遍语法”:语言特征的储存室

10 月 26 日下午 2 点左右,我早早来到语言学系的公用电脑区域等候。

MIT 为访问学者提供了免费使用电脑、免费登录校园内部网、免费下载所选课程资料,以及免费使用打印机和复印机的优惠政策,每一个可以享受此政策的人都有一个用户名和密码,输入后就可用无限使用。我将与乔的对话提纲打印出来,然后来到 Chomsky 的办公室外。我孤零零地坐在扶手上标有“Chomsky”的椅子上,静候属于我的那一刻。办公室的门紧锁着,门外的世界一如既往:Albright 的办公室敞开着门,他端坐在自己办公室的电脑前忙活着。偶尔,走廊中会出现几个熟悉的身影。

Glenn 从走廊走过来,在他开门的一瞬间,我看到 Chomsky 正在与人交谈。刚刚进入办公室的 Glenn 没有直接把门关上,他探出脑袋向我询问 Bev 是否知道我的到来。得到否定答复后,他示意我不用说了,他会让 Bev 知道的。

十几分钟之后,一位女士走出来。看到墙上的闹钟已指向 2:30,我径直来到 Chomsky 身旁。这次,我没有征求他的意见便将微型摄像机对准他。

此时,我想起国内一位学者的劝告,他建议我尽可能争取与 Chomsky 的合作机会,以便提升自己的学术研究能力。与 Chomsky 合作不仅是我梦寐以求的愿望,也是许多国际著名学者的愿望。虽然我深知作为英语专业出身的我在语言学领域的研究相当肤浅,能够亲临 Chomsky 办公室并获得与他面对面交流的机会,亲自接受他的学术指导,感受他那对学术孜孜以求的探索精神,并将其影响自己的学术事业,这些已使我感觉足矣。然而,学者的鼓励重新点燃我心中向最尖端科学冲刺的火焰。此时,我鼓足勇气,将两个月来一直埋在心里的想法向大师讲了出来。

“不好意思,请问我可不可以为你做点什么?”我忐忑不安地问到。

Chomsky 的回答曾在我脑海中有过无数次的遐想。作为我的导师，他也许应该分配给我点事做，但问题是我能做什么呢？作为他的晚辈，我精力充沛，哪怕琐碎之事，我也愿意为他效劳，只期望能够在琐碎的小事中折腾出大学问。然而，麻省理工学院为他配备了两个专职秘书，多少琐碎的事处理不完？作为 Chomsky 接受来的访问者，我曾经被与我有过多次邮件往来的 Kenstowicz 教授多次暗示：Chomsky 应酬很多，工作非常繁忙，他可能没有多少时间对我进行学术指导。然而，我却毅然决然来到他身边，哪怕能够得到他的零星指点，我也感到心满意足。更何况我的收获不仅仅在于 Chomsky 对我的学术指导，他在精神上的熏陶更是我享用不尽的精神财富。他对科学永无止境的追求、对自我的勇于否定、对世俗的不屑、对霸权的强硬，都将深深影响我的一生。正是缘由于此，我才义无反顾地来到麻省理工学院，来到他身边。

然而，无论我曾经对 Chomsky 的回答有过多少次设想，此时怀揣着美好愿望并希望得到肯定答复的我，此时此刻却怎么也自信不起来。

不过，我的问题并未给 Chomsky 带来一丝尴尬。他的眼神转向手中的茶杯，微笑着以一个"Well"这个极其恰当的语气词缓和了他的话语中隐含的否定可能带给我的尴尬。

"问题是……，我只是不想……，我从来不愿让人按照我的意愿做事。"他依然面带微笑，努力在脑海中寻找着合适的词语，其断断续续的话语避免了由此可能带给我的伤害。

他稍事停顿后，把刚刚朝向茶杯的眼神转向我："我只是……不想给人……附加任何责任。"

他将手指向门外的 Bev 和 Glenn，示意与他们的合作只是秘书工作而已。

但他又坦言："我确实与人有过合作。"他列举着许多我所熟悉的名字。"所以……，我认为……，你应该……做些……你真正感兴趣的事。"

他又补充说："当然，如果我们有共同的兴趣，可以进行合作。"他的语速缓慢、口气缓和、声音如同往常一样低沉而富有魅力。

虽然我已经得到了答案，但我仍然不肯放弃，希望能够出现新的转机。基督徒朋友不是说过，只要我不停地祷告，上帝就会帮我，上帝尤其愿意帮助那些初来的人吗？基督徒的话我宁愿信以为真！于是我按照提前设定好的思路再一次补充我的请求："我明白，我是说我有很多空余时间，愿意在学术上与您合作。"

"但前提是你的研究兴趣是什么，我们能进行……哪方面的合作？如果……你有时间……，可以做……自己的研究，如果有……我们可以合作的东西，这是可以的。"他将杯中的咖啡送入口中。

Chomsky 的回答让我感到很无奈。自从 1957 年《句法结构》出版以来，Chomsky 的形式句法理论经历了漫长而艰难的成长过程，尽管他在将语言赋予数理逻辑的形式化解释为学界带来空前的影响，期间也曾遭遇过众多非议。但生成语法理论几经修改、否定，在经历了"古典理论"(Classical Theory, 1995—1965)、"标准理论"(Standard Theory, 1965—1970)、"扩展式标准理论"(Extended Standard Theory, 1970—1980)、"修正的扩展式标准理论"(Revise Extended Standard Theory, 1980—1992)①、"最简方案"(The Minimalist Program)及"最简探索"(Minimalist Inquires)(1992—)几次重大的变革之后，如今已经日趋成熟。如今，Chomsky 开创的生成语法已经开创了一条与自然科学进行创造性合作的道路。(见 Hurford, Studdert-Kennedy & Knight 1998; Hauser, Chomsky & Fitch 2002; Christiansen & Kirby 2003; Pinker & Jackendoff 2005; Pullum & Rogers 2006; Hauser, Barner & O'Donnell 2007……)。

我也曾知道，Chomsky 的语言学思想曾在我国产生重大影响，我国许多语言学家曾经运用生成语法理论对汉语语法现象进行分析和解释，并且取得了丰硕成果(见徐烈炯，1988，1990；赵世开，1986，1989；方立，1993；徐烈炯，1995；沈阳，1994，1997；程工，1994；邢欣，1990；徐烈炯 & 沈阳，1998；桂诗春 & 王明初，2002；吴刚，2006；陈宗利，2007；何

---

① 也称为"管辖与约束理论"(Government and Binding Theory)

元建,2007;石定栩,2007;李京廉,2008 等)。我还知道,如今 Chomsky 所提倡的语言学应与自然科学交叉发展的思想已被学者以论文形式传入中国(见杨彩梅 & 宁春岩,2002;戴曼纯,2002;谢玉杰 & 鲁守春,2005;代天善,2007),语言学与自然学科的交叉发展已在我国初见曙光。但是,一个不容忽视的问题是,这方面的相关专著(见王德春等,1997;杨亦鸣,2003)却寥寥无几,对 Chomsky 的语言官能思想的内涵尤其是该思想在西方学界所引发的跨学科研究发展新动向未见充分论述。迄今为止,国内尚未有人就 Chomsky 的语言官能观系统地著书论述①。

我期望能够从生物语言学、神经语言学角度对 Chomsky 的"语言官能观"进行更深层次的探索,以期将西方语言学界的新鲜空气带入我国,促进国内语言研究的多元化发展,为我国生物语言学、神经语言学等边缘学科的发展和语言学向跨学科方向发展尽微薄之力。然而,面对生成语法的创始人,不曾完全理解生成语法的许多原则思想的我却回答不出在哪方面能与他合作。

然而,我的无奈并未给我带来一丝尴尬,Chomsky 的音容笑貌始终为我们的谈话营造着轻松的氛围。

于是我将话题转向备好的几个问题,开始与 Chomsky 逐一探讨。

《国外外语教学》(FLTA,2004,第 2 期)曾经发表了一篇题为"普遍语法真的存在吗?"的文章。该文作者从哲学角度分析了 Chomsky 的普遍语法理论,认为所谓普遍语法理论是"反唯物主义认识论的",其结论是"人的语言能力不能天生,所谓的普遍语法并不存在"(杨秀珍,2004)。

虽然杨的观点并不能够代表国内语言学界的主流,但该文所反映的问题却带有一定的普遍性。我认为澄清其中的误解有助于消除人们对 Chomsky 思想的误解,于是便将本次谈话的主题设定在对普遍语法的认识。

① 司富珍的《语言论题》发表于 2008 年,这已是后来的事了。

杨指出,“世界各地语言学家在Chomsky的引导或影响下,进行了多年的不懈努力,试图寻找关于人类语言的普遍语法,……但至今也不曾听说找到哪些或哪条规则能在某个方面或某种程度上揭示有关人类语言的普遍语法的奥秘和内涵”。

首先,Chomsky的X’理论在对各种具体语言短语结构进行分析后将其抽象概括为适用于人类各种语言的短语图式。这一图式反映出各种短语结构的共性:即所有的短语都起始于一个中心语节点X,都是向心结构(endocentric construction),其中心语节点与其补语形成可递归使用的X-bar投射,并与附加语形成最大投射(maximal projection, XP)。这一图式存在于人类大脑之中,无论那种具体语言,无论是名词、动词、介词、形容词还是副词等短语语类,其句法结构的表现图式都被涵盖其中,它是人类与生俱来的语言能力的一部分。儿童习得语言时只需将X节点确定为具体的单词语类,就能生成相应的短语,区别只是将设定的参数带入其中。X’图式理论便属于普遍语法的一部分。

此外,格检验式(Case Filter)规定,句子中不能出现没有得到授格的名词短语。如在句子“He has married Mary.”中,动词marry首先将宾格授予Mary,然后协同宾语再将主格授予He。而在“*[him to marry Mary] is unusual.”语句中,动词marry只能授予Mary宾格,却不能给him授主格,因此造出的句子必定不合法,也就通不过格检验。这种造句中的潜规则适用于任何人类语言,属于普遍语法原则内容。

然而,就杨的观点而言,Chomsky又是如何解释的呢?

Chomsky:这种说法不对,这是因为,我们已经发现了适用于普遍语法的许多原则。我认为,上述观点是对普遍语法的误解,特别是在中国许多地方,许多人认为它只是一种语法而已,一切语言的核心内容,任何语言都要使用这一语法规则,等等。然而,这种认识实际上是18世纪时期对普遍语法的理解,而近50年来,这些术语的涵义发生了变化,它恰恰是语言官能基因成分的理论,也许我们找不到任何一条符合所有语言的规则。

(Chomsky: That can’t be correct because there’s a lot of principles in universal grammar that have been pretty well established. I think there's a misunderstanding of Universal Grammar. There are many places in China particular. Many people think it is just a grammar. It's a grammar at the core of all languages, and every language uses that grammar plus some other things. That's actually what universal grammar meant in the 18th Century. But in the last 50 years, the terms meant something different. It's just the theory of the genetic component of the language faculty. And there may not be any single rule that shows up in every language.)

Chomsky从音位学角度阐述了普遍语法的内涵。虽然关于语音特征的辩论很多,但人们却就以下问题达成共识:可能有这么几套可供一切语言选用的语音特征。英语恰好选用了双唇音(bi-labial stops)及清辅音(voiceless),阿拉伯语则选用了清辅音 voiceless……英语恰巧没有选择重读辅音,而阿拉伯语则选择了重读辅音。没有哪种特征必须出现在一切语言之中,只是有一个储藏室,用于存储可能的特征。这就是普遍语法。每一种语言都会从中作出选择,这样,你就不可能找到适用于一切语言的普遍规则,但却能发现满足一切语言规则的条件。所以说,"至今未找到哪些或哪条规则能在某个方面或某种程度上揭示有关人类语言的普遍语法的奥秘和内涵"的说法是不真实的。

(Chomsky:Say phonology for example. I mean, there's a lot of debate about what the phonological features are but every one agrees that there are some set of possible features that every language chooses from. So English happens to choose bi-labial stops and voiceless and Arabic picks voiceless and, …English doesn't happen to choose emphatic consonants. But Arabic does choose them. There's no particular feature that has to show up in every language. It's just that there's a store house of possible features, that's universal grammar. And every language makes its particular choice among them. So in that sense you're not going to find a universal rule that holds in every language. You will however find conditions that the rules of every language satisfy. On that it's just not true to say nothing has been discovered. )

Chomsky 又从量子物理的角度说明我们已经发现大量规则。当然，这些规则还有待进一步证实。他要表明的是，我们得有所创新，这才是科学态度。不过，物理学方面确实产出了许多成果，虽然我们还不能对这些成果做出全面的肯定，也许它们永远无法得到肯定。但是，就普遍语法而言，我们肯定有许多好的想法，它们随着时间的推移会得到完善或改变。但是，"未曾找到这些特别的规则"反映出对这个问题的误解，就像"没有找到所有语言中都有的特殊语言规则"一样也是一种误解。也许并没有这种规则，但这说明不了什么，因为每一种语言都要从普遍语法中做出选择，这就是普遍语法的内容。

(Chomsky: Huge amounts have been discovered. I mean it's not proven, but in the sciences you don't prove things. Like many quantum physics will turn out to be completely wrong. You'll have to do something different. That's the way science develops. But there certainly are results in physics, even if they are not certain, and they never will be. And certainly here there are good ideas about universal grammar which probably would be improved or changed in the course of time. But to say there are no particular rules that have been found, reflects a misunderstanding of the topic as just it would be a misunderstanding to say that there's no particular phonetic features that has been found in every language, maybe there isn't but that doesn't mean anything because each language picks from the same set of choices that universal grammar provides. Some things are possible languages, other things aren't possible languages— that's what universal grammar is about. )

Chomsky 的解释使我对普遍语法有了更深刻的认识。看来对普遍语法的误解是一个普遍现象，包括对"语言官能"、"语言知识"和"语言能力"等概念的认识。

# "我孙女"与她的宠物猫

Chomsky 认为对于普遍语法的误解都是缘于英语中的特殊用法。因为英语可以说"He knows Chinese",而大部分语言却不这么表达,而是说成"He speaks Chinese","He has Chinese.","Chinese is in him."。

(Chomsky: A lot of the problems are caused by peculiar usages in English. So in English, we say he knows Chinese. Most languages don't use that expression. Most languages say he speaks Chinese, he has Chinese, Chinese is in him.)

他接着说,"但是,需要强调的是,单词'know'或'knowledge'具有寓意。如果人们懂得什么,就表明他会相信。而在你懂得(know)一门语言的时候,你却并没有什么可信的东西,它只不过是你内在内容。所以说,这就会使讲英语的人形成一定的哲学传统,他们总想确定信念究竟是如何建立起来的,什么是命题态度,这没有什么意义,只能让人认为语言是外在的东西。不如说,如果我懂古代历史,那么古代历史不在我的脑袋里,是外在的东西。这就会使人得出假设,即如果你懂一门语言,噢,那么语言肯定是一种外在的东西,你与它有一定的关系。但这没有任何意义。如果你说'我讲英语',你就不一定会误解。所以说,就英语用法而言,'知识'源于信念。"

(Chomsky: But the point is the word "know" or knowledge has connotations. If somebody knows something, that means he has beliefs. But when you know a language, you don't have any beliefs. It's just something that's internal to you. So that's led to a whole philosophical tradition in English of people trying to determine how the beliefs are established-what are the prepositional attitudes? You know, things like this which don't make any sense. It has also led to the idea that language is something exterior to you. So for example, if I know ancient history, ancient history isn't in my head, it's something out there. And that's led to the assumption that if you know a language—oh, language must be something out there. And you have a relation to it. But that doesn't make any sense. If you say I speak English, you don't have that misleading interpretation. In English usage, knowledge comes from belief.)

然而，Chomsky 强调说，这恰恰是对"语言知识"内涵的误解。

(Chomsky: But that's just the wrong notion for knowing a language.)

Chomsky 以 Russell 为例，说明他用英语对知识的分析相当精确，这就是，知识以真实信念为基础。但是，"当我有了英语知识，我却没有任何真实的信念。"

(Chomsky: While in English, take the for example Russell, his analysis of knowledge which is pretty standard is that Knowledge is based on true belief, justified true belief. But when I have knowledge of English, I don't have any justified true beliefs about English.)

而对将马克思称作唯物主义者的说法，Chomsky 认为这是对马克思的严重误解，这种误解在马克思主义研究领域相当普遍。

(Chomsky: This is serious misunderstanding of Marxism but it's common in Marxist scholarship.)

而就杨秀珍(2004)[①]关于"按照马克思的唯物主义思想，既然人类知识和能力来源于实践，那么人类语言也不例外"的说法，Chomsky 解释如下：

没错，许多马克思主义者都这么认为。不过这完全是谬解，我是说如果那是真的话。就拿我的三岁小孙子说吧，我们想象一下，他有一个宠物猫或宠物猴，他们的生活阅历完全相同，其生长过程中接触的东西也一样。我的三岁小孙子会说英语，而宠物猫或宠物猴却根本不懂其生长环境中与语言有关的任何内容。这有两种可能，它要么是一个奇

① 见杨秀珍，《普遍语法真的存在吗？——兼论柏拉图的形相学说》，《国外语言研究》，2004 年第 2 期，第 1-5 页。

迹，要么是儿童具有的内在内容，它能够运用语言解释世界，这就意味着有这样一种“给定”的东西。因此，马克思主义者，所谓的马克思主义者，而不是马克思本人，他本人从不犯这样的错误。那些被称为马克思主义者的人却说这是一个奇迹，否则，我的孙子和他的宠物怎么会经历相似但却知识不同呢？如果它仅仅是经验，那就应该具有相同的知识，但显然不是这么回事。他的宠物猫知道怎么抓老鼠，而我孙子却不会。他们的经历相同，但宠物猫具的内在特性则与他不同，这就好比说某些胚胎长成了人，某些胚胎则长成了猫，还有些胚胎长成了鸡。他们吃的都一样，但这不是起决定意义的内容，也就是说，不是胚胎的营养环境决定了它能长成鸡，而是它们的基因成分，即它们的内在成分起到了作用。自称唯物主义者的人当然同意这一说法，但是，那些所谓的马克思主义者则否认这一说法，这就意味着他们是在故弄玄虚。你知道，他们相信某些神乎其神的东西，不管它可能是什么。这是一个例子。我的意思是，如果小孩没有任何内在的东西，宠物猫为什么不懂英语，而小孩却不会抓老鼠？

(Chomsky: That's true that a lot of Marxists believes that. But it is totally insane. I mean if that was true, let's say take my three year old grandson. Let's imagine that he had a pet kitten or a pet monkey. And they had exactly the same experience. So they presented with all the same data while they were growing up. My three year old grandson speaks English. The pet kitten or the pet monkey don't even know any of the things in the environment have anything to do with language. There are two possibilities, either that's a miracle, or else it's because the child has something internal to him that interprets the world in such a way as to yield the language. Meaning there is something 'given'. So the Marxist, (basically what we called Marxist, not Marx who never made this mistake), but the people that are called Marxists are saying it's a miracle. Otherwise how can it be that if my grandson and his pets have the same experience, they don't come out with the same knowledge. If it's just experience, it ought to be the same knowledge. But obviously isn't. His pet kitten knows how to catch mice. He doesn't know how to catch mice. They have the same kind of experience. But the kitten has the internal properties different from him. It's just like saying that some embryos grow to be humans. Others grow to be kittens. Others grow to be chickens. They may have the same nutritional environment. That's not what determines—it's not the nutritional environment of the embryo that determines that it's going to be a chicken. It's its genetic components, something internal to it. Anyone who calls himself a materialist would certainly agree with this. But the people called Marxists deny it, which means they're mystics. You know they believe some mystical thing, whatever it may be. This is a good example of it. I mean if there's nothing internal to the child, how come the kitten doesn't know English? And how come the child doesn't know how to catch mice? )

Chomsky：不过，这也牵涉到语言的使用。实际上，在被称作马克思主义者的人群之中，这个术语不应该再用了，因为他们不是真正的马克思主义者，但自称为马克思主义者的人却将这些用法推给了我。但是，这些观点也是每一位科学家的观点，我是说你找不到一位对此提出异议的科学家，因为这种问题太荒唐。唯一的方法是假定它是个奇迹。正如你从最简单的例子中所能看到的一样，如我的孙子和他的宠物，这当然是内在的。如前所述，问题是为什么胚胎会变成鸡，变成人？不是因为环境，也不是因为实践，胚胎不会尝试不同的东西后再决定"我是鸡"，这恰恰是基因决定的。语言和双视力也是同样的道理，我们具有双视力不是因为婴儿看过各种东西然后发现某种东西发挥了作用，而是因为它本身就是这样设计的。

(Chomsky: But that's what's involved in every use of language. In fact, among what are called Marxists, the term shouldn't be used because they're not really Marxists—but what are called Marxists, they attribute these uses to me. But those views are those of every scientist. I mean you can't find a scientist that would question this because it would be crazy to question it. The only way to question it would to assume it's a miracle. As you can see from very simple common place examples, like my grandson and his pets, of course it's internal. And as I say, the same question arises about why an embryo becomes a chicken or a person. It's not because of the environment, it's not because of practice. The embryo isn't trying out different things and deciding "I'll be a chicken". That's just the way it's genetically determined. And it's the same with language, just like it's the same with having binocular vision. And we don't have binocular vision because the infant tries various things and that works. It's just designed that way.)

Chomsky 接着说,"如果它不存在,我们在做的事情又该如何解释? 而 Bev 的狗怎么就不能这样?"他将手指向门外,说到,"Bev 那里有一条狗,如果狗进来了,我们也不能与他交流。为什么? 我们知道为什么,我们的唯物主义者当然也知道为什么。这是基因不同的缘故,就像它有四条腿,我们有两条。这与实践没有关系,与经验也没有关系,而与内在有机体有关。我们的认知能力也是如此。"

(Chomsky: If it doesn't exist, how come we're doing what we're now doing? And how come Bev's dog isn't doing it? And Bev has a dog in there. If the dog comes in here, we're not going to have a conversation with it, why? We know why. Certainly our materialist knows why. It's genetically different. Just like it has four legs and we have two legs. It has nothing to do with practice. And it has nothing to do with experience. It has to do with the internal constitution of the organism. And the same is true of all of our cognitive capacities.)

作者:所以说这一点没有争议?

Chomsky:没有争议,除非人们信教。我是说,如果你问基督徒、福音派新教徒这个问题,他们会说,"啊,不同的是,我们有灵魂,狗也许没有灵魂”。这与那些所谓的马克思主义者的说法相吻合，也一样那么神秘。你和那些说我们有灵魂的人不能辩论。好吧，上帝给了我们灵魂，这无可争议。如果你要相信它，很好。但是，科学就此为止。我是说这没有科学依据。同理，这也是神秘主义的一种形式。实际上，这更糟。至少说上帝给予我们灵魂的人还有一套理论，他们考虑到为什么你和我与 Bev 的狗不一样。上帝赐予我们灵魂，但狗却没有灵魂。而那些所谓的马克思主义者却什么解释都没有，只让人觉得神秘。

(Chomsky: There's nothing controversial about it except for people are religious. I mean, if you ask the religious Christian, the evangelical Christian, they would say "well, the difference is we have a soul. And the dog maybe doesn't have a soul." It's the same with the Marxists. It's just as mystical as that. You can't argue with somebody who says we have a soul. Ok, God gave us a soul. There's no argument about this. You want to believe it, fine. But that's the end of science. I mean there's no science about that. And it's the same with this... This is just another form of mysticism—in fact, this is much worse. At least the person who says God gave us a soul, has some kind of a theory, has an account of why you and I are different from Bev's dog. We have the soul that God gave us that the dog doesn't. The Marxist has nothing to say about it. It's just left as magic.)

作者：是啊，真正应该引起争议的是，它是怎么发生作用的。

Chomsky：完全正确，正如视觉系统一样。我是说我和你都有一个哺乳类视觉系统，这是因为我们与昆虫的基因不同。那么，发现视觉系统如何发生了作用，这才是我们的问题，也是科学难题，我们尚在不断地研究和探索。

(Chomsky: Exactly, it's just like the visual system. I mean you and I have a mammalian visual system. We don't have an insect visual system. That's because we are genetically different from insects. But then to find out how the visual system works that's our problem, the hard problem of science. We're still learning about it.)

作者：我认为这倒不难理解，但我不明白为什么这么多人总是有许多误解。

(Writer: I think it's easy to understand. But I don't know why it is so difficult for so many people who misunderstand.)

Chomsky：这很有趣，如果你看看所谓的马克思主义者，你就会发现他们很能理解狗、猫、鸡，昆虫等。但是对他们来说人类却是另类——他们不是有机动物。从这个意义上说，他们很像那些把人类称为另类的宗教极端主义者，说我们是有灵动物。马克思主义者相信这一点，但他们解释的却不一样，他们的某些法则和原则适用于其他有机物，但却不适用于我们。我是说马克思从来不这么认为，但那些所谓的马克思主义者却这么认为。他们也许会说不是这样，但如果你看看他们争论的内容就明白了，都是些凭空猜想。

(Chomsky: It's interesting. If you look at the so-called Marxists, you will find that they understand it very well about dogs, cats, chickens, and worms, and so on. But somehow humans are out of the world for them- they're not organic creatures. In this respect, they are very much like religious extremists who say humans are just not part of the world, we have souls. And Marxists have the same belief but they put it differently. They have laws and principles that apply to other organisms - just can't apply to us… I mean Marx would never agree with that, but the people called Marxists do. They may say that they don't. But if you look at the arguments, they are based on the assumption.

这时，Bev 过来敲了下门，我意识到谈话时间该结束了。

不过，Chomsky 似乎还没有把话说完。他顿了一下，继续说道："这也许是你能做的最好的一件事，也是我能想到的最好的一件事。"他建议我与黄(正德)教授多谈谈，他在中国上了很多课，了解那里的情况。

(Chomsky: This is the best kind of the work you can do that I can think of. You might want to talk with Huang, he teaches in Beijing a lot and he knows the situation.)

## Chomsky 批阅我论文

当我与 Chomsky 有过几次谈话后，我开始着手普遍语法概念的解析工作。我首先就“语言官能”(Faculty of language)的概念问题写成了初稿，并将英译文发给 Chomsky。文中，我结合 Chomsky 的解释，将“语言官能”描述为一个“具有特殊意义的器官”，它一方面起到“硬件”的作用，但另一方面又与硬件有着完全不同的含义。

在我接下来的论述中，我还强调了“语言官能”的软件功能，但同时又强调这一具有生物属性的“硬件”“软件”具有不可分离性，它在人脑整个认知系统中构成一个相对独立而完整的子系统，发挥着生成“语言知识”的天赋作用，同时又与其他认知子系统保持密切联系。

论文中，我不可避免地谈到了 Hauser、Chomsky 与 Fitch(2002)的合作论文，他们主张将语言官能做广义/狭义的划分，广义语言官能的绝大部分特征为人与动物共有，惟有狭义语言官能这个核心递归运算机制为人类特有。

Chomsky 将我的上述论述中的最后一句从“惟有狭义语言官能这个核心递归运算机制”处断开来，加了三个黑色粗体词：

“也许还有更多。”(And probably more.)

文中，我引用了国内许多专家对 faculty of language 的不同译本，如有的将其翻译为“语言机制”或“语言机能”(宋国明，1997；尤则顺，2004)，有的将其翻译为“语言官能”(宁春岩，2000：F18)[①]，有的则将其翻译为“语言系统”(宁春岩，2001：3)，还有的将其翻译为“语言能力”(束定芳，2004：61；蔡曙山，2006：7)，等等。

---

① 见宁春岩，《Chomsky 的普遍语法教程》(导读)，in V. Cook & M. Newson, *Chomsky's Universal Grammar: An Introduction*, Beijing: Foreign Language Teaching and Research Press, 2000.

Chomsky 建议我，如能指出语言官能的这些研究已在其他系统的研究领域为人熟知，而且无可争议，这样更有助于将问题解释清楚。他建议我以蜜蜂交流为例。他说关于“软件”问题有许多有趣的理论，但要想找到执行软件的神经机制(“硬件”)则是一个棘手的问题。其他系统的研究也是一样。谁也不会觉得这个问题很难理解，除非涉及到高一级的心理官能。但这显得很荒唐。

(Chomsky: It might be helpful to point out that these aspects of FL are familiar in the study of other systems, and recognized to be unproblematic. Take, say, bee communication. There are interesting theories of the "software," but it's a very hard problem to find the neural mechanisms that implement it (the "hardware"). Same with the study of other systems. No one considers it problematic except with regard to higher mental faculties, which is just irrational.)

文中我曾提到，几十年来许多学者因为缺乏生物学方面的直接证据，从而怀疑甚至否认普遍语法的存在。

Chomsky 建议我使用“神经学证据”可能更好。有谁会单单因为找不到关于运算的神经逻辑证据从而怀疑蜜蜂的交流是基因发挥了作用？既然蜜蜂的交流具有基因支持，那么普遍语法也同样存在基因基础。

(Chomsky: I think "neurological evidence" would be better here. Does anyone doubt that bee communication has a genetic basis, so that the counterpart to UG exists, simply because there is virtually no neurological evidence concerning the computations?)

文中，我提到，虽然语言官能假说至今备受争议，但生物学家所做的相关研究却从未停止。令人惊奇的是，许多涉足语言官能研究的专家学者已在一定程度上开始接受普遍语法的存在。

也许是我使用的字眼“amazement”引起 Chomsky 的迷惑，他在此批注道：我不明白这有什么好惊奇的，任何能够静下心来思考这个问题的人都会接受普遍语法的存在，否则你我能够掌握语言，而宠物猫(黑猩猩、百灵鸟等)虽然与我们同处于同一环境，却没有语言，这就是个奇迹。

（Chomsky：I don't see why it is amazing. Anyone who stops to think about the topic accepts that UG exists. Otherwise it is a miracle that you and I acquired our languages, but not our pet kittens (chimps, songbirds, etc.) exposed to exactly the same experience.）

我在论文中还引用了生物遗传学、模块生物学、心理学及人类学方面的证据，证明普遍语法的存在。然而，这些证据却不被 Chomsky 看好，因为这些证据不足以说明普遍语法的存在。他直言不讳：普遍语法的存在无可争议（除非有奇迹出现），要争议的应该是它的性质。

（Chomsky：The evidence doesn't bear on the existence of UG, which is uncontroversial (apart from miracles) but about its nature.）

文中，我还提到 20 世纪 70 年代 Chomsky 就 Willard、Goodman 以及 Monod 的一些相关思想。

Chomsky 在此批注：70 年代还没有出现关于普遍语法的相关论述，因为普遍语法的存在本身就无可争议。Monod 只是对生成语法的早期著作中提出的假设加以肯定。Quine 和 Goodman 对此曾提出过批评，但并不可靠(invalid)。Russell 关于语言起源的观点带有暗示性(suggestive)，其相关论述只打了个擦边球。

（Chomsky：What follows is a little misleading. With regard to the existence of UG, nothing happened in the 70s, because it is uncontroversial. Monod simply affirmed what was assumed in the earlier work on generative grammar. Quine and Goodman produced criticisms that were invalid. Russell's work was suggestive, but only marginally relevant.）

此外，我在文中还提到 Russell 及 Willard，并粗心地犯了一个张冠李戴的错误，这个不可饶恕的错误没有逃过 Chomsky 的锐眼，他指出这里说的一定是 Willard V. O. Quine。

（Chomsky：This must be a reference to Willard V. O. Quine.）

当我提到"Chomsky 还发现，将语言中的一些原则和结构指派给特定物种所特有的、具有基因特性的语言官能似乎非常贴切，于是便特

别希望能对语言原则进行分类，对语言结构的复杂性进行分层”时，Chomsky 诚恳地指出：这不是指我个人，而是指整个领域，是许多人为之作出贡献的领域。

(Chomsky: This is not a reference to me, but to the field, to which many people have contributed.)

我在文中将 Chomsky 例句写成[S[NP[DET the][N man][S who [VP is tall]]]][VP is here]]时，Chomsky 建议我最好查看一下引文，有些东西漏掉了。应该是在结构上占有绝对的统治地位的“is”的出现。

(Chomsky: Better check the quote. Something is missing. It is the structurally most prominent occurrence of “is” that is preposed.)

我在文中写到：20 世纪 80 年代，Chomsky 深刻领悟到语言应作为自然产物(natural object)进行研究的重要性，于是便开始使用“先天决定的语言官能”(genetically determined language faculty)、“语言习得装置”(language acquisition device)、“人脑内在构件”(innate component of the human mind)等概念来解释他的普遍语法，即：普遍语法可以被理解为是对“先天决定的语言官能的特征化”描述，这一官能可以理解为一个“语言习得装置”，它是人脑的一个“内在构成部件”，这个装置能将经验(experience)的东西转化为习得的能力即某一语言能力系统。

Chomsky 在批注中指出，他在 *Aspects of the Theory of Syntax*，和 *Language and Mind* 等 60 年代著作对 UG 的解释更准确。

(Chomsky: More accurately the 60s. *Aspects of the Theory of Syntax*, *Language and Mind*, and others.)

文中我讲到，Chomsky 从语言与心智研究的新视野重新审视了语言官能的属性。他发现有大量证据可以证明大脑中主司语言的语言官能至少包含两个不同成分，一是存储信息的“认知系统”(cognitive system)，Chomsky 在此批注到：能力系统（Chomsky：competence system）[①]。二是运用信息以备发声、感知、谈论世界、提问问题、开玩笑等的“操练系统”（performance system）。这样，语言官能就有一个输入接收系统（input receptive system）和输出产出系统（output production system）。但并非仅此而已。这些操作系统接触到大量常用信息，信息又将它们连在一起，向它们发出指令。每一个操作系统会严重损坏，而认知系统却保持完好。认知系统还有更多的子系统，这说明复杂的生物系统呈现模块化结构。他援引 Smith 等的实验对象——一个掌握了 16 种语言的 Christopher 和对比组，Chirsitopher 语言官能完好无损，但却有严重的认知缺陷。他能够轻而易举地学会 Berber 语言，但对于违反语言规则的再创性系统却举步维艰。而对照组却呈现出相反状况。

Chomsky 在此指出：这段论述系对早期著作观点的回顾，其中关于“输入接收系统”（input receptive system）和“输出产生系统”（output production system）是他对 *Aspects of the Theories of Syntax* 中观点的重述。

（Chomsky：The dates are misleading. These are mostly reviews of earlier work. The last quote, for example, simply restates Aspects, and the fact that LF contains input and output systems is uncontroversial.）

后来我查阅了相关资料，发现 2000 年出版的 *New Horizons in the Studies of Language and mind* 中的第 5 部分 Language as a natural object 最早见于 Chomsky 于 1994 年 5 月 23 日在伦敦大学的演讲词。

文中，我还提到 Hauser、Chomsky 与 Fitch 的“惟递归运算机制”假说，这一观点遭到 Jackendoff 与 Pinker(2005)驳斥。他们认为，对狭

① Chomsky 在此批注为“能力系统”（competence system）。不过，笔者经过核实，New Horizons in the Study of Language and Mind(first published 2000; Sixth printing 2005)(p. 117)中的论述确为“认知系统”（cognitive system）。

义语言官能进行特征化描述会产生很多麻烦，包括将认知能力划分为完全为非语言能力特有，或完全为非人类能力特有的二元论，这样的划分忽视了人类进化过程中可能发生的质变能力。

Chomsky 在此批注：他们的许多评论没有什么意义。其一，如果某种能力在人类进化中发生了改变，那么这一能力就是为人类特有，没有什么"完全特有"之说。

（Chomsky：One of many comments of theirs that make no sense. If some capacity was modified during human evolution，then it is unique to humans. There is no such notion as "utterly unique".）

而就 Jackendoff 与 Pinker(2005)的观点，即"当前适应"和"原始功能"的划分疏漏了为当前适应而发生的适应，而对人类与动物的二元论却混淆了由于相似功能所产生的相似和由于喉管下降而产生的相似。Chomsky 做出如下解释：如我所述，视觉认知的举例与算术很难区分。我们完全有理由将各类算术，比如标准化算术，看作人类语言的旁系。

（Chomsky：The example of visual cognition is hardly different from arithmetic，as I've pointed out. There is every reason to regard this variety of arithmetic，like the standard one，as an offshoot of human language.）

最后，我坦言关于语言官能的争论将会永远持续下去。Chomsky 在此补充说：关于语言官能的性质问题仍然有很多争议，比如，原则与参数等问题。但他却不明白，人们为什么会对语言官能的存在尚存争议？因为如果对语言官能的存在不予认可，就等于认可了神秘主义。

（Chomsky：There are arguments about the nature of FL E. g.，what are the principles and parameters，etc. It is hard to see how there can be arguments about the existence of FL，since the alternative is mysticism.）

在将"语言官能"描述为一个同时具有"软件"和"硬件"功能的物件时，我特别强调了两者的不可分离性。

Chomsky 接过我的话补充道：正如蜜蜂的交际，或对其他系统的研究一样。他认为一个系统的研究可从不同层面展开，如系统的机制、所遵循的原则等。这不应该有什么麻烦。

(Chomsky: As in the case of bee communication, or the study of any other system. We can study a system at various levels: mechanisms, principles by which they operate. There should be nothing problematic about this.)

文中我还提到,语言官能构成人类大脑中相对独立于其他系统的子系统,它能产出"语言知识",并与其他子系统产生联系。而根据最新理论,语言官能可分广义语言官能和狭义语言官能。

Chomsky 在此指出,这不是真正的"理论",而是一项建议,是关于如何开展一项创新研究项目的建议。

(Chomsky: This isn't really a "theory": rather, a suggestion about how to pursue a productive research program.)

## "前面的路很难很难"

通过 Chomsky 解释,我开始对"普遍语法"、"语言知识"、"语言官能"等概念有了深刻的认识。同时我也惊奇地发现,我与 Chomsky 的面对面交流仍然消除不了我对他的误解。

我开始明白我的误解可能缘于我的断章取义,也开始明白为什么人们对 Chomsky 的思想产生那么多的误解。与此同时,我也希望能够在消除这些误解方面做点什么。我将自己的想法以电子邮件发送给 Chomsky:

> 谢谢您的评语。我开始明白中国人包括我在内对您的理论思想仍然有大量意想不到的误解,要想将其一一澄清并非易事,然而,我愿意用我的毕生精力做这件事。
>
> (Thank you so much for the comments. I'm getting to know that there are much more unexpected misinterpretations to your ideas and theories among Chinese people including me. To make a clarification of them is a hard task, yet I would like to devote the rest of my life to it.)

我很快得到 Chomsky 的回复，他能理解我前面的路很难很难。(Chomsky: I see you have a hard and demanding task ahead.)

与 Chomsky 的邮件往来使我突然萌发一个想法，回国后我要围绕 Chomsky 的思想做一个课题。我又回复 Chomsky:

您的点评使我明白了以前的误解。我回国之后准备就您的语言哲学思想申请一个项目。许多人抱怨您的理论总是在变，而我认为随着越来越多的语言事实材料的研究，普遍语法的原则将得到逐步完善。有些人认为您的理论晦涩难懂，而我却发现您更善于引用常见的例子深入浅出地做出解释。有时候由于语言问题对您产生误解不可避免，但我愿将您的理论深入持久地探索下去。

(Your comments shed light on some misinterpretations. It occurs to me that when I go back to China, I would like to propose a new research project concerning your linguistic philosophical thoughts. Many people complain that your theories keep changing. Yet in my opinion, some rules concerning UG theory need improving and perfecting with more and more languages studies getting involved. Some hold your theories are controversial, yet I think some of the controversy derives from misunderstandings. Some argue that your theories are difficult to understand, yet I find you prefer taking what we are familiar as examples, which could easily lead to a better understanding. It is unavoidable to misunderstand you sometimes because of language problems. I would like to investigate your theories on and on.)

很快，我又得到答复。他说这就是科学，它之所以不断地变化，是因为它"充满了活力"。

(Chomsky: The complaint that theories keep changing is common, and interesting. I suspect it reflects a lack of familiarity with the sciences. In any field that's alive, theories keep changing as more is discovered.)

Chomsky 的回复令我深受鼓舞。是啊，"活力"一词恰如其分地解

释了 Chomsky 理论思想之所以变化的真谛。

与 Chomsky 对话是一种享受，他不仅能够为正在雾里看花的我拨开迷雾，他的鼓励总能使我奋发向上。在他面前，我不必因为自己的才疏学浅而感到无地自容。无论何时，只要我想做的事，我都会从他那里得到莫大的鼓励。

这就是我眼中的 Chomsky。

## "雪花"如此灿烂



这次与 Chomsky 的对话的主题是他与哈佛大学心理学教授 Hauser 及英国圣安德鲁斯大学（University of St Andrews）心理学分院 Fitch 教授于 2002 年共同撰写并发表于《科学》（*Science*）（Vol 298，22 of Nov）期刊上的论文"The Faculty of Language：What is it，who has it，and how did it evolve?"文中，HCF（Hauser，Chomsky，Fitch）用幽默风趣的语言，将人与动物的语言官能按照系统发育的完好程度分为等级，并以一个火星人的眼光，探视地球上各物种进化之后所表现出的惊人的相似性（remarkable similarity）和根本的差异性（key difference）。他们将这些差异按照基因代码的组合形式，以物种基因树形图（phylogenetic tree）标示为几个等级。由于人类语言官能基因代码的组合形式呈现出等级性、生成性和递归性，其表达范围呈现出无限性，因此，在这个物种基因树形图中，人类位居其首，猿居其次，而飞虫类位居底层。令火星人好奇不已的是，这种基因代码怎么就能使不同物种之间大量原本互不理解的交际系统，在特定物种内部却能转换为彼此相互理解的东西。他们（HFC）认为，运算能力的进化可能起到关键作用。由此，他们将语言官能划分为广义语言官能（Faculty of Language in Broad Sense，简称 FLB）和狭义语言官能（FLN），FLB 包含了感觉-运动系统（sensory-motor system）、概念-意图系统（conceptual-intentional system）和递归运算机制（computational mechanisms for recursion），这些系统和机制使人能用一组有限的元素生成无限的表达。而 FLN 则包含一个内在运算机制，这个机制至少与"感觉-运动”机制和“概念-意图”机制产生关联。他们就“语言官能”提出了一个全新的大胆的假设：绝大部分 FLB 的特征为人与动物所共有，惟有 FLN 这个核心递归运算机制为人类特有的语言机制构件，它是六百万年以前人类开始与自己的祖先——猿人发生质的分离时期语言官能进化的产物。(Hauser et al. 2002：1569—1575)。

文章发表后不久，立刻招来各方关注，最为瞩目的当属以 Jackendoff 为首的认知学派和以 Pinker 为首的心理学派的反应。他们认为 Hauser、Chomsky 与 Fitch 的假说忽视了语音、形态、格、一致等语法方面的非递归性特征，其假说与解剖学和人的声带神经控制相悖。惟递归性假说不足以支持进化论观点。(Pinker et al. 2005：201—236)

针对 PJ 的反驳，Fitch、Hauser、Chomsky( 2005)反驳说，PJ 的论述存在误解，其论述和所举实例与 FLN 假设毫不相干。他们(FHC)之所以将语言分为几个构件机制(component mechanism)和界面(interface)，是因为这样的二元分法有益于对语言进行生物学和进化论方面的研究，这个界面的区分并非弹指之功，其结果不可能像刻画在传统科学的分界线上那么容易。而对 FLN 和 FLB 术语的区分，其目的在于诠释误解，促进交叉学科间的接近和融合。(Hauser et al. 2002:179—210)

面对 HCF 的回应，JP 再次反驳：FHC(2005)的认知能力二元论，忽视了人类进化过程中可能发生的质变能力。JP 还对特性的使用性和原始功能的二元论持怀疑态度，认为使用性和原始功能的二元论忽视了使用中的调适性。而对人类与动物的二元论却混淆了由于共性特征所体现的相似性和由于同一祖先的遗传特征所产生的相似性。JP 表示，虽然其他动物的交际系统中缺失这一递归性特征，但他们仍然能在视觉认知中找到它的存在，因此不能说递归性特征是保证人类语言进化发展的唯一。(Jackendoff et al. 2005：211—225)①

① Chomsky 在此批注中指出，“视觉认知与算数运算没有多少差异(hardly different)。我们完全可以将各种算数，如标准算数[the standard one (arithmetic)]看成人类语言的一个分支(an offshoot of human language)”。

双方几个回合的交锋将语言官能的讨论推至学术争论的顶峰。

在与 Chomsky 的又一次谈话时，围绕这场争论，我准备了几个问题。

问题一：20 世纪 90 年代，您特别强调语言官能的内在性，您分别用"习得装置"、"先天决定的语言官能"、"语言习得装置"、"人脑内在构件"、"人体支系统"等概念来描述人类大脑中主司语言的器官。为了便于理解，您使用了一些非正式概念。这个阶段您特别强调作为自然产物的语言官能。90 年代后期，您提出语言与心智研究的新视野，即语言研究应拓宽视野，走与大脑与心智研究相结合的道路。我个人认为，您与 Hauser、Fitch 等共同撰写并发表的文章"语言官能"(Faculty of language, what is it, who has it, and how it evolves?)堪称语言学与心理学、生物学合作的光辉典范，它代表了您一贯主张的语言学应与其他学科相交融的学术思想。正是这种合作，惟人类特有或与其他动物共享的语言官能才有了更多的新发现。基于这些新发现，才会产生由人类与其他动物共享的广义语言官能和惟人类特有的狭义语言官能的假说。我的问题是，您认为 HCF 关于语言官能最新假说是否得益于生物学与语言学的联姻？这一假说可否理解为是您有关语言官能早期理论的延伸？

(Writer: In your books before 1990s, you claim in particular the innateness of the faculty of language. You think of the faculty of language as an "organ", a "language acquisition device", an "innate component" of the human mind, and "system" or "subsystem of the body", though some of them are informally used for the sake of a better understanding. During this period, what you emphasized is to take the faculty of language as a natural object, that is, the innateness of the faculty of language.

In your books particularly after 1990s, you provided a new horizon in the study of language of mind, that is, the "expansion" of linguistic studies to incorporate the studies of brain and mind. The paper "Faculty of language, what is it, who has it, and how it evolves?" in my opinion, is a typical cooperative product involving the studies of linguistics, psychology, embodying the spirit of the cross-domain or cooperative studies of linguistics you've been holding. It is the cooperation that leads to more findings concerning the faculty of language shared by human and / or by non-human animals which contributes to the hypothesis of FLB shared by human being and other non-human animals, and FLN shared only by human being.

The question is "do you think HCF's new hypothesis on the faculty of language is a profitable achievement resulted from a connection between biology and linguistics, and an extension of your earlier theory of faculty of language?")

我的问题让Chomsky感慨万千，这不仅是他近几年来对语言问题的深入思考，也是语言学与生物学研究如何进行有机结合的热门话题。虽然我的问题很长，涉及的内容很多，但他却在瞬间将思路理得清清楚楚。

Chomsky：首先，你提的问题和你开始时的引用与90年代之前的说法是一样的。90年代之后直至今天，语言学已经发生了某些变化。比较生物学方面的发现为Hauser、Fitch和我撰写的文章提供了基础。如果我们回到20世纪80年代，语言似乎还是个很复杂的东西，许多不同类型的概念、规则看上去特别适用于语言，这就说明语言进化问题特别难以解答。我们知道的时间非常短暂，与语言相关的进化是如何在这么短暂的时间内发生的？最简方案使我们萌生了其他想法，尽管这些想法仍然悬而未决，你读一读《句法理论面面观》就会明白。然而，那些想法未经发展，没有办法发展。这些想法就是，语言的部分内容，至少语言表面的复杂性，也许会有更多内容，在某种意义上存在着假象。语言并非真的复杂，语言只不过是与生物学普遍原理的运作有关，它实际上是自然法则的普遍原理。因此，就像复杂的运算原则与效率原则，这并非语言的特点，而是有机体的特征。事实上，它很可能是一种自然属性。如果我们将来懂得多了，可能发现它与雪花的微妙形态同理。也许历经数百年的研究后，我们依然难以理解。为什么有人却能理解？

但即使今天你还可以查阅资料，阅读学术论文，弄懂为什么雪花会呈现一种特别的形态。但大家都明白这不是由于基因特征，而是一种自然法则的运作方式。它们要这样呈现而不是那样。从 90 年代初，过去遥不可及的事情现在已经成为可能，这就是，从复杂的语言提炼与普遍原则相关的因素，如运算的复杂性。这就是最简方案。当然，最简方案走向成熟尚待时日。然而，语言的复杂性显而易见，这完全与近乎完美的句法和感觉运动系统联系密切。这就使人产生遐想：我们曾就内在语言有过诸多思考，它可能与概念系统有着千丝万缕的联系。极有可能的是，内在语言如同雪花一般，其设计几乎完美无缺。虽然我们无法证明这一点，但却距离得出证据的那一刻越来越近。那么语言的复杂性在哪儿呢？一个很可能的猜测是，正是内在系统与感觉运动系统的联系才引发你对进化问题的思考。从那个时刻开始，也许是七万五千年前人的内在语言开始发育之时，这一内在语言所呈现的恰恰是种最简单的装置，用来构建具有层级结构的无限结构表达式，以匹配思维系统。它可能接近完美，而这正是强势最简论题，强调它非常完美。当然，你不可能去证明，但你却能够看到由此而升腾起来的画卷。但后来许多人通过遗传继承了这个内在系统后，它便能更有优势地与其他系统发生互动了。如果只是一个个体具备这个系统，我们就没必要再讲了，有什么用呢？谁也不理解你。但是，如果你的小孩具备这一系统，你的子孙也是如此，那么这个系统就会在特定人群中扩散，其内在思想的外在化表现就会产生意义。有了感觉运动系统，我们却没有充分的理由认为它的（进化）是适应语言的结果。这些贡献尤其应当归功于 Tecumseh Fitch。他的主要贡献在于，他举证说明了感觉运动系统的某些特性在其他动物身上也有发现。许多，也许是所有的特性，在语言产生之前已经存在了数万年。因此，不管它是什么，它恰恰是系统自身。而我们所谈的这群小部落的人也许早在七万五千年前就在考虑如何将内在的思想体系与感觉运动系统联系起来。这个问题很复杂，但可以用不同的方式来解决，主要是形态学、音位学和语音学。而且，这些问题似乎越来越像语言复杂性的呈现方式。这在于如何解决内在语言的相关难题。这个内在系统可能或多或少与雪花有些类似，它怎么会与毫不相干的感觉运动系统联系在一起？比如，当你学习语言的时候，比如说学英语，你不会真正去研究句法学和语义学，但你却学习音位学和形态学，因为那是较复杂的内容，它受到其内在性的制约。但其大部分内容只是不经意间学会的。如果我要学汉语，我得学很多发音，还要学词与概念的匹配，为什么不像英语那样有屈折变化等，这就是你要学的内容。这些也许根本就没有发生进化，只是在解决困难问题时使用的认知能力。现在我们回到 HCF 的那篇论文，假如有这样一幅图，它能使你想象出语言官能两种完全可分离的内容，一是狭义语言官能，它是固定的基本结构，是关于如何与外部世界产生联系的内在语言本身，具有递归特征，具有也许是惟语言特有的有限约束力。而语言的其他内容，实际上是我们所学的大部分内容，如果你教语言的话就是所教语言的大部分内容，他们恰恰是解决产生这一复杂问题的方法。这是你必须学的。因此，就有了狭义语言官能和广义语言官能，把它们区分开来分别加以研究可能大有用途。比如说，提出一个问题，看看感觉运动系统的特性是否也在其他有机体中找到。而就狭义语言官能而言，提出某些普遍原则比如运算效率是否也适用于其他有机体也很有意义。这些仅仅由大自然把握而不是由我们把握而产生的内在语言也同样适用于其他有机体。也许你应该看看昆虫，看看运算效率原则是如何用来决定导行的。研究可能显示，它与语言的相关度非常密切，因为它有可能让我们发现产生狭义语言官能的同类原则。所以，随着你对任何一个问题越来越多的了解，新的问题也将不断产生。新的问题产生了，我们对其中的部分问题的研究也有了可能。

（Chomsky：First of all，on the questions，on the things you quoted at the beginning，right is the same now as it was before 1990s. There have been changes from 1990s，approximately until today. And that is changes in linguistics. And also some discoveries of comparative biology and so on，did lay the groundwork for the paper that Hauser，Fitch and I wrote. Within linguistics，what changed is the development of the minimalist program. If you go back to say，the 1980s，it still looked as though language was an extremely complex object. Many different kinds of concepts and rules which look very special to language, which means in particular the problem of evolution of language was essentially unsolvable. Because how could all this material evolve in the very short period of time that we know is relevant for language? The minimalist program, brought in other ideas that had been in the air. You can read them on *Aspects of Theory of Syntax* but it hadn't been developed. There is no way to develop it. That is the idea that a part, at least of the apparent complexity of language, or maybe a lot of it, is in a sense artificial. It is not really complexity. It just has to do with the operation of general principles of biology, in fact maybe of nature. So like principles of complexity of computation and efficiency and so on. That's not a property of language. That's property of organisms. In fact, it's probably a property of nature. And if we ever learn enough, sometime in the future, we may discover that it's the same kinds of principles that lead to the delicate shapes of snowflakes. And that incidentally is not very well understood yet after hundreds of years of study, why someone understood some of it. But even today you can read papers, technical papers pointing out that we still don't understand just know why snowflakes take the particular shape that they do but everyone knows it's not because of any genetic endowment. It's just something about the way the laws of nature operate—they've got to look this way, not the other way. And from the early 1990s, it began to be possible beyond what had ever been farthest for, to try to select from the complexity of language as elements that really had to do with general principles like computational complexity. That's the minimalist program. That of course is still a long way from fruition, but it might turn out, that the apparent complexity of language is almost entirely in the association between a near perfect syntax and the sensory motor system. So there's a thought, the internal language that we have a lot to think so on and so forth, is connectedly to conceptual systems. And it's possible that internal language is kind of like a snowflake, so almost perfectly designed. You can't prove that, but it's getting closer and closer to that. So where would the complexity of language be then? Well, it would be in connecting that internal system to the sensory motor system makes you think of the evolutionary problem, at some point, maybe 75 thousand years ago, people (somebody) developed the internal language. It may be that that internal language just took the shape of the simplest possible device to construct hierarchical infinitive structured expressions matching to the thought system. It's possible that that's close to perfect. That's the strong minimalist thesis that it's really perfect. You can't prove that, of course, but you can see the picture emerging on the horizon. But at some later point when a number of people have the internal system, say by inheriting it from whoever first developed it, then it becomes advantageous to interact with one another. If a single person has the system, there's no point speaking. What's the use? No one can understand you. But if your children have it and your grandchildren have it and then it spreads through the community, there would be a point in externalizing the internal thought. Well, the sensory motor system is already there. There's very little reason to think that it adapted for language. That's part of the contribution, particularly Tecumseh Fitch's work. His part of the contribution was to bring forth evidence that in fact the specific properties of the sensory motor system are found in other animals. Many of them, maybe all of them—they were probably there for hundreds of thousands of years before language developed. So that's just the system of its own, whatever it is, and people in the little tribe we are talking about maybe 75 thousand years ago, had to figure out a way to connect the internal thought system to the sensory motor system. And that's a complicated prob-

lem, could be solved in different ways. That's essentially morphology, phonology, phonetics, and more and more seems that's the way of the complexity of language is in. It's in the solution to a hard problem of relating an internal system which may be more or less like a snowflake to a sensory motor system, which has nothing to do with it. For example, when you study language, like when you studied English, you didn't really study the syntax and semantics, but you studied the phonology and the morphology because that's the complicated part. It's constrained by innate properties, but a lot of it is just picked up. If I was to learn Chinese, I just have to learn a lot of how you pronounce the words and which words go with which concept, why doesn't it have inflections like English, things like that. That's what you have to study. All of that may not have evolved at all-that just may be the use of cognitive capacities to solve a hard problem. Now we get to HFC (HCF?)①, that paper-given this sort of picture, you can begin to imagine that there are two quite separate parts to the faculty of language. The one part, FLN, is just the fixed basic structure, the internal language itself with its recursive properties and something maybe a limited amount of constraints that are language specific about how it relates to the outside. But then, the rest of the language, in fact most of what we've studied, what you teach if you teach a language are just ways of solving the problem of creating that match which is very complicated. That's what you have to learn. So there's an FLN and an FLB and it may be a useful research project to separate them out and study them independently, to ask, for example, whether properties of the sensory motor system are found in other organisms. It also makes sense for the FLN to ask whether some of

① 可能是口误,应该是 HCF,即 Hauser,Chomsky 与 Fitch(2002)合写的论文“语言官能”。作者注。

the general principles, say computational efficiency, which are used just by nature, not by us, by nature to create the internal language are also used in other organisms. So maybe you could look at insects and find how principles of computational efficiency are used to determine navigation. That might turn out to be highly relevant to language because it might lead to the same kinds of principles that lead to FLN. So new questions arise as you learn more about any topic. New questions arise. Some of these questions are now possible to study.)

## 苍蝇和大象——"对我触动很大"

我与Chomsky交流的第二个问题是Pinker与Jackendoffd的回应性论文。文中他们(Pinker & Jackendoff, 2005:204)说到,"HCF的假说似乎完全背离了Chomsky的早期立场。Chomsky曾经认为,语言是人类大脑特有的复杂能力"("HCF's hypothesis appears to be a radical departure from Chomsky's earlier position that language is a complex ability for which the human brain, and only the human brain, is specialized"),我问Chomsky:"您认为是这样吗?"

Chomsky:这完全是一回事,说的还是人脑。不过现在我们知道的更多了,也发现许多类似内在结构的东西。之所以说是内在结构,是因为没有任何其他办法对它做出合理解释。我们现在可以仅仅依据运算效益加以解释,所以说这恰恰是个进步。他们不明白科学运作的方法是怎么回事,结果与内在性相关的同类问题也出现了。不过,你知道得越多,就越能试着找找,看看是内在结构的哪一部分由基因决定,哪部分缘于自然法则。就说贯穿于整个生物学发展过程的标准理论吧,我是说如果你回到20或30年前。当时普通生物学界有一种共识,比如,人们引用著名神经学家和进化生物学家Gunther Stent的话,这应该是20世纪80年代的事。那时的有机物花样繁多,凡是能够想象的几乎都能找到。这就使得有机物不可能有一个总的规划或框架。这与

Martin Joos 在 50 年代描述的状况相类似。语言差异太大了，凡是能想象的内容都被称作语言，以至于根本没有办法为它的研究设定一个框架。生物学亦如此。现在看来错了。近年来，普通生物学和语言学都发现这是错的。这些道理现在看来很好理解。从生物学角度来看，Pinker、Jackendoff 和 Mehler 显然也同意这样的说法。虽然有机物的复杂性显而易见，但这些特征却没有以前谈得多。这很容易理解。我是说过去的发现得到良好的保护，细菌中发现的人类与动物的属性以及在不同有机物中发现的惊人相似点似乎显示他们的结构十分类似。实际上，他们显然不知道这一点。不过，如果你翻翻语言学文献，那就是，参数原则的研究部分地受到 20 世纪 70 年代生物学诸多发现的影响。如果你读过我 1980 年出版的《规则和表达》，那里面谈到了 Francois 的推测，他是生物学诺贝尔奖得主。他在 1977、1978 年曾经发表讲话，说苍蝇和大象的差异很小，唯一不同的是它们的调控机制时间设定的方式。如果你把调控机制的设定稍稍出现些误差，许多基因成分都属于调控机制，那么，那些促使其他基因发挥作用的基因，有时叫做主基因，如果它们的时间设定的不一样，那么，动物长相就会大不一样。他举的例子是苍蝇和大象，苍蝇和大象的外表差异很大，但它们很有可能是同类动物，只是它们的机制在时间上的设定略有差异而已。这件事给我触动很大，我想：语言也许具有固定的原则，只是参数发生变化而已。这就如同某种模式的某个机制在时间设定上发生了变化。所以，这是部分动因，尤其对原则与参数的研究而言。这项成果于 20 世纪 80 年代出版，这谁都知道。在随后的 80 年代至 90 年代间，Jacob 的这些推断得到一些实验数据的支持，叫做“EVO-DEVO”革命，也就是“进化-发育”——过去 25 到 30 年内生物学发展的主要动向。研究表明，生物有机体的复杂性非常明显，有点像最简方案。你能看到的只是固有模式发生微妙变化后的结果，但模式本身是固定不变的。也许动物变成什么样并没有更多的选择。如果语言也是如此，那么它将被生物学主流认可。也许会有人提出批评，25 年前你完全可以把它看成是针对主流生物学者的批评，他们把什么问题都看得那么复杂、那么变化多端，主要原因在于没有一个总的方案。不过，这算不上批评，也就是说不是他们所理解的那种批评。只能说明生物学家懂得更多了，明白了显而易见的复杂性在很大程度上可以简化为有机体的相同元素和相同成分的运作，只是运用基本原则在排列顺序上出现小小的变化。我的意思是，我所引用的成果非常引人注目。马里兰大学有个运算生物学研究者，叫 Chris Cherniak，她研究神经结构的可选性分布，也就是我们的神经网络是如何选择最低成本构建起来的。这个成本是以线路长度计算的。如果你要制作晶体管，你就会尽量缩短电线的长度——全部连接的最小长度。如何减少电线的长度，我们有许多有趣的运算定理。她展示的内容都发生在结构很简单的有机体内。线虫是他的主要研究对象。线虫个头很小，体内约有三百个神经元。他让大家看了线虫的神经元线路图，也就是神经元是如何相互连接的方法，这种线路的连接并非由基因决定。很有说服力！仅仅是如何组织 300 个神经元的可选方法！他的研究在某种程度上已经延伸到了更复杂的系统。他提出的一个问题恰恰是个众所周知的生物学问题：每一种有机体中，作为整个神经系统的中心，大脑的相应部位为什么总是位于有机体的一端而不是中央？就像为什么这儿有个大脑而不是在肚子上？实际上，所有的东西都是这样，小到昆虫。他的论题与神经电路的最优化有关。如果 Jackendoff 与 Pinker 的批评很确切，那么他们就是在批评生物学者，因为他们相信神经元的线路系统是由基因决定的，他们也这么认为。现在看来有更好的结果：它不是基因决定的，而是缘于自然法则。好了，这就是科学进步！当我们发现纷繁复杂的各类事物真的能够简化成简单的原则，这就是进步，而不应该受到指责。这就像说科学不应该存在一样，我们应该只把世间发生的事情拍拍照。这就是科学的全部内容，也就是要尽可能看看你能否将显而易见的复杂性转换成简单法则的运作。所以他们说得对，不过是赞许，而不是批评。

（Chomsky：It's exactly the same hypothesis. It still says the human brain. But now we've learned more. And we find a lot of what appeared to be innate structure because there was no other way to account for it. We can now explain on independent grounds of computational efficiency. So that's just progress. They don't understand the way science works—the same issue of innateness arises. But as you learn more, you can try to determine what part of the innate structure, what part of the given structure is actually genetically determined, and what part of it just comes from the laws of nature. Say Standard all through biology. I mean if you go back 20 or 30 years, it was assumed in general biology. People have quoted Gunther Stent, for example, famous neuroscientist and evolutionary biologist, say, it must have been in the 1980s, that the variety of organisms is so enormous that almost any conceivable organism can be found, and there can't be any general plan or structure for organisms. It's very similar to, say, what Martin Joos wrote about language 50 years ago, that languages are so diverse, any possible, imaginable object is a language and you can't have a frame to study them at all. The same principle is called biology. And it's got to be wrong. And in recent years it's been found to be wrong in general biology and in linguistics. So by now it's pretty well understood, and in biology, and apparently Pinker, Jackendoff, and Mehler with this. But it is pretty well understood that the apparent complexity of organisms is much less than was once assumed. I mean what's been discovered is deep conservation. I mean properties of humans and animals, you find them in bacteria and striking homologies in very diverse organisms turn out to have very similar structures. In fact, they apparently don't know it. But if you look at the linguistics literature, that's whatever the principle of parameters approach was partly motivated by discoveries in biology in the 1970s. If you read, say my book of *Rules and Representations* came out in about 1980. There's a discussion in there of some speculations by François Jacob, he's a Nobel laureate in biology. He gave some talks around 1977, 1978, in which he speculated that the differences between a fly and an elephant are very slight, that the only difference between them might be the way certain regulatory mechanisms are timed. If you timed the regulatory mechanisms differently, a lot of the genetic component is regulatory mechanism, genes that make other genes do things, master genes, sometimes called, and if they are timing very slightly, the animal that comes out may look totally different. His examples were a fly and an elephant, and that the fly and the elephant look very different, but it may be that they're almost the same animal. It's just a slight difference in the timing of the same mechanisms. Well, that struck me as suggestive was part of the reason for thinking that maybe language has fixed principles and just parameters that vary, which would be like the timing changes for an array of mechanism like a model. So that's part of a motivation, explicitely for the principles parameters approach. It's in print in 1980s. There's no reason for anyone not to know it. And through the following years to the 1980s and 90s, these speculations of Jacob were given a good bit of empirical support. It's called the EVO-DEVO revolutions—evolution development, dash, some major tendency in biology in the last 25 to 30 years, which is showing more and more, something like the minimalist program, that the apparent complexity of organisms of phenotypes, what you see is the results from slight changes in fixed patterns. But the patterns themselves are fixed. There might not be many options the animal can be and hence if that turns out to be true of languages as well, it would be right in the mainstream of biology. So there are criticism, you could make that a criticism of major biologists 25 years ago who looked at everything so complex and varied depending what can't be any general scheme. But that's not criticism. And it's not criticism to say now they know better. No, it's just that biologists have learned more. Now they know the apparent complexity can to a large extent be reduced to the operation of the same elements, the same components of organism, which is arranged a little differently using fundamental principles. I mean some of the works I've cited is quite striking. There is a mathematical biologist at the University of Maryland, named Chris Cherniak, who studied optimal distribution of neuro-structures, how our nerve nets are optimally constructed, so as to minimize cost. That's the cost in terms of wire length. When you build transistor you try to reduce wire length—the smallest length of connections overall. And there are some interesting mathematical theorems about how you reduce wire length. And what she showed is that in very simple organisms. Nematodes is the main one he worked on. That's a tiny little worm with about 3 hundred neurons. He showed pretty convincingly that the wiring diagram of the nematode-the way that neurons are interconnected-is not genetically determined. It's just the optimal way to organize 300 neurons. And he's extended that to some extent to more complex systems. So one of the questions he asked is just sort of a well-known biological question. : Why is it that in every organism, the equivalent of the brain as sort of the center of the whole nervous system at one end of the organism but not in the middle. Like why is there a brain here but not in the stomach, in fact, why is that true in everything, down to worms and insects. He has an argument that has to do with the optimization of neural circuitry. If Jackendoff and Pinker had an accurate criticism, they would be criticizing biologists for having believed that nematodes had a genetically determined wiring system, which they did. And now it turns out that there's a better result. It's not genetically determined-it just comes from the laws of nature. OK. That's progress in science! When we find that a complex variety of things actually reduces to simple principles, that's called progress! It's not something to criticize. It's like saying that science shouldn't exist. We should just take photographs of what's happening in the world. It's the whole enterprise of science, is to try to see if you can reduce the apparent complexity to the operation of simple laws. So what they say is correct. But it's praise, it's not criticism.)

我不由得打断了 Chomsky,"您不认为他们之所以这样认为完全是因为看问题的角度不同吗?"

Chomsky:我认为是他们完全没有弄明白什么是科学。说真的,我已就此发表过评论,如果你感兴趣……我不想就其论文作出回应,只是认为里面有太多的错误,很有意思。此外,他们的论文有很多内容与最简方案有关。最简方案其实没什么内容,我们的论文甚至只字未提。而他们几乎全搞错了,都是些无关紧要的论述。Hauser 和 Fitch 确实要求作出回应,因为他们要对受到的批评做出反应,所以我们确实发表了论文,作为回应。但是,编辑要求缩减论文,所以,我提议将我写的那一部分内容删去,因为这类的事我不在乎。回应论文大部分是 Hauser 和 Fitch 写的,我写的部分发在 Marc Hauser 的网站上,因为怎么发表我都不在乎。文中,我列举了他们就语言学和最简方案的一些错误,如果你感兴趣,我可以发给你。

(Chomsky:I think it's a strange failure to understand what science is. Actually, I've written about it, if you're interested……. I didn't intend to respond to their article, I thought it was just too many errors, was interesting. And besides, a lot of their article had to do with the minimalist program which had nothing, we didn't even talk about it in our paper. And they got almost everything wrong but it didn't matter. Hauser and Fitch did want to respond because they wanted to respond to the criticism of their work so we did publish a paper in response. But the editor wanted it to be shortened, so my suggestion was they just cut out the part that I wrote because I didn't care one way or another. It says in the response that it's really just Hauser and Fitch mostly and my response is posted on a website. It's posted on Marc Hauser's website, because I didn't care one way of another. In it I go through the errors they make about linguistics and the minimalist program. I can send it to you if you are interested in it.)

我立刻回答说，当然！

Chomsky 接着说：不过，我认为他们对语言学有所误解，对什么是科学也没有真正领会。

（Chomsky: But I think they misunderstand what linguistics is about and they misunderstand what science is about.）

## 最简方案——进化研究方案的提纲

我接着说到：Fitch、Hauser 和 Chomsky(2005:181)在回应论文中指出："语言官能的广义/狭义划分本身是为跨学科研究提供术语指出，其本身并不构成具有测试性的假说。"（"The distinction (between FLN and FLB) itself is intended as a terminological aid to interdisciplinary discussion and re-approchement, and obviously does not constitute a testable hypothesis".）

还未等我说完，Chomsky 马上插进话来：它还称不上是研究项目的假说，只是进化方案的一个提纲而已。

（Chomsky: It's not a specific hypothesis of a research. It's an outlining of an evolution program.）

我接着说，然而，在论文"语言官能"(Hauser et al, 2002)中，HCF 将其命名为"三个假说"，您认为是因为其本身并不构成具有测试性的假说从而使 FHC 改变了主意，还是 Fitch 个人的观点？如果是的话，您认为这一"研究方案"与"假说"具有等同的价值吗？

Chomsky：我认为是一回事，是作为研究项目的大纲提出来的假设。语言官能的广义/狭义之划分在实验命题中并非无懈可击，他们是说有这样一个研究方向，看看是否能够说明，语言的复杂性其大部分内容，也就是我们看成语言复杂性的那一部分恰恰与其他有机体或人类认知的其他方面共享。这就是广义语言官能。再看看哪些部分与人类与语言有着特殊关系。这将是狭义语言官能的内容。然后再看看这些官能是否特性相异。不过，狭义语言官能可能会像雪花，而广义语言官能则可能是感觉运动系统为其他有机体提供条件的内容，也是为建立复杂的相互关系而提供条件的内容。作为一项研究项目开题报告的假设，这个项目或许能将其真实性有多大、其实际状况究竟如何的区分明朗化。它是一个假设，但不是用来做实验的，也不是说声"OK，这是个可以检验的假说"就行了，它需要经过深入研究方能得到检验。这将使这一概念的内涵明朗化，就像广义语言官能到底是什么一样。比如，就拿音位学原则说吧，它们在多大程度上与其他有机物共享，在多大程度上由基因决定，又是在多大程度上仅仅是解决难题的方法？而解决不同语言难题其方法也不尽相同，这才是问题的关键。我个人的想法是：极有可能是第三种。当然还有基因内容。从这个意义上看，还会有些约束条件。我们还得看看这些约束条件是由基因决定的呢，还是由最简化的运算原则决定的。但是，这是研究问题，你不可能就你不懂的问题提出假设。这很像 Jackendoff 提出的建议。也许有一天，大象和苍蝇只是在可调制机制的时间设定方面有别。这只是假设而已。但真的是一研究项目的开题报告，谁也不会去做试验来寻找问题的答案。你得去探讨这些系统，确定如果出现这一特征，是在多大程度上出现的。这是标准科学。你能将公式化的研究直接作为一种猜想，然后看看行不行。我们还可以给它画图进行探讨，这就如同强势命题，不是你能够证明或否定的。它是个目标，是你想看看是否能够达到并且在某种程度上可以实现的目标。也许你真的能够达到这个目标，也许不能。所以，如果你能够接近但却达不到这个目标，那么这个缺口就是基因决定的。但是，在找到问题的答案之前你是不知道的。我是说这与甲壳虫为什么有六条腿而不是七条的道理一样。大部分人都认为这是某种自然法则，但在找到这一法则之前你是不可能做实验的。

（Chomsky：I think it is the same. They are hypotheses put forward as outlining of a research program. And the hypothesis that FLN，FLB are separate is not sound itself in an empirical thesis. They're saying here's a direction to work，see if you can show that a large part of the complexity of language，what we think of as the complexity of language，is just shared with other organisms，or maybe other aspects of human cognition, so that will be FLB. And try to show that some part of it is very specifically human related and language related-what will be FLN. And then see if these have quite different properties. But FLN might turn out to be something like a snowflake, and FLB will turn out to be whatever the sensory motor system has to offer other organisms and the complexity of establishing the relationship between. It's a hypothesis in the sense of a program proposing a program research which might clarify these distinctions and determine how real they are and what they actually are. It's a hypothesis, but it's not something that can run an experiment, that could say "ok that's a testable hypothesis". The hypothesis will be tested by further inquiry which will clarify the meanings of the notions, like what is, exactly, an FLB. So for example, take, say, principles of phonology, to what extent are they shared with other organisms, to what extent are they genetically determined, and to what extent are they just the way of solving a hard problem, done differently in different languages? That's the question. My own guess is that it's mostly the third. Of course there is a genetic thing. And to the extent to which there are constraints, we have to ask whether those constraints are genetically determined or determined by computational principles but in maximally simple. But those are research questions. You can't propose hypotheses about things you don't understand. It's a lot like when Jackendoff suggested, that maybe it will turn out that an elephant and a fly just differ in the timing of regulatory mechanisms. That's a hypothesis, but it's really research proposal. And nobody could run an experiment and try to answer it. You just had to explore the systems and see to if it shows, to what extent that is the case. That's standard science. You have research intuitions which you formulate as guesses and you see if OK. We can chart them and probe these. It's like the SMT. It's not a thesis you can prove or deny. It's a goal that you want to see if you can approach and to the extent you approach it. Maybe you can actually reach it. Maybe not. So if you can only approach it but not reach it, then the gap is genetically determined. But you don't know that until you answer the questions. I mean the same as why do beatles have six legs not seven legs. Most people assume that it's some law of nature. But until you find it, you can't run an experiment about it. )

## 语言研究的跨学科走向

我又问道:在麻省理工学院语言哲学系提供的资料中,我发现您曾与 Morris Halle 在音位学方面有过合作(*On Accent and Juncture in English*, 1956; *The Morphophonemics of English*, 1960; *Some Controversial Questions in Phonological Theory*, 1965), 与 George Miller 有过合作(*Pattern Conception*, 1957; *Finite State Languages*, 1958; *Introduction to the Formal Analysis of Natural Languages*, 1963; *Finitary Models of Language Users*, 1963), 与 Israel Scheffler (*What is Said to Be*, 1958)有过合作,还与 M. P. Schutzenberger (*The Algebraic Theory of Context-Free Languages*, 1963; *Theorie algebrique des languages context-free*, 1968)和 Jerrold J. Katz (*What the Linguist is Talking About*, 1974)、H. Lasnik (*Filters and Control*, 1977; *A Remark on Contraction*, 1978)、David Caplan (*Linguistic Perspectives on Language Development*, 1980)、W. Tecumseh Fitch & Marc D. Hauser (*The Faculty of Language: What is it, who has it, and how did it evolve?* 2002; *The evolution of the language faculty: clarifications and implications*, 2005)等有过合作。我敢肯定您还会在神经学、生物学等领域有更多的合作者。我的问题是,是不是恰恰因为语言学的跨学科合作才使得语言学研究有了广阔的前景,并触发了心理语言学、认知语言学、神经语言学、生物语言学,甚至计算语言学等边缘学科的出现?

(Writer: According to the list of your books provided by the department of linguistics and philosophy of MIT, there are some cooperative publications. I found you cooperate with Morris Halle et al in phonology (*On Accent and Juncture in English*, 1956; *The Morphophonemics of English*, 1960; *Some Controversial Questions in Phonological Theory*, 1965), with George Miller (*Pattern Conception*, 1957;*Finite State Languages*, 1958; *Introduction to the Formal Analysis of Natural Languages*, 1963; *Finitary Models of Language Users*, 1963), with Israel Scheffler (*What is Said to Be*, 1958), with M. P. Schutzenberger (*The Algebraic Theory of Context-Free Languages*, 1963; *Theorie algebrique des languages context-free*, 1968), with Jerrold J. Katz (*What the linguist is Talking About*, 1974), with H. Lasnik (*Filters and Control*, 1977; *A Remark on Contraction*, 1978), with David Caplan (*Linguistic Perspectives on Language Development*, 1980), with W. Tecumseh Fitch & Marc D. Hauser (*The Faculty of Language: What is it, who has it, and how did it evolve?* 2002; *The evolution of the language faculty: clarifications and implications*, 2005). I'm sure there are more cooperative studies involving neurology, biology, etc. Is it the cooperative studies that contribute to the expansion of linguistics and the appearance of psycholinguistics, cognitive-linguistics, neuro-linguistics, bio-linguistics, even the computational linguistics, etc? )

Chomsky:所有这些合作都要追溯到 55 年前。研究层次的提升应该是从我和 Morris 的合作开始。我的意思是说,20 世纪 50 年代只是个交叉学科的实验阶段。我们做了很多努力,希望找到它们的共性,看看是否能找到它们之间的联系。许多心理语言学的研究也是如此。事实上,大脑与行为科学系的创建与语言学系一样也是由于它们之间有一定的相关性,包括许多搞运算研究的人员。这也是句法结构的研究开始与 Morris 合作的缘故。他们对语言学不感兴趣,但对运算系统研究兴趣颇浓。他们把语言学当成语言来应用。是的,这是很久以前的事情。不过，由于我们比以前知道的多了，这一研究的意义已经变得更加深远。比如，我曾与 Morris 谈过，如果有可能回到 60 年代，我们两个都愿意到 Veteran 行政医院与 Howard Goodglass 以及 Norman Geschwind 等人聊聊天，然后让他们带我们去病房见见各种失语症患者，看看是否能有些发现，或者从失语症患者的发现中了解到些什么。而现在，这些内容可以借助更加精密的仪器来获取而不需要去 VA 实验室看望病人。不过，你懂得越多，做得也就越多。在神经语言学领域，自从研发了功能性核磁共振等最新技术手段，我们已经有了了解失语症的新方法。麻省理工学院出版社最近要推出的一本新书，很有趣。这本书的作者是 Andrea Moro，MIT 出版社最新分类目录上已打出了广告，书的内容涉及神经学和语言学。他的研究很有趣，人也聪明，所以说这本书应该很有趣。如果你在麻省理工学院出版社网站查询新书分类目录，就会查到 Andrea Moro 的新书。他是研究语言的，也做大脑镜像研究。认知语言学很分散，我不明白它究竟讲的是什么，这对我也无妨，但对于认知语言学者则应另当别论，我不否认这一点。认知语言学好像不应该属于这个研究领域，它应该还有些别的内容，我说不清楚。计算语言学主要是运用问题，它的研究将会对语言属性的研究产生多么深远的影响我还不知道。当然我也知道一点，Charles Yang 就是一例。五年前他出版了一本专著。他将运算学习理论与原则参数方法结合起来，提出了关于语言习得的新想法，很有意思。这是贡献之一。Charles Yang 是位优秀的计算机专家，他曾参与 Robert C. Berwick 的研究项目。还有 Berwick 十年前就写过论文，阐述了怎样依据运算原理，也就是我们说的“合并”，来解释语言的进化。这就把运算的想法与语言学的想法结合起来。这种结合在其他人的成果中均有研究，而且有了更多的内容。不过我不明白认知语言学是如何演变，进而成为复杂语言体系的一部分，它好像应该归属于另一个研究领域。

(Chomsky: Well all of these kinds of co-operations go back 55 years. Research levels are kinds of where were Morris and I. I mean 1950s was an interdisciplinary laboratory. So there were constant efforts to try to find connections, see if we could exploit the connections. A lot of the psycho-linguistics work developed out of this. Actually the brain and behavioral sciences department came out of that connection just as linguistics did including a lot of computational people. That's why syntacticaı structures began with the discussion of Marc's resources. They were not interested in linguistics. But they were interested in people working in computational systems and trying to apply linguistics as a language. Yes, it's back far. But, it becomes more significant as more is understood. So for example, back until to 1960s, I talked with Morris about it. The two of us would to the Veteran's Administration Hospital to talk to people like Howard Goodglass and Norman Geschwind, and be taken through the wards to be shown different kind of aphasia patients to see if we could find out something or learn something from what we discover in aphasia. Well, now, it's known in much more sophisticated ways than just going to the VA lab and looking at the patients. But as you learn more, you do more. On neurolinguistics, since the development of the recent technology like fMRI and so on, there are new ways to approach it. I think there's a book coming out from MIT press which I think will be an interesting book, by Andrea Moro. It's advertised in our latest catolog, which will be on neurology and linguistics. And he's done very interesting work. And he's intelligent. So it will probably be a very interesting book. If you look at MIT press online catalog of new books-they announce a new book by Andrea Moro. He's a linguist who works on brain imaging as well. Cognitive linguistics is a separate thing. I don't understand what it really says. Whereas it doesn't make any sense to me. I suppose it makes sense to the people who are working at that and I don't deny that. It doesn't seem to be part of this whole enterprise. It has some other topic... I don't know what it is... The computational linguistics, mostly it's about performance. I don't know of any results of computational linguistics that bears significantly on the nature of language with a few exceptions. One exception is Charles Yang's work. Charles Yang's book came out about 5 years ago. He interweaves computational learning theories and principles and parameters approaches to develop some ideas about language acquisition which is quite interesting. That's a contribution, and he's a very good computer scientist, comes from Berwick's program. And there have been other things, like Robert C. Berwick's work. Berwick wrote papers ten years ago, showing how, you might account for the evolution of language just on the basis of computation you look "Merge". That's connecting computational ideas for linguistic ideas. So it's going now all the time in the others' work, there is more options. However I don't see how cognitive linguistics enters into this complex. It seems to be on some other domain. )

我与 Chomsky 谈到了 20 世纪 60 年代之前的语言学。

作者:我觉得那个时候的语言学还算不上一门学科,正是您对语言学的贡献才使得它成为了一门学科。从此,语言学系在各个高校出现。我发现麻省理工学院的系别设置很特别,她的许多系别设置似乎都是围绕 Chomsky 的思想。就拿语言哲学系说吧,据我所知,没有任何一所院校的系别设置像麻省理工学院这样。还有大脑与认知科学系,科学技术与社会系等。我认为之所以这样完全是您的影响,不知是否正确?

(Writer: Before 1960s, linguistics was regarded as non-subject. It is your contribution to linguistics that made linguistics as a subject. From then on, department of linguistics appeared in colleges and universities. I found the departments of MIT are quite different from that of other colleges and universities. It seems to me many departments of MIT was established around Chomsky's thoughts. Take the department of linguistics and philosophy for example, as far as I know, no colleges and universities established departments like MIT.

Also, the department of brain and cognitive sciences, of science, technology, and society, etc. I think it is due to your influence. Right?)

Chomsky:噢,20 世纪 40 年代曾经有过语言学系,那是在宾夕法尼亚大学,当时我在那里就读。那里还有结构语言学,也许还有其他语言学系。我想,就我所知,还有一些其他类语言学方向,但我不敢肯定有没有系别设置。所以,你可能需要修改一下自己的说法,可能不够准确。至少有一个系,也许还有其他,但与这个系很不一样。

(Chomsky: Well, there was one department of linguistics back in the 1940s, namely at the University of Pennsylvania—that's where I was a student. Well, there was structural linguistics. Maybe there were some others, I think as far as I know, there were programs in linguistics but I'm not sure there was a department. So you maybe almost correct in that statement, may not have been exact... There's a least one department, maybe a few others, but they are very different from this one.)

作者:噢,不好意思。

(Writer: Oh, there was. I'm sorry.)

Chomsky:不过,现在有许多这样的系别设置,它们通常纳入较为广义的框架之中。因此,要记住,麻省理工学院有点特殊,它是科学与技术类院校。其他大学几乎都将语言学划入人文社会科学。如果你去密执安大学,那里有个非常类似的项目。不过,这个项目是一个大项目的子项目,大项目包括社会语言学、语言教学等内容。你可能会发现还有人类学。我们这里的语言学发展环境有些特殊。大脑与行为科学系的发展也是如此。我们没有心理学(系)。因此,它是个新系部。生物学项目或许也是这样。生物学的发展也很特别,因为在重点大学里你找不到传统类型的生物学系。这对我们来说是件幸运的事。不过,麻省理工学院是个无需受框架结构束缚的地方,它是一所工科院校,不是大学。

(Chomsky: But now there are departments which are much lik

this one. They're usually embedded in some broader framework. So remember, MIT is an unusual university. It's a university of science and technology. Almost every other university, linguistics developed within the humanities and the social sciences. So if you go to the University of Michigan, there is a program very much like this one. But it is within a broader program that includes social linguistics and language teaching, and other things. You'd probably find anthropology. Here it developed in special circumstances. The same was with Brain and behavioral sciences. There was essentially no psychology here. So it was a new department. It's probably true for the biology program. It developed in a way that was sort of special because there wasn't the kind of traditional biology department you'd find in a major university. It was lucky for us. But MIT was a very unstructured place. It was an engineering science school, it wasn't a university.)

## Chomsky 指导我做科研

与 Chomsky 的谈话结束后，我找到 Bev，希望她再次为我安排与 Chomsky 的谈话时间。

我已经与 Bev 熟悉了很多，我希望她能够将时间尽可能安排得早一些，好让我在归国前有更多机会接触 Chomsky。Bev 查看了 Chomsky 的日程，她将我的下次预约安排在 2008 年 1 月 11 日，并且破天荒地给了我 40 分钟的谈话时间。这让我有些喜出望外，便情不自禁地张开双臂拥抱了 Bev。

来到麻省理工学院后，尤其是上了 Flynn 的儿童语言紊乱研究课程，我对孤独症、Asperger 综合症、唐氏综合症、威廉斯综合症、失语症等的研究发生浓厚兴趣，这些病症的研究主要基于功能性核磁共振(fMRI)技术，这一技术使语言学的研究带有鲜明的跨学科性，它使语言的研究在一定程度上开始依托实证性数据，这与国内语言学的研究有着巨大的反差。目前，我国语言学研究仍然停留在对语言本体的研

究，其研究工作很少牵涉其他学科。而 Flynn 教授推荐的阅读论文和论著都是借助于先进的技术仪器，通过功能性核磁共振技术将患者大脑中受损的语言区域加以定位，并对患者的语言特征加以分析、归纳，从而提出假说，认为患者大脑的受损部位可能是负责人类语言的句法或词汇的语言区域。

此外，还有许多论文是对语言障碍儿童语料的句法分析，如 Pleh 等人①(2003)撰写的"匈牙利儿童威廉斯综合症患者的形态模式与规则辩论"一文引起我的极大兴趣。文中，作者对患有威廉斯综合症的 14 位匈牙利儿童的句法发育状况进行了调查，结果显示，如果不考虑词项的使用频率，患者在谓词及复数的规则与非规则形态变化上出现问题较多，说明非规则词项的屈折变化是患者的弱项。患者使用这些非规则形式时往往以规则的形式表现，这说明语法规则与患者的心理词库之间缺乏必要的联系。研究还表明，患者语言形态的总体表现与语音短期记忆有关：记忆时间较长的患者上述两项任务完成较好。

Grela 等人②就"命题结构的复杂性对特定型语言障碍(SLI)儿童的助动词使用的影响"进行了研究，作者设定的任务是续讲故事，他要求患者讲出长度不一结构不等的句子。结果显示：与 MLU 或 CA 患者的对照组相比，SLI 儿童更容易漏掉助动词。此外，当使用较为复杂的命题结构时，SLI 儿童与 MLU 对照组则更容易漏掉助动词形式。这表明命题结构的复杂性可能是儿童遗漏语法词素的诱因。

---

① 见 C. Pléh, A. Lukács, M. Racsmány "Morphological patterns in Hungarian Children with Williams syndrome and the rule debates", *Brain and Language*, Vol. 86, (2003), pp. 377-383.

② 见 B. Grela & L. B. Leonard, "The Influence of argument-structure complexity on the use of auxiliary verbs by children with SLI", *Journal of Speech, Language, and Hearing Research*, Vol. 43, No. 5, (2000), pp. 1115-1125.

Redmond 等人[①]则通过考察 SLI 儿童和非 SLI 儿童非规则动词的违规使用情况，说明他们在理解与非规则动词有关的条件方面存在障碍。SLI 儿童与对照组在出现动词一致性错误方面敏感度极高（如 he am falling），他们都有过多使用和接受规则过去时形式（如 he falled）的表现，这与语言对照组相比情况相当。与年龄对照组相比，上述两组比 SLI 儿童的使用频率更高。研究表明，对于应该使用有定形式的地方却错误地使用了不定式（如 he fall off）的现象，患者与非患者存在差异。结果表明，SLI 儿童更容易在有定形式的位置使用不定形式。与对照组相比，SLI 儿童在 VP 补语位置更容易出现或接受有定形式（如，he made him fell），尽管这种现象在儿童语言中很少见。上述现象对于 SLI 儿童的形态语音和形态句法的发育又当作何解释？Redmond 等人就此问题展开了讨论。

Hansson 等人[②]曾对 5 位瑞士 SLI 儿童语法特点进行了研究。作者曾将 SLI 的语法与 5 位语法发育正常的对照组儿童进行比较，结果显示，如果遇到词序要求严格的语言，SLI 儿童的语法错误就会增多。他们还对讲英语的 SLI 儿童进行了研究，结果显示：瑞士儿童出现大量语法词素遗漏现象。动词出现的错误与名词错误更普遍。不过也有反例：当 SLI 儿童学习另一种语言时，他们在词序上出现的错误比瑞士 SLI 儿童更多。词序的使用往往具有严格的要求，如果出现词序错误，就说明与对照组相比，SLI 儿童不仅存在形态缺陷，而且也会表现出句法困难。这将取决于目标语。这些研究显示，就 SLI 儿童的跨语言状况展开研究尤显重要。

有了这些资料，我开始思考中国学生在习得英语时的常见错误，如英语初学者在动词的曲折变化、名词的单复数变化上容易出现搭配错误，这与无屈折变化的汉语有着天然的联系。如果说这些现象（如名词

---

① 见 R. M. Sean, M. L. Rice, "Detection of irregular verb violations by children with and without SLI", *Journal Speech, Language, and Hearing Research*, Vol. 44, (2001), pp. 655-669.

② K. Hansson & U. Nettelbladt, "Grammatical characteristics of Swedish children with SLI", *Journal of Speech and Hearing Research*, Vol. 38, (1995), 589-598.

缺少复数变化，第三人称单数动词词尾缺少-s，过去时缺少-ed，动词不定式缺少 to，补语从句缺少 that 等）(Gopnik：1990；Gopnik et al，1991；Leonard et al：1992；Gopnik，1994；Hansson et al：1995；Grela et al：2000；Redmond et al：2001；Pleh et al：2003；）对于讲英语的儿童来说是“特定语言缺陷”，那么以英语为第二语言的中国学生的这一现象又该如何解释呢？中国的 SLI 儿童其汉语特征又是什么状况呢？[①]

我就这一问题请教 Chomsky。

Chomsky 首先向我发问：当我们正确或错误地使用语言的屈折形式时，你是否进行过测试，了解 SLI 儿童是否能够理解语言的屈折形式？

（Chomsky：Have you been testing SLI children understand inflective forms when they are properly inflected，better or as well as when they are improperly uninflected？）

我一时感到无语……

面对我的无语，Chomsky 以更为通俗的例子向我解释：假如你有这样一个小孩，他说“The boys is here”以及“The boys are here.”他们能将两者分开来吗？

（Chomsky：So suppose you have such a child，and you present “the boys is here” and “the boys are here”. Do they differentiate between them？）

说实话，虽然我对这个问题很感兴趣，但毕竟还没有真正涉足过该项研究，因此我希望他能够就如何展开这方面的研究予以指导。

此时，Chomsky 的思维非常敏捷，他指出：汉语有些复杂，因为它在形态上没有显性的屈折变化。也许，你应该做的是看看……我是说汉语的确有人称变化，但其表现手法非常微妙。不过，还有更加微妙的

---

① 令人欣慰的是，广州外语外贸大学何晓伟教授申请的国家社会基金项目“汉语特殊型语言障碍(SLI)儿童的语法缺损研究”(10BYY028)已获立项。2010 年 9 月，笔者参加了首届广外应用语言学论坛，并就该项目的具体实施与何晓伟教授交换了意见。

表现手法影响到复杂的语言结构。很多人比如 James Huang 曾研究过这个问题,Shigeru Miyagawa 也有相关文献。我认为你也许需要思考这样一个问题:看看是否能将 SLI 儿童的句法和语义的形态屈折变化区别开来?因为汉语没有显性的形态变化,只有抽象意义的变化,这就不大容易通过试验完成研究。不过,我也很想知道那些处于屈折变化语言环境的 SLI 儿童,即使是英语。如果他们听到的语言经过或未经正确的屈折变化,其反应如何?如果他们听到的语言根本没有屈折变化,又作出何种反应?也许这项工作已经有人做过了。比如说,如果母亲跟孩子讲话时没有任何屈折变化,这是一种情况;第二种情况是,妈妈用正常英语、意大利语或德语等跟孩子讲话;第三种情况是,母亲用混合的屈折形式跟小孩讲话,比如在该用单数的地方使用复数形式,造成搭配不一致现象,如此等等。就上述三种情况有没有对 SLI 儿童进行过研究?这很重要,因为你要确保在研究 SLI 儿童时不只是研究语言的产出,而是要弄明白这个孩子的能力是否与众不同。这项研究在 20 世纪 60 年代只是针对普通的正常儿童。如果回到语言习得时期,这项研究才刚刚开始。现代研究有 Roger Brown 等人。那个时候认为,小孩的语言发育需要经历几个不同的阶段,即单字阶段,二字阶段和电报用语阶段。这些阶段的小孩不用介词,只用实意词。再后来达到完整语言。以前我从不相信这一点。我曾经向 Roger Brown 提议应该做个实验。然而,那个时候是行为主义者的天下,没人肯做实验。不过,直到 60 年代末,Lila Gleitman 和她的学生做了些实验,结果与我的预料完全吻合。实验结果表明,如果妈妈以以下三种不同方式与小孩讲话,一,用电报用语交谈,像小孩一样;二,用正常英语交谈;三,使用冠词和介词,不过位置很随意,但不是用在恰当位置。如果小孩恰好处在电报语言年龄阶段,他们最能理解的应该是电报用语,冠词与介词位置的正确与否他们根本分辨不出来。然而实验结果并非如此,而是孩子们能够理解正确的英语。如果小词放错位置,他们根本听不懂。如果是电报用语,他们的理解会很困难。这个例子的意思是,小孩的内在系统使用的是完整的英语,正常的英语,只是他们说不出冠词和介词而已。我认为这恰恰应该是为 SLI 儿童做的实验。也许这种实验已经做过了，我不太清楚。但我认为，我们必须在做过这类实验之后才能弄懂我们研究的内容到底是儿童的"语言使用"还是"语言能力"，二者完全是两回事。在对语言习得的研究过程中，很多实验包括Gleitman等人已经发现，儿童的能力非常丰富。我们正是将这一使用称为缺陷。由于记忆等原因，儿童说不出他所了解的内容。我认为就SLI儿童而言，应该就这个问题展开研究。如果你用汉语进行研究，也得搞清楚这个问题，看看是否真的有某种有价值的内容而不是使用缺陷。这个问题很有趣，不过与能力缺陷相比，后者会让大家更感兴趣。

(Chomsky: It's a little sophisticated in Chinese because you don't have the overt morphology of inflection. I think what you probably have to do is look at... I mean there are subtle ways in which Chinese does use person inflection. But these are more subtle and it affects complex constructions. A lot of people, James Huang has done this. Shigeru Miyagawa has material on this. And I think you'd probably have to ask whether the syntactic and semantic reflexes of morphology are differentiated among SLI① children, since you don't have the overt morphology. You only have the more abstract consequences which would be difficult experimentation. However I am still interested in knowing, whether, maybe they have done, whether the SLI children in, say highly inflected languages, or even in English-how they react to speech which is correctly inflected, which is incorrectly inflected, and which has no inflection at all. So if say the mother talks to the child without any inflection, that's one case. Second case, the mother talks to the child in normal English, Italian, or German, or whatever is. And the third case where the mother talks to the child with the inflections mixed up, so use plural where we'd expect singular, you have the wrong agreement and things like that.

① SLI即Specific Language Impairment，笔者注。

Have there been in studies with SLI children and those three conditions? That's rather crucial because it could be, you want to make sure in the SLI case that you're not just studying production—You want to see whether you can understand whether the competence of the child is different. Now, this was studied for ordinary, normal children back in the 1960s. If you go back to the language acquisition when it was begun, you know, modern study, Roger Brown and so on. It was assumed that children went through various stages. The first one-word stage, and two-word stage, and the telegraphic speech stage, when they didn't use prepositions, just used substance words, and then later, they end up with full language. Personally, I never believed that and I suggested to Roger Brown exactly this is an experiment. Well these were very behaviorist days, nobody carried out experiments. But by the late 60s, Lila Gleitman and some of her students did carry out the experiment and it turned out exactly the way I expected. It turned out that if you have a mother talking to her child in three different ways: 1. talking telegraphic speech, the way the child talks; 2. talking normal English; 3. talking with all the particles and prepositions put in but put in randomly, not in the right places. Well if the children are really in a telegraphic speech age, what they should understand best is the telegraphic speech. And they would not differentiate between the correct placement and the wrong placement of the particles and prepositions. That's not what turned out. What turned out they understood the correct English. If the small words were put in the wrong places, they couldn't understand it at all. And if it was telegraphic speech, they had a hard time understanding it. What that means is that inside, they were using full English, normal English. It's just that they weren't producing the particles and prepositions. I think that's the kind of experiment that should be carried out with SLI and maybe it has been carried out. I don't know. But I think until experiments like that are carried out carefully, we won't really know, whether what's being studied is performance or competence. That's a big difference. In the study of language acquisition, it was discovered by these experiments, Gleitman and others, that in fact the child's competence is very rich. It's the performance that's what we called defective. For memory reasons or some other reason the child isn't producing a lot of what it knows. I presume this has been studied in the case of SLI, but I don't know. If you are doing it in Chinese, you have to figure this out. See if there really is something other than performance deficit which is interesting but much less interesting than a competence deficit.)

Chomsky 的一番话令我深受触动，看来语言研究的实验性工作能够揭开语言奥妙的许多谜底。我进一步体会到 Chomsky 将语言当作"a natural object"进行研究的用意，而实验研究似乎就是语言在自然科学研究层面的具体体现。

与此同时，Chomsky 的一番话又使我陷入深深的思考……

然而，Chomsky 似乎不想停止刚才的话题，他接着刚才的思路继续说到：用他们的话说来，重要的问题是他们理解的是什么？唯一能够测试的方法是用我谈到的方案。你可以通过询问了解他们对正常话语的反应、对他们自己话语的反应和对随意漏掉或插入内容的反应来测试他们是否理解正常用语。

（Chomsky：In their speaking. But the important question is "what are they understanding?" The only way to test that is by the paradigm that I just mentioned. You can test whether they understand normal speech by asking how they react to normal speech, to their own speech, and to normal speech with the things that they are omitting randomly inserted.）

我不由得问道：还要分析他们的语言错误吗？

Chomsky：首先，我会查查看，这一实验有没有人做过。你可以问问 Suzanne，她会知道的。不过，要进行的是自然科学的实验。假定这类实验已经做过了，那么就应该去看看结果如何，看看 SLI 究竟是能力缺陷还是使用上的局限。人们一般对此不加区分。不过，现在已有很多成果。人们已经发现 FoxP2 基因，它与语言障碍有家族关系。所以，人们给它起了个别名，叫做语言基因。也许它与语言并无关系。不过，如果你看看现有证据，这些都从言语开始。所以，也许它只是与运动组织有一定关联。实际上，这很可能因为你在其他有机体发现了 FOXP2 效应，它们与运动组织有一定关系。所以，它可能与语言无关，只是影响语言的使用，也就是语言的机械发挥，其表现在家族内部可能完全相同，这要做更复杂的实验才能确定。而最基本的方案就是我说过的方法。实验方法可以千变万化，但方案则至关重要。好像是在 1968 年，《语言》曾经发表过一篇重要论文，作者是 Lila Gleitman 和她的几位学生。承担这项实验任务的第一个学生叫 Elizabeth Shipley，还有 Carlota Smith 等。实验的结果与我的描述几乎吻合，这使语言习得的研究视角发生极大的改变。而且实验做得越多，你的发现也越多，这就是，随着实验方法的改进，你会发现那些小孩在很小的时候已经懂得很多事情。他们比你见到的小孩年龄小得多。一个极端的例子，也是 Jack Mailer 和他的实验人员的成果。他们发现刚刚出生两天的婴儿就能在两人的对话中辨认出母亲语言，而这两种声音他们从未听到过！

（Chomsky：Well first of all，I would check to see if the experiments like that haven't already been done. You could ask Suzanne. She would know. But it's the natural experiment to carry out. So I presume it's been done and then to find out what the results are，to see whether SLI is really a deficiency of competence or a performance limitation. This is a distinction which often isn't made. But there is a lot of work now on the...，you know they found this gene FoxP2. It's been related to some families which have language disorders. So people are ridiculously calling it the language gene. That's just probably nothing much to do with it. But if you look at the evidence that's presented，it's all from speech. So it may simply have something to do with motor organization, which in fact is likely because you find FOXP2 effects in other organisms which have to do with motor organization. So it may have nothing to do with language. It may just be affecting the performance, the mechanical performance of language, which may be exactly the same for these families and others. It takes more sophisticated experimentation to determine that and the basic paradigm is the one that I mentioned. It could be modified in various ways but that paradigm is a crucial one. There was a very important paper on this in *Language* in about 1968, I guess, by Lila Gleitman and a number of her students. I think the first name of the student who actually carried it out was Elizabeth Shipley and Carlota Smith and a couple of others. And the results were approximately what I described, which shifts the perspective on language acquisition quite considerably. And the more work that's been done, the more you discover that as you refine experimental techniques, you discover that at a much earlier age than you see children already know lots of things. The most extreme cases, the work that Jack Mailer and his lab did, were they found that newborns2 days old could differentiate their mother's language from another language as both of them spoken by a voice they've never heard. )

Chomsky 的谈话让我耳目一新,也使我对语言实验产生好奇。不过,在我曾经思考过的内容中,真正让我感觉能够做的工作可能与第二语言习得有关。尤其是中国学生学英语时在曲折变化上最容易出错,这些错误恰恰与英语为母语的 SLI 儿童在语言输出时的表现完全一致。然而,汉语是一种没有曲折变化的语言,这就注定中国的 SLI 儿童不会发生曲折变化的语言错误。如此看来,中国的 SLI 儿童其语言表现可能会是什么状况呢?

当我就这个问题向 Chomsky 请教时,他说:我想,这一现象给我们提出了许多问题。当你说他们不犯错误时,这也许意味着那些错误是看不见的,因为汉语没有显性的形态变化。不过,还有无音形态的复杂效应。就拿英语说吧，英语没有那么多的格结构，但下面的例子却能让你感受到格的存在，你不可以说“I wonder why Bill to leave”，为什么它不能成句？唯一的解释是，Bill 所处的位置不能被授格。格是看不见的，但我们都知道格的存在。如果它放在主语位置，后面的动词位置是个不定式，就不能被赋格。

（Chomsky：I think there's a lot of questions. When you say they don't make mistakes, that may mean the mistakes are not visible because Chinese doesn't have visible morphology. But there are complex effects of unpronounced morphology. So for example, take English, English does not have much in the way of case structure but you can see that case is in there somewhere by the fact that you can't say things like "I wonder why Bill to leave". Why isn't that a sentence? Well, the only reason is that because Bill is in a position where it can't get case. The case is not visible, but somehow it's in the mind. And if it's in the position like the subject, and there will be an infinitive you see on verb, there's no way to get case.）

作者：我个人认为，中国对 SLI 儿童的研究做得很少。

Chomsky：噢，看得出来，你可能被误导了。我们以英语和意大利语为例。如果你看看讲英语的 SLI 儿童，他们似乎没有什么缺陷，因为英语本身没有太多的屈折变化。如果你再看看意大利语 SLI 儿童，意大利语有很多屈折变化，你就会在语序紊乱方面有许多惊人的发现。不过，英语也是如此，他们会犯同样的语序错误，你只是看不出紊乱现象，因为没有太多的可见性屈折变化。不过，你却能自己去发现，比如说，如果 SLI 儿童不能接受句子“I wonder why John to leave”，如果他们在这一方面与正常儿童有所区别，那么孩子们就会感到疑惑不解。不过，如果正常儿童的实验数据与 SLI 儿童的实验数据一致，就说明 SLI 儿童明白格问题，只是没有通过语音形式表现出来。这个问题值得研究，也许人们已经有过研究，我不清楚。很多实验工作就是把观察到的现象重新看看，这对科学研究具有很大的误导性。我的意思是，人们观察不用心，就像搞物理的人并不把窗外发生的事加以录像一样，这样做你会一无所获。你必须去做复杂实验，去设计方案，去检验理论假设，然后才会有惊人的发现。心理学也有这样的倾向，他们不愿意做实验。运用高端科学进行这种实验工作是件很平常的事，你只是需要细心才是。

（Chomsky：Well，I can see ways in which you could be misled. Let's take English and Italian. If you look at English SLI，children don't seem very defective because there isn't much inflection. If you look at the same children speaking Italian，there's a lot more inflection，and it's much more striking to see the disorders. But it's really the same in English；the same disorder. You just don't see it as much because there's not much visible inflection. However you may discover it independently. For example，if it turns out say，that SLI children don't accept the sentence "I wonder why John to leave". If they differ from normal children on this，you know children will be confused but if you get the same results essentially for normal and SLI children. That's telling you that SLI children do see case. They just don't pronounce it. That's the kind of a question that has to be studied. Maybe it has been studied，I don't know. A lot of the experimental work just looks at what you observe. What you observe is very misleading in the sciences all together. I mean，people don't pay much attention，like physicists don't take video tapes of what is happening outside the window. It doesn't tell you anything. You have to do sophisticated experiments，designed to test theoretical predictions. And then you discover surprising things. There's a tendency in psychology not to do that. The more advanced sciences do it normally. And you just have to be careful about at that.）

我告诉Chomsky，我有个朋友在主持一项语言与脑神经机制的研究课题。

（Writer：One of my friends has just proposed a very important research project about the relationship between language and neuro.）

Chomsky：这个项目是否运用影像技术，使用的数据是什么类型？由于我们对大脑内部结构了解甚少，所以大部分数据都是来源于影像实验。

（Chomsky：Is this using data from imaging? What kind of data is being used? Since we don't know much about the internal structure of the brain, most of the data comes from imaging experiments.）

我告诉 Chomsky 他们有个实验室，人员来自各个专业。

（Writer：He has a lab, a neuro-linguistic lab. The group is composed of people from different lines.）

Chomsky 说，我们这里也有个团队，他们在做这项研究。

（Chomsky：They're probably using neural imaging. There's a group here, too. There's a lot of work going on in that area.）

作者：我对这项工作非常感兴趣，主持人让我做他的子课题。

（Writer：I'm interested in the subject. So he allowed me to do some work as his sub-project.）

Chomsky：你想研究什么内容？

（Chomsky：What kind of topic would you want to study?）

作者：我还未定，我告诉他我对儿童语言很感兴趣。

(Writer: I haven't decided. I told him I'm quite interested in Children's language.)

Chomsky:做儿童语言研究相当困难,因为实验要求……这只是物理问题,实验要求受试者必须坐得很直,不能动。

(Chomsky: It's very difficult to do with children, because the experiment requires... It's just a physical problem. The experiment requires that the subjects sit very still, not move.)

作者:我的朋友说很多人不愿意做儿童语言研究。

(Writer: Yeah. He told me that no one is willing to do this part.)

Chomsky:这项工作已经有些团队开始做了,比如 Jaques Mehler。他现在 Trieste,几年前他与日本技术员一起合作。

(Chomsky: There are some groups who are doing this, like Jaques Mehler, who's now in Trieste... A few years ago, he was working with some Japanese technical people.)

Chomsky:他想寻找一种方法,就是设计一种可用于婴儿的头盔。戴着这幅头盔,婴儿可以正常活动,(因为)你不能要求婴儿直直地坐在那里。有了这种头盔,他们就能进行影像实验,婴儿也不必受到约束。我不清楚他们的研究已经做到什么程度,不过他们也许已经做了很多。如果你想继续做,我可以问问他。因为他们几年前就开始做这项工作了,目的就是要克服小孩的直坐要求。我是说他们做不到。

(Chomsky: He was trying to figure out someway to design a kind of helmet that you could use for infants that wouldn't prevent them from carrying out their normal.. They could live normally, you can't ask an infant to sit still. They could be used to do imaging experiment even without taking these tight constraints. I don't know how far they've gotten but they may have done something. If you want to pursue of it, I would ask him. Because they were working on this a couple of years ago, to try to overcome the fact that you can't really ask young children to sit still. I mean, they can't do it.)

作者：我还对理论语言学研究很感兴趣，尤其是中动结构（作格结构）、无主语句、空语类、代词脱落、轻动词等，也想就控制理论、管辖与约束理论、最简方案等展开研究，我想运用上述理论解释汉语语言现象，您能否给我提些建议？

(Writer: I'm also interested in theoretical linguistics studies. I have particular interests in the Middle Structure (ergativity), null subject, empty category, PRO, pro-drop, light verb, etc. I'd like to propose a research project concerning the applications of control theory, government and binding theory, or minimalist program, etc. aiming to explain some Chinese linguistic phenomena with the theories above as supports. Can you give me some suggestions?)

Chomsky：如果你要研究汉语，有一本很重要的著作即将出版，现在还在校稿，但你可能搞得到。这本书的作者是James Huang，还有一些合著人员。这本书是对汉语语言学的最全面介绍，几乎应有尽有，是汉语研究最好的参考资料。

(Chomsky: If you're working on Chinese, there's a very important book coming out—it's still a manuscript but you can probably get it-by James Huang, and some other collaborators, which is a very sophisticated general study of Chinese linguistics, which will probably include, you know, almost everything that anybody has done, a lot of material is around. So it will be a wonder resource, scholar resource for anyone working on Chinese.)

作者：我试试看。

(Writer: I'll try to get the book).

Chomsky：这本书还没有出版，只有手稿，不过如果你想要的话，他们也许会把手稿给你。你与Huang联系过了吗？

(Chomsky: Well, this hasn't appeared yet. It's still a manuscript. But if you want it, they can probably get you the manuscript. Are you in contact with Huang here?)

作者：联系过了，我们上次谈话后我见到了他，那天正好有一场报告，会上我见到他。

（Writer：Yeah. I saw him. I saw him on the day we talked last time. There was a lecture on that day. I saw him over the lecture.）

Chomsky：你没和他说话？

（Chomsky：But you haven't spoken to him?）

作者：说了，不过，我们在一起只待了几分钟。

（Writer：Yeah. But we were together for just a few minutes.）

Chomsky：他是个很合适的人选。不巧的是，Shigero Miyagawa 今年去了日本，但和他谈谈还是蛮好的。他主要研究日语，但也研究汉语和朝鲜语。相比之下，他更容易接近。

（Chomsky：Well, he would be a very good person to react to it. Unfortunately Shigero Miyagawa is in Japan this year but he would be very good to talk to as well. He's worked mainly on Japanese but he's also worked on Chinese and Korean. And he's much more accessible.）

作者：我与冯胜利谈过，他在哈佛教书。

（Writer：I talked with Feng Shengli who's a Harvard person.）

Chomsky：他研究汉语语言学吗？

（Chomsky：Is he a Chinese linguist?）

作者：是的，他与 James Huang 都在哈佛工作，我读过他的几本书。

（Writer：Yeah. He works in Harvard University with James Huang. I've read some of his books on Chinese…）

Chomsky：他主要研究哪一块？

（C：What does he work on?）

作者：韵律学，他创建了汉语韵律语法。

（Writer：He is working on Prosody. He created the Chinese prosody grammar.）

Chomsky：他是搞语音学的？是音位学者？

（Chomsky：Is he a phonetician? He's phonologist?）

作者：是的。

（Writer：Oh，yeah.）

作者：我读了您的许多书，对于如何运用您的控制理论和管约论对汉语现象做出解释很感兴趣。

（Writer：I've read a lot of your books concerning control theory，government and binding theory，I'm very interested in the application of these theories to analyze the Chinese phenomenon.）

Chomsky：就控制理论和约束理论而言，有很多有趣的话题。有一项研究对于大写的PRO是否真是语迹提出异议，对控制是否真的缘于移位提出异议。Norbert Hornstein 研究的就是这块内容。Cedric Boeckx在哈佛教书，他特别善于沟通，你可以与他联系，这类话题他都懂，包括语言约束理论和控制理论关系的属性问题所引发的大辩论。为了说明二者的差异，他们整理了一整套系列论文。还有一套系列论文，讲的是二者的相似性。他一直负责这项大辩论的主要工作，所以，要谈这个话题他是很好的人选。

（Chomsky：There are very interesting questions in control theory and binding theory. Once there isn't approach which argues that big PRO is really a trace，that control comes from movement. Norbert Hornstein's work has done that and Cedric Boeckx，he is at Harvard，Boeckx，whose first name is Cadric，who teaches at Harvard. He's extremely good to talk to. You should contact him. He knows all about this topic—the debates about the nature of the relationship between binding theory and control theory. And there's a whole series of papers trying to show that they're different and another series showing that they're the same. He's been running the center of this debate so he would be very good to talk to about this.）

作者：我想和他预约。

（Writer：I'd like to make an appointment with him.）

Chomsky：他对这一领域的研究状况也很熟悉，所以，他对以往的研究成果也很了解。

(Chomsky: He also knows the field well so he knows everything that has been done.)

作者:我现在负责浙江大学宁波理工学院应用语言学研究所的科研工作,我们非常重视科研工作,尤其重视国际合作项目,您能否在语言学研究国际合作方面助我一臂之力?

(Writer: I'm now in charge of the research work in School of Foreign Languages, Ningbo Institute of Technology, Zhejiang University (NIT). We usually place much weight on research work, in particular, on the international research project. Can you assist me to establish an international cooperation in linguistics studies? Is it possible for me to share part of your research work?)

Chomsky:这很难,因为我的研究主要是一个人做的,我是说没有几个人做这个项目。假如有很多学生,我可能会考虑一些研究课题。但我现在不管这事。我没有参与国际合作,也没有东西进行国际合作。实际上,有些人如 Cedric Boeckx,能做这项工作。Cadric 人很好,他精力充沛,与他展开国际合作一定是最好的选择。我不清楚他对应用性话题有多大兴趣,但最让人感兴趣的恰恰不是我本人在做的事,我不适合做这项工作。

(Chomsky: It's very hard because my research work is very individual. I mean very few people are working on it. If there were more students, I could think of lots of topics to work on but I'm not just in a position to. I don't have the time or anything to get involved in an international project. Actually somebody like Cedric Boeckx, could. Cadric is good, quite energetic. He would be a good contact for that kind of thing. I don't know how interested he is in these more applied topics but the very interesting topics are just not ones that I myself am involved in. I'm not the right person to contact about that.)

作者:我还对语言官能的生物属性很感兴趣,对儿童语言很感兴趣。

(Writer: I'm just interested in the biological features of the faculty of language. I'm interested in children's language.)

Chomsky：你有没与 MIT 的 Kenneth Wexler 合作？如果研究儿童语言，你应该与他合作。他既在语言学系授课，也是认知科学与大脑系的老师，儿童语言是他的研究重点。

(Chomsky: Have you worked with Kenneth Wexler here? You should work with Ken Wexler at MIT, on child language. The name of the person of the faculty here who works on child language: Kenneth Wexler whose both in linguistics and in the cognition science and brain. Child language is the main research.)

作者：我会与他联系的。

(Writer: I'll contact him.)

Chomsky：你在这里还要待多久？

(Chomsky: How much longer will you be here?)

作者：我二月底回国。

(Writer: By the end of February.)

Chomsky：那还有时间。他会给你提些建议。首先，他会了解汉语研究的现状，也许还有汉语语言习得研究方面的成果。

(Chomsky: So there's still time. He may have some suggestions. First of all he'll know what has been done on Chinese. Probably there has been work on Chinese language acquisition.)

作者：他懂汉语吗？

(Writer: Does he know Chinese?)

Chomsky：他不懂汉语，不过他知道汉语研究已经做了那些研究，因为他了解这个领域的文献资料。

(Chomsky: He doesn't know Chinese, but he knows how kind of work has been done because he knows the literature in the field.)

作者：我只有一个多月时间，所以，我应该充分利用这些时间做些研究，尤其是为将来的研究课题做准备。您还能为我提些建议吗？

(Writer: There's only more than a month left for me here, so I must make full use of the time to do some research work, particularly do some preparation for the future research project. Can you give me some suggestions?)

Chomsky：首先，你得熟悉目前的研究状况。如果不了解已有的成果，你是无法开始一个项目的。比如 SLI 的研究，我个人认为，首要问题是，如果我要开始做一项课题，我要问的第一个问题就是我向你提出的问题，这就是，现在研究 SLI 是否像 4 年前研究正常语言习得的方法一样？4 年前，人们通过实验方法确定究竟是应用缺陷还是能力缺陷。这一点非常重要，因为你要根据这个结论采取不同的研究方法。我不知道这项研究有没有做过，但是，这是我首要了解的问题。你可以问问 Suzanne，她会马上告诉你。如果没人做过，这会让我很兴奋，我会接着去做。如果已经有人做过，你就该了解一下他们的研究结果，这样你就知道从哪儿继续。就儿童语言与大脑的研究而言，我想我们要问的第一个问题是有没有可用技术，也就意味着要与人一起看看，比如我曾提到的 Jack Melher，他在这个领域研究已有 3 年，看看……

(Chomsky：The major suggestions，first of all，is you have to immerse yourself in the work that already exists. You can't start a project without knowing what has been done. So for example on SLI，the first question personally，if I were going to start working on it project，the first question I would ask is the question that I asked you. Have people studied SLI the same way they studied normal language acquisition 4 years ago by carrying out the experiment to determine whether it is a performance defect or a competence defect? That makes a big difference；you study it very differently depending on which it is. I don't know whether that kind of work has been carried out but that's the first thing I would look at. You could ask Suzanne. She will tell you right away. And if it hasn't been done which would surprise me，then I would proceed to do it. It has been done and you want to find out what the results were then that would suggest where you would go further. On the language and brain with young children，I think the first question to ask is whether the technology is available. That would mean checking with people like Jack Melher, who I mentioned, who has been working on the 3 years, to see if...)

作者：您是说设备吗？

(Writer: Do you mean the device?)

Chomsky：看看设备条件是否具备，有没有针对儿童的神经镜像研究的方法？我知道几年前，也是我最近的一次了解，当时谁也不知道怎样做。不过，也许是因为研究方法已经实现了设备化，这使得针对儿童的实验研究成为可能。这项工作很难，因为成人作为受试对象能听从指令。你可以要求一个成人安静地坐5分钟，像我这样。他们能够做到。但却无法要求2岁的孩子，他们做不到。如果你给他们戴帽子，他们就会摘掉。所以，问题在于能否克服技术难题，而不仅仅是儿童大脑镜像研究不可能。如果攻克了这一技术难关，就可能了。你可以想一想，拿我说过的电报语言，你可以去找找大脑的哪一部位出了问题，让人说出电报语言而不是正常语言。我是说我们也许还不太知道它不是语言知识。所以，不管是哪方面的缺陷，都在运用系统中有个部位。发现这个部位是项很有趣的工作。不过，我不知道你是否能够就此展开研究，这取决于可用技术问题。类似的问题还有许多，这类问题都是要发现儿童所能够理解的内容。从儿童产出的语言来看，你分不清他们能理解什么。我是说，儿童理解的东西要比他们说出的多。也许我们还会找到其他方法，看看儿童的神经模式是否与老人相同。儿童说出的话与能理解的内容并非相等，而老人却不是这样。语言习得研究有许多类似问题，你必须了解研究现状。许多问题已经研究过了。我真的不太了解这些成果，也不知道它的现状如何，但你必须了解清楚。

(Chomsky: Whether the devices are available. Are there ways of studying in neural imaging with young children? I know several years ago, which was the last time I looked at that, nobody knew how to do it. But it may be that methods have been devised since to make it possible to carry out experiments with the young children. It's difficult because adults can be subjects of experiments and can follow instructions. You ask an adult to sit quietly for 5 minutes, like this, they can do it but you can't do that with a 2-year-old. That's impossible. And if you put something on them, they might try to pull it off, something like that. So the question is whether that technical problem has been overcome. It hasn't been that it's just not possible to study the brain imaging with young children. If it has been overcome, it's possible. You could try to figure out, for example, take the telegraphic speech case that I mentioned earlier. You can try to discover what parts of brain are involved in a failure, involved in the production of telegraphic speech rather than normal speech. I mean we may not know enough that it's not the knowledge of language. So whatever deficiency there is somewhere in the performance system. It might be interesting to find out where but I don't know whether you can study it. It depends on whether the technology is available. And there are many other questions of the same sort that try to find out what children understand. From what they produce, you can't tell what they understand. I mean, children understand a lot more than they produce. Maybe there's some conceivable way to investigate whether the neural patterns are same as older people in the case where they are not producing what they seem to understand. And there are many questions of that kind on language acquisition. You really have to know the literature. Lots of questions have been studied. I really don't know the literature well enough to know what's at the edge of research but that's what you have to find out.)

作者:我刚才说过,我有个朋友在中国有个神经语言研究所。

Chomsky:是什么设备,是功能性核磁共振吗?

(Chomsky: What's the device? Is it FMRI?)

作者:我没有去过那里,但听说是个 ERP。

(Writer: I've never been there. I've just heard that it is an ERP.)

Chomsky:你首先应该搞清楚的是,他们有什么技术。我是说世界上用来进行高级大脑镜像研究高端技术的地方并不多。我的意思是,只有少量的几个。实际上,MIT 只有一个很小的项目,其他地方倒有几个项目。Anddre Moro 在米兰有个实验室,他在意大利做这项工作。Angela Friederici 我想是在 Leipzig 工作,也许是 Potsdam。他有个很大的实验室。还有一些人。但我不知道中国是否有这样的实验室。

(Chomsky: First thing you have to find out is what technology they have. I mean there aren't many places in the world which have the complex technology that's used for the advanced brain imaging studies. I mean there are a number of them. Actually, MIT has a small project. There are quite a few others. Andrea Moro, whose doing some interesting work on this in Italy, works with a laboratory in Milan. Angela Friederici works in Leipzig, I think, or was it Potsdam, has a major laboratory. There are other people. But I don't know if there are any in China.)

作者:MIT 有这种实验室吗?

(Writer: Is there a lab in MIT?)

Chomsky:有的。

(Chomsky: Yeah.)

作者:在哪个系?

(Writer: In which department?)

Chomsky:语言学系,我不敢确定。Alec Marantz 直到去年还在 MIT,他在语言学系有个神经语言学项目。Alec Marantz 现在纽约大学,不过,他在 MIT 待了许多年。他在这儿有个实验室,研究的是神经语言学。

(Chomsky: Linguistics. I mean actually I'm not certain. Alec Marantz who was at MIT until last year was running a neural linguistic project in the department. Alec Marantz who is now in NYU. But he was in MIT for many years. And he had a lab here and in this department working on neuro-linguistics.)

作者:我想去参观这个实验室。

(Writer: I would like to visit the lab.)

Chomsky:你可以问问 Suzanne,或者其他老师。不巧的是我不知道他是否还在这个实验室工作。他是已把实验室全部搬到纽约大学了,还是留下点东西。不过,纽约大学现在有个重点项目,他是项目组主任。你可以与他联系,问问他,可以发邮件问问。

(Chomsky: You have to ask someone, ask Suzanne, or most of the faculty. I just don't happen to know he continued the lab, whether he took it all to NYU with him, whether something is left here. But at NYU, there is now a substantial program. He was the director of it. You might get in touch with him and ask him. You can write him by email.)

作者:我会与他联系的。

(Writer: I will contact him.)

作者:我回国后,希望能够承办一次国际会议。我们有意邀请您到浙江大学和宁波理工学院,不知您是否能够接受我们的邀请?

(Writer: When I go back to China, we plan to hold an international conference. We intend to invite you to Zhejiang University and Ningbo Institute of Technology. Is it possible for you to accept our invitation?)

想不到我的邀请无意间勾起了 Chomsky 内心的痛楚。他轻轻地叹了口气,说到,"现在我不能外出。"

(Chomsky: Right now I can't travel.)

从他微微颤抖的话音中我体会到他对已病入膏肓的妻子的无限眷恋之情和内心深处难以抑制的伤痛。我觉察到 Chomsky 流露出对妻子的无限热爱。他那充满温情的脸上写出了人间最伟大的"爱",这种"爱"使我动容……

我怕引起误会,连忙解释说,"我说的不是现在,是以后。"

(Writer: I don't mean right now. I mean some other time.)

Chomsky 显得有些无奈。

Chomsky:不好说,这要看病情了,所以,我无法接受任何外出邀请。

他好像想起什么,马上补充说:在中国,许多地方向我发出了邀请,一大摞。(他将手抬了一下,抬得很高。)

Chomsky:实际上,我和 James Huang 曾经安排过五月份一次长途旅行,按照行程我要去很多大学演讲,不过现在我却不能去了,我离不开 Boston。

(Chomsky: I just can't tell. It has to do with illness... So I can't accept any travel. I've a lot of invitations in China. A big pile. In fact, James Huang and I had arranged a long trip in May. I was going to talk at many universities. But I just can't do that because I can't leave Boston.)

作者:对不起。

(Writer: Sorry.)

Chomsky: 我不得不取消一年内的所有行程。

(Chomsky: I've have to cancel all travel for about a year.)

## 难说再见

2008 年 1 月 22 日我与 Chomsky 的谈话结束后,我来到 Bev 的办公桌前,希望她能再次安排我与 Chomsky 的会面。这个时间距离我回国的日子只有一个月。我原以为在我归国前还能与 Chomsky 有一次谈话机会,但是,当 Bev 翻开 Chomsky 的日程表后,她遗憾地告诉我没有时间了。我找了各种理由,希望 Bev 能够网开一面给我最后一次机会。她反复查看了日历,想在某个空当给我挤出 15 分钟时间,以了却我归国前的心愿。然而,当她刚要将手中的笔在表格中做下记录的一刹那,她似乎又想起什么,凝固的笔尖又移开来,她抱歉地向我表示"Sorry!"看到她一副为难的样子,我开始理解她的苦衷,终于放弃了最后的努力。

与 Chomsky 预约很难，与 Chomsky 惜别似乎更难。为了留住更多的记忆，临别前我毅然决定将所剩无几的访学资费用于购买图书。我在亚马逊网站订购了 8 本 Chomsky 的语言学著作，希望将获得 Chomsky 签名的原著带回国内，以尽可能减少回国后因资料不足而可能产生的学术研究断裂现象。

2008 年 2 月 16 日下午，也就是我即将回国的前一周，我带着网购而来的 Chomsky 原著来到 Chomsky 办公室。

此时，Chomsky 正在和 Morris Hale 谈话。几分钟后，Morris Hale 起身离开，Chomsky 也起身从房间走出。

此时的 Chomsky 似乎并不知道 Bev 的安排，当他察觉到我是有意向他走来时，他将诧异的目光投向 Bev。Bev 似乎明白了他的意思，连忙解释说，只是个签名，就 5 分钟。不过，从他与 Bev 的对话中，我了解到 Chomsky 似乎马上要参加一个重要的会议。但当他了解到我的意图后，转身来到 Morris Hale 的办公室交代了一番，之后，他又走了出来，并示意我可以开始了。

我把早已备好的相机交给 Bev，然后随同 Chomsky 来到这间我已熟悉的办公室。

我在 Chomsky 停留的圆桌前掏出刚刚购买的原著，有《句法结构》(*Syntactic Structures*)、《句法理论面面观》(*Aspects of the Theory of Syntax*)、《管辖与约束理论的某些概念和结果》(*Some Concepts and Consequences of the Theory of Government and Binding*)、《语言与心智》(*Language and Mind*)、《管辖与约束讲稿》(*Lectures on Government and Binding*)、《语言与心智研究新视野》(*New Horizons in the Study of Language and Mind*)、《最简方案》(*The Minimalist Pro-*

*gram*）等。我将备好的签字笔递给 Chomsky，只见他潇洒挥笔，在我翻开的著作首页留下自己的亲笔签名！

此时，时间仿佛永远地凝固了，这一时刻将在我心中永远铭刻，伴我走完自己的后半生；它将永远地随我心动，助我今后的学术生涯越走越宽；它将随我一起漂洋过海，在遥远的东方深深扎根，播下探索语言奥秘的种子！

# 第十章 Hauser 教授访谈录

## 与 Hauser 的预约

与 Hauser 的预约是一个月以前的事情。

Hauser 与 Chomsky、Fitch 共同撰写的论文"语言官能"曾经引起我极大兴趣。尽管我曾多次拜读，并与大家多次讨论其中的观点，但我还是对这篇文章充满了疑惑。于是，我希望能够见 Hauser 一面，就该文中的观点以及由此而引发的诸多争议与他交换意见，并得到他当面阐释。于是，我给 Hauser 发出了第一封 email。

> "尊敬的 Hauser 教授，我是麻省理工学院的访问学者，师从导师 Chomsky。我曾拜读过您的大作"语言官能"，我对该文非常感兴趣，想把您的思想介绍到中国。但就语言官能的假说我还有些疑问，我有没有可能与您面谈一次？期待您的答复。我将于2008 年 2 月 22 日返回中国，希望能在离开之前见到您。"

邮件发去不久，我就收到回复。不巧的是，明天他就要外出，2 月 4 日才能返回。他要我等他回来之后再与他联系，之后他再作出安排。

时间很快到了 2 月 4 号，这离我回国的日期也越来越近。我向 Hauser 发出了第二封邮件。

“尊敬的 Marc，您是否如期返回？我知道新学期即将开始，您一定很忙，但我还是渴望与您见上一面。我对我的打扰表示抱歉，不过你有没有可能在我离开之前抽出点时间让我见您一面？”

邮件中，我还表达了对 Hauser 实验室活动的浓厚兴趣。我曾经在 Harvard 网站查看 Hauser 的课程表，但不敢肯定时间（每周二 5:30—7:00）和地点 William James Hall 是否准确。

果然不出所料，Hauser 回复说，他的实验室会议时间安排在每周三 10:30—12:00，地点是 William James Hall 七楼会议室。这次 Hauser 在下周四 11:30—12:00 安排了与我简短会面。

我当即查看了自己的课程表，结果发现周三还有一门课。我没有迟疑，毅然将周三时间作了重新分配，并与 Hauser 约定下周四见面。

第二天，天空悄悄飘起雪花，厚厚的积雪不时被一层又一层的轻盈雪花刷新，放眼之处，到处银装素裹。

我将自行车停靠在 William James Hall 大楼门前，不曾想自行车的钥匙插口在短短几分钟内就被散落在上面的雪花冻得结结实实。我用车钥匙用力地向插孔捅，就是捅不进去。不知过了多久，我终于把钥匙插了进去，可钥匙在插孔中就是旋转不动，无论我作出怎样的努力。我担心与 Hauser 谈话后还会遭遇同样的麻烦，干脆放弃了上锁。

我乘电梯到达七层大厅，此时，墙上粘贴的达尔文画像向我提示，这就是 Hauser 的 lab。

Hauser 的实验室有个被玻璃门与走廊隔开的大厅（休息室），墙上悬挂的闹钟指针正指向 10 点。离上课的时间还有 30 分钟，看来我来早了。我在走廊中不停地徘徊，脑海中不断浮现出 Hauser 的身影：那张个人网站上的照片野味十足，脸上写满了他对大自然的酷爱，对野生动物的情有独钟以及对人脑、动物脑的进化研究工作的如痴如醉！那张留着胡须、看上去比他本人实际年龄老了很多的脸充满了自信。这位曾在哈佛大学生物人类学系、有机与进化生物学系（Department of Organismic and Evolutionary Biology）、心理系与人类学系任教并参加或指导过进化力学、心理、大脑和行为及神经科学等方面研究项目，现为哈佛大学认知与进化实验室主任的年轻语言生物学家为了揭开人类语言的奥秘，不知对鸟类、猩猩类的大脑进行过多少次实验性研究！

Hauser 的学生陆陆续续来到大厅，他们推开玻璃门走了进去，又有一个学生进去……

大厅中人越来越多。这时，一位谢顶的男士从房门外探进脑袋，我一眼便认出他是 Hauser 先生，便急忙走过去。也许是临近上课时间，面对我久仰的目光，Hauser 并未表现出特别的热情。没有寒暄，没有拥抱，他的嘴角上挂了一丝微笑，与我随意地打了个招呼，轻轻握手，便不知去向。

此时，同学们已经陆陆续续离开大厅，仍然搞不清上课地点的我从休息厅内向尽头走去。这里有一扇紧闭的大门，一个学生告诉我这就是 Hauser 的实验室。我推开大门，惊奇地发现 Hauser 教授与同学们已经围坐在圆桌旁。原来，这个实验室有两扇门，一扇朝向走廊，一扇朝向客厅。刚才不知去向的学生大都从朝向走廊的一扇门进来的！

我默默坐了下来，在同学们熙熙攘攘的谈话声中打量着这个曾经诞生过无数高端科研成果的 Hauser 实验室：实验室内没有我脑海中想象的精密仪器，更没有动物的陪伴，只有围在一起的几张桌椅。这就是我向往已久的 Hauser 的 lab meeting 吗？

几分钟后，Hauser 开始了新学期的第一堂课。Hauser 首先让大家做自我介绍。从大家三言两语的介绍中，我得知这个实验室中除了 Hauser 的研究生外还有少量的访问学者/学生。轮到我时，我诚恳地告诉大家两周后就要离开。没想到这个信息使同学们爆发一阵哗笑。也难怪，刚刚开学就要离开，当然不在情理之中了。

两堂课很快过去了。我走到 Hauser 面前，想与他再次确认我们的谈话地点。未等我开口，他连忙警觉地向我示意他很忙，没时间跟我多说话。但他表示将通过 email 与我确认会谈事宜。

第二天，我收到 Hauser 的邮件，他希望将面谈时间改在 2 月 14 日周四 11:00—11:30。我回复他说没问题，只是不知道地点是不是在 William James Hall 七楼会议室。他又回复说是在他的办公室 Room 980，WJH。

第三天，Hauser 又来邮件，希望将会面时间改回到 10:00—10:30。

几经周折，与 Hauser 的见面时间终于确定下来。我将这一重要的时刻标记下来，静静恭候它的到来。

## 自然选择与适应

2 月 14 日，我如期来到了 Hauser 办公室。办公室的门虚掩着。门口的白板上写着："如果您与我有约，如果时间已到而里面的对话仍在进行，请您用力敲门。"我看了看表，离我们预约的时间还有几分钟，便在外边的椅子上坐了下来。

还有 2 分钟，我按照白板上的提示敲响了办公室的门。Hauser 将头探出，让我再等 2 分钟。美国人的时间观念真强，一分钟都不会多给！

2 分钟后，一个学生模样的姑娘走了出来。

Hauser 的办公室别有一番情趣：靠近门口的墙面上粘贴了许多动

物画像，有猩猩、猴子、鸟类等，还有些叫不出名字的动物。棕红色的柜子上有几幅人物照和儿童画。桌子上还有一个猩猩模样的动物模型。办公室内似乎有些凌乱，靠近窗子的办公桌上堆满了高高的文件袋，旁边还有个大脑模型和一株长势良好的绿色植物。

Hauser 把我带到一对单人沙发旁。当我从包内掏出摄像机时，Hauser 不由得紧张起来。尽管我曾经将自己的身份和来访目的在 email 中告知过他，但他还是冷不丁地冒出一句"你是不是要采访我?"我突然意识到这位久经沙场的名家似乎不愿意与记者打交道！为了打消他的顾虑，我重新向他亮明身份，并解释说，之所以用摄像机，是担心自己跟不上他的思路。Hauser 反应非常敏捷，他希望我最好不要摄像，但他可以尽量说得慢一点。我将摄像机慢慢收起来，但我的大脑在不停地思索着，寻找一切可能的替代物。

我想到了与 Chomsky 谈话时购买的备用 MP3，如果能够得到录音，也算不枉此一行。征得 Hauser 的同意，我小心地按下 MP3 的录音键，然后开始了谈话。

昨天的 Hauser 似乎很吝啬，他似乎没有时间与我多说哪怕一两句。但今天，在完全属于我的 30 分钟内，他却表现出了极大的耐心。

我借用了中国的一个成语开始了我们的谈话。

作者：Hauser 教授，我们中国有个成语，叫做'久仰大名'，意思是说我对您已经仰慕很久。我曾经拜读过您与 Chomsky、Fitch 共同撰写的论文，您对语言官能的广义/狭义划分让我很感兴趣。我还读过您的不朽之作《交际进化》，我渐渐了解到针对语言官能的进化问题，您做了大量的实证性研究，这些研究胜过任何争辩。然而，我还是想听听您对其他不同意见的看法。

首先，我向他咨询了两个概念，一是"自然选择"(natural selection)，二是适应(adaptation)。虽然这两个概念对于生物学家或生物语言学者来说是最基本的概念，但在国内，语言学的研究很少与生物学联姻，从而导致人们对这两个概念的模糊认识。

Hauser 按照先前的承诺放慢了语速。他解释说：自然选择是过程，一种盲目的过程(a blind selection)。适应是自然选择的结果。

(Hauser: Natural selection is a process, a blind process. That is simply in Darwin's terms, a way of non-randomly selecting, among variations to guide the variation toward adaptive solutions. Adaptation is the outcome of natural selection. Natural selection is the process, adaptation is the outcome.)

他以动物的记忆为例向我作进一步解释:假如有些动物能够记忆三种不同的声音,有些能够记住四种,有些五种,有些二十种。"选择"会青睐于能够记忆二十种声音者,因为他们之间能够发生更多的交流。席间产生的变异(variation)带有遗传性质,具备一定的基因基础(a genetic basis)。选择会在变异中发生,从而青睐于那些能够记忆二十种声音者,使之更易成功、存活、和繁衍后代。所以说,选择没有目标,只是在变异中发生,然后作为变异类种助导更高级的成功、生存和繁衍。

(Hauser: So imagine we had a population of the animals. Some can remember three different vocalizations, some four, some five, some twenty. Selection will favor those who can remember more because they can communicate about more things in the environment. And insofar that variation is inheritable, is a genetic basis. Selection can operate on that variation, favor the twenty, and not favor the three, four or five. So selection has no goal, there's no goal. It is just picking among the variation and insofar as one kind of variation leads to higher success, survival, reproduction, selection will favor that trait. So that's the basic idea.)

在"自然选择"过程中,还有一个非常容易被大家混淆的概念,这就是"适应"(adaption)。因此,在解释了什么叫"自然选择"之后,Hauser自然而然地将话题转移到"适应"。

Hauser 解释说,有些看似具有适应能力的东西其实不是选择的结果,他以衍生物(byproduct)为例讲述了 30 多年前发生在俄国的故事。

(Hauser: You can get things that look adaptive, but they are not the result of selection. So for example, some things are byproducts of other things.)

Hauser以俄国生物学家就野生动物怎么就变成了家养动物的故事为例解释说，这些俄国生物学家当时选用了数百只银白色狐狸做实验，一个笼子里装20来只，分成好几组，还有一个人要接近它们。他把能与人接近的狐狸一一挑选出来，喂它们吃东西，又从其中挑选能够接近的，再给他们东西吃。这样，经过30代的繁衍，就能得到一个驯养的狐狸，像一只狗。但有趣的是，这个唯一的选择（实际上是人工选择）是，动物有多大程度的接近？但作为人工选择的结果，我们得到了这样一只动物：耷拉的耳朵，弯弯的尾巴，更善于读懂另一位个体眼神，脑袋小了些，体内多了些神经化学物质血清素。这些都是选择初始阶段的衍生物。小脑袋不是选择的产物，而是一个为了达到接近目标而进行的选择所产生的衍生物。所以不管什么时候，只要我们看到类似行为或解剖结构的时候，如果想说这是适应，就必须知道使其发生适应的历史过程。有些是选择的结果，有些则是衍生物。就是这个意思。

（Hauser：So let me give an example. Thirty or more years ago, a Russian biologist wanted to understand the process of domestication, how you go from wild animal to a domestic animal. So what he did is he took while silver foxes and he had several hundred of them, groups of maybe 20 in a cage, and a human being will walk towards the foxes, and those individuals who stayed closer, he took them and he bred them. Then he did it again, takes the ones who stayed close, breed them again. So in 30 generations, you have a fox that is domesticated. It's like a dog. But here's an interesting thing. The only thing that selected, and this is artificial selection by a human, is how far the animal moves. But as a result of that, you get animals who have floppy ears, curled tails, are much better at reading the gaze, the eyes of another individual, have smaller brains, increased neural chemicals, serotonin. These were all byproducts of the initial selection period. So small brain wasn't selected for-it's a byproduct of selection for approach distance. So whenever you see some kind of behavior or anatomy, if you're going to say it is an adaptation, you have to know the history that led to that trait. Some things were selected for, some things are byproducts. That's the idea.)

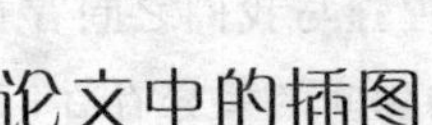

## 论文中的插图

由于HCF(2002)文中将人与动物的语言官能差异按照基因代码的组合形式,以物种基因树形图(phylogenetic tree)形式标示为几个等级,人类居首位,猿次之,而飞虫类位居底层,以此说明这种基因代码怎么就能使不同物种之间大量原本互不理解的交际系统在特定物种内部转换为彼此相互理解的东西。

我将这篇被我圈圈点点得密密麻麻、花花绿绿的文章打开,就图1中的文字说明"相反,动物缺少一种常见的通用交际代码(a common universal code of communication),右边被标示为没有联系的动物群"向Hauser询问:

作者:我不明白这幅图想说明什么问题,能具体讲讲这幅图吗?

(Writer: Question about Figure 1. "In contrast, animals lack a common universal code of communication, indicated on the right by unconnected animal group". I'm not quite clear about what you mean. Can you explain it in a bit detail this picture?)

Hauser解释说,这章插图是要说明"没有使这些不同类型的动物交际系统相统一的常用代码。没有这样一套规则性的原则"。

(Hauser: The idea is simply that there's no common code unifying any these different kinds of animal communication systems. There's not one kind of sets of principles of rules.)

我还是难以将他的解释与插图的用意联系起来,于是又追问:那么您的这幅图想要告诉我们什么呢?是不是想要说明猩猩和人类之间具有某些相似性,而那幅图则要说明他们之间不存在相似?

(Writer: So what do you want to show us in this picture? Does it mean that the ape and humans have some similarities, but this (picture) hasn't?)

Hauser:不,这个观点完全可以任意发挥。因此,从交际上讲,猩猩与人的相似点微乎其微。与其他动物相比,猩猩在其他方面与人的共同点更多一些。所以,猩猩与我们之间存在着难以逾越的鸿沟,期间的差异以及我们与其他动物间的差异存在巨大的悬殊。动物的交际更像人类的非语言交际,而不像人类的语言交际。

(Hauser: No. This arrangement is purely arbitrary. So, what is similar for example, between a chimpanzee and a human in terms of communication is extremely little. Chimpanzees have more in common with many of these animals than any of these have with humans. So there is a kind of big gap which is you know that the difference between this and us and all of this is huge. The communication of animals is much more like the non-verbal communication of humans than it is like the linguistic communication of humans.)

作者:所以,这幅图只是想向我们显示猩猩是除人类以外处于最高层次的动物,而人类却是从猩猩分化而来的?

(Writer: So this picture just shows us that the chimpanzee is in the high level of the whole animals except human, and human just except from chimpanzee?)

Hauser:这得看你怎样看待猩猩的交际,依据他们的所作所为是否像人类语言的先兆。如果你认为有些相似的东西,那么人类语言就是借助于一般的遗传而获得这些内容,因为六百万年以前,我们与猩猩共有同一祖先。但也可以这样认为,如果人类进化了一个非常不一样的系统,那么我们就没有从祖先那里有任何继承,它完全是在六百万年进化期内的自我进化。动物间肯定具有相似的东西,尽管也有差异。因此,就习得而言,发育早期就学会唱歌的百灵鸟在其发育的关键期要比其他哺乳动物更像人类。猩猩和狼生来具备各种能力,它们学得的内容是如何将这些发声用于恰当的环境,如何恰当地对其做出反应。然而这些声音的形态,其语音的全部音域从一开始存在了。这确实与人类不一样,也不同于百灵鸟。我还讲过,这些声音具有一套离散的音符,但却无法相互连接和再接从而创作出新的歌曲。这期间的差异在于，百灵鸟的连接/再接不像人类语言一样给出新的意义。因此，就广义/狭义语言官能而言，其过程在于，百灵鸟具有对其语音、声音的合并操作能力，但这种互动从来没有获得语义，这些声音没有增添新的意义，其接口条件那个部分是空缺的。

（Hauser：Well it depends on how you see the communication of chimpanzees in terms of whether any of the things they do are like precursors to human language. If you think there are things that are similar，then human language got those things by common descent because we shared an ancestor with chimpanzees some 6 million years ago. But alternatively，if human evolved a system which was very very different then we didn't inherit anything from our common ancestor. It all evolved within the 6 million period of evolution on our own. There are definitely parallels between these kinds of animals，although there are also differences. So the songbirds that acquired their song in early development，in a critical period are much more like humans，in term of acquisition，than any of these mammals are with humans. Chimpanzees and wolves seem to be born with their repertoire in place，and what they learn is how to use those vocalizations in the right context，how to respond appropriately them. But the morphology of the sound，its acoustic repertoire range，is in there right from the beginning. So，that's really different from humans but also from songbirds. So another part which I mention too，have a discrete set of notes than they can combine and recombine to create new songs. The difference is that songbirds combination/recombination doesn't give new meaning the way that it does in human language. So for them，and this is going to the faculty of language in abroad sense versus the narrow sense，is that the songbirds have a combinatorial operation that operates over their phonology，their sound. But that interaction never gets the semantics；there's no new meaning added to that. So that part of the interface conditions are absent.）

Hauser 的语音清晰，略带点 Boston 的口音，语速缓慢，听起来不那么费劲。但是，由于以前使用 MP3 录音时曾经出现过操作上的失误，致使录音失败的现象时有发生，所以在 Hauser 向我解释时，我开始担心起 MP3 的录音效果。想到这次难得的谈话万一因为录音失败而未能留下任何音响资料，我的心情一下子开始郁闷起来。我无心再听 Hauser 的解释，大脑却开始急速地旋转起来，考虑下一步如何避免可能产生的遗憾。终于，我有了一个两全其美的想法。我很礼貌地打断了 Hauser，向他解释了我的担心，并向他征求能否将摄像机镜头转向另一方只录音不录像？这次 Hauser 爽快地答应了。我将摄像机镜头背对 Hauser，然后非常小心地按下“开始”按钮，当确认屏幕上的红色标志已经启动后，我才放心地继续我们的谈话。

由于刚才心不在焉，Hauser 刚才的一席话我根本未听进去，所以，接下来谈话的内容又回到这幅图。

作者：我还有点不太明白这张插图。这张插图想告诉读者什么？

(Writer: I'm still a little bit confused about this picture. What does this picture tell us?)

也许是因为我对这幅插图予以了过多的关注，Hauser 本能地加快了语速，但声音依然清晰。

Hauser：这些只是不同类型的交际图示而已，仅仅是要说明有不同的交际系统，我们称之为系统发生(phylogeny)。它是一个进化树状图，说明从这里返回来就是昆虫，然后可以按时间行进，但却没有共同代码。我的意思是说，如果火星人来到这个星球，看到这些交际动物，火星人是否能够解开这个共同代码？答案是 No。从某个程度上说，这只是好奇，因为有一个辖制整个有机物的共同基因代码，还有远在昆虫期就受到保护的基因。它们参与眼睛的构建和身体部位的构建。但就交际系统而言不存在保护，不存在共同代码。这只是动物交际的一种选择。这就是插图想要说明的意思。

(Hauser: Don't worry about the picture. These are just illustrations of the different kinds of communication. This is just there are different communication systems. This is meant to be what is called a phylogeny, which is an evolutionary tree showing that way back here are insects and then you move through time. But there is no common code. I mean the idea was that if a Martian came this planet and saw these communicating animals, would the Martian be able to uncover a common code? The answer is no and at some level that's of interest because there is a common genetic code that underlines all organisms. There are genes that have been conserved as far back as the insects that are involved in building eyes and in building body parts. But there is no conservation in terms of communication system. There is no common code. So it's just a collection of animals communicating. That's what it's meant to illustrate. )

我又将问题转移到图 2 上来。图 2 的下方有几行解释性文字:"狭义语言官能:'睡觉、思想、没有色彩、强烈地'。狭义语言官能的核心"。这是 Chomsky 曾经引用过的著名例句,我希望 Hauser 能够解释一下这幅图所要传递的思想。

Hauser:这些词是要表达语义内容,表达支撑各项操作,并将其构建为更加复杂实体的概念一意图系统。这就意味着运算机制其含义不仅仅在于处理零碎内容的规则句法,这些零碎内容的出现终将来自分化的意图框架,如同想法一样。我们称为想法的有个概念,我们称为绿色的也有一个概念,我们称为颜色的还有一个概念。这一递归性伴随着它们,再将其重新建构。在 Chomsky 的理论中,著名的例句"Colorless green ideas sleep furiously"是个永远不会被人说出的句子,但从语法角度说却是可能出现的。而"colorless furiously sleep and green"则不行。因此,这种合成的齿轮遇到障碍。当然,问题是这一递归机制怎么单单阻拦提取概念和将其合并?对吗?这些过程的发生方式还会有些限制条件。同样,这个系统要与语音系统、感觉一运动系统对接,将构成思想、绿色和无色彩的语音合并,再合并。这一系统与这一个对接,再与那个对接。两者的对接产生一个新词。不太确定的是,用 Chomsky 的话说就是:一旦这个句子基本符合语法,这个接口是不是会先这样对接,然后再把两者连起来得到感觉一运动的信息?或者说,这些东西是不是合并后就能使用了，再然后就可以反复处置？

(Hauser：These are meant to be parts of the semantics，parts of the conceptual-intentional systems that feed into the kinds of operations and build these more complex entities. So，this is meant to be more the computational machinery for rules syntax that takes pieces which are coming in from exceptional intentional frameworks，like the notion of ideas. There's a concept which we call an idea. There's a concept which we call green. There's a concept which we call colors. The recursive takes them and can reconfigure them. So in Chomsky's framework，the famous sentence "Colorless green ideas sleep furiously" was a sentence that was never produced by anybody，but it is grammatically possible whereas colorless furiously sleep and green，is not. So that kind of wheel of combination is blocked. And the question is of course，how does the recursive system block just taking any concepts and putting them together? Right? There are constraints on how this can be done. Similarly this system is going to interface with the sound system，the sensory motor，to combine and recombine the sound that make up ideas，and green and colorless. So this system interfaces with this one and interfaces with this one. This has to interface with this one to create a word. And what's adventurous now in for example Chomsky's words is "does the interface go first like this and then it connects up and gets the sensory-motor information once this is basically a good grammatical sentence?" Or are these things combined and then are available，and then this thing takes it iteratively?)

## "语言官能"的进化

作者：Hauser(1996)曾在《交际进化》中引述 Lieberman 的原文："人类语言、复杂句法、创造性思维，以及道德部分方面的进化是相互联系的——促使现代人类在过去约 20 万年内产生的驱动力是为了快速交际而发生适应的语言的进化。”而在“语言官能”一文中则认为，“适用于动物交际系统的比较数据表明，语言官能总体说来有赖于人类某些独特能力，这些能力自从大约 6 百万年人类从外表酷似猩猩的祖先中分化以来已经得到进化”(Hauser et al：2002：1573)。我想知道这两个数据哪个更准确？

Hauser：这里牵涉两个问题，一是 6 百万年是我们与最近的、有点像猩猩模样的祖先分化的时期。此后出现了现代人(modern humans)，约发生于 15－20 万年前。这纯属推测。我们目前所知，我们并不知道现代语言是什么时候出现的。化石性的记录在这儿起不到任何帮助作用。有人认为惟有尼安德特人具备产生语言的现代大脑(homo sapiens a brain)和声音器官(vocal apparatus)，他们与人类曾生存于同一个时代。但谁也不知道，部分原因在于谁也不知大脑中究竟需要什么才能产生语言。也有人认为语言产生于 5－6 万年之前，因为那个时间恰好是符号艺术(symbolic art)和火的可见期。这是合作狩猎的有力证据，也正是人们说的进行交流需要的活动。但这只是假设(assumption)而已。我的意思是，艺术为什么需要语言？我只想说这是我脑海中遐想的体现或世界的体现。我不一定需要语言来表达，需要的是一个不曾有过语言但会画画的小孩！有证据表明如果你给大象或猩猩一把画笔，它们也会绘画。时间是非常非常含糊的，时间之所以粗略是因为你无法固定这些能力是什么时候出现的。如果事实证明动物恰恰不具备人类语言的一切能力，上述内容就会是个推测，那么我们所讲的也只能是个推断。这就是为什么我们开始用猴子做试验，看看它们对微型绘画的认识，以便了解它们是否具备这些能力。

(Hauser：There are two issues here. One is，6 million years is when we diverged from our last common ancestors that was something like a chimpanzee. The emergence of modern humans happened way after that. That happens within the last 150 to 200 thousand years ago. It is pure speculation when modern language as we know it today emerged，we have no idea，and the fossil record won't help us here. So some people have argued that Neanderthals who were living at the same time as our species, homo sapiens a brain and vocal apparatus that may have been able to produce language. But no one knows, in part because no one knows what you need in the brain to generate language. Other people say language emerged around 50 to 60 thousand years ago because that's you when you see symbolic art, that's when you see fire, lots of evidence for cooperative hunting—all things that people say you need language for. But that's an assumption. I mean why do I need language for art. All I have to do is this is the representation of something in my head or of the world. I don't necessarily need language for that. So what you need is a child who never acquired language who can draw. You know there's evidence that if you give a paint brush to an elephant or a chimp, they'll do some kind of painting. The dates are really really loose and they're rough because you can' pin when these capacities came online. If it turns out that animals just don't have really the precursors for human language, then the story is going to be only a speculative one. That's why we started doing experiments with monkeys that look at their comprehension of these little miniature grammars to see whether they have those abilities. )

我似乎觉得从 Hauser 解释中并未得到我想要的答案，于是打断他说，"那么 20 万年这个数据又是怎么回事呢?"

Hauser 继续解释说，有人说现代人类的出现大约在 15 万到 20 万年前，也有些人说现代人类更可能出现于 5 万到 6 万年前。因此，时间就锁定于 5 万年前到 20 万年前之间。这只是估计而已，因为是什么造就了"现代"，这才是要回答的问题。这是脊椎在特定位置进入头颅的问题。我们是两足动物，有特定的牙齿，特定的动手能力，但你怎么能确定这是否就是现代呢? 从某种意义上说这是任意的。

（Hauser: This is the date that basically some people say that emergence of modern humans was about 150 to 200 thousand years ago. Other people say it's more like 50 to 60 thousand years ago. So it's somewhere between 50 to 200 thousand years ago. Those are just estimates because the question is what counts as modern. So it's the spinal cord comes into the skull at a certain position. We're bipedal. We've got certain dentition, certain kind of mobility in the hands, but when do you decide this is modern, this is not? It's arbitrary at some level. )

## 广义语言官能与交际官能

我曾经思考,就"语言惟人类特有"而言,长期以来人们就此已达成共识。既然如此,再继续探讨广义语言官能中的部分内容为非人类动物共享的问题岂不成了多余的事[①]?我认为不如使用另一个术语比如"交际官能"等来取代广义语言官能。我发现 Hauser 在他的《交际进化》中似乎更喜欢使用"交际官能",但在论文"语言官能"中,他却使用广义语言官能。二者是否指同一内容?或者说 Hauser 之所以这样做,意在要与 Chomsky 的语言官能保持一致?

Hauser 非常肯定地作了答复。

Hauser:是的,原因是我的确支持 Chomsky 关于交际与语言的划分。我认为人们之所以对他的思想有所误解,其问题大于人们认为在人交流时是在与语言打交道,而动物交流时也同样在与语言打交道。这是一个错误。这是第一点。语言中的运算首先不需要外在的表达。我可以自我交谈,我还可以用各种思维语言思考我的想法。我认为把交际和语言拆分开来无论站在历史角度还是从方式方法上看都非常重要。我认为该文最后提到的一点特别重要,这就是:一切研究具有思维的动物研究者、曾经思考过语言进化的研究者都曾考虑过,了解这一问题的唯一方式是通过对交际的观察,不论动物天生能学会什么,也不管

① 现在想来才明白,所谓"语言惟人类特有",其"语言"专指不同于动物的人类语言,如汉语、英语等。这与 Hauser 的广义/狭义语言官能有本质区别。

能用符号语言教会动物什么。我们想说的是，如果你思考一下进入语言的几类过程，也许动物交际时不需要它们，但在做其他事时可能需要。也许是在觅食中，也许是在数数中，还有我不知道的。因此，这篇文章有些地方的说法要讲究策略。我们不仅要看交际，而且还要看动物需要解决的其他问题，因为动物在发怒或进行彼此社交活动时很可能具有递归性操作能力，但这个递归性的操作从未用于交际系统。只有人类进化了这一能力。这很有趣，因为其潜台词是说动物进化其递归性操作是为了完成一个具体的狭义性任务。只有人类拥有了这一系统并将其用于交际。这只是看待问题的不同方法。因此，该文的目的部分是为了提出一个开放性的研究问题，让更多感兴趣的人加入进来。这正是本文的目的所在。因此，我要说广义语言官能仍然是个正确的说法，它可能包含在交际中得以进化的机制。但这个想法是，广义语言官能可能还包含发生在交际中的进化过程。语言需要记忆，交际需要记忆，觅食需要记忆，社交也需要记忆。记忆不限于任何系统。所以，把它称为语言官能、交际官能就会漏掉许多东西。这是广义语言官能意在包含所有非语言特有的语言过程的原因。之后的问题便是，哪方面内容惟语言特有？这是我们不知道的。

（Hauser：Yes. The reasoning is that I do want to support the distinction that Chomsky's often made between communication and language. I think that lots of problems that he has had conveying his ideas is that people think that when I communicate, I'm doing language, and when animals communicate, therefore they're doing language. But that's a mistake. That's the first point. The computations that enter into language first of all don't need to be expressed externally. I can have a conversation with myself. I can think my thoughts in these various languages of thought. So I think separating communication and language is important, both historically but also strategically. So one of the things that this paper does at the end, and I think it's important, is all people who have worked on animals who have thought about the evolution of language, have thought the only way to understand it is by looking at the communication, either what animals do naturally or what they can be taught with sign language. But what we argue is if you think about the kinds of processes that go into language, maybe animals don't use them for communication, but they use them for something else, maybe foraging, maybe the quantification, or I don't know what, something else. So the paper in part was strategic in saying, let's not only look at communication but let's look at other kind of problems animals have to solve because one possibility is maybe animals have recursive operations, for example, when they forage or interact socially with each other but that recursive operation never gets into their communication system. Only humans evolved that capacity. That would be very interesting because it would suggest that animals evolved recursive operations for a specific narrow task. Only humans took that system and put it into use for communication. And that's just a very different way of looking at the problem. So in part this paper was designed to map out a research problem that would open the door to more kinds of interests. That's it. So I would say that faculty of language in broad is still the right term. It can include mechanisms that evolved in communication. But the idea is that the faculty of language in broad is going to include processes that are involved in communication and lots of other things. Memory is involved in language. It's involved in communication, involved in foraging. It's involved in social interactions. It's not restricted to any of those systems. So calling that faculty of language, faculty of communication would basically leave out a lot of things. That's why faculty of language in broad is just meant to include all of those processes in language that are not specific to language. And then the question is what's specific to language. That's an unknown.)

"那么,广义语言官能和交际官能的所指是否相同?"我将他的回答引导到我所关心的问题上来。

Hauser：不是。比如，如果你问什么是交际官能，我要将感情包含进来，但不要把感情包含在广义语言官能中。而就语言而言，答案则是肯定的。我可以使用感情来传递意思，但这是语言学问题，不属于狭义语言官能的内容。如果我用平淡的口吻与你讲话，没有表情，你仍然理解我的话。因此，交际官能是广义语言官能的衍生物，但仍旧包含我不愿放入广义语言官能的内容。

（Hauser：No，because for example，if you say what is the faculty for communication? I want to include emotion in that. But I don't want to include emotion in the faculty of language in broad. While because language，yes I can use our emotions to convey things but those are pragmatic issues that wouldn't go into faculty of language narrow. If I spoke to you in completely flat way，no emotion，you still understand everything I said. So faculty of communication is essentially a subset of faculty of language broad but would also include things that I would not put into the faculty of language broad.）

我似乎明白了他的意思："这么说它们相互重叠？"

（Writer：So they just overlap?）

Hauser：相互重叠。对！所以说，注意、记忆、感情，这些都发生重叠。注意和记忆显然属于广义语言官能，而感情则不是。

（Hauser：They overlap. That's right. So attention，memory，emotion，those would be the things. Attention and memory-clearly a faculty of language broad，emotion not.）

## "惟递归"带来的麻烦

反复阅读 Pinker 与 Jackendoff 合写的回应性文章后，我感觉 Pinker 和 Jackendoff 并非完全反对 Chomsky，而是发现了 HCF 假说中的漏洞，并主张将其填充完整。这不免使我觉得有些挑剔，因为这些主张本与 HCF 所述内容无关①。我就这个问题与 Hauser 交换了看法。

Hauser 认为 Jackendoff 与 Pinker 的回应文中有许多复杂的社会学内容，而这些问题恰恰与本文无关。……而就 Jackendoff 与 Pinker 关于进化理论有助于语言理解的观点，Hauser 明确表示对这个观点不予赞同。他说他是进化生物学者，当他发现进化论无益于语言理解时，他便开始理解和支持 Noam Chomsky。

（Hauser：Yeah. I mean there's a lot of complicated sociology in that response that has nothing to do with the paper. …Both of them (Jackendoff and Pinker) think that evolutionary theory for example can be useful in terms of understanding language. This is where I disagree completely with them. Of all of us, I am the main evolutionary biologist. This is where I find I understand and support Noam's views in that evolutionary theory has done nothing to help us understand language.）

Hauser 指出，就 Steven Pinker 与 Paul Bloom（1990）的合著论文而言，他们的语言学观点没有进行过任何语言学的实证研究。……相反，Hauser 本人却总是运用进化论解释动物和人类行为在其他领域的行为表现。不过，Hauser 认为这与他的比较语言学没有关系。所以，他不是运用进化论提出这样的问题："动物能理解词语结构和有限状态的语法吗？"而是提出疑问"它们具有什么样的机制能允许或不许它们获得理解？"Hauser 认为这正是他们不予赞同的原因之一。他认为 Noam 和 Fitch 与他本人都不会明白其想法，除非他们拿出实验数据。

---

① 例如，在"语言是完美的"(language is perfect)部分中，Pinker et al(2005)认为，"语言完美说与其说是语言的实验性发现，倒不如说是就语言具有何种特征发表的个人看法" "the overall claim that language is 'perfect' or optimal' is a personal vision of how language ought to be characterized rather than an empirical discovery about the language is" (Pinker et al, 2005: 227) 笔者认为，Chomsky 在此讲的是"语言中声音与意义的完美映射"(the perfection of the mapping of sound and meaning)，而 Pinker et al 说的则是"语言的完美"(the perfection of language? Take pidgins for example, pidgins can be regarded as perfection of mapping of sound and meaning, yet they are not perfectly word order fixed)。

（Hauser：Take for example，the paper that Steve Pinker wrote with Paul Bloom in 1990. That view of language has not led to one empirical study of in the field of linguistics，including by either Steve Pinker or Paul Bloom. This is where I side with no. I mean，look，I use evolutionary theory all the time to explain the behavior of animals and humans in other areas. But it has done nothing for my work in comparative linguistics，you know，what I do. So I don't use evolutionary theory to say will an animal understand phrase structure，grammar of finite-state grammar? No. I just ask the question "what mechanism do they have，that either do allow them or don't allow them to acquire it." That's one area I think we just completely disagree. I can't see how Noam and I and Fitch，would ever come to see their view unless they show us empirical data.）

Hauser 接着谈了与其相关的第二个问题。

他说：他们也许会辩解说，你不可能否认语言是“适应”(adaptation)的产物。进化总是有原因的，但让人明白其中的缘由并非易事。我们都认为他们在没有任何证据的情况下就给出结论还为时尚早。许多案例显示，长期以来，动物为了达到某个目的而使用某个东西，但其进化却另有意图。我们无法就此问题给予进化论的解释。

Hauser：The second question related to that one is they want to argue that there's no way you can't perceive language as an adaptation，that it evolved for something. And we think that it's hard to show what something evolved for. We all think that they have been too fast to make conclusions without any evidence at all. There are so many examples that animals are currently using something for but it evolved for some other different reason. We're not going to be able to answer that question evolutionarily.）

最后，Hauser 还透露了撰写那篇文章时的一个细节。

Hauser：第三个问题是，也是这篇短文的问题。我本希望能够把它撤回。该文的摘要与文中关于狭义语言官能的内容说法完全不符。

摘要说的全是递归。

（Hauser：The third thing is，and this is in part the problem with this short paper that I wish we could have retracted，but the abstract said something quite different than what the paper ends up saying about what's in FLN. The abstract is all that recursion.）

Hauser：如果你看看摘要，摘要说到："狭义语言官能只包含递归"。如果你再看看下面，"狭义语言官能的关键构件是运算系统（狭义句法）"，根本就没提递归。"运算系统生成了内在表达，它借助于语言系统而映射于感觉一运动的接口。"这只是个假说，是狭义句法的运算和语义一语音的接口问题。主要是编辑将摘要中的内容删减得太多。问题是那篇论文的作者 Pinker 很挑剔，他只注意到了摘要。问题就出在这里！我觉得我们的观点在论文中说得很清楚，遗憾的是摘要把意思覆盖了。我们的回应论文对此做了解释。我们说到，你们说的是"惟递归"，而我们却没这么说。我们给出许多引文，说明我们为什么没说"惟递归"。

（Hauser：If you look at the abstract，the abstract says"FLN only includes recursion". But if you look at somewhere down here，"a key component of FLN is a computational system (narrow syntax)，It doesn't even say recursion，... that generates internal representations and maps them into the sensory-motor interface by the phonological system". That's the hypothesis. It's the computations of narrow syntax and the interfaces to semantics and phonology. Basically，the editor cut it out of the abstract too much. So the problem is that the critical writers of this paper like Pinker only focused on the abstract. That's the problem. Our views which，I think，is pretty clear in the paper，the abstract unfortunately covered them up. There in our response to them，said，you've only said the "recursion-only" but we didn't say that. We gave them endless quotes about why we didn't say that.）

Hauser 接着说：再就是你所说的毫不相干。他们漏掉本文的一个要点，这就是，这篇论文只是提出一个研究方案：就语言进化问题你应该如何来做，语言学家与生物学家怎么才能走向一起，不是相互打架，而是就此问题写出开题报告。可惜无论是其回应论文，还是针对我们的第二篇回应论文他们做出的再次回应，这些内容甚至从来没有得到认可。

（Hauser：The other thing I think may be what you meant by irrelevant. They completely miss the point that this is a paper meant to open up a research program，and how you do study of the evolution of language，and how linguists and biologists can come together，and not fight with each other，but make proposals on how to do the work. And that was never even acknowledged in their response or their response to our second response paper.）

Hauser：那篇论文根本没人注意。如果你能提醒我，我就会把我写的内容副本发给你。这些内容会在 Richard Larson 编辑的书中出版，里面主要是我刚才讲的内容，但以前从来没讲过，不知道有没有效。

（Hauser：But that paper has been totally ignored. If you remind me，I'll send you a copy of something that I wrote that's coming out in the edited book by Richard Larson. And basically it says here are all the things that we did not say. Whether that has an effect，I have no idea.）

几日后，我通过 Email 得到了 Richard Larson 编辑的那篇文稿。文中 Hauser 明确表示自己并非适应说的反对者（"I am not an anti-adaptationist"）。针对外界对他关于语言与交际关系的评判，他明确表示自己从未说过语言与交际毫不相干（"I did not say that language has nothing to do with communication"）。

## Hauser 生物语言学思想的论证

如前所述，Hauser 等人将语言官能分为 FLN 和 FLB，绝大部分 FLB 的特征为人与动物所共有，惟有 FLN 这个递归核心运算机制为人类特有的语言机制构件(Hauser et al. 2002：1569—1575)。在继承以往关于语言官能假设的基础上，Hauser 又一次使用了运算规则系统(the system of computational rules)、语义/概念意图系统(semantics or the conceptual intentional system)和感觉-运动/发声系统(the sensory-motor or phonological system)及其接口等三大构件来描述进化语言的性质，并将运算规则系统放在了三大系统的首位，探寻内在心理语言的运算，集中反应在人类哪些能力与其他动物共享(Hauser et al. in press b：2)。

Hauser 对语义系统、语言运算系统的进化状况进行了研究，结果发现，人类获取大量的无界词汇(unbounded lexicon)之能力也许不被其他物种所共享。其他动物确实能够获取并使用符号，但符号意义并非组合的(compositional)，因为两个熟悉的符号重新组合在一起并不能使这一组合自动生成新的意义，而符号的重新组合自动生成新意对于人类语言来说则是常事。尽管研究者们积极地在动物的呼叫声中寻找句法，但并未从中发现类似自然语言使用者的表述能力等内容。因此，对于语言进化研究者来说，一个重要的路径是，不仅要探索动物对符号、概念领域(如数字、空间、物体等)、结构关系和感觉-运动接口系统的理解，还要特别对动物的抽象形态等概念知识作进一步探索(Hauser et al，2009：7—8)。

在对语言运算的进化进行研究中，Hauser 首先提出了两个重要概念，即实质普遍性(substantive universals)和形式普遍性(formal universals)。前者为一组基本词组类型和分类，而表述能力是否构成自然语言句法理论的必要或理想条件则是形式普遍规则要回答的问题。语言学家感兴趣的通常是各种普遍性规则内容。这些内容并非只是建立认知系统的基本概念，而是涉及该系统本身的结构。如果我们对大脑的语言运算结构发生兴趣，那么要想找到这个形式的普遍规律就需要探讨这一复杂系统是如何进化的，它的构成要件是什么。

Hauser 等人还引用早期句法生成理论的两个要素——能够生成基本连续结构的词组结构和包含更复杂的结构依赖性转换规则的转换要素，说明真实普遍性和形式普遍性的区别，进而说明语言运算的进化过程。他引用以下例子，说明短语结构由一套词组结构规则组成，它们的形式是 X→YZ…，其中 X，Y，Z 等代表 NP 或 VP 等语类。这些规则描述了短语在改写为其他短语语类的过程中的等级化合并方式，如英语中许多动词是由一个动词和紧跟其后的名词短语构成，其表达式为：VP→V NP。语言学家是想开发一系列适用于各种语言基本成分的规则。这就产生了实质普遍性和形式普遍性的概念。但是，是否所有的语言都有名词和动词的分类，副词又是怎样的呢，动词复数呢？于是又出现了更复杂的规则表达式，如 NP(plural)VP→V(plural)NP，而不再是 X→YZ…的形式了。现在，左边有了两种类型：AX→YZ…。如果规则允许，左边可以发生更复杂的基本变化，这样，我们就能描述更多的结构类型。

Hauser 认为，语言进化研究中可能遭遇争辩的系统有两个：一是"模拟等级系统"(the analog magnitude system)，二是"平行个性系统"(parallel individuation system)。前者对于数字的运算几乎达到无限量，但其辨别能力却受限于 Weber 比率。后者具有不同的标示，非常精确，数字仅限于 3 到 4。Hauser 列举了他曾经做过的恒河猴试验和婴儿试验数据，表明恒河猴似乎能够在单数与复数间做出概念性区分。这一试验的潜在理论是，基于量化的体系(the system of set-based quantification)属于广义语言官能的内容，而不是惟语言特有，因此也不是狭义语言官能的内容。(Hauser et al, ibid)

## Hauser 生物语言学研究方法

进行大量的实验，运用实验中的数据进行比较、分析、推理，是 Hauser 学术研究的最重要特征之一。他对人与动物的交际系统进行比较后发现，人的交际系统与同其他动物的交际系统一样，都有其独特的结构特征①；当他分析了人类声音的共振峰后发现，人类具有特定物

① 见 M. Hauser, *The Evolution of Communication*, Cambridge, MA: The MIT Press, 1996.

种在声音分辨和概括方面的巨大能力，说明他们不仅具有分类感知能力，而且还能将各音素之间的典型声音加以分辨[①]；当他对棉顶狨猴(cotton-top tamarin)进行研究后发现，动物既无语言产出，又无形态变化，更无重复的发生，但可能存在同源(homology)或相似(analogy)[②]；他对恒河猴和婴儿进行试验揭示出基于定式化基础的量化系统(the system of set-based quantification)是广义语言官能的部分内容，但不是语言特有的内容[③]；他在观察和分析成人、儿童、婴儿与动物的语流(sequence)时发现，通过听觉习得某种特定模式具有悠久的进化史(evolutionarily ancient)[④]；他通过揭示既含有自然语言(natural language)又含有人工语言(artificial language)的计算机操作原理，发现了用于两个系统的相同操作的试验性证据，以此揭示自然语言与人工语言的关系；通过研究人类和猩猩的基因组，发现虽然人类与猩猩的基因组的吻合度令人叹为观止，然而，这一吻合并未使他们在思想、感觉、感知和感情方面达到吻合。通过观察灵长类动物在表层组织和功能方面发生的整合与分化的复杂模式，通过使用认知心理学、比较生物学和神经科学方面的众多最新发现，他[⑤]"将人脑与猴脑结构与功能研究的众多学者聚集在一起，为读者勾勒出一幅人脑与具有惊人相似处的甚至是具有较高级认知功能的动物大脑的画面"。(Orban)[⑥]通过展现人类与猴子的大脑在形态与基因方面的惊人相似，从而"把达尔文重新搬到

---

① 见M. Hauser, N. Chomsky & T. Fitch. "The faculty of language: what is it, who has it, and how did it evolve?", *Science*, Vol. 298, No. 22, (2002), pp. 1569-1579.

② 见M. Hauser, D. Barner & T. O'Donnell, "Evolutionary linguistics: a new look at an old languascape", *Language Learning and Development*, Vol. 3, No. 2, (2007), pp. 101-132.

③ 同上。

④ 同上。

⑤ 见S. Dehaene, J. R. Duhamel, M. Hauser, et al (eds). *From Monkey Brain to Human Brain*, Cambridge, MA: The MIT Press, 2005.

⑥ 见 *Editorial Reviews*. http://www. amazon. com/exec/obidos/tg/detail/-/0262042231/qid=1126641162/sr=2-1/ref=pd_bbs_b_2_1/103-5373674-4915031? v=glance&s=books.

了当代社会的舞台”。(Posner)①

不仅如此，Hauser(2005)还审视了进行灵长类动物大脑研究时所借助的现代化技术手段和方法。如(大脑)神经成像技术，当它用于人脑与动物脑的研究时，既具有一定的潜在价值，但也有一定的局限性。这些技术方法不仅可以用来研究人脑，还可以用来研究不同类型的灵长类动物，以凸显其非线性进化特征。即，脑袋的大小和功能的复杂性方面发生的巨大变化是基因组发生了较小的变化的结果。可以说Hauser 的研究包含了一定的技术含量。他还对非人类的灵长类动物身上发生的用于人类认知功能如算术、阅读、心理理论、无私精神的相似性或同源性进行了鉴别，审视了前颅骨电路在发生和理解行为上的作用；分析了前额叶有色皮层对认知具有一定的控制作用；探索了人类与其他灵长类动物的视觉认知和视觉注意具有多大程度的相关性。

过去，进化语言学的研究在于对非交际能力(non-communicative competencies)的研究，即对动物自发的能力与训练后获得的能力进行研究。Hauser 对动物的研究主要集中于动物的自发行为上，其行为反应完全没有“训练”的痕迹。他认为这样做更便于回答以下问题：1)非语言资料在多大程度上能够建立起来，并作为唯一内容进入语言运算系统的概念表征？2)在进化和个体发生过程中，语言概念的表征在多大程度上发生了转化？

过去，人们对交际系统的研究工作通常是对具有密切关系的物种进行比较。与以往工作不同的是，Hauser 分别使用具有密切关系的物种和关系疏远的物种探测解决具体问题时的适应方法考察它们是如何进化的。但针对不同的物种群体，Hauser 采用的实验方法却不尽相同。他借鉴过去特别物种的研究方法，将其用于其他物种的研究，又创造性地使用前人不曾使用的方法研究婴儿与动物的数学系统，以此揭示人类知识的进化和发育基础。

---

① 见 *Editorial Reviews*. http://www.amazon.com/exec/obidos/tg/detail/-/0262042231/qid=1126641162/sr=2-1/ref=pd_bbs_b_2_1/103-5373674-4915031? v=glance&s=books.

语言的进化研究在学界曾产生许多争议[①]，Hauser(1996)则舍弃了“争论”这块“肥肉”，在对特定物种进行大量的分析、比较等试验性工作之后，博众家“调味品”之长，为读者奉献了一部语言生物性研究的“烹饪法”。他通过对动物和人的行为反应和数据比较，分辨出属于FLB和FLN的功能属性，从而将“惟人类特有”与“惟语言特有”的概念区分开来，提出“递归运算机制假说”。虽然该假说招致众多争议，但却为生物语言学科的发展奠定了基础。

如果说，直至19世纪末对于生活在一片孤岛、未曾有过语言接触的狼孩的研究可以称为语言生物性研究的第一阶段，以在新思想、新理论指导下进行大量试验性研究为特征的语言生物性研究为第二阶段，那么仅仅几年前，一个新的生物语言学时代——由生物学家、心理学家和语言学家(Christiansen & Kirby 2003; Hauser, Chomsky & Fitch 2002; Hurford, Studdert-Kennedy & Knight 1998; Pinker & Jackendoff 2005; Pullum & Rogers, 2006; Hauser, Barner & O'Donnell 2007)倾心合作的新时代——生物语言学第三阶段已经到来(Hauser et al. 2007)。然而，语言学科的发展始终不会安于现状。随着人类认知能力的发展，随着人文科学与自然科学的不断融合，随着语言研究中科学技术手段的不断馈入，具有自然学科性质的语言学研究将会探索更多的奥秘，更细化、更新型的语言学分支还将继续产生。在集语言学、生物学、和进化论思想为一体的新术语——“进化语言学”(evolutionary linguistics，简称 evolingo)概念出现之后，更新的概念，如“进化-发育语言学”(evo-devo)已在西方现代语言学界出现。未来的语言

---

① 见 D. Bickerton, *Language and Species*, Chicage, IL: Chicago University Press, 1990.

A. Liberman, "Why is speech so much easier than reading?", In C. Hulme, & R. M. Joshi (Eds.), *Reading and Spelling: Development and Disorders*, New Jersey: Lawrence Erlbaum Associates, Inc., 1998.

F. C. Hockett, "The origin of speech", *Scientific American*, Vol. 203, No. 3, (1960), pp. 88-96.

S. Pinker, & R. Jackendoff. "The faculty of language: what's special about it?", *Cognition*, Vol. 95, No. 2, (2005), pp. 201-236.

研究将会出现自然语言与人工语言研究的分工，语言习得与语言表征的研究分工，并在方法和技术手段上得到拓展，进一步应用于新的物种的研究。

# 第十一章 Pinker 教授访谈录

提起 Steven Pinker，也许有些人并不熟悉这个名字，但如果我们谈到他的《语言本能》这部著作，语言学界几乎人人知晓。这部著作以最通俗的语言和人们最熟悉的例子生动地揭示了人们普遍使用但却不被人关注的许多语言问题，因此被誉为普通读者最易接受的普通读物和为专业人士探讨语言的研究性著作（Richard Dawkins①）。

这位加拿大裔美国心理学家和语言学家，于 1976 年在 McGill 大学获实验心理学学士学位，之后调入麻省剑桥镇并辗转于哈佛大学与 MIT 之间。席间，他获得了哈佛大学的博士学位，完成了 MIT 的博士后（postdoctoral fellowship）工作，并在哈佛大学做了一年助理教授，又于 1982 年回到 MIT，任教于大脑与认知科学系。2003 年，他返回哈佛大学任哈佛学院教授和心理学系约翰斯顿家庭教授（Johnstone Family Professor）。

50 多岁的 Pinker 教授曾被誉为美国 50 大笔杆子之

---

① 见 S. Pinker，*The Language Instinct*（卷首：More Praise for *The Language Instinct*），New York NY：HarperCollins Publishers，1994.

一，并长期为《纽约时报》、《纽约时代》、《新共和》等刊物撰稿。他还被《时代杂志》(*Time*)评为2004年全球最具影响力的100位人物之一，被《展望》(*Prospect*)杂志和《外国政策》(*Foreign Policy*)杂志评为2005年百位顶级公众知识分子人物之一。

Pinker教授在世界文坛享有较高的威望，这得益于他的五部通俗作品：《语言本能》(*The Language Instinct*)、《心智探奇》(*How the Mind Works*)(1997)、《词与规则：语言的成分》(*Words and Rules: The Ingredients of Language*)(2000)、《一张白纸——人类本性的当代否认》(*The Blank Slate*)(2002)以及《思想的原材：语言是窥探人性的窗口》(*The Stuff of Thought: Language as a Window into Human Nature*)(2007)等。

《语言本能》十分巧妙地将语言这个专业问题进行了通俗处理，从而激发了普通读者对语言的兴趣。该著曾译成6种文字，多次重印，还被《纽约时报》(*New York Times*)、《伦敦时报》(*The London Times*)和《波士顿全球博览》(*The Boston Globe*)列为10大畅销书之一。

《心智探奇》则通过融合心智的运算理论和生物繁衍的天择现象，探索人类的心智及其进化，从而解释了心智如何使人辨识影像、深入思考、获得感觉、发出大笑、与人互动、欣赏艺术、思考生命的意义心智奥秘。

《一张白纸——人类本性的当代否认》则是关于人类本性及其与道德、情感、政治之间纷繁关系的思考，它阐明我们其实并不是生来就是白纸一张，而是天生就有某种气质和天赋的思想。

相对而言,《词与规则:语言的成分》则从语言学层面回答了与语言学密切相关的诸多问题。它选用了许多常见现象用于解释语言问题,并从科学和人文学科各个角度审视了语言。

## 我与 Pinker 预约

Pinker 在语言学上与世界著名语言学大师 Chomsky 有着完全不同的观点。Pinker 主张语言是一种本能(instinct),是深受自然选择影响的生物适应产物(biological adaptation shaped by natural selection)。这一观点恰恰与 Chomsky 关于人类语言能力是其他适应的衍生物(the byproduct of other adaptations)的思想有所不同。此外,就语言官能诸多问题,他们之间还存在许多重大分歧。因此,作为 Chomsky 的异见者的典型代表,Pinker 教授一定有自己的理由。我在 MIT 访学,距离 Pinker 教授所在的哈佛大学只有几步之遥。于是,在我即将回国的前一个月,我向 Pinker 发出了预约请求,希望能够在我启程之前就语言官能问题引发的争议与他交流。

邮件刚刚发出,我便得到 Pinker 教授的自动回复邮件,得知他现在外地出差,1 月 4 日也就是第二天才能返回 Boston。

两天的等待之后,我终于收到 Pinker 的回复,邮件中只有简短的几个字:"2 月 19 日下午 5:00—5:30 如何?"这个时间距离我归国启程日 2 月 22 日只有两天!而且还是临近下班的时段!能够在如此繁忙的时间内挤出这么个时间与我会面也算给足了面子!于是我马上作了回复,欣然接受这个时间的预约。我在日历上重重地做了标记,这样,在我人生中又添加了一次具有历史性意义的时刻!

我重新翻阅了 Pinker 的几本重要著作,又将 Pinker、Jackendoff 与 Hauser、Chomsky、Fitch 的几轮回应性文章仔细阅读了几遍,并就两者间的观点进行了梳理:

1. 就 HCF 对语言官能所做的广义/狭义划分,PJ 表示"赞同"。

2. 就"惟递归假说"而言,PJ 表示很难令人信服。

3. 就"概念结构"(conceptual structure)而言,HCF 认为,人的概

念系统的某些方面，如心智理论(直觉心理)和其他直觉物理部分，在猴子身上未经表现，在黑猩猩身上有没有存在值得怀疑，至少认识还不够成熟。这些应该属于人类特有而不是语言特有的内容。

4. PJ 认为，如今，除人类以外的灵长类动物的概念系统方面的研究还没有系统化，这个时候，我们很难在灵长类动物的自然行为中找到概念系统的存在。不过，人类进行语言交流时是否还存在许多其他概念系统，这个问题值得怀疑。

5. 人类有些概念也许不是依靠语言能学会的。(Jackendoff, 1996)

……

## 终于见到 Pinker 教授

2 月 19 日，我如约来到 William James Hall 970。

走进 970 室的办公间，我一眼看到内室中端坐在小茶几旁的 Pinker 教授，他满头灰白的卷发，蓬蓬松松的，一副名家学者特有的风范。Pinker 正与端坐在茶几另一端的一位学者交流，他的音质清晰，语速缓慢，娓娓的声音仿佛在讲一部童话故事。我在专为来访者准备的沙发旁停留下来的一瞬间被 Pinker 教授随意的眼神迅速捕捉。他向我投来一个微笑，瞬间将我多日来的紧张情绪疏散开来。Pinker 教授高高的鼻梁上带着一副金丝边眼镜，显得很斯文。很难想象，如此斯文的 Pinker 教授如今已在语言学界引起过几次不小的轰动。

与 Pinker 的预约时间还有几分钟，我坐在沙发上稍事休息，Pinker 则依然遵守着与另一位客人的承诺，他以原有的语调和语气，不慌不忙地继续两人的谈话。

时针指向 5:30，随着对面的客人起身告辞，我带着装满资料与各种电子设备的背包步入 Pinker 的办公室。

虽然我已在 email 中向 Pinker 做过自我介绍，但 Pinker 教授还是悄声询问我的来访目的。我意识到作为 Chomsky 手下的访问学者，确实给与 Chomsky 持有不同观点的 Pinker 教授带来了不小的压力。说真的，我仿佛觉得 Chomsky 与 Pinker 之间似乎有些误会。我与 Chomsky、Hauser 有过正面接触，我希望了解其中的原委，更希望听一听双方的声音，尤其希望就其中的争议了解 Pinker 本人的看法。

听了我的解释，Pinker 似乎明白了我的来意。

我坐在对面的沙发上，Pinker 则到饮水机处取来一杯水。我将微型摄像机放在 Pinker 面前，征询意见后，Pinker 不假思索地答应了我要求。我如释重负，小心翼翼地打开摄像机屏幕，将镜头对准了 Pinker。茶几的高度很低，我将三脚架的后腿狠劲地掰至最低点，摄像机镜头终于把 Pinker 的面部收纳进来。

一切准备就绪，我与 Pinker 开始了期盼已久的谈话。

## "自然选择"与"分化"

"Pinker 教授——"，我以中国人特有的称谓方式称呼他。

"Em-hem?"他本能地抬起头。

"您的大名我仰慕已久，能够与您畅谈是我莫大的荣幸。"说真的，能够与 Pinker 预约是我一生中非常荣幸的事情。Pinker 教授能够在我回国之前挤出时间与我会谈让我感动。

"谢谢您的夸奖，"他很有礼貌地回应我。

"我曾经读过您的多部作品，当然也读过 Chomsky 和 Hauser 的许多著作和文章。您和 Jackendoff 与 Hauser、Chomsky 及 Fitch 之间就语言官能产生的争议深深地吸引着我，我非常希望将你们的思想观点介绍到中国。然而，就你们的争议问题，我还有些不明之处。"我首先阐明自己的立场，更想让 Pinker 进一步明白我此次谈话的意图。

Pinker 教授时而微笑地向我点头，时而表情凝重。

我进一步解释说：我们中国现在还没有生物语言学学科，这也是人们难以理解 PJ 与 HCF 双方观点的原因之一。所以，我想请您首先解释一下"自然选择语言假说"与"分化语言假说"究竟有何区别？

（Writer：I've read some of your papers and parts of your books as well as Chomsky's and HCF's. The arguments over the faculty of language between HFC and JP strongly appeals to me. I would like to introduce your notions to China. Yet I'm still a bit confused about some points in your argument. As you know, we have no bio-linguistics discipline in China. So the first question is about the difference between language-as-natural-selection hypothesis and the language-as-exaptation hypothesis.)

虽然这个问题在我与 Hauser 教授交谈的时候得到过解释，但我还是希望再一次听听 Pinker 的解释。

Pinker 教授从另一个角度阐述了自己的看法。

Pinker：噢，这要看语言是否从生存和繁衍方面有所获益，这样就能在进化过程中得到选择。就像我们怎么能看到深处、怎么会抓握一样。假如说语言不具备进化的功能，只是一个附属品而已，就像我这里是 V 字型（Pinker 将左手的食指和中指伸出来做了个 V 字型），而这里则是尖下巴一样（他用手摸了摸自己的下巴），它们是在进化过程中产生的，而并非适应的结果。就是这么回事。这与你思考语言的方式有关，语言究竟是为交际而设计的系统，还是因为偶然因素恰好被用来进行交流的符号操作系统的形式？就像我可以使用鼻梁架起我的眼镜一样，眼镜虽然能架在我的鼻梁上，但我的鼻梁并非是为了做眼镜的支架而发育的一样。

(Pinker: Well, it's whether language has a benefit in terms of survival and reproduction, and hence could be selected by the processes of evolution, just like how our ability to see in depth or the abilities to grasp, or whether it has no function that helped it evolve, than just a byproduct like the fact that I have V-shape over here, or that I have a chin. It came about through evolution but not because it conferred an adaptive benefit... that's been the issue. It pertains... is related to how you think of language, is language a system that is designed for communication, or is it just a formal system of manipulating symbols that just happen to be put to use for communication in the same way that I can put the bridge of my nose to use and hold up my glasses. It sat here on my nose, but I didn't develop the part of my nose in order to hold up my glasses.)

Pinker 的解释非常简洁，此时，我似乎理解了他之所以坚持"语言是因为交际而产生"的观点。

## "渐变"与"突变"

作者：我本人认为，语言官能的渐变和突变取决于每一个个体语言官能进化的过程的时间长度。从这一意义上讲，语言官能到底是渐变还是突变似乎没有什么区别。这也是为什么我认为 Pinker 和 Jackendoff 与 Hauser、Chomsky 和 Fitch 之间在语言官能的进化问题上仍有一致性的观点而并非绝对敌对的原因之所在。实际上，Jackendoff 与 Pinker 所做的回应恰恰是非常苛刻地指出了 HCF 假说中的不足，然后予以补充而已。我认为二者的结合构成了一个较为完善的思想体系。您不认为是这样吗？

(Writer: Personally speaking, the issue whether language faculty is gradual or saltational depends on how long a process of the evolution of faculty of language is in the eyes of individuals. In this sense, whether it is gradual or saltational seems to be of little difference. That's why PJ and HCF share some opinions concerning the evolution of faculty of language instead of being absolutely against each other in my eyes. What JP really do in the response to HCF is just point out many loopholes in HCF's hypothesis with a critical eye and then complement or add what they lack. I think the combination of the two constitutes a perfect one. Don't you think so?)

Pinker：噢，确实有许多重叠之处，这是事实。而就我们想把什么当成语言的基因基础和什么样的语言损伤而言，还是有许多差异的，这应该取决于个体基因差异。如果发生了突变，这就意味着产生了语言，意味着你应该能找到发生突变的个体，他正在丢失那些不该产生语言的基因。我认为这是不可能的，因为许多不同类型的语言损伤都可能与不同的基因有关。这就意味着会有好几种基因，也许是许多基因要接受选择，以此完成语言发育的全过程。

（Pinker：Well there is a lot of overlap. It is true. Although there are differences in terms of what you would expect as the genetic basis of language, and what kind of language impairments. There should be based on differences in genes from one person to another. If there was a sudden saltation, that would mean they gave us language, that would mean you should find a person with a mutation who was missing that gene who would not have language. I think that's very unlikely because there are different kinds of language impairment that can be associated with different genes, suggesting that several genes, probably many genes had to be selected in order for language to be complete.）

## 语言"完美"说

我的问题无可避免地开始触及 Pinker 与 Chomsky 关于语言官能问题的敏感话题。

作者：恐怕我得问几个不太令人高兴的问题，因为这几个问题与我近期撰写的尚未发表的论文有关。我之所以这样做是为了避免可能发生的误解，不知您是否在意？

（Writer：I'm afraid I have to ask you some unpleasant questions. This is because it is closely related to my recent paper yet to publish. I do so in case I misunderstand you. Do you mind?）

Pinker：好的，没问题。

（Pinker：Erh, yeah.）

我将 Pinker 与 Jackendoff 的论文拿出来，上面留下了用各色彩笔做过的符号。

作者：正如我刚才说的，PJ 极其苛刻地指出了 HCF 假说中的许多漏洞，然后补充了其假说中的缺陷。我似乎还觉得 PJ 非常苛刻。在

"语言是完美的"部分中,PJ 的结论是"整个语言是完美"的声明完全是一种个人看法,即语言应该如何进行特征化的描述而不是针对语言而进行的实证性发现。您不认为 Chomsky 是在说语音与语义在映射方面的完美,而 PJ 则是在说语言的完美?拿皮钦语(pidgins)来说,皮钦语可以被看作是语音与语义的完美映射,但它们并非完美的词序搭配。

(Writer: Well, as I said just now, PJ point out some loopholes in HCF's hypothesis with a critical eye and then add what they lack. It also seems to me PJ are so critical. In the part "language is perfect", PJ conclude "that the overall claim that language is 'perfect' or optimal' is a personal vision of how language ought to be characterized rather than an empirical discovery about the language is" (Pinker et al, 2005: 227) Don't you think that Chomsky is talking about the perfection of the mapping of sound and meaning, while PJ are talking about the perfection of language? Take pidgins for example, pidgins can be regarded as perfection of mapping of sound and meaning, yet they are not perfectly word order fixed.)

Pinker:我好像不太明白。我不明白语言是完美的或语音、语义的完美映射是什么意思。我和 Jackendoff 坚决反对这种思考问题的方法。我们思考过那种完美说明不了任何问题,所以我认为我们甚至不赞同在这个问题上的措辞。我也因此不明白完美到底是什么意思。这只是 Chomsky 的概念,但跟我没有关系。

(Pinker: I don't think I understand exactly. I don't know what it means for language to be perfect or the mapping of sound meaning to be perfect. Jackendoff and I rejected that whole way of thinking about the problem. We have thought that perfection doesn't mean anything. So I think we would not even agree with that wording of the problem. So I don't understand what perfection means. This was a term that Chomsky introduced. But it just doesn't make any sense to me.)

说心里话,在触及这一敏感性话题之前,我始终担心会引起对方的误解和不快。虽说我是 Chomsky 接纳而来的访问学者，但就学术研究及理论思想的探讨而言，我佩服 Chomsky 的不畏困难、勇于挑战错误观点的勇气。他甚至能够自我否定，这一勇气使他的理论始终处于“活”的状态。然而，对于 Chomsky 的思想我并不希望盲目信从。我之所以希望与 Pinker 教授面谈，主要目的还是希望能够倾听反面声音，以便减少不必要的误解。

(Writer: What I'm worried about is whether I misunderstand you or not. That's why I ask you this question.)

Pinker 教授点了点头。

## 缺乏实证性研究?

于是，我开始继续下一个问题。

作者：FHC 最后总结说“我们暂且不谈 FLB 中大量的复杂机制从广义上说具有适应性，它们因为自然选择而发生了改变，以达到与他人交流的目的。我们发现这个观点对于语言官能的生物性实证研究既没有什么好争议的，也无助于语言官能生物属性的实证研究。而就语言的适应性而言，无论是 Pinker 还是 Jackendoff，都未能就语言性质的适应性给予理论层面的解释，以保证实验性工作的有效性……”，我很想听听您对该问题的评论。

(Writer: FHC summarize by saying that "we take for granted that the large set of complex mechanisms entering into FLB are adaptive in some broad sense, having been shaped by natural selection for, among other things, communication with other humans. We find this idea neither controversial nor particularly helpful in empirical investigations of the biological nature of the language faculty. Neither Pinker nor Jackendoff have used their theoretical arguments about the adaptive nature of language to fuel empirical work..." I'd like to hear your comments on this point.)

Pinker：噢，我认为这不是事实。我的论著中曾经提出的“语言是为适应交际而产生的"观点曾经运用于规则/不规则过去时、直接/间接引语，也用在语义子类的论著中。实际上，我的所有论著中都曾有过相关内容。

(Pinker: Well, I don't think that's quite true. I've used the idea that language is adapted for communication in my own work on the regular and irregular past tense, on the use of indirect versus direct speech, in my work on semantic subclasses. So in fact I used it throughout my work.)

我似乎开始明白其中的原委：Pinker 教授所谓的实证性研究也许仅限于对语言本体的举证，而 Hauser 教授指的则是不仅对语言本体展开实证性研究，而且需要对语言产出器官包括人科与非人科动物的活体实验。这也许是他们研究方法的根本差异。

## 语言与交际

我继续下一个问题。

作者：语言是不是为了交际的论题引发了关于语言与交际关系的激烈争论。我个人认为，语言和交际具有许多重叠，但它们都可以有别的用途。我觉得 Chomsky 的意思是，语言之所以产生，交际是其部分原因，但不是全部原因。但您则认为，Chomsky 完全否认语言是为了交际。您不认为这里有些误解吗？

(Writer: As to the topic whether language is for communication or not, it provokes a heated argument over the relationship between communication and language. Personally speaking, communication and language share some part overlapped, yet each of them can be for something else. It seems to me that Chomsky suggests that language is partly, but not entirely for communication. But in your opinion (Pinker et, 2005: 224), Chomsky "denies" that language is for communication. Don't you think there are some misunderstandings?)

Pinker：不。我说的"for 交际"，"for"意思是指语言的复杂性在于它具有提升交流的能力。语言设计的主要特征只能在如何提升交流方面予以理解。语言具有音位，所以你才能赋予其外在的表现；语言具有语义，能够进行语义区分。这些都是事实，不像百灵鸟的歌声只有语法没有语义。还有一种机制在于先引起听话人的注意，然后再引出新内容，这也是事实；如果语言的目的不是交际的需要，这些事实都无法得到解释。Chomsky 明确否认这一点，他说这（语言）和发型一样都不是因为交际需求。

（Pinker：No. Well，what I mean by "for" communication. By "for" I mean that the complexity of language comes from its ability to enhance communication. The major features in the design of language can only be understood，in terms of how they enhance communication. The fact that language has phonology so that you can externalize it；the fact that language has means of making semantic distinctions，that isn't like bird song where there is a grammar but no semantics；the fact that there are mechanisms for holding the attention of the listener and introducing new material：all of them are inexplicable if language is not for communication. Chomsky explicitly denies it. He says that it is no more for communication than hairstyles are.）

看来 Chomsky 关于语言与交际的论述似乎很容易产生误解。Chomsky 曾经指出，"类似的语言设计在诸多方面是'有缺陷的'，它违背了语言的使用性，这些性质不符合上述功能……。我们想要有所发现的是可促成语言设计发生的某些诱发因素以及某些意想不到的特征……，[他们属于]自然世界生物系统的异常现象。"（Chomsky 1995，162）

Chomsky 进一步指出，"语言作为交际系统的说法不太恰当。语言是个表达思想的系统，与交际系统完全是两码事。当然它可以用来交际，正如人们走路的风格不尽相同，服饰、发型各相迥异一样，这些事情大家都能做到。但是，就这一概念的使用范围而言，交际不属于语言功能，甚至对于我们理解自然语言的功能而言没有什么特别意义。"（Chomsky，2000b，75）

# 删减的内容

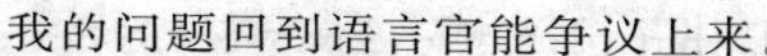

我的问题回到语言官能争议上来。

作者：我与 Chomsky、Hauser 有过几次谈话，就“语言官能”一文，HCF 与 JP 之间有些误解，其部分原因在于编辑删减了部分内容。您不认为是这样吗？

(Writer：I had some talks with Chomsky and Hauser. As to the paper “faculty of language, what is it, who has it, how it evolved”, there are some misunderstandings between HCF and PJ partly because the part cut out by the editor. Don't you think so?)

Pinker 摇了摇头，俏皮地拉长了“No”字的发音作为回答，其上扬的音调一下子把我和他给逗乐了。我期待着 Pinker 的更多解释，但除了看到他延续的笑容，再没有任何语言。

“没有别的吗？”我不住地问到。

(Writer：Nothing else?)

“没有。”他脸上的笑容依旧，“我想没有。我读过编辑删减的内容。”他补充道。之后不肯再多说话。

(Pinker：No. I don't think so. We read the parts that were cut out by the editor.)

“但他们说文摘部分被编辑删减了。”我向 Pinker 暗示。

(Writer：But they told me that part of the abstract was cut out by the editor.)

Pinker：是《科学》上的原文？

(Pinker：Of *Science*? You mean the original paper in *Science*?)

作者：是原文“语言官能……”。

(Writer：Yes. The original paper the faculty of language.)

“出版之前的草稿我看过”，Pinker 抢着说，“所以我不知道他们指的是哪一部分。不过我们看过那篇原文的直接引述。”

(Pinker：I saw the paper in draft before it was published. So I don't know what they are referring to. But we looked at quotes that were directly from the paper.)

"所以您认为论文的部分内容未经删减?"我反问道。

(Writer: So you don't think that part of the paper was cut out.

"噢,不。" Pinker 立即否定了我的说法。

Pinker:我不是说文章未经删减。我的意思是说这并不能改变我们对这一问题的理解。

他顿了一下继续说,"我的意思是说,这些内容被删减了,但他们应该对最后的文稿予以校对,然后签字。"

(Pinker: Oh, no. I'm not saying they weren't cut out. I'm saying that it doesn't change our understanding of their argument. And I mean they were cut out but they had to proofread the final draft of the paper so they had to sign off on it.)

Pinker 的一番话使我深受触动。的确,论文一经发表,责任终究需要作者负责。

与 Pinker 教授的谈话很简短,除了对答如流之外,几乎没有"意外收获"。我们很快便结束了这次对话。

# 第十二章 归国前夕

## Zoe 帮我做校对

周六的校园少了许多幼儿园孩子的喧闹,也少了许多学生和教师的身影,但依然能看到三三两两的用功者。Zoe 来了,她穿着一件格子外套,长长的淡色花围脖裹在大衣里。与她同行的还有一位“美国”小伙子,高高的个头,白皙的脸,一副书生气。

今天,Zoe 要帮我校对我与 Chomsky 的最后一次谈话录音。我将已整理好的文字资料打开,又打开影像资料,Zoe 便开始了校对。由于 Chomsky 的话语声音低沉,有时语速很快,所以,半个小时的对话校对起来往往需要两个多小时。Zoe 不愧是个好帮手,她非常耐心地帮我纠正了文字错误。

Zoe 的热心使我深受感动,为了表达谢意,我为她买了一件小礼物,但却被 Zoe 婉言谢绝了。这位生在中国东北,5 岁便随父母来到美国的华裔姑娘,骨子里仍然透露着中国人的豪爽和热情,她乐意助人,但不求任何回报。最后,我决定邀请她一起吃顿便饭,她愉快地答应了。

我们来到一家名叫“五月花”的中国餐馆。当她得知我即将回国，需要购买一些礼品时，她打通了男朋友R[①]的电话，要他开车带我去购物。

午饭之后，晴朗的天空突然阴了下来，一场狂风暴雨令我们始料不及。我们暗暗担心起来，生怕恶劣的天气给R带来不便。不巧的是，就在这时，R开着红色的轿车来到饭店门口。暴风雨的夹杂中，我们走出餐馆，坐上R的车。

一路上，R很腼腆，只是低声和Zoe说几句话，偶尔冲我搭讪几句。Zoe告诉我R是犹太人，现在麻省理工读博士，是硕博连读，少则五六年，多则七八年甚至更长时间之后才能毕业。

雨很快停了，太阳渐渐绽放出灿烂的笑容。

我们来到一家大型购物中心门口，Zoe的男朋友R操着生硬的汉语跟我说了句“我们去商店吧！”他把“去”发成“qi”，一遍又一遍地认真纠正着自己的发音。

走进购物城，我才发现这是一家大型购物商场，会员付年费50美元后可享受折扣价。一个会员可同时申办一个副卡，购物时可享受折扣价。Zoe和R填了申请单，柜台工作人员为他们各自拍了照，办了两张会员卡。

我们来到琳琅满目的保健品专柜，这里有各种各样的深海鱼油、维生素、减肥类的保健品，每瓶价格在10美元左右，货物非常充足。我在满是英文的自选柜台上费力地寻找着软磷脂(Lecthin)，结果一无所获。我买了几瓶300粒的鱼肝油，每瓶13.99美元。又在糖果区购买

---

① 化名。

了几包 Lindt 品牌及 Hershes 品牌的巧克力，500 克的包装袋每包 9.89 美元，听说这个价格比国内便宜很多。最后，我在特价(On sale)柜台花 10 美元买了一打短袜。

我们又来到 88 超市，买了些豆腐、花椒、大料、擀面杖等。服务员大都来自广东省，有些清洁工甚至不会说英语。起初我们还是用英语与服务员交流，但当他们听到我们讲汉语时，便直接与我们汉语交流。我买了些蔬菜、大米、豆腐、水果等，付款出来，仍见 Zoe 和 R 在挑选水果。我担心他们付款后找不到我，便指着一旁的座位给 R 说，"我在这里等你们。"R 没有吱声，他悄悄走到 Zoe 身边嘀咕了几句什么。Zoe 便匆匆来到我面前，为我的"久等"表示歉意。我马上意识到我的措辞带给双方的误解：这句意在传递方位信息的话语"我在这里等你"传递给美国人的只是"等待"的动作信息！看来中西方语言所反映的文化差异俯拾皆是。

走出超市，天色渐渐暗淡下来。回家途中，刚才还晴朗的天空渐渐飘起了雪花。雪越下越大，渐渐变成暴雪。

几经周折，我们来到 Hampshire Street 与 Union Street 的交叉口。这里离我的寓所只有几十米，为了方便司机的行驶，通常情况下，每当我搭乘车子到此，我都在此下车。然而，今天 Zoe 执意要把我送到家门口。R 像个很听话的大男孩，他试图寻找可以左拐的路口。但走过几个路口都被醒目的"Do not enter"(不要进入)的标牌挡在外面。车子前行一段时间终于来到一个双行道，拐过几个弯后我便在茫茫大雪中迷失了方向。R 的辨别力很强，他在纷飞的大雪中转了几个来回终于找到了我的寓所。Zoe 与 R 不顾后面车辆的鸣笛，执意要把后备箱中我的购物送达公寓的台阶，直等我打开房门。看到我们大包小包地往家搬，刚才鸣笛的车子，在几声轻轻的鸣笛后便开始耐心地等待我们从车中卸货……

## Flynn 教授主讲"普通语言学"

当一年一度的春节悄然而至，举国上下忙着过年、与家人团聚的时候，美国大学新的学期已悄然开始。在距离我回国还有 3 周的新学期内，我越发感到对麻省理工学院及哈佛大学的留恋。我留恋这里的学术氛围，留恋这里丰富的图书信息及电子资源，留恋我的导师 Chomsky，留恋麻省理工学院及哈佛大学的名家学者，留恋曾与我共同学习探讨语言议题的哈佛学者，也留恋那些曾给予我温暖和无私关怀的基督徒朋友。然而，短短的三周时间又能做些什么呢？于是，我开始按照轻重缓急对我的任务表进行重新安排。日志、论文留到回国后再续写，图书馆的纸质资料扫描为 FDF 文档存入电脑，下载麻省理工学院的内部电子资料，选听几门新课，与著名学者预约谈话等。

Flynn 的"普通语言学"是我要选的第一门课。尽管她的课程已列入麻省理工学院的开放课程，其教学资料能够随时随地被全球共享，然而，在短短的时间内，我依然希望能够亲临现场欣赏她的风采。

开学第一次课，Flynn 便给大家布置了一个作业，要求大家在新的学期至少找两位以非英语、西班牙语或法语为母语的信息员（informants）。这两门语言必须是选课人全新的或不太熟悉的语言，而信息员的居住地必须在本区内，以便能够经常保持联系，而不是通过电话。大家还需就该语言和信息员写一份 2—3 页长的资料，包括该语言的名称、该语言的分类（该语言率属于哪个家族？与其他语言有什么联系？）、世界范围内讲该语言的人数、讲该语言的国家（包括显示该语言分布的地图）、选择该语言的原因、该语言的有趣信息、信息员的年龄和性别、信息员的数目、信息员是否单语/双语/多语操练者（如果是双语以上操练者，其另一语言是什么，你是否认为这可能会干扰你对该语言研究的判断）。

此外，Flynn 还对报告的文字、格式提出了要求。

随后，Flynn 就语言学作了简要回顾，包括对语言的科学研究、对语言模式（language patterns）的观察和描述、对观察的语言作出解释。

接着，Flynn 从描述性语言学和规则性语言学（desriptive and prescriptive linguistics）、语言学热点问题、音位学、句法学、语法性（grammaticality）、语义学、语言习得的逻辑问题、语言问题（包括语言的不可教性、语言策略、语言的无限性、语言的独特性、语言的物种性（species-specific)、语言与一般认知力的区分)等方面阐释了该课程的主要内容。她还特别提到威廉斯综合症、低智商、语言能力正常但日常功能损伤的病症患者语言研究。此外,失语症的研究也被列入该课程的内容列表。

接着,她又介绍了形态学所牵涉的一些问题,还有心理词库、重要结构(underlying organization)、词素等内容。最后,Flynn 布置了几个练习题,是关于波斯语(Persian)及土耳其语的词素问题。

## Schneider 主讲"大脑结构及其起源"

语言研究似乎与大脑研究有着不解之缘,要想回答语言从何而来,没有一定的脑科学知识终将一事无成。新的学期开始,我将目光锁定在大脑与认知科学系开设的"大脑结构及起源"这门入门课程。主讲教

授是 Schneider。这门课程的授课时间非常松散,每周一、三、五下午各安排了一个小时。这门课程虽然对于大脑与认知科学系专业的学生来说属于必修基础课,但对于从未接触过脑科学的语言学专业学生来讲则相当专业。最让人头疼的是大量的英文专业术语,包括中枢神经系统及解剖学相关术语等。大量的术语不仅增添了记忆负担,而且往往枯燥难耐。Schneider 教授不愧为一位经验丰富的教师,他的耐心和细

致使这门原本枯燥的课程顿时变得趣味横生。他在介绍灵长类动物(vertebrate)尤其是哺乳类动物(mammalian)的脑结构时使用了简笔画艺术,经他勾勒的鱼类、人类简笔画总是那么栩栩如生!Schneider教授在鱼类简笔画的相应部位标注了大脑(brain)、头部(antetior)口部(rostral,oral)、背部(dorsal)、腹部(ventral)、尾部(posterior/causal),并把人类俯身画像的相应部位予以对比,直观而形象地解决了枯燥概念的讲解难题。Schneider是个绘画天才,经他现场手绘的大量图案在幻灯片上非常生动。他首先绘制了四足动物的身体结构,然后借助几何图形介绍大脑的前切(transverse,也叫 frontal )、横切(horizontal)、侧切(parasagittal,也叫 sagittal)、纵切(midsagittal)、斜切(oblique)等概念。Schneider在授课过程中常常随意地使用彩笔(而不是用鼠标)在笔记本的触摸屏上直接进行手工标记,然后将带有手工标记的图片保存下来,由他的教学助理上传于课程网页。

## Boeckx 主讲"生物语言学"

了解"生物语言学"的人们对于Boeckx这个名字不会陌生。查阅了大量生物语言学文献资料后,Boeckx已经成为我心目中的学术明星。

虽然Boeckx年纪轻轻,至今依然只是哈佛大学的副教授,然而,他已在生物语言学界名声大噪。他与Grohmann共同创办的《生物语言学》(*Biolinguistics*)学术电子期刊为生物语言学的发展作出了卓越贡献。

Boeckx的学术成果可谓硕果累累,除了著有《孤岛与语链》(John Benjamins, 2003)、《语言学最简论》(Oxford University Press, 2006)、《最简句法解析》(Blackwell, 2007)等多部论著和合著《WH-的多维前移》(John Benjamins, 2003)、《最简句法教程》(Blackwell, 2005)之外,他还在《语言探索》(*Linguistic Inquiry*)和《自然语言与语言学理论》(*Natural Language & Linguistic Theory*)发表论文多篇,是当今活跃在生物语言学国际舞台上的年轻学者。

我原本以为 Boeckx 是一位奶油小生，可当我亲临他的授课现场时，他粗犷的嗓音和缓慢的语速令我感到有些意外，这与他那张奶油小生的脸形成了鲜明的对比。不过，他缓慢的语速给我对课程内容的全面理解提供了有利的条件。

Boeckx 首先回顾了生物语言学的发展历程，指出"生物语言学"这个术语最早出现于 Meader 和 Muyskens 合著出版的《生物语言学手册》(1950)。文中作者将生物语言学称为一门现代科学，主张把语言当作一门自然科学进行研究，这样，语言便成为生物进化过程的联合产物。语言研究是要在语言组织与外围环境的综合功能中寻求对一切语言现象的解释。

接着，Boeckx 又提到语言的生物学属性研究，这项研究始于 1967 年 Lenneberg 出版的《语言的生物基础》(*Biological Foundations of Language*)。他认为语言的产生具有关键的生长发育期，错过了这一关键期，语言能力的发育就会严重受阻甚至永无修复。

虽然 Lenneberg 提出的"语言生长关键期"的假设备受争议，但却得到 Chomsky 的赞同①，他(Chomsky, 2005: 1)称《语言的生物基础》(Lenneberg, 1967)是了解生物语言学的基础性文献(a basic document of the field)。

Boeckx 特别强调了促成"生物语言学"进一步发展的两个标志性的事件，一是 Jenkins 创办的《生物语言学》学术期刊和 1974 年美国麻省理工学院与法国巴黎罗约蒙学院合办并在麻省理工学院举行生物语言学国际研讨会②。虽然《生物语言学》学术期刊最终夭折，而且未能形成资料性文献，但麻省理工学院举行的生物语言学国际研讨会上反

① 笔者就此问题与 Chomsky 交换意见，Chomsky 分别用狼孩、三个聋哑人、新生儿、骨骼缺陷者的故事解释了语言发育关键期的重要性。狼孩被发现时可能已经错过了与外部世界互动的关键期，包括感情的培养等，他们不仅没有语言，而且还不会走路，只能像动物一样靠四肢行走；新生儿在最初几周内不接受正常的视觉刺激，他们将永远失去视力；患有骨骼发育缺陷的新生儿如果靠拐杖支撑，并错过学走路的最佳期，脱离拐杖后，他将永远不会走路；三个自出生就在一起玩耍的聋哑患者到了语言发展关键期却自发地创造了符号语言。

② 该会议名称为"生物-语言学大辩论"(A Debate on Bio-Linguistics)。

复提出和讨论的问题却引起语言学界及其他研究领域学者的关注。这些问题是:语言中的显性规则在多大程度上为认知系统所特有? 或者说相似的“形式排列”(formal arrangements)只是存在于人类其他认知区域还是存在于其他有机体内? 从生物学角度研究语言,其基本问题在于:语言的多少成分能够给予原则性解答,其他区域或有机物中是否存在同源成分(homologous elements)……

Chomsky(2005: 2)把对上述问题的讨论和阐释以及为探索语言所做的努力称为“最简方案”(Minimalist Program),如对语言运用系统进行发音-知觉系统(articulatory-perceptual, 简称 A-P)和概念-意图系统(conceptual-intentional,简称 C-I)的划分,和对语言进行词库(lexicon)和运算系统(computational system)的划分。Chomsky 将 A-P 层面通常称为音系式(PF),C-I 层面为逻辑式(LF),并认为语言表达式的两个接口分别携带着发给这两个系统的命令。而词库将进入运算系统的内容具体化为词项。运算系统使用词项产生派生和结构表达式。特殊语言表达式的派生过程包含从词库中选择词项,以及生成界面再现组合的运算。(Chomsky, 1995: 167—169)

“最简方案”,引起语言学、心理学、生物学等众多学界专家的兴趣,并在很大程度上促成了生物语言学的繁荣和发展(Grohmann et al)。[①] 而由美国哈佛大学心理学系教授 Hauser,麻省理工学院语言哲学系教授 Chomsky 和英国圣·安德鲁大学心理学院教授 Fitch 合著并发表于《科学》(*Science*)的“语言官能”(2002)论文却在西方语言学界、认知学界立刻掀起巨大波澜。虽然关于“语言官能”的争议至今尚无定论,但这场旷日持久的争议却为生物语言学奠定了学科基础。如今 Boeckx主讲的“生物语言学”课程和 Hauser 的认知进化实验室(Cognitive Evolution Laboratory, 简称 CEL Lab)成为“生物语言学”学科的重要标志,它与距哈佛大学仅有几个英里距离的生成语法诞生地——麻省理工学院早已存在的认知与神经科学系并肩矗立于美丽而宁静的

① 见 www.biolinguistics.eu

查尔斯河畔，分别从生物学和脑神经学、心理学等角度共同为 Chomsky 的普遍语法提供立论的依据或反证。

在 Boeckx 课堂，我对生物语言学与神经语言学的区别有些迷惑，总觉得这两个概念有许多交叉点，甚至有许多重合内容。当我将这一问题向 Boeckx 请教时，他首先使用“an interesting question”作为他的第一反应。我似乎觉得此时的 interesting 这个词与汉语的“有趣”不能完全对等，它更多地承载了“婉转”的语气，使人觉得不管这个问题多么天真，都能被这个词冲淡由此可能带来的尴尬。不过，Boeckx 还是很耐心地解释了其中的差异：生物语言学研究的主要对象是动物，通过研究人科与非人科动物的脑结构，揭示人类大脑语言官能形成的动因，即，进化在语言官能的形成中起到关键的作用。而神经语言学主要是借助于高端仪器设备对语言进行大脑语言功能区定位研究。

遗憾的是，归国在即，我只能听他一次课了。

课程结束之后，Boeckx 在语言学系的三层楼客厅为大家准备了小型的 Reception，人们在品咖啡、吃水果、用点心的同时就生物语言学话题进行交流。我喜欢这样的学术氛围，轻松、悠闲。重要的是，在短时间内大家能够相互了解对方的学术兴趣，以便于今后的学术合作。

# 第十三章 美国东部城市一瞥

从 Boston 经 New York 再到华盛顿 DC 需要八个小时的车程。旅行社的收费标准会按照同行人者的数量而不等，四人同行价格最低，与一人单独出行相比每人每天可以省下十多美元。因此，多找几个同伴一起游玩便成了每一位在美访学者最期待的事。然而，要想找到同行者有时并非易事，一方面，先来者可能已经有过相似的旅行经历而无需再次前往，而无此经历的人则希望等待亲人探亲期间一同前往。

苦苦等了一个多月，临近感恩节时我终于找到两个同伴。而当我们找到 ChinaTown 的一家中国旅行社时，由于季节太晚，平日每周一次的纽约、华盛达、费城三日游已经减少为两周一次。我们选择了本周末出发，并与旅行社签订了协议。

## 阳光下的国会大厦

11 月 29 日早晨 7 点，天色黑沉沉的，我们相约来到 China Town 集合点。旅游团中除了三位印度客人之外，其余都是中国人及华侨。导游是位广东小伙子。他操着一口浓重的广东口音，用英语、汉语向大家轮番介绍旅途中的注意事项。

下午3点左右，我们首先到达华盛顿DC。穿过一座座弧顶白色宫殿，大巴停靠在美国国会大厦公园。走下大巴向东眺望，这座代表世界最高权威的建筑宛如一座玲珑剔透的象牙雕刻，在蓝色天空与绿色草坪交相辉映中气势磅礴，彰显着特有的霸气。

大厦的正前方是一片宽阔的草坪，此时的草坪渐渐褪去了不少绿色，大片的枯草与裸露的土地给大厦增添了一丝苍劲。草坪上两辆白色的运输车正在将一棵装饰一新的圣诞树搬运下来，它预示美国最重要的传统节日圣诞节就要来临。

与草坪的绿色形成鲜明对比的是北侧的枫树，庞大的枝叶经过深秋的浓笔重重涂抹之后格外引人注目。寒风之中，她犹如一位慈祥的母亲，此时她正张开双臂迎接各方来客。

## 晚霞映照的杰佛逊纪念堂

11月底的华盛顿白日已显得短了很多，下午4点，太阳已经懒洋洋地睁不开眼睛。大巴车绕了几个弯，在满眼绿色的马路边停了下来。走下大巴，我被眼前的景色惊呆了，晚霞笼罩下的杰佛逊纪念堂，犹如天空中撒落下来的一颗硕大珍珠，镶嵌在美丽而宁静的潮汐湖畔，那通体洁白的堂身，半圆形的穹顶呈现出亮丽的神韵，只有斑驳的树影映射在堂身的底部，与蓝天白云的背景构成一幅生动的天然油画。

环绕 16 根石柱之后，踏上 7.6 米高的石阶，我走进纪念堂内，只见杰弗逊的黑色铜像坐落于一块大理石铺就的基座上。铜像身后的石壁镌刻着杰弗逊的名言："我已经在上帝圣坛前发过誓，永远反对笼罩着人类心灵的任何形式的暴政。"

美国第三任、第四任总统托马斯·杰弗逊虽然有过诸多政治头衔，但其历史中最光辉的一页莫过于他起草的美国《独立宣言》。这部不朽之作所倡导的"人人平等"，使受压迫的民族从此开始摆脱被统治的地位，迈向人人平等的新时代。

走出纪念堂，晚霞已给夕阳披上一层淡棕色的袈裟，悄悄掩藏在潮汐湖畔的暮色之中，波光盈盈的湖面上依稀反射着她那灿烂的笑容。

转过身来，向远方眺望，一抹云霞映红了高高耸立的纪念碑，依然那么绚烂无比。

## 白宫前的黄昏时分

朦胧的夜色中我们来到美国总统的居住地——白宫。

白宫位于华盛顿市区中心宾夕法尼亚大街1600号，这个曾让世界充满幻想的美国总统府自“9·11”事件后，已经不再向游人开放。人们只能从它的外围风貌远距离揣摩它的内涵意义了。

在淡淡的夜色中，我看到这座白色“宫殿”高高悬挂的美国星条国旗。

当我越过广场和白宫前的马路，开始近距离地接触这座王牌官府时，眼前的总统官府此时未见荷枪实弹的威武官兵，只有几个警察在夜色中与一同执勤的人随意交谈。白宫被包围在金属围栏之中，与前来游览的游客划出一道不可逾越的鸿沟。这里的游客此时并不太多，零零散散的。同行的几位中国游客争着在汽车穿梭的马路边与身后的白宫合影留念。我将手提包放在马路边停放的轿车上，以便腾出手来给相机取景。还未容我按下快门，旁边的警察便示意我把包拿开。

## 晨雾缭绕的宝石花洞

第二天清早，用过免费的早餐，我们披着清晨第一缕朝霞直奔宝石花洞(Skyline Caverns)。宝石花洞位于弗吉尼亚的 Front Royal 小城附近，号称是全美东部最大而且是唯一经过开发的溶洞。

我们来到一个偏僻的山脚下，一个岩石为底、朽木为顶的别墅式小屋孤零零地耸立在被秋风吹拂过的林荫之中，山坡上厚厚的落叶还未来得及清理，茂密的丛林此时难见繁盛的枝叶，只有稀稀拉拉的叶片无精打采地挂在树枝上，没有了昨日的皎洁，失去了往日的浓重，只剩下干枯的叶片，在晚秋中依然保存着最后一缕秋色。我们从写有“Entrance”的进口处进入，洞口处有一非常醒目的灯牌，提示大家：

Please...

While visiting skyline caverns;

Do not touch formations.

Kill nothing but time.

Take nothing but pictures.

Leave noting but footprints.

This cave is protected by Virginia State Law.

Thank you!

进入洞内之后，一个年轻潇洒的专业导游向我们介绍宝石花的由来：所谓宝石花就是洞内岩壁上长出的簇簇自然景观，它晶莹洁白，剔透玲珑，被人们冠名为“宝石花”。据说这种宝石花非常罕见，产地仅在美国、土耳其和中国。然而，当我们随着导游进入洞穴之后，却感觉眼前的原生态宝石花有些令人大失所望。虽然石头里长出的白宝石称得上千姿百态，在五颜六色的灯光的照耀下显得分外耀眼，但除了千姿百态、形态各异以外，感觉与普通的石头没什么两样。

导游又把我们带到另一洞天，洞顶上带刺装的白色花石既像冬天里的雾凇，又像打碎了的冰块撒落在石缝中长出来一样。导游强调说这是无价之宝，损坏要照价赔偿。



## 挥之不去的伤痛

在华盛顿特区国家广场(National Mall)，我们依次参观了韩战纪念碑、林肯纪念堂、越战纪念碑等。

如果说韩战、越战给美国留下了伤痛，那么，林肯纪念堂(Lincoln Memorial)则反映了美国人民对于领导美国南北战争、维护了美联邦统一的林肯总统的无限怀念。

走进林肯纪念堂，一座高大的白色石雕坐落在纪念堂的中央，这就是林肯总统。只见他目光凝重地端坐在交椅上，仿佛仍然在忧国忧民。白色雕像后面的墙体上方镌刻着五行醒目的英文：

In this temple
As in the hearts of the people
For whom he saved the union
The memory of Abraham Lincoln
Is enshrined forever

(这座纪念堂为了纪念亚布拉罕林肯，他拯救了联邦，他将永远活在我们的心中，我们永远怀念您)

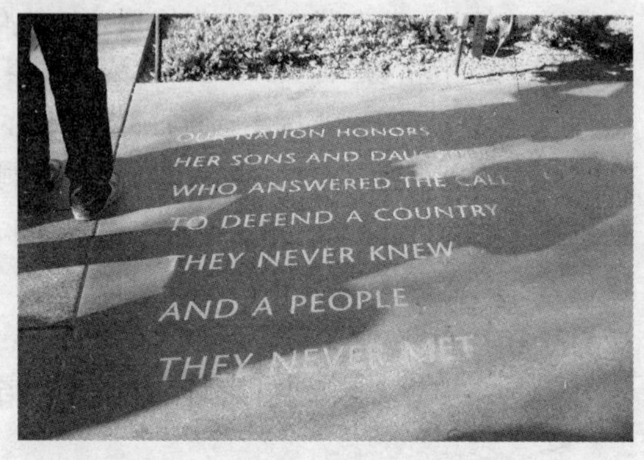


走下台阶，纪念堂正对面的清水池赫然出现在眼前，戏水的鹅群不时地簇拥着争抢游人洒落的食物，白色的海鸥不时地张开翅膀。在这里，人们能充分体验到人与动物的和谐，没有攻击，没有惧怕，只有和谐与平等。

呈巨大的V字型的越战纪念墙(Vietnam Veterans Memorial)建在一个巨大而开放的坑状墙面上，镌刻着57000多名越南阵亡的美国军人名字的墙体深深嵌入国土之下的碑体的两端，宛如越战的砍刀直插地球的心脏。巨大的V字型墙体就像一双张开200英尺的双臂，伴随着地下士兵内心深处的哀鸣，分别指向林肯纪念堂和华盛顿纪念碑。

虽然纪念墙体的宏大规模吸引了来自世界各地的参观者，但57000名阵亡士兵的数字带给美国的是永远挥之不去的伤痛。

## 耸入云霄的帝国大厦

12月1日，我们来到纽约城。

走下大巴车，我们立刻被灯红酒绿的繁华包围。空气中弥漫着一派节日的清馨，飘落的雪花已将这座城市洗刷得一尘不染。纽约城中高楼大厦林立，把一条条街道拥挤得过分狭窄。大巴车、小轿车一辆接着一辆，其车速由于街道的狭窄已变得异常缓慢。

我们随着导游走进帝国大厦，绕过好几道弯，到达通向顶端的电梯。电梯把我们送上86层的遥望台。从狭窄的瞭望台俯瞰下去，我依稀能够看到矗立在远处一座孤岛上薄雾笼罩的自由女神像，模模糊糊的。如果不是特别留意，我们几乎注意不到她的存在。与悄无声息的自由女神像形成反差的是曼哈顿岛，虽然此时的我已经身处岛中央，但三面环水的岛的一角却清晰地展现出它的轮廓。水岸旁一座座摩天大楼拔地而起，彰显着这座集政治、金融、文化为一体的中心地带的独特魅力！

转过身来，我才发现这座举世瞩目的摩天大楼的顶端有些凌乱不堪，不过，凌乱的避雷针在多次雷击时有效地保护了大厦的安全。

观景台四周纵横交错的金属护栏，在为游客的人身安全添加安全系数的同时，也为其独特的景观增添了许多凌乱。“9·11”事件发生后，为了防止恐怖分子前来袭击，为了防止跳楼悲剧的发生，观景台周围的防护铁栏被迫加固。

从景观台下来，我才有机会仔细观察大厅的装扮。此时的大厅内已经披上了节日的盛装，镶嵌着铜质徽章的墙面上方有一幅帝国大厦的铜色壁雕，顶端挂上了美丽的花环。在突出帝国大厦的政治与金融地位的同时，大厅内仍然没有忘记美国独特的节日文化，端放在两端的圣诞树披上了节日的盛装，她们无时无刻不在提醒着前来游玩的客人圣诞节就要来临。

## 雪花弥漫的纽约城

从帝国大厦出来，我们直奔自由女神像景点。

自由女神像(Liberty Enlightening the World)坐落于美国纽约州纽约市附近的自由岛，是美国重要的观光景点。1876年，法国将其作为美国独立100周年的献礼赠送给美国，从此，这个双唇紧闭、头戴冠冕、身着罗马古代长袍、右手高擎火炬、左手紧抱象征《美国独立宣言》书板的女神便成了美国的象征。

自由女神像对成千上万个来美国的移民来说，是摆脱旧世界的贫困和压迫的保证。一个多世纪以来，耸立在自由岛上的自由女神铜像已成为美利坚和美法人民友谊的象征，永远表达着美国人民争取民主、向往自由的崇高理想。

我们走进船舱，一位白发老人操着浓重的美国口音向大家介绍沿途中的景点。当游船逐渐靠近女神像时，游客们已经按捺不住内心的激动，开始涌向甲板。此时，老天爷似乎给我们开起了玩笑，刚才稀疏

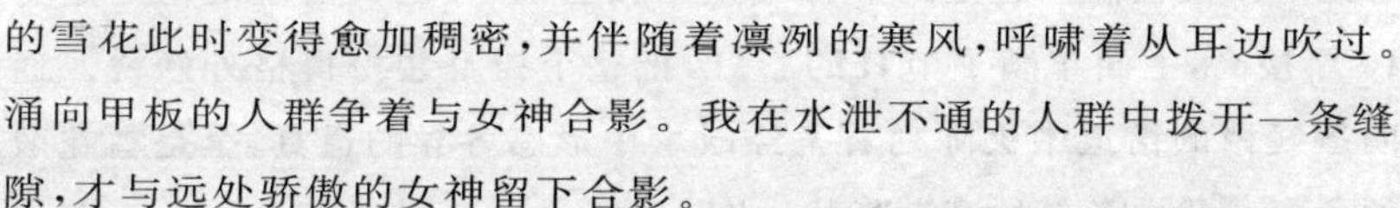

的雪花此时变得愈加稠密，并伴随着凛冽的寒风，呼啸着从耳边吹过。涌向甲板的人群争着与女神合影。我在水泄不通的人群中拨开一条缝隙，才与远处骄傲的女神留下合影。

从寒风凛冽的甲板上返回到舱内，解说员依然向游客讲述着自由女神的来历，那动听的男中音使我回想起影片《尼罗河上的惨案》中的神探。游船从一架桥下驶过，又来到另一架桥下，就这样来来回回，往返数次。当我又一次回到甲板上与又一次逐渐逼近的自由女神擦肩而过的时候，甲板上的游人已经减少了许多。此时，镜头中的女神与我一起在雪花飞舞中绽放出灿烂的微笑。

如果说游船漂流给予游人的是流动的记忆，那么，走进杜莎夫人蜡像馆中与名人合影便是纽约留给我们的凝固的回忆。

杜莎夫人蜡像馆，内设 178 尊近代世界上知名人士的蜡像，包括华盛顿、林肯、尼克松、保罗二世、达赖喇嘛、拿破仑、曼德拉、阿拉法特、布什、鲍威尔等。蜡像除了有商业巨子洛克菲勒、比尔·盖茨，还有社会名流戴安娜，科学家爱因斯坦，画家梵·高，艺术家莫扎特，歌唱家猫王、麦当娜，电影明星玛丽莲·梦露、卓别林等，当然还有不少人们熟悉的电影明星，如佐罗、露西等。

我在满是花白头发的爱因斯坦面前停了下来，与这位已逝科学家共同步入同一时代；我又来到布什总统跟前，与他友好地握了握手；又和希拉里夫人一同向观众挥手致意；还和高大魁梧的克林顿总统一起合了影……

从蜡像馆出来，我们来到纽约时代广场(Times Square)。时代广场位于曼哈顿的心脏地带，号称“世界十字路口”(Crossroads of the

World)，这里聚集了近 40 家百老汇剧院(Broadway Show and Off-Broadway Show)，不仅每天都吸引着万人戏迷前来欣赏，而且还吸引着来自各地的人们前来购物。最吸引人的当属每年的除夕之夜，时代广场的倒数活动：随着新年钟声的敲响，时代广场大楼屋顶降落的苹果将会随着音乐倒数最后十秒，直到荧幕上显示出“Happy New Year!”

我们来到 Five Times Square 大厦，从这里步行几步到达号称纽约最高的圣诞树前。这里的节日气氛已相当浓厚：巨大的圣诞树足足有 10 层楼高，上面布满了节日的彩灯，把整个树身装扮得格外妖娆。通向圣诞树的街道中央陈列着圣经故事中形态各异的道具，全是雪花般的色彩。我向圣诞树渐渐靠拢，才发现巨大的圣诞树下有一个下凹的滑冰场。欢快的人们穿着各色羽绒服在已经有些发亮的白雪滑冰池中自由地滑翔，身后汇集成追赶的人流。天色逐渐暗淡，但滑冰场上灯火通明，把整个场地照得暖融融。对面的大厦外拆卸了所有的广告，留下 7、8 层高的墙面上散落着大朵大朵的雪绒花，仔细观察后不难发现，它们全是白色的霓虹灯管制成，其错落有致，大小不一。大的花权稀疏，绽放着晶莹，小的雪渣密集，雪色浓密，它们宛如空中飘落的雪花，在此得到无限放大，突出着圣诞节日的主题。

留恋节日的一派景象的同时，我们一步一回头地朝向正在向我们招手的导游。15 分钟的游览时间似乎太少，刚刚沉寂于欢乐节日的氛围，又突然被死拉硬扯地登上大巴，此番安排似乎有些非人性化。然而，行程已定，毋庸更改，大巴车义无反顾地驶向前方目的地——联合国大厦。

不巧的是，联合国大厦外的国旗旗杆光秃秃地裸露着。导游解释说，周末国旗都会被撤。这才使我想起今天是周六。不过，仔细想来，每逢周末到此一游似乎是无法避免的事情，旅行社安排的东部城市三日游无一例外地安排在周五、六、日。

靠近大厦之后，旁边一个金属地球仪吸引了众多游客的注意。这个地球仪造型很别致，闪闪发光的外壳上有一块几乎占据整个球体六分之一的巨大裂痕。裂痕宛如自然开裂，并深深陷入球体的心脏。也许这个千疮百孔的地球仪意在提醒着众多官员，它已经不起肆意践踏，如何保护我们的家园已经迫在眉睫。

在地球仪的对面，还有一个铜质手枪雕塑，其枪管已被拧成一个疙瘩，以警示人们向往和平、不要战争的美好愿望。

据说联合国大厦是向公众敞开的，但旅行社选择周末到此一游，其用意显然没有将进入大厦内部的参观列入日程。我们没有见到一个联合国工作人员，就连门前的警卫都没有看到。在高高耸立的大厦前方与光秃秃的旗杆留影之后，我们便登上大巴车。

后来我得知，联合国大厦能够在寸土寸金的曼哈顿岛上享有一席落脚之地，与美国的亿万富翁、大银行家约翰·洛克菲勒第三的慷慨解囊分不开。正是他的捐赠，当时这块正在日益颓废的土地随着联合国总部的落脚，其周围那片属于洛克菲勒的地产价值发生了翻天覆地的变化。不久，这块地皮上建起了一座座富丽堂皇的外交公寓、一流的旅馆、饭店和商场，这块曾经就要被人遗弃的地段后来成了纽约最昂贵的街区。今天，附近高昂的房价已经让人不得不被洛克菲勒的老谋深算所折服，不得不为他在攫取名声和财富方面的独特眼力和高明的手段所折服！

# 第十四章 美国西部印象

## 告别 Boston

2008 年 2 月 22 日，是我离开 Boston 的日子。早晨 6 点半，马仑和她先生如约来到我家。

杨刚博士真是个热心人，一向爱睡懒觉的他为了给我送行早早地爬了起来。刚刚搬来的小吴听到动静也悄悄爬起来，与杨刚一起帮我往下搬行李。

我在朋友们的目送下，披着 Boston 的第一缕阳光，离开了曾经令我魂牵梦绕的 Boston，离开了给予我许多期望和梦想的 MIT，离开了与我一同学习并在重大语言学理论问题上曾经给予我思想启迪的哈佛学者，离开了在我最孤独的时候给予我无私无悔的关爱的基督教徒，离开了在我脑海中曾经文笔锋芒、与人不留情面、但结果却是与人如此厚道豁达的恩师 Chomsky 先生。

虽然二月的 Boston 依然寒气逼人，但此时我的心中却温暖如春。望着美丽的 Charles River，贯穿于将整个 Boston 连为一体的红、绿、蓝、橙编织成的彩色地铁蜘蛛网线，此时此刻，曾经传承着美国历史文化的 Downtown，代表 Boston 政府的 Government Center，凝聚美国宗教文化神韵的教堂，享受一方中国文化和风采的 China Town，Cambridge 城镇中一座挨着一座的各色 House，以及位于郊区充满田园诗情画意和被绿色草坪包围的座座 House，红得令人心醉、曾经触发我内心深处感动的秋日红叶，色泽诱人、散发着淡淡海鲜味道的大龙虾，还有那冬日里纷飞的大雪，晴朗天空中的蓝天白云，在我脑海中一一闪现……

沿着 Charles River 的岸边，穿过地下通道，马仑接我来时的情景仿佛发生在昨天……

正当我浮想联翩的时候，我的手机响起熟悉的音乐。当我接通电话后，耳边响起了杨刚的声音，原来是他 7 岁的儿子杨默林因为错过了为我送行正在哭闹不止。我不禁为小家伙真挚的感情所打动！听着他稚嫩的童音祝福，我若无其事地向他道了一声“再见”，却不料想我的声音已经开始颤抖……

挂断电话，我转过身来轻轻擦去眼角的泪痕。此时，我们已经来到 Logan 国际机场。马仑陪我走进候机室。我们避开了 Check-in 前的长长队列，在自助服务区内用网上注册的银行卡轻轻刷了一下就办好了登机手续。

等候在候机室的服务员老远就问我们：“Domestic or international?”（国内还是国际）。我在国内航班处办理了行李托运，两件行李各重 24—26 公斤。虽然有些超重，但还是幸运地被放行了。一切如此顺利，当马伦和我再见时，我却突然感到一切发生得如此之快！

马仑走了，她带着微笑，带着基督教徒特有的善良和真诚！

我怅然若失，背起两个手提包来到安检处，在被隔栏围成的 Z 字型队列中等待着安检。工作人员检查了我放在行李包外面的杯子，又对我的手提电脑进行了检测。

进入候机大厅后，我按照登机牌上的标示，在指定位置等候登机。

当我从回忆的思绪中渐渐回过神来之时，我却发现，刚才还是晴朗的天空此时已经乌云密布，不一会儿便飞起了雪花。我心里不免紧张起来，担心大雪会造成飞机延误，影响我的洛杉矶行程。然而，上帝似乎想多挽留我一会，我越希望雪赶快停止，它却偏偏越下越大，不一会，外面已是银装素裹了。

终于,喇叭里传来航班改签的通知。人们开始涌向旁边的公用电话,希望在第一时间将改签的信息通知给亲人。我把电话打给了马仑,而此时正行驶在滑雪路途中的她未能接听我的电话。我又接通了杨刚的电话,他以为我已到洛杉矶!

改签之后,原本需要到纽约转机的我已经可以直接飞往洛杉矶了,只是飞机起飞时间是下午 5 点。还需要在机场等待 7 个小时!更可怕的是,虽然登机牌上显示了飞机的起飞时间,但在旁边却有一行醒目的字迹,加粗的“Subject to change”提醒着大家,飞机起飞时间将随着天气的变化随时有可能推迟!我找到服务员,希望能改签早一点的航班,但得到的答复是“Sorry”。此时,窗外纷纷扬扬的大雪丝毫没有停止的迹象。我索性在靠近电源的地方坐下,打开手提电脑开始埋头整理自己的文件。

时针似乎走得异常缓慢,每一个十分钟都给人几个小时的感觉。

午后,大雪仍然不止,但我发现有些飞机在经过喷水车融雪之后已经接受乘客登机,然后悄然驶向跑道,在纷飞的大雪陪伴下起飞了!我不禁感叹:在这样一个风雪交加的天气,飞机仍能安全起飞,真是件了不起的事!我不再担心下午的航班,开始给洛杉矶旅行社打电话,告知我可能抵达的时间。

下午 5 点左右,我乘坐的航班终于开始登机。我从飞机上看到窗外喷水机不停地将冒着热气的热水喷洒在机体上,机身上的积雪瞬间脱落。

天空开始暗淡下来,晚间 7 时,飞机终于开始慢慢滑行,驶向跑道,在一阵加速度助跑后飞向大雪弥漫的天空。

## 飞向洛杉矶

飞机飞行 5 个小时后终于降落在洛杉矶机场。一位黄皮肤男士举着写有我名字的标牌,在确认我的身份后他终于松了口气。原来,他已在机场等候多时。他开始帮我寻找行李。然而,眼看所有的行李已被提走，却不见我的行李包。我心中不免担心起来：那可是我 6 个月访美生活的全部！这些资料一旦找不回来将永远不复存在。当我在心中默默地承受着丢失行李可能带来的损失而倍感焦急时，导游的一番话让我感到一丝宽慰。他告诉我说，在美国，如果不是自己的东西，谁也不会把它拿走，人们担心来历不明的物品会对自己的安全造成威胁。不过，想到自己的航班在 Boston 被大雪延误 10 个小时，来到洛杉矶后行李又莫名其妙地丢失，想到辛苦半年搜集的资料将会付之东流，还有 Chomsky 亲笔签名的合影和著作，我心中感到从未有过的沮丧。

导游带我来到机场服务部，服务员小姐让我填写了一张表格。最后，她向我承诺找到行李后将在第一时间送往我的住处。导游按照行程将我们可能居住的宾馆地址一一填写在表格的相应位置。他索要了机场的咨询电话，然后带我到宾馆。

此时，虽然 Boston 已经进入深夜，但洛杉矶郊区的路途依然灯火通明，人头攒动。喧闹的人群不时地提醒着我：美国西部与东部有 3 小时的时差。

二月的洛杉矶温暖如春，已在飞机上睡了 5 个小时的我此时虽然没有了睡意，但却依然沉浸在丢失行李留下的阴影中。相反，我身边的导游倒是兴致勃勃，他一边向我介绍他在洛杉矶的情况，一边慨叹美国的生活如何如何舒适。

我们来到了位于 Gage 大街的一家宾馆。导游帮我办好手续后，向我索要了 3 美元的小费。

我来到自己的房间简单整理了随身携带的手提包。看到包中的照相机和摄像机，心情逐渐好了起来。然而，想到充电器装在行李箱中，刚刚好起来的心情又一次阴沉下来。

第二天一大早，我吃过早餐便来到宾馆一层的大厅。旅行社的工作人员将带我们到另一家宾馆集中，然后与那里的散客一同前往环球影城。

走出宾馆，我立刻被洛杉矶特有的热带风貌吸引住了：朝霞映照的洛杉矶透露着水色晨光，充斥着五光十色广告的建筑物仿佛水洗过一般洁净。路边的椰子树在晨风中摇曳，张扬着南国风光特有的气质。

这里没有拥挤的House，放眼之处皆是超低密度的建筑。楼房不太高，3—4层，显示着美国的地广人稀。

旅行社的导游兼司机来了三四个，把不同线路的游人带到不同的地点重新拼团。我开始明白旅行社的良苦用心：为了满足游人的个性化需求，旅行社每天都有不同的旅游路线。不管游客哪一天出行，都能按照自己的路线重新编组。

旅行社的几位司机兼导游陆续赶来，他们按照手中的名单老练地寻找到各自的客人。来宾馆接我的是小王，二十四五岁，他开了一辆小面包车，把我们一行三人连同大大小小的行李一同塞进面包车。一路上，小王在游客的抱怨声中一边不停地向游客道歉，一边向大家解释洛杉矶的地况：由于洛杉矶地下有个鲜为人知的地表断层，是地震风险模型中的一个大缺口，这一特殊的地质条件造成了都市化的洛杉矶至今仍然没有地铁，从而造成了天天堵车的"壮观"景象。好在今天比较幸运，没有遇到堵车现象。

早上9点，新拼的旅游团终于出发了。这次充当司机兼导游的是昨天去机场接我的赵先生。只见他头上带着耳麦，边开车边向我们介绍沿途的风景。与我同行的还有一对新加坡夫妇，看上去五六十岁。他们夫妇是专程来美国旅游的，来洛杉矶之前他们已经去过纽约、华盛顿。洛杉矶游完后他们还要飞到北京。与我同行的还有来自香港的三口之家，他们带着自己16岁女儿一同去环球影城。

## 环球影城之梦

环球影城位于洛杉矶的西北端，是世界上最大的电影、电视制片厂及以电影题材为主的主题公园。这里曾经是许多世界巨片的诞生地，也是许多世界巨星从默默无闻走向红遍天下并为自己的人生开辟了崭新道路的地方之一。由于电影艺术的渲染和夸张，人们对电影作品中众多风情绚丽、惊险奇妙甚至超现实的场景开始产生追寻的兴趣，于是与电影业相伴而生的娱乐游览产业也在这里得到空前发展，使这里又成为享誉世界的游览胜地。

走近环球影城，我立刻被外面的球体标志吸引住了。这是一个用金属制作成的银色空心地球仪框架。球体的表面被几个巨大的金色英文字母 Universal Studio 所覆盖，犹如一条金色的字母链系于球体的腰身，并随球体的缓缓旋转而展现全貌。这一标志物的一静、一动、一旋、一转，把影城的环球霸气表现得淋漓尽致。我在川流不息的人群中寻找着最佳角度，抢拍它的最亮镜头。可是还未来得及欣赏外景，导游便在前面叫喊了，他一边挥舞着手中黄色的小旗子，一边要大家跟上队伍。

穿过宽阔的广场，我们进入环球影城。只见风格各异的“演员”手持道具，十分友好地摆弄着姿势时刻准备着与游人合影。

靠近影城的第二道门口，一个巨大的好莱坞图片被软绳围出一个留影区。拍过照后，一个小生模样的人送给我一张卡片，上面是“Universal Studios Hollywood”的字样，下面则是“The Entertainment Captital of L. A.”。从这张卡片中得知，环球影城的游览包括主题公园（Theme Park）、拍摄现场游览（Studio Tour）、影城徒步之行（Citywalk）、影片欣赏（Cinemas）和音乐演出（Concerts）。沿着陡峭的楼梯慢慢下移，便你挤我推地涌到游览车入口。一列长长的游览车开过来，载上乘客后徐徐开动。解说员操着一口浓重的美音向大家讲解曾在这里拍摄过的电影故事。与此同时,屏幕中会同步放映相关影片的片段。穿过几条街道,美国西部片里的小镇、纽约、英国伦敦、德国柏林、罗马古城等城区景色近在眼前。绕过一个弯,游览车来到一处战争影片拍摄现场,路旁摆满了各种战车、炮车、炸弹等,长长的一列。过了一会儿,我们来到一片废墟,这里有一架失事飞机,漫山遍野的残骸碎片占据了大约一百多平方米的空间。据说这架失事飞机是影城公司花了两万美元买来的,然而,运输这架失事飞机的成本却高达20万美元。

我们又来到一个"山洪暴发"现场。这里有一个人造山体骨皮,游览车通过时"山洪"从山顶喷射下来,与旁边一个破旧的小屋里喷射出来的"洪水"汇合,形成更大的"山洪"。

游览车又来到一个人造山洞,这里是《哈利波特》的拍摄地。此时,灯光开始暗淡下来,闪出一道道绿光、蓝光,接着,游览车开始剧烈地抖动,把游客带入"地震"现场。

再前行几步,一个庞然大物拖着笨重的身子张牙舞爪地向游人"扑来",吓得人们发出阵阵"惨叫"。

又前行几步,一条鳄鱼张开嘴巴,冷不丁向游人喷射"唾液",游人的衣服被打湿了一大片。

游览车驶出"山洞",来到"大鲨鱼"拍摄现场。大鲨鱼在游人到来之际从水里窜了出来。不过,由于它的人造痕迹太多,远无"山洪暴发"和"地震"场面那么惊心动魄。

沿途中我们还观光了汽车爆炸的拍摄现场。随着一声"Three, two, one, Go!"几个管道中便喷射出一团团火焰,两辆汽车随即被"炸"得腾空而起。虽然影片中燃烧的汽车在爆炸声中不停地震荡,但拍摄现场的景象则能看到汽车安装在一个可以任人摆布的电动长臂之上,它带动着被"炸飞"的汽车跌跌撞撞、滚动、弹跳,然后静止。

原路返回后,我们来到动物表演馆。主持人口若悬河,不一会便说动了一位自愿掏腰包的客人,只见舞台上的演员顺势将手中的鸽子放飞,鸽子不偏不倚落到这位先生的手上,将一美元纸币衔到主人身边。主人佯装一副贪婪的样子将纸币放入自己的口袋,又问谁还有20美元？之后，主持人又将鸽子衔来的纸币放入鸽子的嘴中，鸽子便飞向刚才那位男士，将一美元还给他。

动物表演中还有狗、猩猩、飞鸟等的参与，其形式对于改革开放的中国而言已算不上什么新鲜事，不同的是他们的表演更讲究与观众的互动，让观众参与并从中得到快乐。

动物表演之后我们观看了水上表演剧“水上世界”（Water World）。水上世界是取自同名电影而设计的一场水战表演。它描述的是几个世纪后由于人类对大自然的破坏，引起南极冰川的融化，造成人类不得不生活在海洋上，而为了寻找陆地，海行者与强盗不得不浴血奋战的故事。

我们随着密密麻麻的人流进入剧场。这时，观众席上已经坐了一多半人，几个穿着破烂不堪演出服的演员正领着观众喊号子，如果哪个观众不配合，他们便抄起水桶向他们泼去，这一招真奏效，喊声顿时一浪高过一浪，演出还未开始，观众席上的气氛便被调动到极点。

观众席上已经陆陆续续坐满了观众，看到时机成熟，水上表演拉开了帷幕。

这是一场水上特技表演，蓝色的水面四周布满了破旧金属、绳索搭成的高台，海盗为了获得猎物，一次又一次地将海行者吊在空中，他们忍辱负重，被火烧、被水淹，受尽了折磨。演出中除了演员的精彩表演，还使用了水上单人快艇特技表演，有的身披火焰，从二三十米的高台上纵身跳入“大海”，有的则驾驶着快艇从熊熊烈火中穿过，场面十分惊心动魄。

走出表演厅，我的手机响了。机场一位女士打来电话，告诉我说行李已经找到。我心里一阵激动，赶紧掏出宾馆名片，告知他们我所居住的宾馆地址，并要求他们第二天早上 7 点之前将行李送达宾馆。接完电话，我如释重负，开心地观看立体电影。

我们随着长长的队列，等着一拨拨的人流进入。很久之后，我在门口领到一个特制眼镜。音乐厅的舞台高高地镶嵌在墙体的空中，几位漂亮的姑娘表演完之后，我们便随着人流涌入立体电影播放室。播放室内有一个很大的舞台，除了舞台前方的宽屏以外，两侧的墙面上也有许多屏幕，给人以特别的立体感。演出开始了，此时，舞台上的真人演员与屏幕景象处于分离状态。而戴上眼镜，真人演员便与屏幕上的景象融为一体。台上的演员表演非常卖力，他们穿着军装、带着头盔，慌不择路地在丛林中追杀、在荒郊野石上飞驰。观众仿佛也被融入影片的场景之中，在享受全方位多维影视效果的同时，也好像乘上了飞车，与主人公一同经历风险。当影片中的摩托车在追赶逃敌时，由于飞驰太快，遇到急转弯时来不及躲闪，“砰”的一声撞到礁石，其强烈的碰撞所产生的震撼立刻传到观众座位席上，仿佛被重重地撞击了一番。激烈的交战来势凶猛，爆炸声震耳欲聋，高楼大厦顷刻间土崩瓦解，山洪间电闪雷鸣，都能使座位席中的观众通过电动装置真实地感受突然抖动或起伏不定的效果。这里不愧为“环球影城”，拥有世界一流的影片拍摄技术，其高科技技术拍摄出来的逼真效果令人叹为观止！

午饭过后，我们沿着几百米长的自动楼梯下行到达另一拍摄现场。我从自动楼梯向下望去，400—500 米之下的平台上人头攒动。但转过身来抬头仰望，刚才置身的地方便在身后变成了耸入云端的山和浮在空中的云，长长的自动楼梯像是一道白色飘带，在崇山峻岭中展示着优美的舞姿。

侏罗纪公园是 1996 年夏天开放的一个新的游乐区，它占地 6 英亩，耗资 1 亿美金。我们排队 10 分钟后登上一只小船，电脑指挥系统一启动，小船立即把我们带到一个热带雨林之中，那里有许多大小不一的恐龙。恐龙们时而悠然自得、漫不经心地踱来踱去，时而也会突然间兽性大发，令在场的观众胆战心惊。游船穿行于各种巨型超级动物间，它时而左右摇摆，时而升空或下落，其制造出来的惊险足以使年轻的男男女女惊恐万状，经历刺激的同时却不由得一次次发出本能的“尖叫”声，接着便是开心的大笑。最刺激的一幕莫过于小船从山顶跌入“万丈深渊”。游艇从高达 84 英尺的空中被水流冲至入口处的水面上，船只落下的地方溅起巨大的水花，将躲闪不及的游客淋了个落花流水。

经历了侏罗纪公园中原始森林与水上历险之后，我随着人流来到了另一个影片拍摄现场。一个十分滑稽的主持人请来了一个小女孩。随着她的就坐，她身后的屏幕开始同步放映一个电影片段：影片中七八个人坐在桌前用餐，但令人惊奇的是，台上小女孩的一举一动却在身后影片中再现，与影片中的人物融为一体。后来，主持人又请来了几名黑人演员，他们身后放映的是一部怪兽出没的阴森恐怖的电影片段：几名黑人被困在高高的峭壁上，四周是悬崖山谷，稍有不慎则会被摔死。现场的几名黑人被捆绑时装着一副惊恐万分的样子，他们不时地大喊大叫，奇怪的是现场的几名黑人却与影片中的恐怖场景奇迹般地融为一体。

我们随着人流来到了另一个表演间。观看了被人割腕的电影制作片段：当一个歹徒将水果刀置于一个年轻人的手腕时，屏幕上则显示了这个被割腕者被一把锐利的水果刀慢慢地割进手腕，鲜血从手腕上慢慢流了下来。一切都是同步合成，没有一丝人工痕迹，叫人开怀大笑的同时却在心中打上几个问号。

我们又来到了地震和火山爆发拍摄现场，此时，观众的惊呼声早已淹没在火山爆发时发出的隆隆声中，那喷射出来的火焰和巨大的气浪令人惊恐万分。我不由得担心起来：火势如此迅猛，而且发生在室内，还有一拨拨的游客，万一场面失控，岂不酿成悲剧？

从拍摄现场出来，我感觉有些倦意，便乘坐长长的自动楼梯，沿着原路向上攀登，返回到环球影城的入口处。

环球影城的外围是个由罗迪欧大道（Rodeo Drive）、马尔露斯大街（Melrose Avenue）、威尼斯海滩、好莱坞大道等构成的知名购物区域。街上聚集了40多家商场，有料理店、咖啡屋、果汁厅、面包间，它们以不同的方式向游人提供着各种美味佳肴。这里还有许多丰富多彩的礼品店，许多与好莱坞相关的纪念品、书籍应有尽有。商业街中还有艺术博物馆、电影院、游乐场等，孩子们在这里可以大饱眼福。街头还有许多色泽艳丽的特色造型，商业街浓缩了洛杉矶的艺术、文化与娱乐，素有“City Walk”（城市一游）的美称。

回到宾馆，已经7点了。昨天被Boston大雪延误飞行的经历已使我身心疲惫，来到洛杉矶后丢掉行李又使我感到焦头烂额，今天的环球影城之旅虽然很开心，但两天的经历早已使我心力交瘁，洗过澡后我便在不知不觉中睡着了。

晚上10点左右，电话铃响了，前台服务员告知我行李已经送到。我兴奋地跑下楼去，果然看到自己熟悉的行李包。打开提包，我如饥似渴地找到摄像机、照相机数据线、电源线，迫不及待地进行拷贝、充电等工作。

洛杉矶行李事件给我一次深刻教训，我开始给行李箱和手提包里的东西重新分类：我把电脑、移动硬盘、书籍等转移到随身携带的手提包，将大包的巧克力放进托运的行李箱，这回即使行李箱丢了我也不会遗憾了。

## 夜幕中的拉斯维加斯

第三天，我们要赶往世界著名赌城拉斯维加斯。

今天的导游是个广东人，他不时地用广东话、普通话和英语依次向大家介绍本次行程。按照行程，我们的第一站将是去往拉斯维加斯路途中经过的大型厂价直销店(Outlet)，那里有众多美国服装店、鞋帽店，能够以低廉的价格买到正宗的品牌货。

当导游向我们介绍通往拉斯维加斯的路上需要穿过一个大沙漠地带时，我的脑海立即浮现出一派高低起伏、层层沙纹的迷人景象，也许还能看到沙漠中的骆驼？但千万不要碰到风沙，否则岂不被围困其中！怀着一丝对沙漠的幻想，我们踏上了去往沙漠的路程。

午间 11 点，导游告知我们已经进入沙漠地带。我赶紧向窗外探望，此时，道路两旁的沙漠上种植了一团团的草疙瘩，它们分散开来，把沙漠中的泥沙牢牢地固定成植被，没有风沙，更不会掀起波浪。遗憾的同时我不免为美国在风沙治理方面取得的成就而赞叹不已：如果我国的沙漠地带也能得到同样的治理，恶劣的沙尘暴天气岂不得到根治？

我们到达 Outlet 购物中心。这个开放型的大型购物中心约有两个足球场大，都是名品店。我来到一家鞋店，里面有耐克(Nike)、乔丹(Jordan)、阿迪达斯(Adidas)等品牌，每双价格在＄37 到＄90 不等，买一双原价，买两双第二双可享受半价，买三双第三双可享受免费。我又来到一个新秀丽(Samsonite)箱包店，以 19 美元的打折价购买了一款漂亮的手提包。

从商店出来，导游已在大巴车旁向我招手了。

大巴车从 Outlet 购物中心绕过一个弯，来到一家中式自助餐厅，里边设施比较简陋，花样少了许多，不过价格倒是蛮便宜的，每人只需

8美元。

半小时之后，我们又一次登上大巴，向拉斯维加斯方向驶去。

拉斯维加斯(Las Vegas)是美国内华达州的最大城市，以赌博业为中心的庞大的旅游、购物、度假产业而著名，也是世界知名的度假胜地之一。趁着行车之际，导游开始向我们介绍拉斯维加斯和大峡谷的情况，并开始收取小费和参与游览项目的费用。此时，我的美元现金已经所剩无几。

大巴车在一个标有“MGM”的建筑物前停下。导游带我到银行兑换现金。我们从一个外观奢华的赌场中穿过，密密麻麻的老虎机占满了赌场的整个空间，与我脑海中设想过拉斯维加斯赌场的情景判若两样。

从赌场中出来，我来到拉斯维加斯大街。我的眼前立即被眼花缭乱的花花世界所吸引。大街上，最引人注目的是被扩大了数百倍的美女广告牌，她们的着装非常大胆，在赌城蓝得沁人心醉的天空的映衬下显得格外妖娆。

拉斯维加斯大道(Las Vegas Strip)汇聚了世界上十家最大的度假旅馆的九家，著名的曼达利湾(Mandalay Bay)就是其中的一个。曼达

利湾酒店的外部金碧辉煌，远远望去，恰似两座金山，在南国椰树风光的映衬下显得高贵典雅、气派大方。大街的一侧是世界著名风景区的建筑物的缩影版本，有纽约街景、自由女神像、狮身人面像、金字塔等。每一个建筑物都经过了精雕细琢。“风景区”内，各种肤色的人们在不停地拍照留念，一不留神，高高耸立在街头的一幅幅大胆而开放的各色美女广告牌便闯进镜头。

虽然拉斯维加斯被誉为赌城，但当地人并不欣赏这一称谓，他们将拉斯维加斯称为“世界娱乐之都”（The Entertainment Capital of the World），这样，这里的任何娱乐活动都被冠以合法的桂冠，以至于原本在某些地方被明令禁止的不雅举动却在这里披上了一层合法的外衣。也许正因如此，拉斯维加斯就像一块磁铁一般吸引着来自世界各地的人们，他们不惜掏空腰包争相来此一睹为快。

不过，在人们争相娱乐、品味一夜暴富带来的快感的同时，这个娱乐之都也充斥了许多令人心酸的故事。有些赌徒由于输得倾家荡产甚至负债累累，债台的高筑、亲情的远离、生活的窘迫彻底摧毁了他们的意志，最后，无奈的他们只能选择从赌场高楼纵身一跃，在结束生命的同时也给现实和梦想画上了句号。

一个多小时后，大巴车将我们带到宾馆。宾馆的底层是个大赌场，赌场内人并不多，大都是赌场中的租赁者。他们无聊地在老虎机上赌来赌去，俨然没有一丝兴奋。

来到房间，透过窗子，我看到笼罩在蒙蒙夜色中的拉斯维加斯。这一令多少人向往的世界赌城的确与众不同，外观皆以高档酒店而自居的豪华赌场没有一个字与“赌”(gamble)相干，难怪拉斯维加斯的人们不喜欢“gamble”这个词。

吃过晚饭，我们与另一辆大巴车上的游客拼团，开始夜游活动。导游是位年轻的小伙子，在大巴车开动的一刹那，他便开始了滔滔不绝的讲解，那超级语速硬是让他在短暂的几秒钟内将沿途出现的景点介绍得滴水不漏。在享受这份温馨的同时，我们无不为他的尽职尽责所打动。然而，在他来不及喘息的超级语速背后，我却多了一种心神不宁的感觉，此时心率的加快已使我难以享受这份温馨。看来一切事物都是辩证的，求大求全不一定带来最好的效果，有所得必先有所失才是人生追求的最高境界！

穿过灯红酒绿的花花世界，我们来到了赌城的表演厅。我们随从导游从一个楼梯来到一个大平台，从平台上极目远望，夜幕中的拉斯维加斯仿佛尽收眼底:霓虹灯装扮的拉斯维加斯在夜色的笼罩下给人留下一丝神秘!

来不及欣赏拉斯维加斯的城市夜景,导游便把我们带到一个豪华赌场的二层看台。从看台上往下看,一个个赌博机把整个会场映衬得五彩斑斓。

导游带我们来到观看表演的最佳位置,这里已被观众围得水泄不通。对面的墙体似乎是个凹进去的舞台,但随后才明白,沿着楼顶的轨道滑动出来的空中花车才是真正的舞台。首先滑出的造型好似一个花船,下层坐着几位游客模样的人,上层则是表演台,几位身着泳装的姑娘舞动着婀娜的身姿,向观众投去妩媚的一笑。她们肤色各异,一出场便随着音乐翩翩起舞。花船绕过第二圈时,表演开始进入高潮,娇柔的舞女开始向观众席上抛洒彩色项链,现场气氛一下子到达极点。

演出持续了大约 20 分钟,回到车上的游客脖子上已经多了几串项链,有蓝色、绿色、紫色……

晚饭买了一份越南面,8 美元一碗。看着薄如纸张的生肉片,经过热气的"熏蒸"很快变成熟肉片,然后将脆生生的豆芽撒入碗中,再将一小块柠檬果汁挤入面碗,一道美味的面条就可以吃了。

大巴车又把我们带到了拉斯维加斯的威尼斯度假村(The Venetian Casino Resort)。我们随着川流不息的人群走进去,看到大厅的中央矗立着一匹金光闪闪的马雕。再往里走,恍然间进入一片蓝天白云映照下的威尼斯城,我猛然意识到蓝色的天空原来出自人工之手!罗马式建筑的窗帘背后掩藏不住柔和的灯光,庭院中的小溪流水潺潺,承载着游人的木舟在碧波荡漾的河面上穿行而过。一些"威尼斯商人"围坐在桌子旁享受美味佳肴,一些"艺人"向游人展示着自己的才华。街头的路灯内柔和的烛光给人以神话般的美妙感觉,威尼斯商人装扮的餐饮服务员正在为游人端上热腾腾的饭菜。

从威尼斯度假村出来,我们朝左侧的音乐喷泉奔去。夜幕中,微波荡漾的"湖面"上喷射出形态各异的喷泉,时而像众多少女翩翩起舞,时而像一幅巨大的屏障,它们随着音乐的节奏不停地变换着"舞姿"。虽然五彩的喷泉在湖光倒影的映衬下彰显着独特的魅力,但与我国西安的音乐喷泉相比，真乃小巫见大巫了！

完成了拉斯维加斯的夜游，意犹未尽的游客在导游的带领下登上另一辆中巴，观看37美元一张门票的表演(Show)了，剩下的游客登上大巴返回了宾馆。

我们预订的宾馆坐落在拉斯维加斯的主干道(Main Street)，是一个提供住宿兼娱乐服务(Hotel and Casino)的俱乐部(club)。只要肯出钱，就能享受"楼顶观景"(Sweeping views from the rooftop pool)、"美人沙龙"(beauty salon)、豪华轿车(Limousine services)等服务项目。

当然，"赌注"依然属于众多服务活动的中心项目，其活动项目包含了围绕"赌"文化的"赌员俱乐部"(Players Club)、"老虎机"(Slots)、"台桌游戏"(Table games)、基诺游戏(Keno)、扑克牌房(Poker room)、宾戈(Bingo)等活动。

赌员俱乐部意在帮助会员提升赌注的乐趣。而在老虎机(slots)上赌上一把即能满足匆匆游客的"赌瘾"。除了老虎机以外，赌场内还设有台桌游戏，赌徒们通过抛洒双色子、转动轮盘、扑克牌游戏玩耍，能够体会赌注带来的疯狂。

此外，这个娱乐场所还提供了多种体育赛事活动，如果谁能在体育竞技赛中有幸赌赢，他将获得宾馆免费提供的图书。

诸多的诱惑正在悄然动摇游客的心，晚饭之后，一位游客禁不住诱惑在老虎机上赌了一把，并幸运地赢得20美元的赌金。

走进宾馆，我立刻拥有了自己的私密空间，偌大的房间内两张1.5米宽的标准床显得格外宽大，格外冷清。这份安宁的背后是我为之付出的42美元。

我将行李箱中的手提电脑打开，将照相机、摄像机中的影像资料拷贝过来，然后为照相机、摄像机充上电，这样，明天的大峡谷之行便具备了充分的设备保障。

## 富人堆里的穷人

与美国东部城市的3小时时差促使我在凌晨四点就睁开了眼睛。望着窗外漆黑的夜色，我感到无所事事，在黎明的等待中我忍不住拨通了老公的手机。也许是放松了一夜的喉咙还没有恢复它的张力，我的嗓音有些沙哑，而此时老公原本粗壮而低沉的嗓音相比之下清脆而响亮。

2个小时之后，窗外已经泛起一丝暗淡的晨光，此时，Boston的朝阳正值朝气蓬勃。我拨通了马仑的电话，向她作最后道别，然后带着行李来到宾馆的底层。我自南向北纵穿赌场到达尽头一家麦当劳快餐店，买了一个汉堡，得到一瓶免费橙汁。

走出餐馆，我开始近距离观察这个令人向往的赌城。正当我拿起相机拍摄街景时，一个黑人从我身边走过。"Excuse me，先生，帮忙拍张照片好吗?"这位黑人先生很高兴地接过我的相机，他在距我三四米的地方半蹲下来，认真地为我选景，但却始终对自己的作品似乎不太满意。他靠近我，向我询问调焦的"zoom"在哪里，之后为我拍下一张照片。当我向他表示"Thank you"的时候，他却很礼貌地向我索要一个"dollar"。"乞丐"！顿时，报刊上曾经报道过的美国华人在美频遭暴力袭击的事件在我脑海中一一掠过。我开始担心起来，生怕被他缠磨而无法脱身。不过，这个乞丐并不像我想的那样可怕，在我不好意思地向他表示自己没有现金时，他知趣地走开了。

我围着两个巨大的行李箱，在宾馆门口踱来踱去，期待大巴车早点出现。

一位50岁的妇女从我身边走过，与我搭了几句话后向我推销起化妆品。看来拉斯维加斯既是有钱人的天堂，也是穷人的避难所。有钱人希望在这里积累更多的财富，无钱人则希望在有钱人的大树下获得一丝阴凉。人人都在以自己独特的方式精打着自己的如意算盘，尽管他们也许难以如愿以偿！

我开始从另一个侧面体会美国的种种社会现象。

如同 Helen 所言，在洛矶山脉与中部大草原将整个美国从地域中划分为三的同时，其地域文化差异也不可避免地随之产生！如今，最早诞生美国政治文化的东部地区依然保留着其政治、历史、文化、学术的统治地位，虽然也有乞丐、同性恋等现象滋生，但在人们的心目中，这个地区终究在政治、历史、文化、学术等方面对美国政府与社会产生着重要影响。我在 Boston 的六个月中接触的主要是学术界，这片净土催生的文化使我暂时忘却了美国社会的另一面[①]。随着美国历史的西向扩张，美国西部已经建立了得天独厚的地域文化，这片欲望丛生的黑土地不仅催生了"牛仔传奇"和纯种的美国历史与文化，同时也大大推进了美国科技强国的步伐，从而使这个原本没有历史的国家因为西部的成功开发而成为世界最强盛的国家。如今，美国西部已经成为美国科学技术力量的聚集地，以无可比拟的强大优势将美国推向世界的顶峰，又以日益更新的技术力量保护着这片国土免受外来入侵者的袭击。

然而，西部文明的大跃进不可避免地携带了许多负面内容。拉斯维加斯、洛杉矶、旧金山、西雅图这些依靠梦想与灵感建造起来的城市，已经不再是只具有单纯意义的"牛仔"、"淘金热"或"硅谷"等的代名词。在其"强大"、"富有"、"文明"等金光闪闪的名称背后，依然拉扯着丑陋、龌龊、贫富落差的丝瓤。

大巴车终于出现在宾馆门前，司机师傅帮我把两件重重的行李箱搬上了行李舱。

## 伤痕累累的胡佛水坝

今天的目的地是胡佛水坝和科罗拉多大峡谷，与我们一起前往的还是昨天晚上的拼车族。趁着赶路的间隙，导游向我们介绍了胡佛水坝。

---

① 虽说东部的纽约城发生的许多社会丑陋现象媒体上时有报道，但短暂的美国东部城市三日游使我没有机会深入接触这个花花世界的百孔千疮，六个月的旅美学术访问使我的眼界受到很大局限。

胡佛水坝(Hoover Dam,又称 Boulder Dam)位于亚利桑那州与内华达州交界,它横跨于科罗拉多河,因此被誉为“沙漠里上的钻石”(Diamond on the desert)。由于该水坝的修建出自美国第 31 届总统赫伯特·胡佛(Herbert Clark Hoover)之手,在动用了 5000 人力,历经 5 年的时间修建完成这座大坝之后,水坝遂以他的名字命名。

胡佛水坝建成后,它在防洪、灌溉、水力发电方面的巨大作用日益凸显,其 1345 兆瓦的发电功率可供应太平洋沿岸的西南部大部分地区。正因如此,胡佛水坝也成为恐怖分子袭击的目标之一。为保证它的安全,美国公安机构在前往大坝的路上设了哨卡,凡是进入大坝的车辆均需无条件接受检查。

大巴在一个关卡停了下来,一个身着警服的白人警察踏上车来。他走到大巴车的尽头,又折回,然后下车了。我们感到不可思议:这样例行公事的检查又能有什么效果?

大巴车沿着一条蜿蜒的柏油马路来到一片荒芜的“黄土高坡”。当我走下车来,眼前的景象让我震惊!已有 70 年历史的大坝仍然处于被建(或被改造)之中。我站在这块高地上极目远望,大坝的气势可谓宏伟而磅礴,但是,此时的大坝已经不见碧水涟涟,惟有庞大的水泥工程和环绕四周的绵绵山脉。山上的绿色早已褪去，留下的只有挖掘机践踏过的累累伤痕。裸露的山峰层峦叠嶂，在阳光的照射下依然不失其霸气。高高低低的山坡上架起许许多多的高压三脚架，密密麻麻的，甚至有些凌乱，远看很像人工编织的蜘蛛网，纵横交错的。胡佛水坝就建立在被群山包围的峡谷之中。裸露的水泥砌成的大坝与没有任何植物生长的红色石头山形成强烈的反差。这就是我们渴望已久的胡佛大坝？

斜倚在天边的朝阳已经睁大了眼睛，它将暖融融的阳光洒向大坝，把前来留影的游客刺得睁不开眼睛。远远的地方，高高耸立的山头已经遮挡了视线，但很快又从缝隙中冒出星星点点，绵延到肉眼看不到的地方。

从来没有见过这么苍凉的"旅游胜地"，环绕大坝的裸露山峰似乎在向游人诉说自己的满腹悲伤，大坝深处夹杂着污泥的浊流似乎在无底的深渊发出无力的哀鸣。

然而，自然景观的破坏似乎永远与人类相伴，其背后的魔爪似乎只有眼前的利益。不过，当失去理智的人类遭到大自然无法抗拒的报复之后，他们开始变得清醒：保护自然，维护生态，也就是保护人类自己的家园。

## 科罗拉多大峡谷之壮丽景观

离开胡佛水坝，大巴车向大峡谷(Great Canyon)方向驶去。

科罗拉多大峡谷位于美国西部亚利桑那州西北部的凯巴布高原，具有举世闻名的自然奇观，是联合国教科文组织选为受保护的天然遗产之一。

不过，要想到这个举世闻名的旅游胜地游览，除了购买门票以外，还需为当地的土著居民交上一笔"小费"。也许缘由如此，凡是来大峡谷的游客，都无一例外地乘坐指定的旅游大巴方能进入景区。当然，这一指定服务的代价则是90美元的车费。

大巴车在靠近景区的地方停了下来。这里有一家印第安人开的超市，孤零零的几间房，摆满了游客需要的饮料、饼干、面包等物品，虽然档次很低，但价格却贵了许多。

稍事休息之后，我们换乘印第安人的旅游大巴。车子有些破旧不堪，司机和导游都是清一色的印第安人，但已经没有了土著印第安人的装扮。

车子不慌不忙地行驶了 40 分钟，在第二道入口处停了下来。

大峡谷有三个景点，游客购票后可以免费乘坐游览车一一到达。喜欢刺激的游客还可以乘坐直升机从空中俯看大峡谷。

我们先乘车来到玻璃桥(Skywalk)。

据说这座悬桥科技含量非常高，在使用了 454 吨钢梁后能够承受住 72 架波音飞机的重量，还能抵御 80 公里外发生的里氏 8 级地震以及每小时 160 公里的大风。

然而，要登上这座举世闻名的玻璃桥，享受一回“空中漫步”，不仅需要额外交付门票费 37 美元，还要接受诸如不能自带相机、只能花费 20 美元从景点摄影师处买来自己的照片等附加条件。尽管如此，游客们还是为自己能够在“天上”走一回而欣喜若狂。现实中的玻璃桥并不像旅行社的宣传画那样用完全的透明玻璃制成。底部的边沿有 1 米多宽的非透明物质，只有中间部分才是透明的。从玻璃处战战兢兢地往下望去，一条暗黄色的水带在红色岩石夹缝中流淌，没有欢腾的浪花，没有涌进的激流，只有比黄河水还暗的溪流在诉说着往日的辉煌。然而，这些并不影响走上桥面的游客，一些年轻游客登上玻璃桥后总会在摄影师为他们拍照的一刹那振臂欢呼，甚至摆出各种飞翔的姿态。

从玻璃桥上下来，我开始仔细打量它的外观。这座玻璃桥仍处在建设之中。建筑搭台到处可见。靠近停车点不远的地方，一些印第安人搭建了临时售货摊，向游客销售各种纪念品。一位白发苍苍的印第安人装束的老太太在兜售鸡蛋，她的皮肤很粗糙，脸上写满了紫外线留下的晒痕和大风长期侵蚀的沧桑。

大峡谷不愧为大自然之杰作，两岸是红色的巨岩断层。断层的横向纹路清晰可见，宛如人工一层一层砌制而成。虽然经过风雨的侵蚀、岁月的冲刷，山石已经呈现各异的神态，但苍劲的山脉，其形态各异的山坡依然被大自然镌刻出洗刷不去的横向纹路。山的顶端没有凸起的山峰，只有延伸万米的"一马平川"。偶尔找到一处山的豁口，其山顶没有了刚才的平坦，但裸露的横向纹路依然给人以"平"的感觉。"横"与"平"构成了科罗拉多山脉最典型的地域特征。

此时，大峡谷在阳光的沐浴下层次分明，从近到远依次呈现出红色、褐色、土色、蓝色，苍劲而迷幻，给人以震撼的感觉。

乘旅游大巴来到第二站，能够直接看到科罗拉多河。二月的科罗拉多河并不像人们想象的那样汹涌澎湃。从岸上望去，并不宽敞的河道在满是褐色污泥的中央开辟出一条狭窄的河道，夹杂着污泥和黄土的河水在苍劲的山脉的映衬下显得很不起眼。此时，景区的天空虽然日照千里，来自世界各地的游客内心充满了对“奔腾江水”的无限向往，然而，此时被泥土冲刷过无数次的科罗拉多河似乎并不领情。从山顶上向下望去，一条没有生气的黄色水带已经没有了往日的辉煌，只有两岸光秃秃的岩石层峦叠嶂，彰显着不灭的生生霸气，永远地留在人们的记忆中。

# 参考文献

A. Liberman, "Why is speech so much easier than reading?", In C. Hulme, & R. M. Joshi (Eds.), *Reading and Spelling: Development and Disorders*, New Jersey: Lawrence Erlbaum Associates, Inc., 1998.

B. Grela & L. B. Leonard, "The Influence of argument-structure complexity on the use of auxiliary verbs by children with SLI", *Journal of Speech, Language, and Hearing Research*, Vol. 43, No. 5, (2000), pp. 1115-1125.

B. Lust, "On the notion 'Principal Branching Direction': A parameter in Universal Grammar", In Y. Otsu et al. (eds), *Studies in Generative Grammar and Language Acquisition*, Tokyo: International Christian University, 1983.

C. Boeckx, "Quirky Agreement", *Studia Linguistica*, Vol. 54, No. 3 (2000), pp. 451-480.

C. Boeckx, "Scope reconstruction and A-movement", *Natural Language and Linguistic Theory*, Vol. 19, No. 3, (2001), pp. 503-548.

C. Boeckx, *Multiple Wh-fronting* (ed. with K. Grohmann), Amsterdam: John Benjamins, 2003.

C. Boeckx, *Islands and Chains*, Amsterdam: John Benjamins; 2003.

C. Boeckx, *Linguistic Minimalism: Origins, Concepts, Methods, and Aims*, New York: Oxford University Press, 2006.

C. Boeckx, *Understanding Minimalist Syntax: Lessons from Locality in Long-distance Dependencies*, MA: Wiley-Blackwell, 2007.

C. Myers-Scotton, *Multiple Voices: An Introduction to Bilingualism*, MA: Wiley-Blackwell, 2005.

C. Pléh, A. Lukács, M. Racsmány, "Morphological patterns in Hungarian Children with Williams syndrome and the rule debates", *Brain and Language*, Vol. 86, (2003), pp. 377-383.

C-T J. Huang, *Logical Relations in Chinese and the Theory of Grammar*, Doctorial dissertation, MIT. 1982.

D. Bickerton, *Language and Species*, Chicage, IL: Chicago University Press, 1990.

D. W-T. Tsai, "Two types of light verbs in Chinese", *IACL*-15/*NACCL*-19, Columbia University, New York City, May 2007a.

D. W-T. Tsai, "Four types of affective constructions", paper presented in *FOSS*-5, National Kaohsiung Normal University, China Taiwan, April 2007b.

D. W-T. Tsai, and B. C.-Y. Yang, "On licensing applicative arguments", *MS*, National Tsing Hua University, 2007.

F. C. Hockett, "The origin of speech", *Scientific American*, Vol. 203, No. 3, (1960), pp. 88-96.

G. A. Miller, & N. Chomsky, "Pattern conception", paper for Conference on Pattern Detection, University of Michigan, (*ASTIA Document* No. AD 110076), August 7, 1957.

G. A. Miller and N. Chomsky, "Finitary models of language users", In RD Luce, RR Bush and E. Galanter, Editors, *Handbook of Mathematical Psychology*, Wiley, New York, Vol. 2, (1963), pp. 419-492.

Harvard Course information: http://www.fas.harvard.edu/~ling-dept/index.html

H. E. Lenneberg, *Biological Foundations of Language*, New York: Wiley, 1967.

I. Scheffler & N. Chomsky, "What is said to be", in Meeting of the Aristotelian Society at 21, Bedford Square, London, W. C. I, on the 24th Novermber, 1958, at 5.30 p.m.

J. Bowers, "Transitivity", *Linguistic Inquiry*, Vol. 2, No. 3, (2002), pp. 183-224.

J. C -T. Huang, "On lexical structure and syntactic projection", 1997. http://citeseerx.ist.psu.edu/viewdoc/download? doi=10.1.1.5.3274&rep=rep1&type=pdf

J. Reilly & M. losh, U. Bellugi, et al, "'Frog, where are you?' Narratives in children with specific language impairment, early focal brain injury, and Williams Syndrome", *Brain and Language*, Vol. 88, No. 2, (2004), pp. 229-247.

J. TH. Lin, *Light Verb Syntax and the Theory of Phrase Structure*, Doctoral dissertation, UC Irvine, 2001.

K. Hansson & U. Nettelbladt, "Grammatical characteristics of Swedish children with SLI", *Journal of Speech and Hearing Research*, Vol. 38, (1995), pp. 589-598.

L. C. Meader & J. H. Muyskens, *Handbook of Biolinguistics*, Toledo, Ohio: Weller, 1950.

L. Pylkkänen, *Introducing Arguments*, Doctoral dissertation, MIT, 2002.

L. Xu, "Free Empty Category", *Lingustic Inquiry*, No. 17, (1986), 75-93.

M. Hauser, *The Evolution of Communication*, Cambridge, MA: The MIT Press, 1996.

M. Hauser, N. Chomsky & T. Fitch, "The faculty of language:

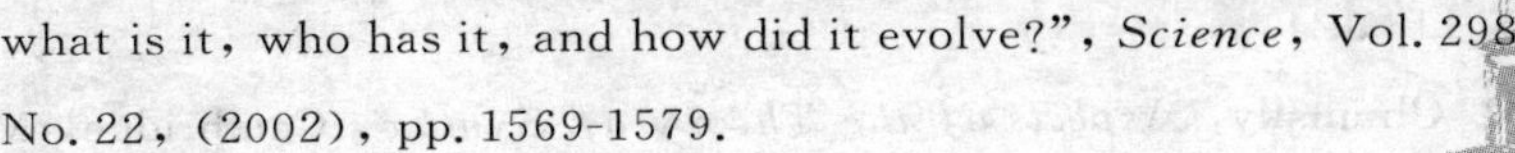


what is it, who has it, and how did it evolve?", *Science*, Vol. 298, No. 22, (2002), pp. 1569-1579.

M. Hauser, D. Barner & T. O'Donnell, "Evolutionary linguistics: a new look at an old languascape", *Language Learning and Development*, Vol. 3, No. 2, (2007), pp. 101-132.

M. Hauser, "Evolingo: the nature of the language faculty" (a transcript from a talk by M. D. Hauser) [A/OL], 2009. http://www.wjh.harvard.edu/%7Emnkylab/HauserPubs.html.

MIT course information: http://web.mit.edu/linguistics/courses/index.html

N. Chomsky, M. Halle and F. Lukoff. "On accent and juncture in English", in M. Halle, H. G. Lunt, H. McLean and C. H. van Schooneveld, (eds). *For Roman Jakobson: Essays on the Occasion of His Sixtieth Birthday*. The Hague: Mouton & Co., (1956), pp. 65-80.

N. Chomsky, G. A. Miller, "Finite state languages", *Information and Control*, Vol. 1, No. 2, (1958), pp. 91-112.

N. Chomskv, & G. A. Miller, "Introduction to the formal analysis of natural languages", In R. D. Luce, R. R. Bush, and E. Galanter (Eds.) *Handbook of Mathematical Psychology*, New York, Vol. 2, (1963), pp. 269-321.

N. Chomsky, and M. P. Schutzenberger, "The algebraic theory of context-free languages", *Studies in Logic and the Foundations of Mathematics, Computer Programming and Formal Systems*, Vol. 35, (1963), pp. 118-161.

N. Chomsky, & M. Halle, "Some controversial questions in phonological theory", *Journal of Linguistics*, Vo. 1, No. 2, (1965), pp. 97-214.

N. Chomsky, "Three models for the description of language," *Information Theory, IRE Transaction on*, Vol. 2, No. 3, (1956), pp.

113-124.

N. Chomsky, *Aspects of the Theory of Syntax*, Cambridge, MA: The MIT Press, 1965.

N. Chomsky, & J. J. Katz. "What the linguist is talking about", *Journal of Philosophy*, Vol. 71, (1974), pp. 347-367.

N. Chomsky, and H. Lasnik, "Filters and control", *Linguistic Inquiry*, Vol. 8, (1977), pp. 425-504.

N. Chomsky, & H. Lasnik, "A remark on contraction", *Linguistic Inquiry*, Vol. 9, No. 2, (1978), pp. 268-274.

N. Chomsky, *Knowledge of Language: Its Nature, Origin, and Use*, New York: Praeger, 1986.

N. Chomsky, "A minimalist program for linguistic theory", In K. Hale & S. Keyser (eds.) *The View from Building* 20, Cambridge, Ma: MIT Press, 1993.

N. Chomsky, *The Minimalist Program*. Cambridge, MA: The MIT Press, 1995.

N. Chomsky, "Minimalist inquiries: The framework", In R. Martin, D. Michaels & J. Uriagereka (eds.). *Step by Step: Essays on Minimalism in Honor of Howard Lasnik*, Cambridge, MA: The MIT Press, 2000a.

N. Chomsky, *New Horizons in the Study of Language and Mind*, Cambridge: Cambridge University Press, 2000b.

N. Chomsky, "Derivation by phase", In M. Kenstowicz (ed.) K. Hale: *A Life in Language*, Cambridge, MA: The MIT Press, 2001.

N. Chomsky, *On Nature and Language*, Cambridge: Cambridge University Press, 2002.

N. Chomsky, "Beyond explanatory adequacy". In A. Belletti (ed.). *Structures and Beyond: The Cartography of Syntactic Structures*, Oxford: OUP, 2004.

N. Chomsky, "Three factors in language design", *Linguistic Inquiry*, Vol. 36, No. 19, (2005), pp. 1-22.

N. Chomsky, *Minimalist Syntax*, (manuscript), University of Essex, UK, 2006.

N. Fukui & M. Zushi, Translated by Kobuchi-Philip, M. *Introduction for The Generative Enterprise Revised* , Berlin • New York: Mouton de Gruyter. 2004.

L. Pylkkänen, Introducing Arguments, Doctoral Dissertation, MIT, 2002.

R. Jackendoff, & S. Pinker. "The nature of the language faculty and its implications for evolution of language (Reply to Fitch, Hauser, and Chomsky)", *Cognition*, Vol. 97, No. 2, (2005), pp. 211-225.

R. Jakobson, M. Halle, R. H. Abernathy, et al, *The Morphophonemics of English*, MIT RLE Quarterly Progress Report, No. 58, (1960), pp. 275-81.

R. M. Sean, M. L. Rice, "Detection of irregular verb violations by children with and without SLI", *Journal Speech, Language, and Hearing Research*, Vol. 44, (2001), pp. 655-669.

R. Sybesma, "Why Chinese verb-*le* is a resultative predicate", *Journal of East Asian, Linguistics*, Vol. 6. No. 3, (1997), pp. 215-261.

S. Pinker, *The Language Instinct*, New York NY: HarperCollins Publishers, 1994.

S. Pinker, *How the Mind Works*, New York NY: Norton, 1997.

S. Pinker, *Words and Rules: The Ingredients of Language*, New York NY: HarperCollins Publishers, 1999.

S. Pinker, *The Blank Slate: The Modern Denial of Human Nature*, New York NY: Viking Penguin Group, 2002.

S. Pinker & R. Jackendoff. "The faculty of language: what's special about it?", *Cognition*, Vol. 95, No. 2, (2005), pp. 201-236.

S. Pinker, *The Stuff of Thought: Language as a Window into Human Nature*, New York NY: Viking Penguin Group, 2007.

S. Dehaene, J. R. Duhamel, M. Hauser, et al (eds), *From Monkey Brain to Human Brain*, Cambridge, MA: The MIT Press, 2005.

T. Fitch, M. Hauser & N. Chomsky, "The evolution of the language faculty: Clarifications and implications", *Cognition*, Vol. 97, No. 2, (2005), pp. 179-210.

V. Cook & M. Newson, *Chomsky's Universal Grammar: An Introduction*, Beijing: Foreign Language Teaching and Research Press, 2000.

W. H. Chang, "Acquisition of Mandarin Chinese: A review of recent research in Taiwan", in *Proceedings of National Science Council, ROC.* (Part C: Humanities and Social Sciences 1,1), (1991), pp. 110-126.

陈俊光,《对比分析与教学应用》(修订版),中国台北:文鹤出版有限公司,2007 年。

陈纯音,《中文关系子句之第二语言习得》,《华文世界》1999 年第 94 期,第 59—76 页。

戴曼纯,《广义左向合并理论——来自附加语的证据》,《现代外语》2002 年第 2 期,第 120—141 页。

戴曼纯,《生成语法研究中的天赋论、内在论和进化论观点》,《外语教学与研究》2002b 年第 4 期,第 255—262 页。

代天善,《生物学范式下的语言研究综述》,《现代外语》2007 年第 3 期,第 301—330 页。

冯胜利,《汉语韵律词法与句法》,北京:北京大学出版社,1997 年。

冯胜利,《轻动词移位与古今汉语的动宾关系》,见冯胜利编:《汉语韵律语法研究》,北京:北京大学出版社,2005 年,第 312—342 页。

冯胜利,《汉语书面语体初编》,北京:北京语言大学出版社,2006 年。

蒯乐昊、李江,《Chomsky,永远的异己者》,《南方人物周刊》(Southern People Weekly),2007 年 1 月 11 日,第 46 页。

刘克苏,《从麻省理工学院 OCW 谈我国高校经典教育》,《山东工商学院》,2006 年第 6 期,第 95—100 页。

宁春岩,《简述美国当代理论语言学的特征及研究方法》,《当代语言学》,1996 年第 1 期,第 1—2 页。

宁春岩,《Chomsky:思想与理想》(导读),北京:外语教学与研究出版社,2001 年。

石定栩,《Chomsky 的形式句法》,北京:北京语言大学出版社,2002 年。

石毓智,《Chomsky'普遍语法'假说的反证》,《解放军外国语学院学报》,2005 年第 1 期,第 1—9 页。

司富珍,《语言学研究中的科学方法》,《外国语》,2006 年第 4 期,第 33—38 页。

司富珍,《语言论题——Chomsky 生物语言学视角下的语言和语言研究》,北京:中国社会科学出版社,2008 年。

汤廷池,《国语语法与功用解释:兼谈国语与英语功用的对比分析》,《师大学报》,1986 年第 31 期,第 437—469 页。

谢玉杰、鲁守春,《〈语言机能〉述评》,《当代语言学》,2005 年第 1 期,第 86—91 页。

熊仲儒,《自然语言的词序》,《现代外语》,2002,年第 4 期,第 372—386 页。

杨彩梅,宁春岩,《人类语言的生物遗传属性》,《现代外语》,2002 年第 1 期,第 103—110 页。

杨秀珍,《普遍语法真的存在吗?——兼论柏拉图的形相学说》,《国外语言研究》,2004 年第 2 期,第 1—5 页。

余凯,《通识教育与麻省理工学院的发展,一个简史》,《中国大学教育》,2002 年第 4 期,第 42—44 页。

温宾利,《当代句法学导论》,北京:外语教学与研究出版社,2002 年。

温宾利,程杰,《论轻动词 v 的纯句法本质》,《现代外语》,2007 年第 2 期,第 111—123 页。

中国社会科学院语言研究所词典编辑室,《现代汉语词典》,北京:商务出版社,2008 年。

# 后　记

在美国时，我曾经隔三差五地把自己的经历用日记的形式记录下来，发给自己的亲朋好友。我想让那些关心我的亲人、朋友了解我的访美生活；我还想让众人知道，我的导师 Chomsky 是何许人也；当然，我更想让那些曾经听说过 Chomsky 的人知道，学术思想如此“深奥”、政治立场毫不含糊、有时甚至还带有一些“锋芒”的 Chomsky 是多么和善、平易近人。我甚至更想让人知道，国内许多针对 Chomsky 语言学理论思想的批评有些只是源于对其理论概念的误解！正因如此，我将这一本书定格为准学术著作，其目的是让更多的人了解语言学理论，了解 Chomsky。本书中所涉及的大量语言学术语大都经过了通俗释义，目的是要给那些不曾接触过语言学思想但却想了解 Chomsky 的读者一个最友好的界面。如果读者能够从中获益，也算是给予我的慰藉。

不过，我在美国只呆了短短的六个月时间，大量原文论著的阅读成为我访学期间最大的工作量。那时，对于语言学问题的热衷使我越来越感到耗费在日记撰写的时间太多，太令人可惜。于是我开始调整自己的时间，将更多的时间留给只有在美国才能做的事。这样，后期日志的撰写便推到了归国之后。

然而，补救曾经过去的工作远不如我想象的那么简单。在我重新翻开昨天的日志，开始在记忆中捕捉我的访美经历时，昨天发生的事虽仍旧历历在目，但故事中的某些细节却怎么也回忆不起来了。好在我与曾经的海外朋友大都建立了 email 联系，于是我开始向他们发出一个个求救，询问我与 Chomsky 谈话中出现的几位人物的英文拼写、圣诞节前夜去过的美国教堂的确切位置、圣经故事的具体章节等。令我始料未及的是，马仑给我发来了美国教堂的网址，Helen Qiu 给我打来了越洋电话，就连 Chomsky 也在最快的时间给我回复了邮件，并用黑色字体突出了我想获得的答案……

我的美国之旅与其说是给我创造了学术深造的机会，倒不如说使我更深地懂得了什么叫"感动"，于是，我想把我的美国之旅给予一定意义的提升。

2008 年 4 月，浙江省社科联社科普及课题的申报工作开始了，我突然萌发奇想：我的日志能否以准学术读本的成果形式申请为浙江省社科联科普课题？当我将这一想法与一位熟悉课题申报的老师交换看法时，却被她泼了一盆冷水：这种既非学术著作又非科普读本的书籍岂能得到省社科联的青睐？这话果真让我泄气不少。然而，痛下决心要写出点东西的我还是跃跃欲试地将已备好的资料呈交上去，之后我如同完成任务一样再也不关心她的结果了。

没想到，2008 年暑期的一天，我收到一封来自浙江省社科联的信函通知，这一原本已经觉得没有什么指望的题目却中了一个重点课题！

中标给我带来了莫大的自信，借助于仍在国外朋友的帮助和 google 引擎的搜索，我较为顺利地完成了许多工作。

这一读本虽然只署我名，但毋庸置疑，她凝聚了无数个曾经留学美国的归国人士和海外华侨朋友的支持。虽然我不能一一提及曾经给予我无私帮助的每一位人士，但我不能不提及我的导师 Chomsky，还有曾为我耗费大量时间做英文文字校对但却不图任何回报的 Zoe Chen 女士。我从来没有像现在这样如此痴迷于语言的研究，这不仅得益于资助我在 MIT 访学的浙江大学宁波理工学院，得益于 MIT 的开放教育，更得益于我的导师 Chomsky。理解内嵌于语言的时空概念，探寻语言的运算规则，透视表层语言的深层结构，构建驾驭于自然语言的理论框架……这些奥秘无时无刻不在深深地吸引着我。我感到我是幸运的，不管这一切是不是像基督徒说的那样，是"神"在帮我，因为我所获得的不仅仅在于足以支撑我的后半生的学术精神，更重要的是，我悟出了一个使我受益终生的哲理，这就是：接受过更多人的关爱，更懂得如何关爱他人。

**图书在版编目(CIP)数据**

叩响通天塔之门:我在麻省理工学院做高访/ 吴会芹著. —杭州:浙江大学出版社,2010. 12
ISBN 978-7-308-08281-5

Ⅰ. ①叩… Ⅱ. ①吴… Ⅲ. ①报告文学—作品集—中国—当代 Ⅳ. ①I25

中国版本图书馆 CIP 数据核字(2010)第 253310 号

**叩响通天塔之门:我在麻省理工学院做高访**
吴会芹 著

---

**责任编辑** 余健波
**封面设计** 俞亚彤
**出版发行** 浙江大学出版社
(杭州市天目山路 148 号 邮政编码 310007)
(网址:http://www.zjupress.com)
**排　　版** 杭州求是图文制作有限公司
**印　　刷** 杭州杭新印务有限公司
**开　　本** 880mm×1230mm 1/32
**印　　张** 10.75
**插　　页** 4
**字　　数** 340 千字
**版 印 次** 2010 年 12 月第 1 版 2010 年 12 月第 1 次印刷
**书　　号** ISBN 978-7-308-08281-5
**定　　价** 30.00 元

---



浙江大学出版社发行部邮购电话 (0571)88925591